LOREDANA LIMONE

Ein Ort zum Verlieben

LOREDANA LIMONE

Ein Ort zum Verlieben

Roman

Aus dem Italienischen übersetzt
von Christiane Landgrebe

THIELE VERLAG

1

Willkommen in Borgo Propizio

Ich habe auf euch gewartet, meine Lieben! Auf alle, die mich bereits kennen, und auf die, welche zum ersten Mal durch das Stadttor gehen.

Das Tor … das Tor … Ja, hier ist es. Sie haben mich so perfekt renoviert, dass ich es manchmal gar nicht wiedererkenne. Der Arcus Propitius, von dem aus man das ganze Tal übersehen kann, in frischem Grün und in Frühlingsfarben in diesem schönen Monat März. Manchmal sieht er wie ein Gemälde aus … wie nennt man das noch? Wie ein Trompe-l'œil.

Doch es ist keine optische Täuschung, es ist die reine Wahrheit. Es ist so wahr, dass es mir unwirklich erscheint.

Ich kann mich einfach noch nicht daran gewöhnen. Glauben Sie mir? An meine letzte, überraschende und plötzliche Verwandlung? Ich hatte mich schon damit abgefunden, dass es bald mit mir zu Ende gehen würde, dass ich den Löffel abgeben müsste, und in Augenblicken tiefster Depression stellte ich mir vor, wie ich von der Landkarte verschwand. Das war nicht ganz unwahrscheinlich bei den knapp einhundertsechsundachtzig Seelen, die hier lebten und von denen die Hälfte Abwanderungsabsichten hegte.

Jetzt seht ihr mich hier, rundum verjüngt.

Wiedergeboren!

Allein die Liebe konnte ein solches Wunder vollbringen. Die Liebe, die mir durch eine außergewöhnliche Armee zuteilwurde, die hier eines Tages landete und mein Leben in Aufruhr versetzte.

Schaut mich an: Jetzt bin ich schön geschmückt, blank geputzt und kostbar, und ich bin stolz darauf. Früher schämte ich mich meiner und es war mir nur recht, wenn niemand kam, um mich zu sehen.

Ich bin glücklich!

Ich kann mich nicht erinnern, je so froh gewesen zu sein, nicht mal damals, als Aldighiero der Höfliche, der kleine Fürst von Borgo Asinaio, mich in Borgo Propizio umbenannte, weil ihm nach dem Ende des düsteren Mittelalters alles so gut gelang, und zwar wirklich gut, unglaublich gut … Er besiegte seine Feinde (wie jeder intelligente Mensch eher durch List als mit Gewalt), er umgab sich mit den besten Künstlern, seine Ländereien waren die fruchtbarsten weit und breit. Auch eroberte er die feinsten Damen überall, bis er sich eines Tages in die süße Rolanda die Zarte verliebte, die einzige Tochter seines größten Feindes, Manfreds des Stolzen. Dieser war sogar ein entfernter Verwandter. Manfred der Stolze wurde sein Schwiegervater und begrub seinen Hass, für den es jetzt keinen Grund mehr gab. Gemeinsam schienen die beiden Herrscher unbesiegbar. Sie waren es tatsächlich, und sie blieben es bis an ihr Lebensende. Davon profitierten auch die folgenden Generationen, und ich durchlebte glückliche und fruchtbare Jahre, in denen hier nicht nur die gehobenen Schichten, sondern auch die Bauern ein gutes Leben hatten.

Das Dorf, das heißt also ich, war ein lieblicher und beneidenswerter Ort, die Bevölkerung verdoppelte, ja verdreifachte sich. Was für ein Wunder, welche Harmonie und Begeisterung! Männer und Frauen, stets in geschäftiger Bewegung, gefolgt von Kindern mit verschmierten Gesichtern, denen ständig die Nase lief. Ihre Händchen waren neugierig, die Erde war fruchtbar und ertragreich, und es gab auch kirchliche Feiern, Karneval und bäuerliche Feste. Man kann sagen, der Herr hielt seine schützende Hand über uns.

Bis zu jenem Tag, an dem unglückseligerweise jemand von Neid ergriffen wurde und ein schrecklicher Verrat den Lauf unserer Geschichte änderte.

Doch darüber will ich nicht sprechen, es tut mir zu weh, wenn ich daran denke, und ist auch schon so lange her. Ich will es vergessen, auch die Erinnerung daran. Denken wir an das Gute, und möge das Böse nie wiederkehren.

Wenden wir uns lieber wieder meinem Namen zu – Borgo Propizio. Es war im fünfzehnten Jahrhundert. Ich weiß nicht mehr genau, in welchem Jahr der Gnade es geschah, aber ich versichere euch, es war eine lange und glanzvolle Zeit, in der die Vögel wie ihre Vorfahren aus dem antiken Rom immer pünktlich aus dem Osten herkamen, und das galt als günstiges Vorzeichen. Und deshalb wollte Aldighiero, wegen seiner natürlichen angenehmen Art zu reden und zu handeln der Höfliche genannt, dies in meinem Namen zum Ausdruck bringen. Ich seufzte erleichtert auf. Asinaio, Eselsführer, genannt zu werden war mir immer auf die Nerven gegangen. Da hätte man mich ja gleich Esel nennen können.

Der Höfliche war ein kultivierter Mann mit feinsten Manieren, ein Bewunderer von Lorenzo dem Prächtigen, dessen Taten er nachahmte und dessen Leidenschaften er teilte. Ihm widmete er meinen wichtigsten Platz, der das Zentrum des Handels, aber auch der Künste und Wissenschaften war. Er konnte bei seiner großen Sensibilität meinen früheren Namen nur schwer ertragen, und so wurde ich zu meiner größten Freude »Propizio«, »Glücksbringer«, genannt. Ewig bin ich diesem Fürsten und den Vögeln dankbar.

Durch Zufall verdanke ich mein Glück noch einem anderen Wesen. Diesmal handelt es sich allerdings nicht um einen Vogel, auch wenn er so heißt. Es geht um meinen Bürgermeister. Er heißt Rondinella, ein Name, der mit *rondella*, Schwalbe, zu tun hat. Dieser Mann ist ein toller Kerl. Ich kannte ihn schon als Kind. Er hat für unseren ganzen Ort Großartiges geleistet. Er hat sein Versprechen gehalten – nichts weniger als das –, hat in der Vergangenheit gegraben und weitergegraben und vergessene und verborgene mittelalterliche Erinnerungsstücke wiederentdeckt. Die sind jetzt in unserer kleinen Burg ausgestellt. Dort hat er ein großartiges Museum eingerichtet, dessen Besucher lange Schlange stehen müssen.

Ich schwöre euch, dass ich mir all das nicht mal in meinen kühnsten Träumen hätte vorstellen können. Dass ich mich über das Schlurfen eurer Schritte freue, die über mein Pflaster streichen, dass ich mit einem Pfauenmuster am Boden des Rathausplatzes angeben kann, dass die kleine Burg restauriert wurde und ebenso die Häuser im Umland. Dass schon außerhalb der Stadtmauer eine kulturelle Atmosphäre entstanden ist, die uns beinahe zu einer Kunststadt macht. Und dass dies alles nur wegen einer dickköpfigen jungen Frau passiert ist, die es sich allen bösen Legenden und Gespenstern zum Trotz in den Kopf gesetzt hatte, genau hier, in Borgo Propizio gegen den Willen ihres Vaters eine Milchbar zu eröffnen.

Eine Milchbar!

Niemand hätte darauf nur einen Pfennig gewettet. Ich auch nicht.

Ich kann mich noch genau an den Morgen erinnern, als hinter der Schaufensterscheibe des früheren Schusterladens, von dem sich alle Bewohner vorsichtig fernhielten, Zeitungsseiten auftauchten, die das Innere verbargen, und an die wenigen Passanten, die »Was ist denn das!« riefen und damit ihren Missmut, ihr Erstaunen, ihre Bewunderung zum Ausdruck brachten. Die Neuigkeit wurde mit großer Skepsis aufgenommen.

Denn ihr müsst wissen, dass bis dahin …

Oh nein, Entschuldigung, diese Geschichte kennt ihr ja schon.

Blicken wir also in die Zukunft.

2

Die Botticelli-Muse

»Was ist denn das?«

Ornella riss die Augen auf. Es schien ihr unmöglich, doch diese rotblonden Locken waren unverwechselbar. Sie wusste nicht, ob sie sich verstecken oder gleichgültig tun und weitergehen sollte. So blieb sie widerwillig auf der Schwelle des Rathauses stehen, während der Zeitungshändler Arturo der Kundin, die zu seiner Freude eine ganze Reihe Magazine kaufte, das Wechselgeld herausgab. Die Frau wandte sich um, mit der Anmut einer Muse von Botticelli, und ihr Gesicht drückte Erstaunen aus, als sie nach kurzer Überlegung Ornella wiedererkannte.

»Ornella, das bist ja tatsächlich du!«, rief sie.

»Antonia!«

»Was machst du denn hier?«

»Ich wohne hier.«

»In diesem Dorf?«

»Ja, in diesem Ort.«

»Na, so was!«

Ornella folgte Antonias Blick, der über die kleine Piazza schweifte: das Rathaus, die Kirche, den Brunnen, die Läden, den Kiosk. Sie war sich nicht sicher, ob dieser Blick herablassend war oder nicht.

»Ich bin hier geboren.«

»Das wusste ich nicht.«

Die snobistischen Ehefrauen der Kollegen von Ornellas Ex-Mann wussten nur wenig von Ornella. Sie waren zumeist die besseren Hälften von eingebildeten Chefärzten (oder solchen, die es werden wollten) und sahen auf Ornella herab, weil sie nicht aus dem gleichen Milieu stammte und nicht wie sie aus der Stadt kam. Ornella hatte diese Frauen nie ertragen können, doch im Lauf der Zeit hatte es zu ihren Pflichten als Ehefrau gehört, sie zu treffen. Jetzt eine von ihnen vor sich zu haben, irritierte sie sehr.

»Und was machst du in Borgo Propizio?«

Antonia strich sich den Pony aus der Stirn und sah ihr mit einem traurigen Blick tief in die Augen.

»Ich bin auf der Flucht.«

»Vor der Stadt?«

»Vor mir selbst.«

Da war nichts von Dünkelhaftigkeit zu sehen. Die Verzweiflung im Gesicht der anderen überzeugte Ornella, dass sie alte Abneigungen beiseiteschieben und Antonia fragen musste, was passiert war. Sie sah auf die Uhr: Sie hatte nicht viel Zeit, aber noch genug. So nahm sie Antonia ohne Zögern beim Arm und ging mit ihr los, von den wachsamen Blicken des Zeitungsverkäufers verfolgt, der es gleich seiner Frau erzählen würde – wehe, wenn er es nicht tat und irgendein Detail wegließ. Alle im Dorf wussten, was für ein Tratschweib Dora war. Bei der nächsten Gelegenheit (oder vielleicht sogar früher) würde sie Ornella und jeden anderen ausfragen, wer denn diese Fremde sei, die allein, heimlich und in aller Stille hergekommen war oder vielleicht mit einer Gruppe in einem Bus der Agentur *Glückliche Reisen.*

Antonia ließ sich gehorsam von Ornella wegführen und vergaß dabei, dass sie eigentlich auf den Hügel hinaufgekommen war, um das Museum zu besuchen.

»Wo führst du mich hin?«, fragte sie.

»Zu einem zauberhaften Ort.«

Die Märzsonne fiel durch die Scheibe unter dem Schild mit dem ungewöhnlichen Namen *Via Lattea*, Milchstraße, nach einem alten Chanson. Durch die geschlossene Tür drang Musik der sechziger Jahre, und der Geruch von frischem Gebäck schwebte verheißungsvoll durch die Ritzen.

Antonia war sehr neugierig.

»Was ist das für ein Laden?«

»Die ungewöhnlichste Milchbar, die du dir vorstellen kannst.«

»Das hätte ich nicht gedacht.«

»Komm nur mit rein, dann wirst du schon sehen.«

Sie gingen hinein, und Antonia war sprachlos, als sie sich umschaute. Auf den weißen Kacheln ringsum war das Gesicht einer Kuh zu sehen, mit der bronzenen Glocke um den Hals und einer rosafarbenen Zunge, die auf einer Seite herausschaute. Eine Bordüre mit Mäandermuster umgab sie, und zwei weitere Kühe waren im Profil zu sehen, blau gescheckt, die Schwänze einander zugewandt und in der Mitte eine gelbe Sonne. Weiter oben, wo es keine Kacheln gab, waren weiße Wolken auf himmelblauem Grund gemalt, und so sah auch die Decke aus. Hinter der gemauerten Theke lächelte eine Mary Poppins in vorgerücktem Alter, der die Zeit nichts anzuhaben schien.

»Man denkt, man wäre in einem Bilderbuch!«, rief Antonia aus.

»Ich glaube, das hat schon mal jemand gesagt.«

»Guten Tag, Ornella. Morgenstund hat Milch im Mund!«, sagte Letizia, munter wie immer, zur Begrüßung. Mit diesem Satz begrüßte sie stets die ersten Gäste des Tages. Währenddessen räumte sie die Tassen ins Regal, die sie gerade aus der Spülmaschine genommen hatte. Das Scheppergeräusch passte gut zur Musik des ›Großen Musikers‹, an den sie gerade dachte, aber das muss wohl nicht extra gesagt werden.

Immerzu dachte sie an ihren G.M. Ob er wohl die leiseste Ahnung hatte, was für ein leidenschaftlicher Fan sie war? Und das ein Leben lang? Leider hatte er seit dem Telegramm, das er ihr am Vorabend der Einweihung von *Via Lattea* vor dreieinhalb Jahren geschickt hatte, nichts mehr von sich hören lassen. Dabei wünschte sie sich nichts sehnlicher, als dass er zu Besuch käme. Dazu brauchte sie eine Idee, aber es fiel ihr einfach nichts Neues mehr ein.

»Ich hatte heute Morgen einen Termin beim Kulturdezernenten im Rathaus«, sagte Ornella. »Du kennst ja den Mann, er schläft nie, ganz im Gegensatz zu seinem Vorgänger. Er wollte mit mir über eine Idee sprechen.«

»Was hast du für ein Glück, Mädchen! Ich bin auf der Suche nach einer Idee!«, rief Letizia, die auf alle mögliche Weise versucht hatte, Tranquillo Conforti, den früheren Gymnasiallehrer und jetzigen Dezernenten für Kultur und besondere Veranstaltungen in Borgo Propizio, zu überzeugen, ein Musikfestival ins Leben zu rufen, in ganz großem Stil, zu dem man auch den G.M. einladen würde, der seine Teilnahme unmöglich ablehnen könnte. Aber nein, er war dagegen! Dieser Mann hatte keine Ahnung von Musik und war ein Fachidiot, der nichts als Literatur kannte und sich auf Zahlen verstand, und zwar seit die Regierung den Gürtel enger schnallte und die Rating-Agenturen das Land immer tiefer herunterstuften. Aber die Bürger konnten schließlich mehr Klarheit fordern, beim Finanzministerium und bei den für Kultur verantwortlichen Stellen. Die hatten viel größere Kompetenzen.

Letizia begriff es nicht. Wieso hatte Italien ein Defizit? Musik konnte das Land doch voranbringen! Es gäbe doch schon San Remo im Februar? Na, dann umso besser! Dann wäre ein Festival in Borgo Propizio im Juli das ideale Gegenstück, und der G.M. wäre auf beiden vertreten.

Aber nein, da gab es keine Hoffnung, dieser Mann redete immer wieder dasselbe über Dante und Petrarca, von dem Glück, das sie für Geist und Ohr jedes Menschen bedeuteten, dazu verwöhnte er seinen Gaumen mit Leckerbissen aus Milch und Süßigkeiten, die Letizia diesem sturen Politiker anbot. Kein einziges Mal hatte er Anstalten gemacht, dafür zu bezahlen.

»Nach was für einer Idee suchst du denn?«, fragte Ornella.

»Wie man den G.M. am schnellsten kennenlernen kann. Meine Uhren ticken schneller, ich werde nicht jünger, weißt du?«

Letizia war noch super fit, doch sie bewegte sich auf die siebzig zu und ihr Idol ebenso, sie waren gleich alt. Deshalb musste sie ihn bald kennenlernen. Sie wollte ihm nicht erst vor Augen treten, wenn sie eine Ruine im Altersheim war, faltiger als eine Trockenpflaume, mit brüchiger Stimme und einem krummen Rücken.

»Also, ich habe gerade den Auftrag bekommen, ein kulturelles Ereignis zu planen, und man könnte ja vielleicht daran denken, auch deinen verehrten ›Großen Musiker‹ mit einzubeziehen«, sagte Ornella.

»Arbeitest du für die Kommune?«, fragte Antonia.

»Manchmal ja.«

Erst jetzt wurde Ornella klar, dass sie eine wichtige Anstandsregel verletzt hatte: zwei Leute einander vorzustellen, die sich nicht kannten. Aber sie wusste nicht, als was sie Antonia bezeichnen sollte. Einen Moment überlegte sie und sagte dann:

»Das ist Letizia. Und das ist Antonia … Eine Bekannte aus meinem früheren Leben.«

Antonia lachte verlegen und erwiderte Letizias starken Händedruck. Dann wandte sie sich wieder Ornella zu.

»Wenn man dich sieht, hat man den Eindruck, dass du jünger geworden bist«, sagte sie. »Ich habe dich auf der Piazza eben kaum wiedererkannt. Mit diesen blonden kurz geschnittenen Haaren und deiner tollen Figur siehst du blendend aus.«

»Das ist die gute Luft hier im Städtchen«, sagte Letizia, »die ist etwas ganz Besonderes.«

»Dann kann ich ja nur hoffen, dass sie auch mir guttun wird.«

Im Kontrast zu ihrer zierlichen Gestalt und ihrer seltenen Schönheit, die an eine Botticelli-Madonna erinnerte, hatte Antonia eine tiefe Stimme, die wie ein Widerhall aus der Tiefe des Meeres klang. Aber Ornella konnte sich nicht daran erinnern, denn früher hatte sie nur wenig geredet und immer recht arrogant gewirkt. Sie war ihr deshalb nicht sympathisch gewesen. Dieser Gedanke ging ihr gerade durch den Kopf, als Letizia mit einer ganzen Flut von Fragen auf sie einstürmte.

Was für ein Auftrag, was für ein Projekt, was für ein Event, was für ein Ort und zu welchem Zeitpunkt?

»Es steht noch nicht fest«, antwortete Ornella. »Aber du weißt bestimmt schon, dass Borgo Propizio eine eigene Bibliothek bekommt.«

Ja, davon hatte Letizia bereits gehört. In einem Flügel der Burg, die heute ein Mittelaltermuseum beherbergte, sollte eine öffentliche Bibliothek eingerichtet und demnächst eröffnet werden. Sie freute sich zwar darüber, fürchtete aber, dass dort Veranstaltungen stattfinden würden, die in Konkurrenz zu ihrem Projekt stünden, und das nach all der Mühe, die sie sich für *Via Lattea* gegeben hatte. Hier sollte man sich entspannen, ungezwungen zusammenkommen, aber es sollte auch Bildung und Vermittlung von Kultur stattfinden. Hier gab es *Buongiorno alla spina* – Frühstück mit frisch gemolkener Milch, die direkt aus dem Stall kam, und *L'ora delle bianche hiacchiere* – ein Gesprächskreis mit einer Kostprobe von duftenden Süßigkeiten, die mit Milch zubereitet wurden – und beide hatten sich bewährt. Das alles hatte sich ihre Nichte Belinda ausgedacht, doch das Beste, ein Kurs für kreatives kulinarisches Schreiben, war ihre, Letizias Idee gewesen, und darauf war sie mächtig stolz.

»Im September, wenn die Bibliothek eingeweiht wird, möchte der Assessor, dass ein großes Kulturereignis stattfindet, ein Literaturfestival vielleicht, er weiß es noch nicht genau. Er hat mich gebeten, ihm Vorschläge zu machen.«

»Ein Festival, auch wenn es nur um Literatur geht, ist immerhin ein Festival«, sagte Letizia nachdenklich und entfernte sich, um einen neuen Kunden zu begrüßen, der gerade die Milchbar betrat.

Ornella hatte September gesagt. Das war gut, denn im September hatte Saturn schon das Sternbild des Schützen verlassen, der ihr Sternzeichen war, ihres und das des G.M., und dann … man konnte nie wissen. Vielleicht würde sich der Kreis schließen.

Ornella erklärte Antonia, sie arbeite im Finanzamt, mache Öffentlichkeitsarbeit, organisiere Events und manches andere, neben ihrer eigentlichen Arbeit als Paartrainerin. Währenddessen servierte ihnen Letizia die Vanillemilch und wurde dann von der Gruppe der Dichter und Dichterinnen vereinnahmt, die jeden zweiten Tag in die Milchbar kamen.

Antonia trank einen Schluck, dann noch einen und danach wieder einen und spürte, wie ihre Anspannung nachließ. Ornella merkte es, sie kannte dieses Gefühl genau.

»Das tut gut, oder? Und nicht nur vom Geschmack her, es ist ein Allheilmittel für alle Sinne, eine Wohltat für das Herz.«

»Was ist da drin?«

»Etwas, was man einfach Vanille nennt, aber auch noch etwas anderes, ein Schuss Liebe vielleicht. Sie lassen die Schoten in Milch ganz sanft eine Weile köcheln, und dann servieren sie es.«

»Du sagst ›sie‹, ist da noch jemand außer ihr?«

Antonia wies mit dem Kinn auf Letizia. »Ja, Belinda, ihre Nichte. Sie ist ein großer Milchfan und hat Milchwirtschaft studiert. Sie stammt nicht von hier, sondern kommt aus der Stadt, doch jetzt ist sie sogar hier mehr zu Hause als ich. Du wirst es nicht glauben, aber sie hat einen tollen Job in einer großen Firma aufgegeben, um sich hier im Dorf zu begraben und eine Milchbar aufzumachen. Keiner hat daran geglaubt. Doch statt sich hier zu begraben, hat sie dann sozusagen den ganzen Ort wiederbelebt. Sie ist ein ganz besonderes Mädchen, aber die Tante ist noch viel wichtiger, für ihre Nichte und für uns alle.«

»Und wo ist sie?«

»Belinda kommt meistens spät. Sie schläft gerne länger und ich auch, wenn man mich nicht zum frühen Aufstehen zwingt. Wenn ich mir vorstelle, dass ich mal an Schlaflosigkeit litt …«

»Hat dich etwa diese magische Milch so verändert?« Antonia lächelte.

»Die Milch hat bestimmt auch dazu beigetragen«, meinte Ornella, hob ihr Glas, um ihr zuzuprosten, und nahm dann einen tiefen, wohltuenden Schluck. »Letizia behauptet, wenn man das hier trinkt, bilden sich Endorphine, durch die man sich wohlfühlt. Und seit ich hier in die Milchbar komme, trinke ich es oft. Aber vor allem ist es wohl meine wiedergefundene Freiheit, der gute Schlaf und das Bewusstsein, dass ich etwas wert bin und die Leute Respekt vor mir haben. Arbeiten, unabhängig sein, auch wenn ich manchmal waghalsige Sachen mache. Aber da ich bei meiner Mutter wohne, teilen wir uns die Kosten.«

Als sie sich von ihrem Ex-Mann trennte, konnte Ornella sich auf ihren Unterhalt verlassen, der ein paar Monate lang üppig war und pünktlich eintraf. Dann aber hatte ihr Ex-Mann im OP einen Riesenfehler gemacht, er verlor seine Approbation als Arzt und verschwand von der Bildfläche.

»Hast du nicht gesagt, dass du Paartrainerin bist?«

Antonia hatte diesen Ausdruck noch nie gehört und konnte sich nicht vorstellen, dass man daraus einen Beruf machen könnte. »Ist das so was wie Partnervermittlung?«

»Um Gottes willen! Begegnung zwischen Männern und Frauen arrangieren, die verzweifelt auf der Jagd nach einem Partner sind? Nein, nein. Was ich mache, ist eher wie in Amerika. So was wie *love life manager, match maker, dating coach,* nenn es, wie du willst.«

»Ich kenne so was nicht.«

»Sagen wir es so: Ich bringe den Leuten, die sich an mich wenden, bei, das Beste von sich zu geben, wenn sie jemanden treffen, der ihnen der Richtige zu sein scheint. Wir gehen alle ganz selbstverständlich zum Steuerberater, zur Ernährungsberatung, zum Physiotherapeuten und zur Fußpflege, alles Leute, die uns auf verschiedenen Gebieten helfen können. Warum soll man sich nicht an einen Experten für Liebe wenden, wo diese vielleicht der schwierigste Teil unseres Lebens ist?«

Antonia hörte zu und sah Ornella zweifelnd an. Ornella kannte diesen Gesichtsausdruck. Nicht zum ersten Mal war jemand skeptisch gegenüber ihrem Beruf, und deshalb kam die Sache auch nicht in Schwung. Deshalb war sie gezwungen, andere Aufträge anzunehmen, die oft weniger befriedigend waren. Die Idee eines Literaturfestivals aber gefiel ihr, das war eine schöne Herausforderung. Natürlich war das Budget gering, vielleicht reichte es auch gar nicht aus.

»Was hast du denn studiert, um solch einen Job zu machen?«

»Gar nichts. Leider habe ich mein Studium abgebrochen, als ich geheiratet habe. Mein Mann war eifersüchtig. Das ist mein großer Kummer. Ich habe aber einen

Kurs in Kommunikation besucht und während meiner Ehe eine jahrelange Therapie gemacht.«

»Man dachte immer, du bist glücklich mit deinem Mann.«

»Ach, das war alles nur Show. Ich kann mich in der Öffentlichkeit gut präsentieren.«

3

Herrscherin der Meere

Ruggero ließ sich das Gesicht vom Wind streicheln. Er stand allein auf der Brücke und beschwor seine alten Ängste herauf. Er hatte sich gerade rasiert und Mariolina in der Kabine zurückgelassen, wo sie sich das Haar zurechtmachte. Eigentlich hatte sie ihn weggeschickt, weil sie eine Überraschung für ihn hatte. Das Rasierwasser brannte ihm auf der Haut, und in dem Pinguinanzug, den er trug, kam er sich lächerlich vor. Er sah, wie die Lichter der Stadt immer kleiner wurden, leuchtende Punkte, die ihn an Laserstrahlen erinnerten, die ihn mitten auf der Stirn treffen und ihn lähmen könnten wie in manchen Science-Fiction-Filmen im Fernsehen. Die hatte er schon seit seiner Kindheit mit Begeisterung gesehen. Das Schiff verließ den Hafen Richtung Amsterdam, wo die Kreuzfahrt zu Ende ging. Aber bis dahin mussten sie noch die ganze Nacht übers Meer fahren, dieses riesige Tintenfass, aus dem jeden Augenblick ein pechschwarzes Ungeheuer hervorspringen konnte, bereit, ihn zu verschlingen.

Das Leben an Bord hatte ihm gefallen, und er hatte sich gut amüsiert, doch zunächst war ihm die Idee einer Kreuzfahrt durch die Fjorde Norwegens nicht geheuer. Es war noch nicht lange her, dass die Fähre bei der Insel Giglio verunglückt war, außerdem hatte ihm Mariolina kürzlich ein Gedicht vorgelesen, das von einem anderen Unglück sprach, dem der *Titanic*. Der Dichter habe diesem tragischen Ereignis die Ewigkeit der Poesie verliehen, hatte sie gesagt. Und erst mal der Film, den sie darüber gedreht hatten! Was? Er erinnere sich nicht daran? Sie habe ihn doch in der Videothek ausgeliehen.

»Wenn du dich doch nur mal vor dem Bildschirm konzentrieren würdest, statt immer zu fummeln …«

Seine Frau beklagte sich manchmal über seine große Lust, aber er wusste, dass es ihr eigentlich gefiel, einen so männlichen Mann an ihrer Seite zu haben, der sie ständig begehrte. Auch wenn sie nicht mehr immer auf ihn einging. Leider war es nicht mehr wie in der ersten Zeit, und das bedauerte er sehr.

Als er das Gedicht hörte, hatte Ruggero nichts verstanden, da es englisch war. Auch als sie es ihm dann auf Italienisch erklärte, hatte er nicht viel begriffen.

Mariolina überraschte ihn stets aufs Neue. Sie hatte nicht studiert, besaß aber eine Bildung, die ihm Angst machte, und wenn er ehrlich war, ging sie ihm auf die Nerven, wenn sie seine Grammatik korrigierte. In den letzten Monaten hatte sie Englisch gelernt, wegen der Kreuzfahrt, dabei sprach das Personal, das aus Südamerika stammte, eine Mischung aus Spanisch und Italienisch, und für die Ausflüge an Land brauchte man es gar nicht. Er hatte sich aber gehütet, seine Frau darauf aufmerksam zu machen. Sie war nun mal, wie sie war. Immer wollte sie gut vorbereitet sein, und wenn sie sich zu etwas entschloss, dann setzte sie es auch um. Sie hatte Kurse besucht. Aber nicht nur das: Sie hörte auch CDs mit den Lektionen (auch im Auto, wenn sie zusammen unterwegs waren), und sie las die Zeitschrift *Spicap*, halb Englisch, halb Italienisch, von der sie sich einen ganzen Stapel an Ausgaben bestellt hatte, die jetzt überall im Haus herumlagen. Darüber beschwerte seine Mutter sich natürlich bei ihm, nicht bei ihrer Schwiegertochter, zu der sie nie etwas sagte. Als sei es nicht schon genug, dass Mariolina in dieser Zeitschrift entdeckt hatte, dass die angelsächsische Literatur von besonderer Schönheit sei. Immerzu hing sie ihm damit in den Ohren. Und auch damit, dass sie leider über Literatur nichts gelernt habe, weil sie in die Haushaltsschule und nicht aufs Gymnasium gegangen sei, was sie viel lieber getan hätte. Und so hatte sie die Erklärungen eines gewissen Thomas (an seinen Namen erinnerte sich Ruggero, weil auch ihr Hündchen so hieß) verschlungen, der von der Pracht Gottes und der Größe des Menschen redete, der ein Schiff gegen einen Eisberg fahren ließ und damit eine Tragödie auslöste! Wie Mariolina sagte, während sie die Worte des Dichters wiederholte, habe dies mit menschlicher Eitelkeit zu tun, die der Herr unweigerlich bestrafe.

»Wenn wir jetzt nicht fahren, dann fahren wir nie mehr«, sagte sie dann noch, sie wünsche sich diese Kreuzfahrt doch seit Jahren. Als sie Ruggero kennenlernte, habe sie sogar gerade einen solchen Urlaub buchen wollen, aber die Begegnung mit ihm habe sie davon abgebracht. Sie habe darauf verzichtet – aus Liebe – wie auf viele andere Dinge, das brauche sie ja nicht zu wiederholen, er wisse das ganz genau. Schließlich, lastbutnotleast (so beendete sie seit neuestem alle ihre Reden), hatten sie die Fjorde Norwegens schon immer fasziniert.

Ja, sie war gebildet, aber auch ganz schön überheblich. Ruggero liebte sie dennoch wie am ersten Tag, vielleicht sogar noch mehr, und das Medaillon, das er ihr zum Valentinstag geschenkt hatte (aus Platin, das dreimal so viel wert war wie Weißgold, aber bei ihr knauserte er nicht), mit dem eingravierten Satz *Ich liebe dich mehr als gestern und weniger als morgen* war ein Beweis dafür, der sie für einen Moment sprachlos gemacht hatte, ebenso wie sein Teilnahme an dieser Kreuzfahrt. So hatte er sie zufriedengestellt, auch wenn er nicht schwimmen konnte und Wasser ihm zuwider war. Er hätte lieber in Amsterdam Station gemacht, wo er gern das Rotlichtviertel besichtigt hätte, das ihn schon immer interessierte, doch er hatte darauf verzichtet, denn dies war ja kein Ort, zu dem man mit seiner legal Angetrauten hinging. Er war nicht mit ihr dort gewesen und – zum Teufel noch mal! – auch nicht allein.

Nach etwa zwei Wochen Schiffsreise bekam Ruggero eine Riesenlust, wieder nach Hause und zu seiner Arbeit zurückzukehren. Die Häuser warteten auf ihn wie durstige junge Hunde, und die Sekretärin hatte ihm geschrieben, eine Schokoladenherstellerin wolle für ihren Raum eine Ausstattung wie die der Milchbar in Borgo Propizio – mit Kacheln und Kühen und Wolken, denn Mariolina hatte ein Foto auf die Webseite von *EdilBorgo*, seiner kleinen Firma, gestellt. Wenn er daran dachte, mit welchem Widerwillen er den Milchladen restauriert hatte! Er sagte das nie offen, weil er dadurch die Gelegenheit bekommen hatte, Mariolina kennenzulernen, sie zu heiraten und sie dazu zu bringen, ihre Arbeit als Angestellte der Kommune aufzugeben, und sie aus Borgo Propizio zu entführen. Er hatte dann dort ein Büro eröffnet, weil es so viel Baugrund gab.

Eigentlich hatte er schon am zweiten Tag der Kreuzfahrt Sehnsucht nach zu Hause gehabt, hatte sie aber unterdrückt, weil er unbedingt seine Frau trösten musste, die ihr Baby verloren hatte.

Wer hätte je gedacht, dass Mariolina mit sechsundvierzig noch schwanger werden würde! Alle Anzeichen der Wechseljahre waren schon zu erkennen, und so hatten sie sich geliebt, ohne zu verhüten. Sie hatte etwas gegen Medizin (Verhütungsmittel inbegriffen), Präservative waren ihr unangenehm und der *Coitus interruptus* frustrierte sie. Umso besser, denn Ruggero hatte es nie gelernt, diese Methode richtig zu beherrschen. Wie hätte er es auch lernen sollen? Da sich seine Eltern dauernd in sein Liebesleben einmischten, war seine Erfahrung, was Frauen anging, ziemlich gering.

Was für eine Überraschung, als Mariolina plötzlich Schmerzen im Unterleib verspürte und sich herausstellte, dass sie schwanger war! Was für Träume, Pläne und Erwartungen das zur Folge hatte! Ruggeros Eltern waren plötzlich wie verrückt bei dem Gedanken an einen unverhofften Erben und stritten sich laut um den Namen, den sie aussuchen oder zumindest vorschlagen wollten: Tommaso wie der Onkel, der Priester war, denn der Junge war sicher ein Wunderkind. Die künftige Mutter begab sich in eine Zauberwelt von Babystramplern, Schühchen, Fläschchen, Lätzchen und Windeln, die sie in großen Mengen kaufte, als sie den dritten Monat hinter sich hatte. Vorher ging es ihr zu schlecht. Sie tat es, obwohl sie wusste, dass ihre Schwester, die zukünftig Tante Marietta genannt werden wollte, schon eine Babyausstattung aus von ihr selbst mit der Häkelnadel hergestellten Unikaten bereithielt.

Leider endete das schöne Märchen am Ende der sechzehnten Woche, als das Kind schon zwölf Zentimeter lang und etwa hundert Gramm schwer sein musste. So stand es in dem Buch, das Mariolina immer aufgeschlagen auf der kleinen Kommode liegen hatte, um die Entwicklung des Babys Schritt für Schritt zu verfolgen.

An einem traurigen Morgen ließen unzweifelhafte Blutstropfen das Schlimmste vermuten. Ruggero dachte, dieses Blut sei die Strafe dafür, dass sie während der

Schwangerschaft miteinander verkehrt hatten. Aber was hatte das damit zu tun, fragte er sich wenige Augenblicke später. Ein Mann hatte die Freiheit, es mit seiner Frau zu treiben, wann und wie er wollte, oder etwa nicht? Und der Gynäkologe hatte gesagt, wenn sie schwanger sei, dürfe man es trotzdem tun. Das Baby würde davon sowieso nichts merken.

Sie eilten ins Krankenhaus in der Hoffnung, man würde sie dort von ihren Sorgen befreien. Doch sie erfuhren dort Folgendes:

1. Die Schwangere müsse sich sofort hinlegen (Ruggero musste zu Hause ihren Pyjama holen und die weinende Mariolina im Krankenhaus allein lassen).

2. Es müsse eine Ausschabung gemacht werden, und das auch noch gleich neben dem Kreißsaal (wo alle glücklichen Mütter ihre Kinder bekamen), weil kein anderes Bett frei war.

3. Das Kind wäre krank zur Welt gekommen und wäre durch natürliche Selektion davor bewahrt worden (ein Satz, der sie trösten sollte, doch alles nur noch schlimmer machte).

Was für eine Krankheit ist das, warum ist es gerade uns passiert, gibt es denn keine Hoffnung? Lauter überflüssige Fragen.

Mit der zweifelhaften Hoffnung auf eine weitere Schwangerschaft, aber erst nach langer Zeit, also mit Chancen, die in ihrem Alter gleich Null waren, hatte sich Mariolina, als sie wieder zu Hause war, ins Bett gelegt. Sie fiel in eine tiefe Depression und schien nie mehr aufstehen zu wollen. Ruggero erschrak und fürchtete schon, sie werde es machen wie ihre Mutter, die sich eines schönen Tages ins Ehebett gelegt, sich darin wie eine Zwiebel gehäutet hatte, Schicht für Schicht, und zwanzig Jahre später auf der Bahre hinausgetragen wurde. Die Gründe der Schwiegermutter, die er nie kennengelernt hatte, wieder auszugraben erschien ihm unnütz, aber wenn Mariolina dieselben Gene hatte, war die Gefahr groß. In seiner Angst konsultierte er den Hausarzt, doch der hielt nichts von der Idee, dass dies erblich sein könne. Er gab ihm den Rat, die Signora ein wenig abzulenken.

»Gutes Essen, guter Sex und Lachen, dann fühlt sich ein Mann wie im Paradies, doch bei einer Frau«, fuhr er philosophisch und stolz auf dieses auf eigener Erfahrung beruhende Motto fort, »trifft dies leider selten zu. Wir geben ihr ein Medikament, und dann sieht sie das Leben wieder in bunten Farben. Kommen Sie mit ihr zu mir.«

Glücklicherweise war Mariolina nicht wie ihre Mutter und kam ziemlich bald wieder auf die Beine. Ihre Enttäuschung und ihren Kummer versenkte sie an einem Ort, den nur sie kannte und an dem sie alles ablegte, was ihr wehtat: tief in ihrem Herzen und weit weg von ihren Gedanken. Sie fand die Maxime des Hausarztes richtig und mit Hilfe von Formalinumschlägen suchte sie Ablenkung und Zerstreuung und konzentrierte sich auf sich selbst. Das hatte sie aber auch wirklich verdient. Sie ließ sich von einem Schönheitschirurgen die Augenlider straffen und machte eine Ozontherapie, um ihre Zellen mit Sauerstoff zu versorgen, besuchte ein Wellness-Zentrum mit zugehörigem Fitness-Studio, erneuerte ihre Garderobe, die aus der Mode gekommen war, kaufte einen reizenden beigefarbenen Zwergpudel, den sie Thomas nannte, und wurde, weil sie Heimweh nach Borgo Propizio hatte, Mitglied der Gruppe für kreatives kulinarisches Schreiben in der Milchbar, was sich als gute Therapie erwies. Natürlich nicht nur für sie. Der Kurs hatte sich schnell auf das Doppelte vergrößert, inzwischen waren sie fünfzehn Teilnehmer pro Sitzung. Mariolina waren das zu viele, denn sie musste die Geschichten der anderen mit Tempo hundert lesen, wie Letizia es nach einem Lied des G.M. formulierte, dabei hatte sie, wie sie fand, teilnahmsvolle ruhige Zuhörer verdient.

Wie sehr ihr Heimatort ihr fehlte! Vielleicht war es ihr größter Fehler gewesen, sich in das Haus von Ruggero verpflanzen zu lassen, mit den Schwiegereltern, die zwar lieb waren und ihr elterliche Zuneigung schenkten, wie sie sie nie bekommen hatte, doch manchmal war es wirklich lästig, mit zwei Alten zu leben, die in den achtzigern waren. Zwar war sie die Hausherrin, und es fehlte ihr an nichts in diesem prächtigen Haus, das ihr wegen der Gütergemeinschaft seit ihrer Hochzeit zur Hälfte gehörte. Auch hatte sie Dienstpersonal: Candela, die Haushälterin aus Peru, die schon vor ihrer Ehe mit Ruggero da gewesen war, dazu eine Putzfrau aus dem Senegal und einen polnischen Gärtner. Drei Ausländer. Das koste nicht so viel, hatte Ruggero gesagt.

Die zweite und der dritte waren nicht fest angestellt, dazu brauche man ein Vermögen, hatte ihr Mann erklärt, bei dem sie neuerdings eine gewisse Knauserigkeit feststellte. Selbstverständlich gab allein sie der Putzfrau und dem Gärtner Anweisungen.

Die Leute beneideten sie, weil sie nicht zu arbeiten brauchte und in einem so schönen Haus wohnte, doch sie trauerte Borgo Propizio nach, das ihr jetzt vorkam wie ein sicherer Hafen, und vermisste ihre Arbeit beim kommunalen Finanzamt. Sie fragte sich, warum sie gekündigt hatte.

Ja, warum?

Ruggero war wohlhabend, war eifersüchtig auf die Kollegen und wollte, dass sie auf seine Eltern aufpasste und die Haushälterin überwachte, das Dorfgeschwätz war ihr zu viel geworden und ihre Schwester Marietta war ihr zunehmend auf die Nerven gegangen … All diese Gründe schienen ihr jetzt nicht mehr zu gelten, aber da sie ihre Stelle nicht mehr wiederhaben konnte und sie auch den neuen Dezernenten für Finanzen, Personal, Staatsvermögen und Steuern nicht kannte, hoffte sie, dass die Kommune bald eine andere Stelle ausschreiben würde. Sie war bereit, etwas zu lernen, fühlte sich noch jung und kreativ. Schön wäre eine Halbtagsstelle, so könnte sie nebenher noch ein Auge auf die Schwiegereltern haben.

Der Kreuzfahrt, die sie sich seit Jahren wünschte, hatte Ruggero endlich zugestimmt. Nach dem schmerzlichen Erlebnis mit der Fehlgeburt konnte er nicht mehr nein sagen. Die Rückkehr nach Hause, wo schon alles für das Baby vorbereitet war, das niemals zur Welt kommen würde, war eine Tragödie gewesen. Mariolina hatte sich ins Bett gelegt und drei Tage am Stück geschlafen. Sie wollte die Welt und das Missgeschick vergessen, das sie seit ihrer Kindheit verfolgte, doch ihre Mutter war ihr im Traum erschienen und ermahnte sie, es nicht zu machen wie sie, sondern etwas zu tun. Und zwar schnell! Mit Hilfe von Ruggeros Liebe, der Zuneigung der Schwiegereltern, der Mitarbeit von Candela (sie hatte die gesamte Babyausstattung nach Peru geschickt) war es ihr gelungen, wieder Fuß zu fassen.

Ein paar Monate vor der Abreise meldete sie sich in einer Sprachenschule an, um ihr Englisch aufzubessern, informierte sich über die Fjorde, ihre Entstehung und Eigenschaften (sie war gern auf alles vorbereitet), und nach einem Flug nach Amsterdam ging sie an Bord des Kreuzschiffs *Sovrana dei Mari*, Herrscherin der Meere.

Wie schade, dass diese Traumreise zu Ende geht, dachte sie betrübt, während sie stolz ihr Bild im Spiegel betrachtete. Sie trug ein meergrünes Organdikleid, das die See vor Neid erblassen lassen musste, denn es war durchsichtig.

Das Kleid reichte bis zu den Fesseln und ließ ihre zarten und zierlichen Füße sehen, die in den schwindelnd hohen bronzefarbenen Plateausandalen besonders zur Geltung kamen. Sie sah blendend aus mit ihren achtundvierzig Jahren (niemand hätte je vermutet, dass Ruggero zehn Jahre jünger war) und war bestens gerüstet für das Gala-Diner, das auf sie wartete, und des fürstlichen Luxus ihrer Suite *Magic Royal* würdig.

4

Hotel Erinnerung

Borgo Propizio hat mir zweimal das Leben geschenkt.

Ornellas Worte klangen Antonia in den Ohren, während sie auf dem Fahrrad, das das Hotel seinen Gästen zur Verfügung stellte, ins Tal zurückfuhr. Gelbe Forsythien-Wolken hier und da versetzten sie in beste Stimmung, und erst jetzt, als sie während der Fahrt nach unten ständig die Bremse zog, wurde ihr bewusst, wie sehr es sie ein paar Stunden zuvor angestrengt hatte, bis hinauf in den Ort zu gelangen. Es waren sanfte Kurven, so hieß es in der Werbung, doch nur die Verzweiflung hatte ihr die Kraft gegeben, den Berg hochzufahren. Und sicher auch das Interesse an einem Besuch des Mittelaltermuseums in der Burg oben auf dem Berg, wo Ornella sie freundlicherweise (oder aus Mitleid) in die Milchbar mitgenommen hatte.

Sie musste zugeben, dass sie sich jetzt etwas besser fühlte. Vielleicht war die Luft in dem Ort wirklich etwas Besonderes, wie die seltsame Frau gesagt hatte, in dieser merkwürdigen altmodischen Bar, in der es sogar eine Jukebox von früher gab mit 45er Schallplatten aus Vinyl. Ornella hatte heute Morgen so munter gewirkt, wie aufgeblüht. Früher war sie ihr immer finster und angespannt erschienen. Antonia hatte gedacht, sie sei von Natur aus so – eine verwöhnte und nervöse Frau. Sie hatte sich geirrt.

Heute Morgen hatte Antonia sich nicht getraut, Ornella zu gestehen, dass sie sie damals unsympathisch gefunden hatte. Doch dieses Gefühl beruhte sicher auf Gegenseitigkeit. Bei den genussvollen Abendessen hatte sie aus purer Etikette voller Heuchelei und Verstellung Dinge gesagt wie: Meine Liebe, du siehst wunderbar aus, wirklich großartig, ich freue mich sehr, dich wiederzusehen. Sie trug die teuersten Markenkleider und den kostbarsten Schmuck. Antonia gehörte zu diesem Milieu, das war ihre Welt, hier war sie geboren, ihre gesamte Familie war so. Als sie dann ihren Mann verließ und sich mit diesem Hanswurst zusammentat, hatte sie keine Familie mehr, wurde ausgestoßen und enterbt. Das Schlimmste aber war, dass sie den Hanswurst auch nicht mehr hatte. Er hatte sich als Würstchen erwiesen.

Während Antonia so ihren Gedanken nachhing, erreichte sie das Hotel. Das Fahrrad stellte sie neben die anderen, wusch sich schnell die Hände und ging ins Restaurant. Es war einfach geführt und das Essen schmackhaft. Sie hatte Glück, denn sie nahm kaum zu. Dabei konnte sie sich nicht beherrschen, wenn sie nervöse Hungerattacken bekam. Wie sollte sie bloß die Einsamkeit überwinden, die an ihr nagte? Sie hatte mal ein Haus und einen Ehemann gehabt, eine Mutter und einen Vater, einen Bruder, eine Schwägerin und zwei Neffen.

Eine Arbeit.

Einen Liebhaber.

Liebe.

Hoffnung.

Eine Zukunft.

All das hatte sie verloren. Mit vierzig Jahren stand sie da mit einem Architekturdiplom, das ihr nutzlos schien. Ein paar unsichere Verträge, eine billige Wohnung und ein paar tausend Euro auf dem Konto, die bald aufgebraucht sein würden. Sie war ganz auf sich allein gestellt.

»Du hast es nicht anders gewollt«, hatte ihr Vater gesagt, als er sie aus dem Familienunternehmen warf. »Komm nur nicht auf die Idee, dich bei einem von uns wieder blicken zu lassen.«

Um Trost zu finden und wieder an die Zukunft zu glauben, musste Antonia einen langen und mühsamen Weg in ihr Inneres zurücklegen, musste die Teile eines schmerzhaften Puzzles wieder zusammensetzen, sich an Worte, Augenblicke, Gesten, Atemzüge erinnern, jeden Wimpernschlag, die Nägel in der Haut, den Ozean der grünen Augen, in denen sie geschwommen war. Und sich an alles erinnern, was geschehen war, als sie in einer Liebe versank, die leider von großem Schmerz begleitet war.

Nachdem der x-te befristete Vertrag abgelaufen war, beschloss sie, sich an einen Ort zurückzuziehen, in dem sie ihre Geschichte vergessen konnte. Was war da geeigneter als ein unberührtes Städtchen auf einem Hügel mit Obst und Weingärten, unter einem klaren Himmel (dank der stets frischen Brise) und weit weg von der Umtriebigkeit und Hektik des modernen Lebens, wie es in den Werbeprospekten hieß. Und gab es ein passenderes Hotel als eines, das sich *Erinnerung* nannte und dessen freundliche und aufmerksame Inhaberin ihren Gästen mit mütterlicher Zuwendung begegnete, als wären sie der Ersatz für ihren Sohn, der nach London gegangen war, um dort internationale Restaurants kennenzulernen. Er hatte ihr gesagt: »Ich bleibe nur ein halbes Jahr weg und komme dann wieder.« Jetzt war er schon acht Jahre fort. Virginia hatte das Hotel im Vertrauen darauf übernommen, dass ihr Sohn (das einzige Kind einer Mutter, die stolz darauf war, alleinerziehend zu sein) bald wiederkäme. Aber nein. Er hatte es tausendmal versprochen und war immer noch nicht da. Die Mutter hoffte, dass keine Frau im Spiel war, aber was wusste sie schon?! Ihr Sohn war, was das anging, total zugeknöpft.

Die Besitzerin des kleinen Hotels war wirklich freundlich und aufmerksam, aber für Antonias Geschmack ein bisschen zu redselig, denn sie selbst war eher zurückhaltend. Sie nahm es ihr nicht übel, denn gerade jetzt brachte sie ihr einen Teller mit dampfenden Involtini aus Auberginen, gefüllt mit Salsiccia. Davon verschlang Antonia gleich zwei Teller, denn Appetit hatte sie immer.

Das Hotel *Erinnerung* stand am Fuß des Hügels, auf dem das Städtchen lag. Diese Gegend war ursprünglich für Ackerflächen und Weiden bestimmt, doch diese waren immer mehr zurückgegangen. Vor allem wegen Unordnung und Unsicherheit in dem Ort, wegen dauernder Streitigkeiten zwischen Parteien und wegen zunehmender Bedrohungen von außen, denen die Gutsherren im Lauf der Jahrhunderte nichts entgegenzusetzen hatten. So hatten sich der gute Ruf und die Macht des Felsens aus weißem Lavastein, der an sonnigen Tagen blendend hell strahlte (leider nicht genug, um die Feinde erblinden zu lassen), verdüstert. Erst in jüngster Zeit hatte die kleine Burg wieder neuen Glanz erlebt.

Der heutige Bürgermeister, ein Ingenieur, der seinen Mann stand und sich für die Geschichte des Mittelalters interessierte, hatte sich die Gelegenheit nicht entgehen lassen, hier den Bau von Häusern zu erlauben. Er hatte den Bauherren aufgelauert, denn er sagte sich: 1. würde das Terrain um den Hügel viele Baufirmen anziehen, 2. seien schon von der letzten Stadtregierung verschiedene Baupläne vorgelegt worden, 3. stehe der ehrgeizigste und unverschämteste von ihnen, der die Burg in ein Hotel umbauen wollte mit so viel Sternen, dass man ein ganzes Firmament damit pflastern könne, kurz davor, über Nacht die Zustimmung zu erhalten, 4. sei das Abkommen dank eines niemals identifizierten Maulwurfs geplatzt, offenbar jemand, der außen vor geblieben war; 5. habe der Überraschungsangriff der Carabinieri unter dem Kommando des Maresciallo Saltalamacchia, der durch den berühmten Fall des historischen Schmucks bekannt war, den früheren Bürgermeister und seine beiden Komplizen zu Fall gebracht, einer sei bereits im Knast, der andere stehe vor Gericht.

Nach zwanzig Jahren, in denen durch Schiebung immer derselbe Mann an der Spitze gestanden hatte, brauchte Borgo Propizio einen Neuanfang, und der Ingenieur, der genug davon hatte, überall auf der Welt sein Talent zu erproben, beschloss, es hier anzuwenden, in dem Dorf seiner geliebten Großeltern mütterlicherseits, Eriberto und Pia. Das Städtchen war eine Oase der Ruhe mit all den (fast unversehrten) Wäldern ringsum, ein Schutzwall gegen den Lärm der Stadt, mit harmonischer Architektur und dem schönsten Panorama, und so kam es ihm vor, als pulsiere hier immer noch das Leben seiner Großeltern (mütterlicherseits). Sie waren Bauern gewesen und hatten sich auf wenig ertragreichem Feldern abgemüht. Doch sie waren stolz auf ihre Arbeit, und das entschädigte sie für ihr schweres Los. Es waren einfache Leute gewesen, und er hatte den Eindruck, ihnen zu begegnen, wie sie in ihren ausgewaschenen alten Kleidern die wenigen Momente genossen, die es für sie gab, Ruhe und Entspannung am Sonntag, bei den kirchlichen Festen, dem Karneval, an Fronleichnam, bei einem Ausflug zum Markt im Nachbarort oder zum Magnifico, der heute Platz der Auferstehung genannt wurde, im Volksmund Rathausplatz. Diese Leute hatten sich nie verändert.

Ihm kam es sogar so vor, als sähe er noch das edle Profil der früheren Herrscher, und er wünschte sich, von einem von ihnen abzustammen, warum nicht gleich von Aldighiero, was nicht ganz unmöglich war, denn der Vater des Ingenieurs war unbekannt.

Es war leicht für ihn gewesen, auf einer Bürgerliste zu kandidieren, die eigens geschaffen worden war. Sie trat für Erneuerung und Offenheit ein, war weder rechts noch links orientiert und propagierte den Blick nach vorn. Ziel war eine leuchtende Zukunft, die in einem Logo zum Ausdruck kam, auf dem auf weißem Grund vorn die Burg zu sehen war und nur drei Worte in deutlich zu lesenden Buchstaben in den sieben Farben des Regenbogens. (Drei mal sieben machte einundzwanzig, den Tag seines Geburtstags). Die drei Worte waren die Quintessenz seines Programms und beschrieben die Aufgabe, die er mit den Wählern anpacken wollte. Er wollte eine Politik unter Einbeziehung aller machen, eine Politik für das Volk, dem er einen wichtigen Platz einräumen und auf das er hören wollte. Sie sollte ein Vorbild für die ganze Nation sein und auch ins Ausland exportiert werden können, ein Vermächtnis an die nächsten Generationen, das neue Orientierung gab. Eine Politik, die ein Geschenk an die Bürger war. Eine Politik, die auch einen Wunsch enthielt, der in den drei einfachen Worten zusammengefasst war: *Borgo Propizio Felice*. Glückliches Borgo Propizio.

Felice, was der Glückliche bedeutete, war sein Vorname. Rondinella, Felice, und wehe einer lachte darüber.

Der Ingenieur Rondinella hatte es bei der Wahl nicht schwer, denn er verstand es, sich in klaren Worten auszudrücken, und das mochten seine neuen Mitbürger. Er redete ohne sprachliche Schlenker, ohne Fachausdrücke und ohne die für Politiker typischen gedrechselten Phrasen. Während seine Gegner sich in ausschweifenden feierlichen Reden ergingen, nannte er Brot Brot und Wein Wein. Einfache Worte für einfache Leute, die vor kurzem noch Angst vor Gespenstern gehabt hatten.

Ohne komplizierte Ausdrücke und Metaphern erklärte er, er habe die Genehmigung erteilt zu bauen, aber nur unten im Tal und zu ganz bestimmten Bedingungen. Ein Stück Baugelände bekamen all jene, die bereit waren, am Wiederaufbau der Burg und der Stadtmauer mit ihren Zinnen mitzuwirken; ein kleineres Stück erhielten jene, die die Fassaden ihres Wohnbocks gereinigt hatten oder die der Gebäude am alten Bauernhof, der erneuert und unterhalten werden musste, und solche, die das Pflaster erneuert hatten. Ein winziges Stück Land erhielt die Firma, die ein komfortables Hotel baute, das allerdings nicht mehr als drei Sterne haben sollte (der Bürgermeister hasste Übertreibungen), und es sollte *Erinnerung* heißen, damit die ruhmreiche Vergangenheit des Ortes nicht vergessen wurde. Es sollten auch andere Einrichtungen zum Empfang von Touristen entwickelt werden, ein Reisebüro, ein Fremdenverkehrsverein und so weiter.

Ihm war auch zu verdanken, dass der Verkehrsstau auf dem Weg in das Städtchen ein Ende fand. Und es ging auch mit der Geburtenrate wieder nach oben, es wurden wieder mehr Kinder geboren, und bald würde es auch wieder eine Grundschule geben. Und das alles in einem Zeitraum von drei Jahren. In die neue Siedlung, dessen war er sich sicher, würden bald viele Leute ziehen, Kapital in den Ort bringen und ihn beleben. Oder sie würden Kredite aufnehmen, was ebenso gut war. Scharen von Neuvermählten und Rentnern (also potentielle junge Eltern und Großeltern) würden die neuen Wohnungen erwerben, die nur in ökologischer Bauweise errichtet werden durften, mit modernster Technik, erneuerbaren Ressourcen, Hausleitsystem, WLAN und vielem mehr. Alles ohne CO_2-Verbrauch.

In der Altstadt hingegen durfte nichts an der magischen antiken Atmosphäre verändert werden. Kein einziger neuer Stein durfte hinzugefügt werden unter dem dank der frischen Brise fast immer klaren Himmel. Hier gab es so gut wie keine feuchte Luft, die sammelte sich unten im Tal. Es sollte halb kulturell, halb touristisch geplant werden (aber Souvenirläden durfte es nur außerhalb der Stadtmauer geben), ein wahres und eigenes Kunstwerk, das die Aufmerksamkeit des Palazzo Chigi, des Präsidenten oder Palazzo Montecitorio auf sich ziehen würde (vielleicht würde auch eine Straße nach Borgo Propizio benannt, am Ende sogar in Rom). Von überall her sollten Menschen kommen und Schlange stehen, um das Juwel zu besuchen, das er seit langem einrichten wollte: ein Mittelaltermuseum, gewissermaßen ein Buch aus Stein, an dem die Leute aus

Propizio ihre Geschichte ablesen konnten, um es mit Victor Hugo zu sagen. Mit den Augen seines Herzens sah er schon im renovierten Burgsaal jedes einzelne Ausstellungsstück vor sich, jeden Fund, jedes Andenken, die er persönlich mit der Liebe einer Mutter betreuen wollte.

Oder mit der eines Vaters.

5

Sterne und Satelliten

Drei Tage hatte Ornella das Haus nicht verlassen. Sie bereitete ein Programm für den Kulturdezernenten vor, und das sollte abgerundet, attraktiv, kostengünstig und originell sein. So schnell wie möglich sollte sie es ihm schicken.

Conforti hatte von Kultur und Poesie gesprochen und sie gebeten, das Niveau nicht zu sehr in die Höhe zu schrauben. Die Leute sollten sich dabei entspannen und unterhalten. Es sollte ein volkstümliches Ereignis werden. Volkstümlich und so, dass alle gern mitmachten. Es sollte mehrere Tage dauern, denn so konnte auch das Hotel *Erinnerung* davon profitieren, das zu fünfzig Prozent der Kommune gehörte (es war nicht gelungen, dem Investor mehr abzuringen). Das Hotel zahlte der Kommune eine fixe Summe im Monat und bei guter Belegung noch mehr.

»Kulturarbeit ist nicht einfach, wenn einem die Kollegen von der Buchhaltung, der Personalabteilung und vom Denkmalschutz ständig in die Suppe spucken.«

Deshalb, so fuhr er in seiner seltsamen Art zu reden fort (er verschluckte manche Silben, und manchmal verstand Ornella ihn einfach nicht), stelle er sich eine Reihe kleinerer Veranstaltungen vor, die sich um ein Hauptereignis gruppierten mit einer bekannten Persönlichkeit im Mittelpunkt, die in aller Munde war, zugleich aber von literarischer Qualität. Jemand, der sehr bekannt war, in der Welt der Kultur, aber auch anderswo. Die kleineren Events sollten sich wie Satelliten um dieses zentrale Ereignis bewegen. Es müsse etwas Aufregendes sein, um das keiner herumkäme. Stattfinden sollte das Ereignis am Herbstanfang, wenn es nicht mehr heiß, aber auch noch nicht kalt sei. Mit einer großen Beleuchtungsanlage, das war doch eine Idee. Am besten, alle Events fänden am Abend statt, so würden die Leute tagsüber ins Museum gehen, und der Bürgermeister wäre zufrieden. Man müsse nur ein bisschen demagogisch vorgehen.

Der Kulturdezernent hatte tatsächlich »demagogisch« gesagt.

»Ich habe mich falsch ausgedrückt«, verbesserte er sich dann aber gleich. »Demagogie ist ein starkes Wort. Was ich meine, ist, dass ich Borgo Propizio interessant machen und die Leute dazu bringen will, hierherzukommen und Geld auszugeben. Und schon rollt der Rubel. Ich glaube, ich muss Ihnen nicht sagen, was für eine wichtige Aufgabe ich Ihnen da übertrage.«

Kurzum – die Sache müsse ein Erfolg werden, auch weil … es sei eigentlich zu früh, darüber zu reden, aber vielleicht würde er bei der nächsten Bürgermeisterwahl gewinnen, und dann …

Er sei so überlastet, dass er fähige Mitarbeiter suche, die zugleich so etwas wie Freunde seien und auf die er blind vertrauen könne – heute und eventuell in der Zukunft – und die ihm so perfekte Vorlagen lieferten, dass er sie mit geschlossenen Augen unterschreiben konnte.

Bei diesen Worten holte er ein Notebook neuester Herstellung aus dem Schreibtisch, in dem die erste Seite einer Tageszeitung aufgeschlagen war, dann verabschiedete er Ornella.

Sie ging nach Hause und dachte, so ein Gerät wäre auch für sie von Nutzen, und dann machte sie sich gleich an die Arbeit. Doch nachdem sie sich zwei Tage am Schreibtisch wie eine Gefangene gefühlt, sich den Kopf zerbrochen und Programme ausgedacht hatte, die sie nicht überzeugten, hielt sie es nicht mehr aus. Ihre Beine waren steif und sie sehnte sich nach frischer Luft. Sie zog einen Jogginganzug und ihre Sportschuhe an, und nach einem Lauf rund um die Stadtmauer ging sie in die Milchbar, wo sie Belinda allein antraf. Ihre Tante war in der Seniorenuniversität und besuchte ein Seminar über indische Mystik.

»Was ist das?«, fragte Ornella, die über Letizias Energie und Exzentrik nur so staunen konnte.

»Ich weiß es nicht. Frag sie lieber nicht danach. Sonst fängt sie noch an, es dir zu erklären, und hört nicht mehr auf«, antwortete Belinda und machte zwei Milchshakes. Da keine Kunden da waren, setzte sie sich mit Ornella an einen Tisch, und die erzählte ihr von dem neuen Auftrag.

»Du könntest den Maresciallo Saltalamacchia einladen.«

»Den mit dem Schmuck?«

»Ja, genau.«

»Damit er Spaßgeschichten über Carabinieri erzählt?«

»Er hat einen Roman geschrieben.«

»Tatsächlich?«

»Ja.«

Ornella kam es seltsam vor, dass ein Mann in Uniform eine künstlerische Ader besitzen konnte. Am wenigsten einer von der ehrenwerten Truppe der Carabinieri.

»Besucht er Letizias Kurs für kreatives Schreiben?«

»Nein, ich glaube, er war krank oder trug einen Gipsverband und hat die Zeit zum Schreiben genutzt. Er hat meinem Vater ein Exemplar geschenkt, aber der liest keine Bücher. Meine Mutter aber hat's gelesen, und es hat ihr gefallen. Sie hat es in zwei, drei Tagen verschlungen. Sie konnte gar nicht mehr aufhören, und wenn sie die Lektüre unterbrechen musste, freute sie sich schon aufs Weiterlesen …«

Eine Autohupe erklang. Es war Claudia, ihre Mutter, die im Innenhof parken wollte, doch Belindas Auto ließ ihr keinen Platz.

»Warte einen Moment, ich parke mein Auto so, dass deins daneben passt. Wie blöd, dass sie diese Umweltzone eingerichtet haben. Vorher war es viel einfacher.«

Während Belinda nach draußen ging, blickte Ornella hinaus. Die neu angelegte fünfeckige Piazza mit dem edlen Pflaster im Pfauenmuster, der Brunnen mit den erneuerten Wasserspielen, die sie als Kind so begeistert hatten, das neu gestrichene helle Rathaus mit dem beeindruckenden Wappen am Eingangstor, umrahmt von den beiden wehenden Fahnen, links die Trikolore und rechts die Sterne der Europäischen Union auf blauem Grund! Wie sich alles verändert hatte! Wenn man bedachte, dass das Dorf vor zwei Jahren noch völlig heruntergekommen war. Was würde das Schlossgespenst sagen, wenn es all dies jetzt sähe.

Wer dachte noch an das Gespenst? Die neuen Bewohner des Städtchens, die sich unten im Tal ein Haus gekauft hatten, kannten die Legende vom Gespenst nicht einmal. Dabei war es gar keine Legende gewesen.

Ornella sah Claudia nur selten und sagte ihr, von weitem hätte sie sie für ihre Tochter gehalten, so sehr sähen sie sich ähnlich – vor allem, seit Belinda ihre Lockenpracht glätten ließe. Dann fragte sie sie nach dem Buch des Maresciallo.

Ja, sagte Claudia, es habe ihr richtig gut gefallen, es habe eine lebendige Sprache, sei ironisch und unterhaltsam, nicht ohne eine gewisse Bitterkeit. Manchmal träte die Geschichte etwas auf der Stelle, aber danach ginge es umso lebhafter weiter.

Belindas Mutter war nicht nur eine Leseratte, sondern auch eine kompetente Literaturkritikerin. Ein schöner Roman sei das, wirklich mitreißend! Nein, der Maresciallo sei nicht plötzlich zum Schriftsteller geworden, er sei wirklich begabt, und in der Vita hieß es, er habe diesen Traum seit Jahren verfolgt. Nein, über den Schmuck schreibe er darin nicht. Sie habe schon gefürchtet, dass ihm die Entdeckung der Juwelen, durch die er damals so ins Scheinwerferlicht geraten war, zu Kopf steigen könnte. Aber nein, er habe eine originelle Geschichte geschrieben, über Freundschaft und Verrat. Was genau passierte, wollte Claudia ihr aber nicht sagen, es sei übrigens eine wahre Geschichte. Darin käme eine falsche Rolex vor. Die habe ihm ein wie ein Bruder geliebter Freund als Pfand für eine Geldsumme vom mehreren Millionen Lire hinterlassen. Er sei mit dem Geld verschwunden und seitdem kein Freund und kein Bruder mehr.

Ornella schrieb sich den Namen des Maresciallo und den Titel des Buches auf.

»*Bartolomeo Saltalamacchia, Die Lanzen der Freundschaft*. Claudia, weißt du zufällig, ob das Buch auf der Bestsellerliste steht?«

»Nein, und ich glaube auch nicht, dass es so weit kommt. Nicht, dass er es nicht verdient hätte. Aber es ist in einem kleinen Verlag erschienen …«

Vielleicht war dieser Autor nicht der große Planet, aber einer der ihn umkreisenden Satelliten. Der Maresciallo war im Ort und im ganzen Umland bekannt, und eine Zeitlang war er ein Held gewesen. Er hatte die Beute eines historischen Juwelenraubs entdeckt und das

Burggespenst zur Strecke gebracht. Daran erinnerten sich die Leute bestimmt noch. Seine Mitwirkung beim Festival unter den Sternen würde eine prima Werbung sein.

Ach, da war ihr ja ein Titel für das Festival eingefallen, so ganz spontan!

»Er gefällt mir sehr«, meinte Claudia.

»Mal sehen, ob er auch dem Dezernenten gefällt«, sagte Ornella hoffnungsvoll.

»Ich glaube schon.«

»Das glaube ich auch«, erklärte Belinda und sah auf die Uhr. »Warten wir mal auf Letizia. Es ist zwölf, ihr Seminar ist zu Ende.«

Sie wählte eine Nummer und gab der Freundin den Apparat. Die Tante war bereits auf dem Heimweg.

Ja, dieser Titel gefiele ihr sehr, meinte auch Tante Letizia. Wenn der Dezernent ein Universum haben wollte, dann war das astronomisch … astrologisch. Aber wisse man denn eigentlich, was er sei?

Ornella begriff den Sinn dieser Frage sofort und hätte Letizia liebend gern glücklich gemacht. Letizia gehörte zu den seltenen Menschen, die ihrem Sternzeichen nicht entsprachen. Sie war kein typischer Schütze, war nicht unzuverlässig wie ihr Ex-Mann. Seit mindestens einem halben Jahrhundert verehrte sie glühend den G.M., den großen Musiker. Ornella sagte also, sie wolle versuchen, ihn einzuladen. Das sei aber nicht so einfach, der Dezernent habe von Lyrik und nicht von leichter Muse gesprochen.

Welche leichte Muse?

»Na ja, Schlager eben, Opium für die Frauen, jedenfalls sagt ihr Vater das«, meinte Claudia und wies auf Belinda.

Wenn es einen Menschen gab, den Cesare nicht ausstehen konnte, dann war es der Große Musiker.

6

Im Ruhmreichen Institut für die Geschichte der Renaissance

Cesare konnte Tagungen nicht ausstehen. Doch leider konnte er es sich manchmal nicht leisten, Einladungen dazu abzusagen.

Was er auch nicht ausstehen konnte, waren Tagungsteilnehmer, die auf Wirkung bedacht waren und lieber sich selbst reden hörten, als mit anderen zu sprechen.

Das Ruhmreiche Institut für Geschichte der Renaissance war ein prominenter Kunde seiner Kanzlei und so war er vorsichtig. Er ging dort gewöhnlich nicht hin, aber diesmal musste er sich auf der wichtigen Tagung blicken lassen, da seine beiden Teilhaber gesagt hatten, sie seien leider verhindert. So war wohl oder übel er (sonst hatte er sich immer darum gedrückt) an der Reihe. Er fuhr mit der Straßenbahn hin, weil man im Zentrum so gut wie nicht parken konnte.

Und jetzt stellte er mit leichtem Erstaunen fest, dass er vermutlich der Einzige war, der sich langweilte.

»Eigentlich …«

Die wohlüberlegte Pause erhöhte die Wirkung. Die aufmerksamen Zuhörer in dem überfüllten Saal hielten den Atem an.

Der Referent ließ den Blick umherschweifen, als zähle er die menschlichen Sardinen im Festsaal des *Ruhmreichen Instituts für die Geschichte der Renaissance*, der für diesen Anlass von Staub, Spinnweben, Insektenkadavern und anderen Nettigkeiten gereinigt worden war.

Seine Eminenz, der Direktor – oder einfach nur Eminenz, wie er in unüberwindlicher Ehrerbietung genannt wurde – hatte sich für diese Tagung heftig engagiert, weil (das erzählte er in seiner akademischen Eröffnungsrede) ein bedeutender Vortragender anwesend sei, neben dem zu sitzen er die Ehre habe und dessen Gegenwart eine Bereicherung für alle sei, interessierte Studenten und Gelehrte, für langjährige Mitglieder und solche, die kürzlich beigetreten seien. Viele neue gab es eigentlich nicht, schon seit längerem fehlte es an frischem Nachwuchs. Aber das sagte er lieber nicht.

Seine Mitarbeiter wussten, dass diese Schmeichelei mit der wenig erfreulichen Tatsache zusammenhing, dass die Gelder des Instituts an der Kürzung staatlicher Ausgaben litten, dem Einfrieren der Kredite und vor allem wegen bestimmter Zahlungen, die mit Zustimmung des ehrenwerten Direktors getätigt worden waren und von denen vor allem er selbst profitiert hatte, nicht ohne seinen treuesten Anhängern ein paar Brosamen abzugeben.

Irgendjemand hatte ihm den Namen des bedeutenden Gastes eingeflüstert. Von ihm war in letzter Zeit viel die Rede gewesen, mehr als je von ihrem eigenen Helden geredet worden war (dem der beiden Welten), und dessen letzte Veröffentlichung gerade recht kam.

So hatte der Direktor gleich über ein hochrangiges Ereignis nachgedacht, um den berühmten Gast anzulocken, eine Präsentation, einen Konvent, eine Konferenz, ein Symposium, einen runden, viereckigen oder achteckigen Tisch, wenn er nur wenige Worte zu irgendeinem Thema sagte.

»Ob wir versuchen könnten, ihn zu fragen?«

Dies fragte er fast atemlos seinen Gesprächspartner.

Ja, er könne es versuchen

Da holte der Direktor tief Luft.

Das wäre für das Institut ein Volltreffer. Allerdings nur wenn sein Auftritt nichts koste.

Kein Problem, berühmte Leute machten dies für den Ruhm, hatte ihm sein Gesprächspartner versichert. Man wisse doch, dass der Rubel dann von selbst rolle. Sponsoren, Werbung ...

Der Direktor atmete auf.

Es sollte nichts kosten.

Danach wollte man dem zugkräftigen Gast eine Ehrung zukommen lassen, einen Preis, irgendeinen Gegenstand, der zu nichts zu gebrauchen war, doch zweifellos

Prestige besaß. Allerdings war es schon eine große Ehre, vom *Ruhmreichen Institut für die Geschichte der Renaissance* eingeladen zu werden.

Der Direktor legte Wert auf diese Feststellung.

Der Gedanke an längst fällige und nicht bezahlte Versicherungsprämien bereitete dem Direktor lästige Kopfschmerzen, und so verscheuchte er ihn. Der erlesene Gast war angekommen und genoss das Bad in der Menge, sein begeistertes Publikum jubelte ihm zu, frenetisch wie im Stadion.

Er war sympathisch, freundlich, demokratisch, fast zu viel.

Er war bescheiden, einfach, demütig, zu viel.

Der alte schlaue Fuchs begriff sofort, dass er sich nicht in derselben Weise präsentieren konnte wie sein Gast. Doch als gutes Chamäleon passte er sich geschickt an. Das Leben hatte ihm beigebracht, aus der Not eine Tugend zu machen, als er noch in dem Rattenloch lebte, in dem er gezeugt, geboren und aufgewachsen war, bevor sein Leben die richtige Wendung nahm.

Aus der Not eine Tugend zu machen, das war unverzichtbar, um die Zukunft des Instituts sicherzustellen. *Non potendo corrispondere un gettone di presenza*, so garantierte er den Kauf einer stattlichen Anzahl von Buchexemplaren des Autors und verdonnerte mehr als vierhundert Mitglieder, Studenten und noch viele andere dazu, sie zu erwerben. Dazu ein Exemplar für die Institutsbibliothek, allerdings nur eins, das er aus eigener

Tasche bezahlte, denn das Geld war bis auf den letzten Rest aufgezehrt.

Der Vortragende war ein großer Redner vor dem Herrn, er schonte sich nicht und nach zwei Stunden feinster Redekunst stürzte er in einem Zug eine ganze Flasche Mineralwasser herunter, das inzwischen warm geworden war und auch nicht mehr spritzig, weil irgendein Dummkopf den Deckel aufgeschraubt hatte.

Die Pause dauerte nur, solange er trank, das Publikum hingegen musste seinen Durst an den Worten des Redners stillen.

Schon war der erlesene Gast in seiner Rede fortgefahren.

»... doch die Liebe überkam ihn, sagt das Hohelied, und er verliebte sich. In zwei Welten, oder besser zwei Frauen, Anita und Italien. Nicht zwei Rivalinnen wohlgemerkt, die eine war die Fortsetzung der anderen, die andere die Essenz der einen, und zusammen schenkten sie dem Menschen Giuseppe und dem Helden Garibaldi Erfüllung.«

Die Zuhörer blickten fasziniert auf den Mann, dessen Worte auch Attila, Herodes, Hitler oder Jack the Ripper hätten würdigen können. Er konnte die Herzen der Frauen rühren, er fing sie ein, seine Blicke waren entwaffnend, und er ging auch ein Bündnis mit ihren Männern und Partnern ein. Jetzt zum Beispiel, wo er zum Abschluss seines Vortrags einen Brief Anitas an ihren Geliebten vorlas. Er stamme von ihrer eigenen Hand, sagte er, hatte ihn aber selbst verfasst.

»Lass mich in deiner Nähe sein, mich, lass mich dein Leben teilen und alle Abenteuer, die du erleben wirst. Ich will hinter dir stehen, wenn du kämpfst und siegst und vor Freude jauchzt. Lass mich an deiner Seite sein, wenn du müde, erschöpft und verletzt bist, wenn du keine Gnade findest und meine Zärtlichkeit dein einziger Trost ist. Lass mich in deinem Herzen sein, wenn ich dir draußen im Weg bin oder dir gefährlich werde, aber komm und erhol dich in meinen Armen, nur in den meinen, wenn der Sturm dich nicht verschont und ich schon das Feuer der Erwartung entzündet habe. Ich werde die Größe und auch die Grausamkeit deiner Liebe genießen. Ich werde furchtlos und mutig sein wie ein Mann, fest und wehrhaft wie eine Burg, sanft und leidenschaftlich wie eine Ehefrau. Ich bin die deine, ich gehöre dir, bin für immer nichts als deine Anita.«

Es folgte donnernder Applaus, so stark, dass die Wände des Saales zitterten. Das Publikum benahm sich wie auf einem Rockkonzert oder einem Pferderennen. Der Direktor lächelte zufrieden. Morgen würden alle Medien darüber berichten, es würde Artikel, Interviews und Fernsehauftritte geben … Die Banken würden ihm wieder Kredit geben, das Institut würde in altem Glanz erstrahlen, sein Ansehen würde so glorreich wie früher sein. In der Politik war es doch genauso. Ein Politiker sprach ein paar beruhigende Sätze, und die Börse erholte sich. Warum sollte das hier nicht passieren? Er durfte künftig keine Fehler mehr machen und wenn, dann heimlich.

Er reihte sich in die Schlange der Autogrammjäger ein und sagte sich, in Zukunft müsse er sehr vorsichtig sein.

Oder einfach darauf achten, sich nicht erwischen zu lassen.

Doch das alles konnte Cesare nicht wissen, der Tagungen nicht ausstehen konnte. Es interessierte ihn auch nicht.

Er kaufte das Buch, gab dem Direktor und dem Referenten die Hand und bat um ein Autogramm für seine Frau Claudia. Dann eilte der Anwalt in seine Kanzlei, weil er in einer halben Stunde einen Termin hatte.

7

Wie ein Gaukler

Cesare hatte vom Leben alles geschenkt bekommen. Das Wichtigste für ihn war jedoch die Rückkehr von Claudia, die ihn vor ein paar Jahren für einige Monate verlassen hatte. Das war der düsterste Tag seines Lebens gewesen. Er dachte, er hätte sie für immer verloren. Glücklicherweise gelang es ihm, sie zurückzuerobern, sie fanden wieder zueinander und stellten fest, dass ihre Liebe nicht ganz erkaltet war, sie war noch lauwarm wie eine Suppe, die man hat stehenlassen, aber sie schmeckte noch. Sie aßen sie weiter, einen Löffel nach dem anderen.

Er versuchte, weniger zu arbeiten, denn er hatte im Lauf der Jahre seine Frau sträflich vernachlässigt. Fast nie war er zu Hause gewesen. Jetzt aber stellte er einen jungen Sozius ein und lernte zu delegieren. So weit als möglich jedenfalls. Seine Mitarbeiter seufzten erleichtert auf, weil sie nicht mehr den völlig gestressten und überarbeiteten Chef ertragen mussten. Früher hatte sich Cesare um alles selbst gekümmert, heute übernahm er nur noch die wichtigsten Mandate oder solche, die ihn besonders interessierten, war aber immer bereit, auch bei kleineren Fällen mitzureden.

Inzwischen kam er abends zu einer vernünftigen Zeit nach Hause und aß mit Claudia zu Abend, sie hatten auch ein Theaterabonnement, doch manchmal schlief er bei allzu langweiligen Monologen ein. Sie fuhren gemeinsam in die Ferien, und oft schob er im Supermarkt den Einkaufswagen, ohne viel Vergnügen, vor allem samstags bei all dem Betrieb, der dort herrschte. Doch er machte gute Miene zum bösen Spiel.

Auch dazu, dass ihre einzige Tochter Belinda, die er über alles liebte, ihr Elternhaus verlassen, einen guten Job aufgegeben hatte und nach Borgo Propizio gezogen war, um eine *Milchbar* zu eröffnen!

Cesare war mit seinem Beruf zufrieden, mit den Fällen, die er behandelt hatte, den Leuten, die ihm begegnet waren, mit allen Problemen zwischen Menschen, deren Lösung ihn bereichert hatte. Es hatte auch Fehlschläge gegeben, doch wenn er manchmal verloren hatte, hatte ihm dies geholfen, nur noch besser zu werden. Nur ganz selten verfluchte er den Tag, an dem er eine Verteidigung übernommen hatte. Nur sehr wenige Male, genauer gesagt zwei Mal.

Der erste Fall war ein Krimineller mit einem Strafregister von der Länge einer Enzyklopädie. Der zweite war Ruggero Cavalieri. Dieser war Mandant eines lieben Freundes und Kollegen gewesen, der Cesare zu Beginn seiner Karriere sehr geholfen und ihm alle möglichen beruflichen Tricks beigebracht hatte. Nach einem Schlaganfall musste er seinen Beruf aufgeben und teilte seine Mandanten auf seine befreundeten Kollegen auf.

Cesare fühlte sich dem inzwischen verstorbenen Kollegen zu Dank verpflichtet, und dies kam Ruggero zugute. Dieser hatte sich eigentlich nichts zu Schulden kommen lassen, und so hatte er ihn gern verteidigt. Ohne Geld dafür zu nehmen.

Als Junggeselle besuchte Ruggero nach der Arbeit eine kleine Bar, wenn er keine Lust hatte, heimzugehen, also fast immer, denn zu Hause gingen ihm seine alten Eltern und die gerade amtierende Haushälterin auf die Nerven. So hockte er etwa eine Stunde in der Bar, sah Fußball oder Formel 1, spielte eine Partie Billard und trank mit den Leuten, die er traf. Sie bezahlten abwechselnd. Das war alles, weiter passierte nichts.

Eines Abends aber – Ruggero war ein Autonarr und kannte Mariolina noch nicht, die ihm heute so manches verbot – lud er einen Kerl ein, mit ihm in seinem neuen Sportwagen eine Runde zu fahren, einfach zum Spaß. Dummerweise war dieser Mann ein Tunichtgut und wurde an der ersten roten Ampel abgeknallt. Ruggero sah ungläubig zu. Dann fielen die Ermittler über ihn her und behaupteten, er sei in die Sache verwickelt. Auch weil die Frau des Opfers behauptete, er habe Geschäfte mit ihrem Mann gemacht. Später hütete sie sich zu sagen, dass sie sich geirrt und ihn mit einem anderen verwechselt hatte.

Ruggero, der sich schon hinter Gittern sah und von Cesare verteidigt wurde, schwor dem Anwalt ewige Treue und ließ ihn nicht mehr in Ruhe. Es war ihm eine Ehrensache, für Cesares Tochter Belinda das Ladenlokal zu restaurieren, danach machte er ihn sogar zu seinem Trauzeugen. Nicht dass der Anwalt nicht in der Lage gewesen wäre, sich gegenüber allzu anhänglichen Leuten durchzusetzen, nein, Ruggero überhörte alle seine Einwände, beharrlich drang er immer wieder in ihn, bis Cesare genervt und verlegen nachgab. Damit Ruggero ihn endlich in Ruhe ließ.

Kürzlich war es wieder so weit gewesen. Ruggero hatte ihn gefragt, ob er der Witwe des Toten seine Telefonnummer geben dürfe. So nannte er die Frau, die Irene hieß. Sie hatte ihn zum x-ten Mal angerufen und ihm immer wieder dasselbe erzählt. Sie sei völlig am Ende, habe kein Geld mehr, und der Vermieter habe schon wieder die Miete erhöht; das sei alles Ruggeros Schuld. Ohne ihn wäre ihr Mann noch am Leben, ihr Sohn wäre ein fröhliches Kind wie alle anderen und sie eine ehrbare Frau mit einem Mann an ihrer Seite. Jetzt aber sei sie in großer Not, sie habe Angst, und wenn ihr keiner helfen würde, brächte sie sich um, wenn sie nicht vorher getötet würde.

Um sie zu beruhigen, hatte Ruggero ihr versichert, er würde mit jemandem reden, der ihr ganz sicher helfen könnte. Dafür kam nur einer in Frage, Cesare. Also rief er wieder an, es war die alte Leier, und er insistierte, bis der Anwalt ja sagte. Ruggero versprach, alles zu bezahlen, egal was es koste. »Aber bitte sagen Sie Mariolina nichts!«

Und jetzt war diese Irene gekommen. Pünktlich. Cesare hatte es an der Tür läuten hören, danach die Schritte hinter denen der Sekretärin, die sie ankündigte und in sein Büro führte. Sie begrüßte ihn mit einem Kopfnicken, blieb dann stehen und sah ihn an. Regungslos.

»Ich bin Irene«, sagte sie mit zarter Stimme, und Cesare drückte ihr die kleine Hand.

Im Leben eines Mannes kommt es selten vor, dass er sich sinnlose Fragen stellt. Zum Beispiel, was ein Seiltänzer denkt, wenn er unter der Zirkuskuppel schwebt, so weit von allem und allen, oder ob er sich vielleicht gar nichts denkt und sich entfernt von allem und allen. Dies ist vermutlich der einzige Weg, um nicht in die Tiefe zu stürzen.

Nie zuvor war das Cesare, dem pragmatischen, rationalen Juristen, passiert. Nie im Leben war er in einem Zirkus gewesen, aus Prinzip, aus Achtung vor den Tieren und weil er einfach dagegen war. Jetzt aber, jetzt starrte er bestürzt die Frau vor sich an. Eine gefährliche Intrigantin, da war er sich ganz sicher, doch sie hatte ihn im Zustand großer Verzweiflung angerufen und um ein Gespräch gebeten.

Was sie zu besprechen hatten, war gravierend.

Irene brauchte Schutz. Seit Monaten war ein Freund ihres Mannes hinter ihr her, ein ausgekochter Krimineller, der sie zur Frau haben wollte, sie abwechselnd anflehte und bedrohte. Erst machte er ihr honigsüße Komplimente, dann warnte er sie und drohte ihr. Er war offenbar ein Stalker – das nannte man doch jetzt so, und es war verboten, oder? –, aber dazu brauchte man Beweise, und es gab keine. Nur das, was sie erzählte. Das genügte aber nicht, das hatten ihr schon die Polizisten gesagt, die damals nach dem Mord an ihrem Mann zu ihr nach Hause gekommen waren. An diesem verfluchten Tag, so sagte sie, seien sie nett zu ihr gewesen, aus Mitleid. Doch von diesem Fünkchen menschlicher Anteilnahme habe sie sich nichts kaufen können. Aber jetzt, wo sie dringend Hilfe brauche, hätten sie sich über sie lustig gemacht und sie fast selbst wie eine Kriminelle behandelt. Nur weil sie zur Polizei gegangen war. Dabei habe sie nicht mal Anzeige erstattet.

Durch ihre Angst habe sie allen Mut verloren.

Und sie habe Angst, dass alles noch schlimmer kommen könnte.

Habe sie nicht genug für die Sünde gebüßt, diesen Mann geheiratet zu haben? Er habe sie verführt, sie sei bis über beide Ohren verliebt gewesen, dazu noch ganz jung, und keine Ahnung habe sie von der Welt der Verbrecher und ihren Schiebereien gehabt. Sie sei erst achtzehn gewesen und hätte sich nur eines gewünscht: ihrer grauenhaften Familie zu entkommen und ihren Traum von der Liebe zu verwirklichen. Das habe er ihr versprochen. Das sei die Chance gewesen, aus dem Alptraum ihrer Kindheit auszubrechen. Wenn man aus einem Alptraum erwache, sei man nur froh, in einer schönen neuen Welt aufzuwachen. Man danke dem Herrgott, dass man all das Schlimme nur geträumt habe, und ergreife die Gelegenheit beim Schopf. Als sie schließlich begriffen habe, wo sie sich wirklich befand, haben sie die Dinge so nehmen müssen, wie sie waren. Sie habe getan, als wisse sie von nichts, und stillgehalten, damit nicht alles noch schlimmer wurde, nach der Devise Hinnehmen und Klappe halten. Einkaufen gehen, ohne sich zu fragen, woher das Geld kommt. Niemals irgendwas fragen, denn für jede Frage gab es eine Ohrfeige oder einen Fausthieb. Sie habe aus Liebe zu ihrem kleinen Kind nichts mehr gefragt. Alles nicht wahrhaben wollen. Aus Angst. Wie lange aber müsse sie noch für eine Sünde bezahlen, die sie gar nicht begangen habe? War denn das vergossene Blut ihres Mannes nicht Sühne genug? Hieß es nicht in der Kirche, dass Christi Blut allen Schaden gut macht? Sie habe so gekämpft, und jetzt sei ihr Sohn ein Waisenkind … was für ein hoher, sehr hoher Preis?

Jetzt fürchte sie nichts mehr, als dass ihrem Sohn etwas passieren könnte. Er sei erst dreizehn und habe sein Leben noch vor sich. Ein Leben voller Bedrohung und Gemeinheit, denn die Freunde seines Vaters seien jetzt die Feinde seiner Mutter, und der Junge könnte ihrer Rache zum Opfer fallen.

Aus tiefstem Herzen hegte Irene, wie sie sagte, nun den Wunsch, sich von einer ehrlosen Vergangenheit zu befreien, in der sie gegen ihren Willen zum Spielball böser Mächte geworden sei. Sie wolle auch sich und ihren Sohn retten. Aber allein schaffe sie das nicht.

Sie sprach in leidendem und flehendem Ton, doch ihr Blick war stolz und kaum zu ertragen. Cesare kam sich auf einmal sehr verletzlich vor. Er stand da vor Irene, und sie stand vor ihm und weigerte sich, Platz zu nehmen.

Jetzt schwieg sie und sah ihn zögernd mit ihren riesigen dunklen, schwarz umrandeten Augen an, die ihr zartes feines Gesicht beherrschten. Sie war groß und schlank, hatte eine schmale Taille, runde Hüften, ihre spitzen Brüste waren unter der Bluse zu erkennen, und ihre glänzenden Haare waren so lang, dass sie sie umgaben wie ein Mantel. Ihre Lippen waren rot wie reife Erdbeeren, seitlich am Hals liefen zwei kleine Schweißperlen herunter, rund wie zwei kleine sinnliche Perlen. Eine raubtierhafte und zugleich einnehmende Faszination ging von ihr aus. So eine Frau würde man niemals von der Bettkante stoßen, dachte Cesare spontan und war selbst verblüfft über diesen Gedanken. Irene war schwarz gekleidet und erschien wie eine spanische Dame, und ihre Redeweise wirkte gepflegt und empfindsam. Das Bild, das Ruggero von ihr gezeichnet hatte, schien Lichtjahre von dem entfernt, was Cesare jetzt vor sich sah.

Cesare wusste nicht, wie er mit ihr umgehen sollte. Er fühlte sich am Rand des Abgrunds. Sein Herz klopfte bis zum Hals; erst stand er reglos da, dann zog er sie zu sich heran, nahm ihr Gesicht in die Hände und küsste sie auf die Stirn. In diesem Moment klopfte es an die Tür.

Er wandte sich von ihr ab und drehte sich erschrocken um. Er hatte gespürt, wie sie zitterte, und dieses Zittern durchfuhr ihn von Kopf bis Fuß wie ein elektrischer Strom.

Das machte ihm Angst.

So dass er ihr versprach, eine Lösung zu finden.

So dass er »Herein!« rief, als der Sozius klopfte, und die Sekretärin bat, Irene hinauszubegleiten.

Von diesem Stromstoß, der Cesare durchfahren hatte, bemerkte Claudia glücklicherweise nichts, als sie wenig später die Kanzlei ihres Mannes betrat.

Sie war gekommen, um ihn abzuholen, weil sein Auto bei der Inspektion war. Hatte er das etwa vergessen?

8

Die beiden Schwestern

Seit einiger Zeit kamen Mariolina die Tränen, wenn sie auf dem Weg nach Borgo Propizio die sanft geschwungenen Serpentinen hinauffuhr und den Hügel in den schönsten Frühlingsfarben vor Augen hatte.

Sie war gerade bei ihrer Mutter am Grab gewesen und hatte sie gebeten, ihr noch einmal im Traum zu erscheinen und ihr einen Rat, einen Wink zu geben. Ihr zu helfen, zu verstehen, was mit ihr los war.

Warum fühlte sie sich nur so schlecht? Sie war eigentlich doch glücklich und gab auch gerne zu, wie hold ihr das Schicksal gewesen war, als sie dem Mann begegnete, der sich eine viel Jüngere hätte aussuchen können als sie – eine Dreißig- oder gar Zwanzigjährige. Er kam für ihren Lebensunterhalt auf, und er erwies ihrem Körper größte Wohltaten. Und dann sein Feuer auf der Kreuzfahrt, und was für ein wunderbarer Tänzer er war!

Er hatte sich für sie entschieden und liebte sie. Sie war zwar in bester Form, aber zehn Jahre älter als er, und manchmal spürte sie dies auch. Sie war keine Cougar-Frau, wie man das neuerdings nannte. Ruggero liebte sie aufrichtig und zeigte es ihr ständig. *Mehr als gestern, weniger als morgen* – die Inschrift auf dem Medaillon, ihrem Geschenk zum Valentinstag, das waren keine leeren Worte.

Mariolina liebte ihren Mann auch, und zwar über die Maßen. Sie betrachtete ihn als kostbaren Schatz, den man in seinem Herzen bewahren und gerade dort liebkosen sollte, noch mehr als draußen.

»Zu viel drinnen, zu wenig draußen«, warf Ruggero ihr manchmal vor und sagte ihr, sie habe sich verändert. Seit der Hochzeit käme sie ihm vor wie ein anderer Mensch.

Vielleicht war es falsch von Mariolina, ihn schon wenige Monate nach dem ersten Kennenlernen zu heiraten. Doch er hatte sie bedrängt, und sie wollte ihn nicht verlieren. Als alte Jungfer zu sterben war ihre größte Angst. So gab sie sich ihm bedenkenlos hin, nach einer schrecklichen Kindheit ohne Vater, einer Jugend, die sie mit der Pflege ihrer kränklichen Mutter verbracht hatte, die dann schon früh verstarb. Viele Jahre hatte sie fleißig gearbeitet und war allein, immer allein gewesen.

Allein mit ihrer Schwester.

Wenn man heute mit ihr sprechen wollte, musste man fast schon einen schriftlichen Antrag einreichen. Hatte sich Marietta verändert? Eigentlich nicht. Sie war schon immer ein schwieriger Mensch gewesen, doch jetzt war sie zudem auch noch neurotisch, zerstreut, launisch und bösartig. Immer hatte sie eine spitze Zunge, und nie konnte man richtig mit ihr reden. Sie war mit Aufträgen zugeschüttet, verabredete sich mit einem und sagte am Ende wieder ab. Nicht mal am Telefon konnte man noch in Ruhe mit ihr plaudern, geschweige denn sie persönlich besuchen.

Sie war nicht mehr das Mauerblümchen von früher, das nie das Haus verließ, Deckchen häkelte und sich nicht traute, den Kunden einen Preis zu nennen. Jetzt war sie eine Geschäftsfrau geworden, und eine ausgefuchste dazu! Eine blöde Kuh! Seit sie fünfzig Prozent von *Fili Fatati Seit 1888* übernommen hatte und die Wortanfänge in Großbuchstaben schrieb, auf dem Schild und allen Briefköpfen und Umschlägen. Das hatte ihr Ornella geraten, die etwas von Marketing verstand. Marietta hatte für diesen Laden schon als Mädchen zu Hause gearbeitet und Bettüberzüge, Kissenhüllen, Schürzen, Tischtücher, Topflappen, Bonbonschachtelhüllen, Schals und Gardinen gehäkelt, oft nach eigenen Entwürfen. Lauter handgefertigte, etwas altmodische Unikate, die inzwischen von moderneren Stücken abgelöst worden waren. Immer noch handgefertigt, aber von Arbeiterinnen in der Fabrik eines Chinesen, die in der Nähe eröffnet hatte.

Jetzt suchten sie im Laden eine Verkäuferin, besonders Marietta war daran interessiert, denn sie arbeitete nachmittags, wenn mehr Kunden kamen, und allein schaffte sie es nicht mehr. Ihre Mitinhaberin, die frühere Besitzerin – die sie eine verflixte Gaunerin nannte –, hatte sich den Vormittag ausgesucht, weil es dann weniger zu tun gab, trotzdem kassierte sie die Hälfte der Einkünfte.

Mariolina hätte diesen Halbtagsjob gern übernommen (ideal für sie, da sie sich ja noch um die Schwiegereltern kümmern und die Haushälterin überwachen musste), doch eins war ihr klar: Erstens war es nicht ideal, mit ihrer Schwester zusammenzuarbeiten, zweitens war sie Kommunalbeamtin gewesen, drittens ging sie lieber einkaufen, als zu verkaufen. Immerhin würde sie sich ein paar Stunden am Tag ablenken können, da das Zusammenleben mit den Schwiegereltern ihr zunehmend auf die Nerven ging. Donnerstags allerdings konnte sie nicht, da hatte die Haushälterin ihren freien Nachmittag. Deshalb hatte sie Marietta gebeten, ihr an diesem Tag frei zu geben.

Aber nein, diese Hexe hatte gesagt, sie könne bei keinem eine Ausnahme machen. Der Donnerstag sei ein anstrengender Tag, da müssten tausend Sachen für den Samstag vorbereitet werden, denn am Freitag habe ihre Teilhaberin, diese Vollidiotin, einen kostenlosen Kurs für Babyhäkeln eingerichtet, um neue Kundinnen zu gewinnen. Da kämen dann überflüssigerweise irgendwelche Mamas und Omas, aber es springe kein Cent dabei heraus. Wenn Mariolina also wirklich ihren goldenen Käfig verlassen wolle, so riet ihre Schwester ihr ein wenig überheblich, dann solle sie doch im Kirchenchor singen oder alte Leute im Seniorenheim besuchen.

Das hatte sie ihr tatsächlich gesagt! Ausgerechnet ihr, die, wenn Candela nicht da war, die Windeln ihrer Schwiegermutter wechseln musste und sogar die des Schwiegervaters …

So hatten sie sich gestritten, und danach einen Monat nicht mehr miteinander geredet.

Dann gab es einen neuen Streit wegen des Elternhauses, in dem sie beide geboren und aufgewachsen waren. Mariolina hatte es nach ihrer Heirat verlassen, aber es gehörte zur Hälfte ihr. Die Kosten allerdings – es war besser, seine Meinung deutlich zu sagen – wurden, mit der Begründung, dass sie jetzt dort allein wohnte, samt und sonders Marietta aufgebrummt. So konnte Mariolina keinen Anteil der Einkünfte aus dem Bed & Breakfast *Die beiden Schwestern* beanspruchen, in das Marietta, nachdem sie allein zurückgeblieben war, das Haus umgewandelt hatte. Dank der Zusammenarbeit mit dem Reisebüro *Viaggi Propizio* mangele es nicht an Gästen, doch Marietta müsse eine Frau einstellen, die ihr drei Stunden pro Tag beim Saubermachen und Bügeln half, und das verschlinge fast die gesamten Einkünfte. Wenn sie keine fände, müsste Marietta alles allein machen, die Zimmer, das Frühstück, das Geschirr und alles Weitere. Das sei ganz schön anstrengend. Außerdem müsse sie noch die Raten für das Auto abzahlen. Nein, sie hätte sich keinen gebrauchten Fiat 600 kaufen können statt des funkelnagelneuen Mini Cooper. Mariolina solle endlich aufhören, vor Neid zu platzen. Wenn sie mit ihrem alten Panda herumfahre und Ruggero ihr kein neues Auto kaufe, dann sei das ganz allein ihre Sache.

Jetzt aber müsse das Haus renoviert werden, das dulde keinen Aufschub. Die Kommune habe die Erneuerung der Fassade finanziert (der neue Bürgermeister sei einfach großartig, und man sollte einen Platz nach ihm benennen), aber drinnen? Warum schickte Mariolina nicht endlich ihren Mann vorbei, um sich alles anzusehen?

Um ihre Ruhe zu haben, schickte Mariolina Ruggero dann wirklich vorbei, und er sah sich alles genau an. Als Marietta den Kostenvoranschlag erhielt, war sie rot vor Wut.

»Dein Mann hat einen Knall! Musstest du ihn etwa auch bezahlen, als er die Pergola an eurem Haus erneuert hat? Und als er das Jacuzzibad eingebaut hat? Und das Parkett im Schlafzimmer?«

»Du hast es ganz richtig gesagt: in *eurem* Haus. Es ist *unser* Haus.«

»Und das hier, ist das nicht auch unser Haus, dein Haus?«

»Für dieses Haus muss ich Steuern zahlen, das ist alles. Und noch den ICI oder IMI oder wie die Dinger heißen. Und mein Mann macht auch keine Billigarbeiten mehr. Seine Arbeit ist hochwertig, ökologische Häuser, grün, Nachhaltigkeit.«

»Hochwertig, ja klar! Er ist ja jetzt was Besseres und macht gemeinsame Sache mit den Leuten, die das Tal verwüsten.«

»Ja, und genau die haben deine Fassade und das Dach erneuert, ohne dass du einen Cent dafür zahlen musstest.«

»*Unsere* Fassade haben sie gemacht. Das Haus gehört auch dir.«

»Ich bezahle für dieses Haus nur Steuern und …«

Und so ging es immer weiter.

Als Mariolina nach Hause kam und ihr Zorn verraucht war, wollte sie Ruggero zum Einlenken bewegen.

Es würde doch nicht zu viel Arbeit machen, die Kosten noch mal zu überdenken, einfach, damit sie ihre Ruhe vor der Schwester hätte.

9

Die Komödie der Missverständnisse

Ja, die Liebe ist manchmal wie ein Tänzer
Unterwegs gibt es heimliche Fallen
Jede Begegnung ist im Buch des Schicksals verzeichnet
Doch unter Asche verborgen.

Mariolina erinnerte sich nicht genau. Sie hatte dieses Gedicht bei einem bekannten Wissenschaftler gelesen, einem Psychologen, Soziologen oder Philosophen (oder war er alles zugleich?), und neben vielem anderen hatte er folgendes Buch veröffentlicht: *Die Feinde der Liebe.* Untertitel: *Wie man sie aufstöbert und zur Strecke bringt.* Es war ein Taschenbuch. Als sie es im Supermarkt auf dem Stapel gesehen hatte, um dreißig Prozent verbilligt, dachte Mariolina, das sei genau das Richtige für sie. Sie kaufte und verschlang es, dann steckte sie es in ihre Handtasche und nahm es nie mehr heraus. Als Glücksbringer. Nützliche Hinweise hatte sie darin allerdings kaum gefunden, eigentlich keinen einzigen.

Sie trug bereits halterlose Strümpfe, und sie kochte auch jeden Tag, doch die Zeit war gekommen, beim Essen vorsichtiger zu sein, weil sie und Ruggero immer öfter gegeneinanderrollten, und das nicht wegen der empfohlenen Stellung des Kamasutra, sondern weil sie zu dick geworden waren. Mariolina hatte sich einen Body gekauft, der alles zusammenhielt, und für ihren Mann ein entsprechendes Unterhemd. Sie hatte ihm erklärt, es sei gut für den Rücken, aber eigentlich hielt es den Bauch zusammen. In der Werbung hieß es, dies würde sofortige Wirkung zeigen, doch Ruggero jammerte, er wolle das Unterhemd nicht, es sei ein Folterinstrument. Als er sich dann aber im Spiegel sah, gab er nach. Er sah wirklich schlanker darin aus. Aber Diät machen musste er trotzdem und sie ebenso.

»Erotik à gogo«, riet der Autor. Dass dies die Gefühle auffrischte, wusste Mariolina, aber sie wollte es nicht jeden Abend. Manchmal war es ihr einfach lästig.

Auf Seite 30 der Abhandlung über die Liebe war diese zwischen Mann und Frau bereits abgehandelt. Damit das Buch nicht zu kurz wurde, hatte der Autor ein ganzes Kapitel dem Gefühl gewidmet, das Eltern und Kinder miteinander verbindet. Ein weiteres den Patenkindern und Paten (er unterschied hierbei, um Seiten zu schinden, zwischen Patenonkel und Patensohn sowie zwischen Patentante und Patentochter). Weitere Kapitel galten der Liebe zwischen engeren oder entfernteren Verwandten (Brüder und Schwestern sowie Zwillinge wurden extra behandelt), und dann gab es noch einen Anhang mit poetischen Texten, Aphorismen und Volksweisheiten. Dennoch hatte das Buch nicht mehr als fünfzig Seiten.

Warum ihr jetzt diese Verse durch den Kopf gingen, verstand Mariolina nicht. Sie war unterwegs zu ihrer Schwester, um mit ihr einen schönen und entspannten Tag zu verbringen; sie stellte sich Marietta vor, wie diese aufgeregt wie ein Kind die Trollpuppe im Norwegerkostüm auspacken würde – eine Märchenfigur der skandinavischen Mythologie –, nicht besonders schön, aber sehr typisch, und sie hatte sie in Oslo gekauft. Als sie aus dem Auto ausstieg und die Tür hinter sich zuwarf, fiel es ihr wie Schuppen von den Augen. Sie näherte sich einem der Plakate mit dem Emblem der Kommune, die die gesamte Straße säumten, und las es aufmerksam.

Kommune von Borgo Propizio
Öffentliche Ausschreibung der Stelle
des ersten Assistenten der Bibliothek

Und Marietta hatte ihr kein Wort gesagt!

Warum war sie nur mit so einer Schwester geschlagen, nachdem sie schon eine solche Mutter und einen solchen Vater gehabt hatte? Warum war sie nicht in eine ganz normale Familie hineingeboren worden, mit Eltern, die sich vielleicht nicht heiß begehrten, aber doch zusammenblieben. Mit einer Mutter, die zur Überwindung ihrer Langeweile und Enttäuschung mit ihren Freundinnen Rommé spielte, statt sich an einem Baum aufzuhängen, und einem Vater, der von mir aus eine Geliebte hatte, aber ohne gleich mit ihr durchzubrennen; mit zwei Omas, die sonntags zum Mittagessen kamen und Kuchen und kleine Geschenke mitbrachten und sich nicht zurückzogen, aus Angst, dass man mit Tellern oder Vasen nach ihnen warf. Und warum war sie kein Einzelkind? Seltsam, dass sich Ruggero immer darüber beklagte, keine Geschwister zu haben, dass die Bürde seiner beiden Eltern zu schwer für ihn sei. Sie hätte gern seinen Platz eingenommen, wenn das möglich gewesen wäre.

»Kann es sein, dass du mir immer Steine in den Weg legst?«, schrie Mariolina, als sie grußlos und wie eine Furie das Haus betrat. »Was habe ich dir getan? Warum hasst du mich so? Sag mir das endlich mal!«

Marietta war bass erstaunt. Ihr fehlten die Worte, und sie fühlte einen eisigen Klumpen im Magen wie immer, wenn man sie zu Unrecht beschuldigte. Sie stellte den Teller mit den Lavendelkeksen, mit denen sie ihre Schwester empfangen wollte, ab. Herrliche Köstlichkeiten, eine Idee ihrer Mutter aus der Zeit, als es ihr noch gut ging. Sie hatte immer gerne mit Blüten gekocht. Jahrelang hatten die beiden Schwestern die Kekse gemeinsam gegessen und sich oft damit getröstet.

»Und diese Kekse?«, schrie Mariolina weiter, immer aufgebrachter, und zerbröselte wütend ein paar der Gebäckstücke in den Händen. »Ich hab dir doch gesagt, dass ich auf Diät bin! Da kannst du mal sehen, wie gemein du bist.«

»Ich habe sie ohne Butter gemacht und auch mit Süßstoff«, sagte Marietta entschuldigend. Sie war jetzt sehr niedergeschlagen.

So sehr, dass ihr nicht mal der Gedanke kam, die Schwester solle sich die Kekse doch in den Arsch schieben. Mariolina hatte angefangen zu schluchzen. Ihre Tränenflut war furchterregend, das konnte gefährlich werden. Von ihrer Fehlgeburt hatte sie sich immer noch nicht richtig erholt, und manchmal kam sie Marietta ein bisschen irre vor.

Ob ihr dasselbe Schicksal wie Mama droht?, fragte sich Marietta erschrocken. Sie musste vorsichtig sein. Deshalb streichelte sie ihr den Arm, anstatt sie zum Teufel zu schicken, und fragte freundlich: »Hast du dich mit Ruggero gestritten?«

»Nein!«, schleuderte ihr ihre Schwester entgegen. »Ich streite mich mit dir! Begreifst du das endlich? Mit dir!«

Oh Gott, das war ja genau wie bei Mama. Urplötzlich geriet Mariolina in Wut und konnte Wahn und Wirklichkeit nicht mehr voneinander unterscheiden.

»Nein, Mariolina, wir streiten uns nicht.«

»Oh doch, mit dir kann man gar nichts anderes machen als sich streiten! Du hast es mir verschwiegen!«

Bei ihrer Mutter hatte Marietta gelernt, dass es besser war, ihr bei solchen Sachen Recht zu geben. Sah die Mutter eine Giftschlange an der Wand? Dann tat sie so, als fange sie sie. Und wenn sie sagte, die Schlange sei ein Reiserbesen, dann tat sie, als würde sie fegen. Und so ging es weiter, bis die arme Kranke in den Zustand frommer Ergebenheit zurückkehrte, in dem sie so etwas wie Frieden fand. So fand auch Marietta ihn, während die Schwester im Büro war und sich dort ablenkte. Sie setzte sich dann ans Kopfende des Bettes auf einen Stuhl mit Sitz aus Stroh, der bessere Zeiten gesehen hatte, und setzte ihre Häkelarbeit fort.

Wahrscheinlich war dies auch bei ihrer Schwester die beste Methode.

»Du hast recht, das habe ich dir verschwiegen«, erklärte sie also vorsichtig.

»Natürlich, ich weiß, dass du es mir verschwiegen hast«, entfuhr es Mariolina wütend, die sich immer mehr aufregte. »Warum hast du es mir verschwiegen?«

»Weil du mich nicht danach gefragt hast«, antwortete Marietta so ruhig wie möglich.

Darauf rief die Schwester voll Zorn: »Wie sollte ich dich danach fragen können, wenn ich gar nichts davon wusste? *Du* wusstest es!«

»Ja, ich wusste es«, antwortete Marietta geduldig.

»Du hättest es mir sagen sollen«, sagte Mariolina gereizt.

»Ja, ich hätte es dir sagen sollen«, entgegnete Marietta sanft.

»Aha, da gibst du's also zu. Du wusstest genau, dass du es mir hättest sagen müssen!«, sagte die Schwester unnachgiebig.

»Ja, ich wusste es«, erwiderte Marietta seelenruhig.

»Und warum hast du es mir dann nicht gesagt?«, fragte Mariolina unversöhnlich.

»Jetzt reicht's aber!«, rief Marietta.

Mit der Mutter, die wirklich krank gewesen war, konnte sie ewig lange solche Spiele treiben, aber bei der Schwester – hysterisch, verwöhnt von einem Mann, der viel zu gut für sie war und Besseres verdient hätte – hatte sie schon jetzt genug davon.

»Darf ich vielleicht mal erfahren, was ich dir eigentlich verschwiegen habe?«

»Da siehst du mal, wie verrückt du bist. Jetzt tust du noch so, als wüsstest du es nicht. Die Stellenausschreibung! Du hast mir nichts davon gesagt. Du weißt doch, dass ich wieder arbeiten will, du weißt, dass mir die Arbeit in der Kommune fehlt, du weißt, dass … Und wenn du nicht aufpasst, dann wirst du so enden wie Mama!«

Das war ja der Gipfel. Jetzt sollte sie die Verrückte sein! Sie, die immer so konsequent gewesen war, die ihr Leben lang immer mehr gearbeitet hatte, sich Tag für Tag abgemüht hatte wie ein Maulesel, ohne dass sie irgendwer in ihrem trüben Dasein aufheiterte. Ihr hatte niemand einen Ring an den Finger gesteckt. Und jetzt platzte sie.

»Ich soll also die Verrückte sein? Bist nicht eher du es? Eine durchgedrehte Furie, die nicht weiß, was sie will! Du wolltest heiraten, und jetzt fühlst du dich eingesperrt. Du spielst die große Dame und langweilst dich. Du wolltest deine Arbeit aufgeben, und jetzt fällt dir zu Hause die Decke auf den Kopf. Du willst abnehmen, und stopfst dich mit ungesundem Zeug voll. Du kannst einem wirklich leidtun.«

All das sagte sie Mariolina direkt ins Gesicht. »Und hier, die Kekse kannst du dir in den Arsch schieben«, fügte sie noch hinzu.

In den Worten ihrer Schwester sah sich Mariolina plötzlich wie im Spiegel. Eine gelangweilte Königin, die nervös und unzufrieden hinter den dicken goldenen Gitterstäben des Thronsaals sitzt und sich eingesperrt fühlt. Die Türen waren ihr zu eng wegen ihres runden Hintern, aus dem nach Lavendel duftende Blähungen kamen, die so streng rochen, dass einem der Atem wegblieb. Sie hatte alles – nur nicht die Fähigkeit, glücklich zu sein. Und leider gab es kein Handbuch, das ihr dabei hätte helfen können.

»Die Ausschreibung für die Bibliotheksstelle endet heute Mittag«, sagte sie leise und erschöpft und zeigte zum Küchenfenster hinaus, vor dem eines der Plakate hing.

Und vom Glockenturm ertönten langsam und unerbittlich zwölf Schläge.

10

Die Idee

»Danke, Maresciallo. Bis bald.«

Saltalamacchia machte also mit. Cesare hatte es vermittelt, und jetzt war er mit Freuden einverstanden, seinen Roman auf dem Festival vorzustellen, ohne Honorar.

»Einen hätte ich schon mal«, sagte Ornella, während sie den Hörer des Festnetztelefons auflegte, das in der Küche stand. Das schnurlose war kaputt, aber ihre Mutter meinte, sie sollten mit dem Kauf eines neuen warten, denn wenn sie noch achthundert Punkte im Supermarkt gesammelt hätten, würde es sie gar nichts kosten. Bei einem Euro Ausgaben pro Punkt würden achthundert ca. zwei Monate dauern. Vielleicht nur sechs Wochen, wenn sie ein paar reduzierte Produkte kaufen könnten. Bei denen wurde doppelt gezählt. In Ordnung, Mama. Ja, man brauchte Geduld.

Ornella ging wieder in ihr Zimmer, die Ecke zwischen Schrank und Fenster diente ihr als Büro. Sie setzte sich an den Schreibtisch, öffnete den Ordner, auf den sie geschrieben hatte UNTER DEN STERNEN VON BORGO PROPIZIO und notierte: *Die Lanzen der Freundschaft*. Wenn sie etwas anderes finden würde, was auch umsonst war, würde sie die kleineren Events für den Freitag und Samstagnachmittag einplanen. Vielleicht sogar schon für Donnerstag. Allerdings nicht nur Buchpräsentationen. Eine Lesung würde den Leuten sicher gefallen. Junge Schauspieler aus der Gegend – vielleicht auch nicht ganz so junge und nicht ganz so brillante, vielleicht Amateure – könnten etwas zum Mittelalter lesen. Kein Theaterstück, nein, Lesungen waren gerade in. Sie waren nicht so aufwendig und kosteten weniger. Da reichten eine Aufwandsentschädigung, ein bisschen Werbung, ein Hinweis im Regionalblättchen und ein paar Versprechungen – und darin war Conforti immer ganz groß.

Allmählich nahm ihre Idee Gestalt an. Drei historische Burg-Tage, an denen die Touristen leben könnten wie im fünfzehnten Jahrhundert. Sie konnten sich Kostüme anziehen, die man ihnen zur Verfügung stellte oder auslieh. Wer wollte, konnte versuchen zu weben und zu sticken, mit Pfeil und Bogen schießen, Kinder konnten mit Windrädchen und Kreiseln spielen, und an jeder Ecke im Ort würden Spielleute und Sänger stehen, Gedichte und Lieder vortragen (Schüler aus dem Gymnasium in der Stadt. Sie wollte zum Direktor gehen und diesen fragen, ob ihnen das als Leistungsnachweis für die Schule angerechnet werden könnte). Abends könnte man im Schein von lodernden Fackeln Suppen und würziges Fleisch probieren und kleine Desserts, dazu Kelche mit Glühwein, der nach Zimt, Ingwer, Kardamom und Paradiesapfel roch.

Mit dem Durchschneiden des Bandes zur Eröffnung der Bibliothek sollte das Festival beginnen, auf diese Weise würden alle hineingehen und gemeinsam auch das Museum besuchen und Mitglieder werden.

»Was den Erfolg einer Bibliothek ausmacht, sind die Zahlen«, hatte der Kulturdezernent gesagt. »Die Zahl der Mitglieder und der ausgeliehenen Medien.«

Ornella war recht zufrieden und schrieb gerade einen Entwurf für das Programm, als zwei weitere E-Mails hereinkamen, die ihr die Teilnahme von Tiziano Pincardini bestätigten, dem Autor von *Die Hexe schlägt zu*, einer heiteren Geschichte voller Überraschungen. Auch Rosa Rosae (vermutlich ein Künstlername) sagte zu. Von ihr stammte ein Roman über das Landleben. *Dunkler Wald*. Die Verlage dieser beiden Bücher waren nicht sehr groß, und sie schickten ihre Autoren, ohne ein Honorar zu verlangen, außerdem einen Stapel Bücher umsonst, allerdings zahlten sie weder Reisekosten noch Verpflegung.

Als Ornella sich noch einmal das Programm durchlas, wurde ihr klar, dass etwas ganz Entscheidendes fehlte, nämlich der leuchtende Stern, den sich der Dezernent gewünscht hatte und um den alles andere kreiste. Er hatte es folgendermaßen ausgedrückt: »Eine herausragende Persönlichkeit, sowohl modern als auch literarisch. Jemand, der in aller Munde ist.«

Wer konnte das sein?

Wer konnte ihr helfen, diesen Stern zu finden?

Ja, da war jemand.

Oder besser gesagt eine Jemandin.

Eine Einzige.

Letizia hatte soeben die Frauen aus dem Kurs für kreatives kulinarisches Schreiben verabschiedet, und Belinda räumte gerade die Tische ab. Heute hatten sie sich mit dem Thema »Die Gewürze für die Biskuittorte aus Mantua« beschäftigt, und überall lagen Krümel herum. Da die Kursteilnehmer beim Schreiben aßen und nicht darauf achteten, fielen die Krümel auf das Papier und vom Papier auf den Tisch, die Stühle, den Fußboden, einfach überallhin. Und mit der Biskuittorte hatten sie eine wahre Katastrophe angerichtet.

»Du musst mir helfen, Letizia, mir fällt nichts mehr ein«, rief Ornella, als sie die Milchbar betrat.

»Dann schieß los, mein Mädchen!«, sagte Letizia, der nie die Ideen ausgingen.

»Ich hab das Programm für das Festival gemacht.«

»Für das astrologische Festival? Das ist ja prima.«

»Von wegen prima. Mir fehlt das Wichtigste.«

»Dann lass hören.«

Ornella begann vorzulesen, doch sie wurde von Antonia unterbrochen, die plötzlich die Milchbar betrat.

Sie fühlte sich allein und brauchte ein wenig Gesellschaft. Allerdings hätte sie das nie zugegeben.

»Guten Abend, ich habe gerade einen kleinen Abendspaziergang gemacht«, log sie, »und da bekam ich Lust, noch einmal Ihre Milch zu trinken. Schließen Sie gerade?«

Letizia sagte, noch eine halbe Stunde hätten sie Zeit.

»Willst du die mit Vanille?«

»Ja, bitte«, sagte Antonia. »Viermal. Wenn es Sie nicht stört, gebe ich einen aus.«

Warum sollte das stören? Es störte keine der Frauen. Letizia antwortete sofort im Namen aller Anwesenden. Auch wenn es schon spät sei, Milch ersetze ein ganzes Abendessen, dazu könne man noch die Reste der Biskuittorte genießen. Belinda wandte sich um und seufzte leise bei dem Gedanken, dass sie wieder die Gläser und Teller schmutzig machten, die sie gerade gespült hatte.

Ornella ärgerte sich, dass sie unterbrochen worden war. Sie brauchte dringend Letizias Inspiration und volle Aufmerksamkeit. Und außerdem fand sie Antonia immer noch nicht sonderlich sympathisch. Neulich war sie nur deshalb nett zu ihr gewesen, weil sie ihr leidtat. Ganz gleich, ob das noch Ressentiments von früher waren oder etwas anderes. Antonia kam ihr falsch vor, immer noch so hochnäsig und dann diese roten Haare und das Madonnengesicht! Nein, sie gefiel ihr einfach nicht.

»Ornella, ich will dich nicht verunsichern«, sagte Letizia, nachdem diese das Programm vorgelesen hatte, »aber ich glaube, so kann man das nicht machen. Du musst ein fertiges, stimmiges Konzept vorlegen. Dies sind ja nur ein paar Programmpunkte, aber was ist der *fil rouge* – der rote Faden? Wie passt das alles zusammen? Wo ist der *trait d'union*, das Bindeglied von allem?«

Bevor Letizia die Vorlesung über indische Mystik besuchte, hatte sie Französisch für Fortgeschrittene belegt. Und sie vergaß nie, die Früchte zu ernten. Nachdem sie Prousts *Auf der Suche nach der verlorenen Zeit* im Original gelesen und den Satz über die dicken ovalen Sandtörtchen, die man *Madeleine* nennt und die aussehen, als habe man als Form dafür die gefächerte Schale einer St.-Jakobs-Muschel benutzt, genossen hatte, war ihr die Idee mit dem Kurs für kreatives kulinarisches Schreiben gekommen.

»Ich weiß, was du im Schilde führst, Letizia, ich habe den Dezernenten bereits gefragt, aber er hat mir gesagt, der G.M. passt nicht, weil man ihn nicht zur Kultur rechnen kann.«

Letizia nahm einen Schluck Milch und seufzte tief.

»Der Dezernent ...«, sie grinste, »der bildet sich eine Menge ein, aber er hat keine Ahnung. Er hat einen Doktor in Literatur und weiß nicht mal, wer Duchesca ist.«

Die drei Augenpaare vor ihr ließen erkennen, dass auch sie noch nie von ihm gehört hatten.

»Das ist ein Dichter«, sagte Letizia.

»Warum schlägst du nicht der Senioren-Uni vor, dem G.M. einen Ehrendoktor zu verleihen?«, meinte Belinda, »damit wäre das Problem doch gelöst!«

»Dumme Gans!«, rief Letizia aus, und ihre Nichte sah sie beleidigt an. »Na, darauf hätte ich doch selbst kommen müssen!« Sie schlug sich mit der Hand an die Stirn. »Und du, liebe Nichte, bist ein echtes Genie! Das wäre ein richtiger Coup! Gleich morgen gehe ich zum Direktor und rede mit ihm darüber. Das ist einfach eine tolle Idee!«

Ja, das war es vielleicht, dachte Ornella. Aber ihr nützte diese Idee nichts, und so verließ sie enttäuscht die Milchbar. Sie hatte auf Letizia gezählt, aber dabei war nichts herausgekommen als ein spinnerter Gedanke.

Ergebnis: Der G.M. oder Gran Musicante oder wie immer er sich nannte, kam beim Dezernenten nicht gut an. Und von der Person, die er sich für das Festival vorstellte, kannte Ornella weder Aussehen noch Namen oder Spitznamen oder was auch immer.

11

Krapfen mit Honig

Antonia machte einen Abendspaziergang durch das Städtchen, über dem tief ein riesiger goldener Vollmond hing. Er sah aus wie ein Honigpfannkuchen am Himmel, den man sich mit ausgestreckter Hand hätte herunternehmen können.

Doch sie konnte sich nicht darüber freuen, denn das quälende Gefühl der Einsamkeit machte sich in ihrer

Seele breit wie ein Kuckuck, der sich in einem fremden Nest immer mehr aufplustert und nicht zu vertreiben ist. Ja, die Einsamkeit lastete schwer auf ihr, ihre Schritte waren langsam vor lauter Müdigkeit, und sie hatte auf dem Weg hinauf zur Burg das Gefühl, ihre Füße seien aus Blei.

Die Burg blickte auf sie herab, reglos und Schutz bietend, und Antonia erinnerte sich daran, wie sie sie zum ersten Mal auf einem Werbeprospekt gesehen hatte, auf dem sie lustigerweise ausgerutscht war. Als es passierte, war sie mit trübem Blick und ganz in Gedanken versunken über ein regennasses Trottoir gegangen. Ihr Leben war verpfuscht. Sie hob das Faltblatt auf, das zertrampelt war wie sie selbst, steckte es in die Tasche und trocknete es zu Hause ab.

Warum, das wusste sie selbst nicht.

Und jetzt war sie hier, in diesem kleinen Ort, in der Hoffnung, wieder zu Kräften zu kommen.

Die Laternen tauchten den Rathausplatz in ein sanftes Licht, und auch in den Küchen der Häuser brannten die Lampen. Dort, wo die Leute jetzt gemütlich beim Essen zusammensaßen, die Pasta auf dem Tisch dampfte und das Besteck auf den Tellern klapperte, wo man sich den Käse, eine Scheibe Brot oder die Weinflasche reichte. Beim Essen wurde einem innerlich warm, die Müdigkeit ließ nach, man vergaß seine Probleme.

Seit sie allein war, hatte Antonia sich angewöhnt, durch erleuchtete Fenster zu schauen und sich die Gespräche vorzustellen und die Wärme, die es in dem Klima der

Kälte und Verlogenheit, in dem sie aufgewachsen war, nie gegeben hatte. Manchmal hatte sie sich gewünscht, eine Freundin zu haben, auf die sie zählen konnte. Doch sie hatte nie eine gefunden. Sie wusste, dass sie wegen ihrer Verschlossenheit bei anderen Menschen keine Sympathie wecken konnte. Sie war sehr zurückhaltend, und viele hielten ihre Schüchternheit für Arroganz. Sie sprach nicht gern über sich und war misstrauisch, vorsichtig, auf der Hut. Es war nicht einfach gewesen, Tochter eines Industriellen zu sein. Als sie klein war, hatten sie stets einen Bewacher an ihrer Seite, der auf ihre Sicherheit, die des Bruders und der Eltern achtete. Ihre Familie hatte Angst: Diebstahl, Raub und der Terrorismus in der Zeit, als ihr Vater in der Politik war. Auch Antonia hatte Angst, besonders vor Gefühlen. Sie heiratete einen Mann, der zu ihrer gefühlskalten Familie passte. Doch es war eine freudlose und sterile Ehe, wie sie sich niemand vorstellen konnte.

Ein einziges Mal hatte sie keine Angst gehabt und sich bedingungslos hingegeben, sie hatte sich geöffnet wie nie zuvor: Seele, Geist, Körper, alles, sie hatte die Fesseln ihres Lebens abgeworfen und blind vertraut. Doch das war leider ein fataler Irrtum gewesen.

Sie zog den Reißverschluss ihrer Jacke zu. Ihr war kalt, die Temperaturen oben auf dem Hügel waren kälter als unten im Tal.

»Vierzehnhundert Meter hoch«, hatte Virginia, die Hotelbesitzerin, mit der sie sich inzwischen duzte, stolz erklärt. Sie erzählte ihr natürlich auch die Geschichte von Borgo Propizio, was für ein verlorener Ort es früher gewesen war, mit verfallenen Häusern und kaputtem Kopfsteinpflaster, und die jungen Leute gingen weg, genau wie ihr Sohn (und immer noch wolle der nicht aus London zurückkommen). Wäre nicht der neue Bürgermeister gekommen, würden hier nur alte Leute leben und, ja, Gespenster. Bis vor wenigen Jahren habe hier nämlich ein Geist sein Unwesen getrieben, der keine Ruhe fand. In Vollmondnächten habe man seinen Schatten sehen können. Antonia solle nicht lachen, das sei eine wahre Geschichte, auch wenn sie heute kaum noch jemand erzähle. Eine komplizierte Geschichte, in der ein Scheich, ein Verrat, ein Raub, ein Schuster und ein Selbstmord eine Rolle spielten.

Antonia lachte nicht. Sie konnte gar nicht anders, als an Geister zu glauben, schließlich trug sie selbst einen in sich. Und dieser Geist war nicht nur ein Schatten, er war höchst lebendig! In ihren Träumen und Gedanken, im Flüstern, in den Tränen, in den Küssen, die sie noch auf den Lippen spürte, im Erbeben ihres Leibes – ein Geist, der an ihn erinnerte, noch von ihm sprach, in dem Namen auf dem Grab, in das er ihr Herz verwandelt hatte.

Sie konnte ihn nicht vergessen. Je mehr Zeit verging, desto schlimmer wurde es. Wer hatte bloß gesagt, die Zeit heile alle Wunden, fragte sie sich. Alle ihre Sinne nahmen ihn immer noch wahr, er war überall, in den Augen, der Nase, unter der Zunge, unter der Haut, sogar in den Eingeweiden und vielleicht in dem Hühnerauge am kleinen Zeh, das man bei der Pediküre nicht richtig entfernt hatte. Er war überall, wie ein metastasierender Krebs. Ein Seelenkrebs. Die Analyseergebnisse waren jedoch negativ, und es war ihr auch nicht gelungen, sich umzubringen.

»Man stirbt nicht aus Liebe«, hatte die Krankenschwester in der Notaufnahme wichtigtuerisch gesagt (hatte sie wirklich genug Ahnung, um so etwas zu beurteilen?). Antonia war voller Angst ins Krankenhaus geeilt, nachdem sie eine hohe Dosis Schlaftabletten genommen hatte. Er hatte ihr gesagt, es sei besser, wenn sie sich eine Zeitlang nicht mehr sehen würden, sonst würden ihr Vater und ihr Ehemann am Ende noch einen Killer auf ihn ansetzen.

»Einen Killer?«

Sie traute ihren Ohren nicht. Ihr Vater war ein einflussreicher Industrieller und ihr Mann ein bekannter Anästhesist. Was redete er für einen Unsinn!

»Manchmal lass ich mich von der Handlung mitreißen, entschuldige bitte«, sagte er.

Welche Handlung? Stiegen ihm seine Kriminalromane zu Kopf?

Unglaublich!

Was er jetzt wohl gerade machte, in dieser Vollmondnacht.

Als Ornella ihre Mutter sagen hörte: »Du kannst dich glücklich schätzen, eine Mutter zu haben, die alles für dich tut«, antwortete sie nur:

»Ja, ich weiß, Mama.« Es war besser, sonst nichts zu sagen.

Dieses Glück bedeutete leider auch, dass sie ihre Macken ertragen musste, ihre Einmischung, ihre Neugierde; sie musste sie zum Einkaufen begleiten und überall, wo sie hingehen wollte, sie zum Arzt bringen oder dort die Rezepte abholen, und noch alle möglichen Dinge erledigen, ganz gleich, ob sie sinnvoll waren oder nicht. Sie war die Tochter und tat ihre Pflicht. Sie musste sich auch jede Menge Klatsch und Tratsch anhören. Es hörte nie auf, denn irgendetwas passierte im Dorf immer und ihre Mutter sog alles begierig auf. »Dora hat es mir eben erzählt und die weiß es von der Signora X …«

Glücklich über eine Mutter zu sein, die alles für einen machte, bedeutete noch viele andere Dinge verschiedenster Art. Zum Beispiel auch, Honigkrapfen zu essen.

»Meine Tochter und ich werden sie heute Abend bei einem schönen Fernsehfilm genießen.«

Beispielsweise einem alten *Derrick*. Seit jeher schwärmte ihre Mutter für den Kommissar und hatte sich bei Arturo, ach nein, bei Dora, die habe mehr Gefühl dafür, alle Folgen von der ersten bis zur zehnten Staffel besorgt, es waren an die hundert DVDs.

»Ich hab sie schon gesehen«, sagte Elvira und zeigte auf eine Hülle mit dem Titel *Verbrechen bei Tisch*, »aber es hat mir so gut gefallen, dass ich es mir gern noch mal mit dir zusammen ansehe.«

Als würde mir das Spaß machen, dachte Ornella und seufzte. Auf dem Tischchen vor dem Fernseher standen die noch warmen Krapfen, die Parmesanstangen mit Zucker- und Balsamicoessigglasur und zwei Schüsselchen mit Waldbeeren. Sie hätte am liebsten nichts angerührt, aber das war unmöglich. Ihre Mutter hätte das als persönliche Beleidigung aufgefasst. Ornella ließ sich aufs Sofa fallen.

»Herrlich!«, rief ihre Mutter begeistert, »ich mag solche Picknicks zu Hause«, und reichte Ornella eine große Serviette, die sie sich auf die Knie legen sollte, und einen Teller mit drei riesigen Krapfen.

»Mama, das ist zu viel!«

»Du musst gut essen, du arbeitest doch so viel.«

»Ich hab keinen großen Hunger …«

»Warum nicht? Was hast du gegessen? Ich habe dir schon so oft gesagt, nachmittags keine Süßigkeiten zu essen, weil du dann abends keinen Hunger hast.«

Wenn sie sie wie ein kleines Kind behandelte, endete es unweigerlich im Streit.

»Ich habe nichts gegessen, Mama. Wenn du willst, esse ich einen Krapfen, und jetzt lass es gut sein, sonst …«

Ornella tat, als stehe sie auf.

»Einen? Nur einen einzigen?«, jammerte die Mutter. »Wo ich mir so viel Mühe gegeben habe?«

»Ja, einen Krapfen und nicht mehr.«

»Na, meinetwegen«, sagte die Mutter kleinlaut.

Da tat sie der Tochter wieder leid: »Ich esse dann auch alle Beeren.«

»Und die Parmesanstangen?«

»Na gut, aber nur zwei Stück.«

»Ich bin sicher, dass du schon etwas gegessen hast ...«

Ornella funkelte sie böse an, doch dann fiel ihr siedend heiß ein, dass Letizia ihr zu der Vanille-Milch ein Stück Biskuittorte serviert hatte. Aber das sagte sie besser nicht, das hätte unweigerlich eine Strafpredigt zur Folge gehabt. Ornella schüttelte stumm den Kopf und blickte auf den Fernseher.

Nach dem Vorspann mit der entsprechenden Musik begann der Film mit dem pomadigen Derrick und seinem Assistenten Klein.

Zu sehen war eine typisch bayerische Bierkneipe mit Holztischen, vielen Gästen und einer Serviererin mit blonden Zöpfen, alles sehr klischeehaft. Auf den Tellern lagen Würstchen mit Kartoffeln und Kraut, und man hörte das Geklingel der Gabeln und Gläser und Stimmengewirr im Hintergrund. Die beiden Männer standen da und redeten, offenbar recht entspannt. Sie hatten schon fertig gegessen, und Derrick trank gerade den letzten Schluck aus seinem Glas, als man einen Pistolenschuss hörte. Im allgemeinen Geschrei fiel ein Mann zu Boden. Im Lokal herrschte mit einem Mal ein Riesenchaos. Die Leute waren zutiefst erschrocken, die Kinder schrien, die Köchin fiel in Ohnmacht, und der Kochtopf mit dem Kraut fiel zu Boden und kippte aus, es sah aus, als flöhen Würmer über die Fliesen. Der Mann, der mit dem Erschossenen am Tisch gesessen hatte, zitterte vor Angst und sagte stotternd, er kenne ihn gar nicht. Die Serviererin habe ihm gesagt, er solle sich hier hinsetzen, weil es sonst keinen Platz mehr gäbe. Der Inspektor ließ die Türen schließen.

»Keiner verlässt das Lokal!«, rief er. »Alle werden verhört, und alle müssen mitarbeiten, alle ohne Ausnahme.«

Ornella rief: »Das ist genial!« Dann sprang sie vom Sofa auf, nahm einen zweiten Krapfen, biss hinein, aß ihn auf und verschlang danach unter den erstaunten Augen ihrer Mutter, die gerade darüber nachgrübelte, wer der Mörder war, noch einen dritten.

Sie schmeckten einfach köstlich!

12

Rocco Rubino

Als der Inspektor den Schuldigen entlarvt hatte und der Abspann über den Bildschirm flimmerte, verkroch sich Ornella in ihr Zimmer. Nachdem sie eine Decke vor das Glas in der Tür gehängt hatte, damit das Licht ihre Mutter nicht störte, die gegenüber im Zimmer schlief, stellte sie ihren PC an und durchsuchte das Internet lang und breit, getrieben von den Passatwinden der Technologie. Es müssen günstige Winde sein, dachte sie aufgeregt, weil sie auf eine Idee für das wichtigste Event des Festivals gekommen war.

Ein Essen mit einem Verbrechen. Ein Krimi-Dinner!

Eine Idee, in der sich alle Erwartungen des Dezernenten perfekt vereinten. Für das Volk und dennoch mitreißend. Das Publikum sollte dabei gleichzeitig (so hatte er es ausgedrückt) Zuschauer und Darsteller sein.

Nach dem schicksalhaften Eingreifen ihrer Mutter und des Kommissar Derrick brauchte sie nur noch ihr Netz auszuwerfen und jemanden zu finden, der den Text schreiben würde, die Ermittlungen führte, die Indizien fand, die Teilnehmer zum Mitmachen anregte. Oder der sich darauf beschränkte, die Preisträger zu prämieren. Oder besser den Sieger, man sollte es nicht zu weit fassen. Man brauchte also nur einen Preis: einen Becher, eine Plakette oder etwas, was mehr mit dem Thema zu tun hatte. Vielleicht eine Patronenhülse aus Gold oder einen silbernen Dolch? Warum nicht, aber nur vergoldet oder versilbert. Das war nicht so teuer. Ornella rief sich zur Ordnung. Warum Zeit mit unwichtigen Details verlieren? Der Preis wurde mit dem Geld bezahlt, das übrig war, oder von den Sponsoren finanziert. Sie musste aber die richtige Person finden.

Sie konzentrierte sich.

Wenn der Star ein Krimiautor war (und das war naheliegend), gab es keinen, der brillanter war als Andrea Camilleri. Aber das war vielleicht doch etwas zu hoch gegriffen. Es war besser, keine Absage zu riskieren oder sich wegen des Budgets zu blamieren. Nachdem sie sich schlaugemacht hatte, schloss sie die allzu große Fauna der berühmten Krimiautoren aus, sie fand immer einen Grund. Der eine hatte zu lange Haare, der andere eine Glatze, der eine sah trübsinnig aus, der andere war zu fröhlich, der eine zu bärtig, der andere hatte nur einen

Spitzbart; der eine war zu schwarz, der andere zu grau (nicht graumeliert, sondern richtig grau). Vielleicht hätte sie andere Kriterien zugrunde legen sollen, doch Ornella las weder Krimis noch Thriller, und deshalb verglich sie Autorenfotos und Buchumschläge. Sie suchte und suchte und suchte. Sie surfte von einem Blog zum nächsten, von einer Website zur anderen durch die Wellen von Google, die Brandung von Wikipedia und die endlose Weite der sozialen Netzwerke.

Bis sie ihn endlich fand.

Er gefiel ihr sofort.

Er war Gast in der Fernsehsendung *CrimeTime* – »Die besten Krimis, die den Geist ernähren« (im Fernsehen redeten sie wirklich das dümmste Zeug). Auf der Internetseite dieses Programms konnte man die vorherigen Sendungen ansehen, die immer mit einem Rezept in der Rubrik »Die neuesten Rezepte von *CrimeTime*«, »Noch mehr Rezepte von *CrimeTime*«, »Brandneue Rezepte von *CrimeTime*« endeten. Ornella sah sich die Sendung nicht an, denn sie lief immer freitags um Mitternacht, und zu so später Stunde war sie normalerweise nicht mehr wach. Die Wanduhr im Wohnzimmer schlug gerade zwölf, was ihr seltsam vorkam. Stand sie schon unter dem Einfluss ihrer Arbeit?

Rocco Rubino. Ein auffälliger Name, männlich und beeindruckend. Er erinnerte an Wein, der berauscht, er war kräftig und stark. Einer jener Männer, bei denen einem schwindelig wurde und man alle Hemmungen verlor, wenn sie einem süße Worte ins Ohr flüsterten.

Ornella war wie betrunken von der plötzlichen poetischen Eingebung, die sie überkommen hatte. Sie hatte ein Talent, das sich leider niemals zeigen würde, Marietta sagte ihr das jedes Mal, wenn sie ein Modell für *Fili Fatati Seit 1888* anprobierte (gelegentlich arbeitete sie auch als Model, um ihr Gehalt aufzubessern, aber nur für Marietta). Jetzt fing sie an, das selbst einzusehen. Wie viele Jahre hatte sie in der Vergangenheit verplempert …

Und wie viele in der Zukunft. Anstatt herumzudichten, sollte sie sich lieber einen Ruck geben und das verdammte Festival auf den Weg bringen. Dichtung und Prosa überließ sie besser der Presseabteilung.

Okay, aber hart ist das schon, sagte sie zu ihrem unversöhnlichen Gewissen.

Rocco Rubino hatte eine Website mit an die hundert Fotografien wie in einem Hochzeitsalbum, nur die Braut fehlte (wer weiß, ob er eine hatte, eigentlich wirkte er wie ein Schürzenjäger). Er war in allen möglichen Posen zu sehen, zum Beispiel am Lenker eines Motorrads (ohne dass der Motor lief) oder während er am Telefon war (ohne dass er wirklich telefonierte). Wenn er aber mit düsterem Gesicht in die Kamera schaute, war er richtig beeindruckend. Sicher war er eitel, das war ja auch nicht weiter schwer, und er konnte es sich erlauben. Er hatte graumelierte Schläfen (das war viel besser als Grau). Auf manchen Bildern waren seine Augen rot, vermutlich waren sie hell. Wahrscheinlich lebte er an der Küste, denn im Hintergrund war oft das Meer zu sehen. Er schien sich gern zu präsentieren, das war nicht zu übersehen, auf der Seite gegenüber waren seine Fernsehauftritte verzeichnet. Ornella war verblüfft. Er trat sogar als Vermittler in Streitfällen auf, die gar keine waren, zum Beispiel, wenn zwei Nachbarn sich wegen eines klappernden Fensters stritten oder eine Geliebte eine Ehefrau anprangerte, weil sie es nicht geschafft hatte, ihr den Mann wegzunehmen. Dies hatte mit Literatur wenig zu tun, ganz egal ob es sich um Krimis oder andere Genres handelte.

Rocco Rubino hatte ein paar amerikanische Krimis aus der Zeit des Börsenkrachs an der Wall Street geschrieben, deren Held ein Amerikaner italienischer Herkunft war, der Sohn von einem italienischen Ehepaar, das Anfang des zwanzigsten Jahrhunderts auf einem Dampfer in die USA eingewandert war. Es fehlten nur noch die Koffer aus Pappe, und man hätte geglaubt, im Einwanderungsmuseum auf Ellis Island bei New York zu sein. Ornella war dort gewesen, als sie noch das Schmuckstück an der Seite ihres Mannes gewesen war (er war immer sehr knauserig gewesen, hatte sie aber auf einen Kongress nach New York mitgenommen, weil die Pharmafirma die Reise bezahlte). Vielleicht brauchte man ja nur ein Bild und eine Postkarte, um sich inspirieren zu lassen. Vielleicht war es einfacher, als man dachte, ein Buch zu schreiben.

Rubino sagte über sich, er sei abergläubisch, und für ihn gäbe es noch mehr Glücksbringer als Hufeisen, vierblättrige Kleeblätter, einen Buckel oder sein Sternzeichen. Er besitze ein kleines Affenmädchen aus Plüsch, die Strümpfe mit roter Ferse trage. Auf der Seite *Sock Monkey* erklärte der Schriftsteller in allen Details, wie man so ein Äffchen herstellen konnte; offenbar hielt er das für wichtig, aber Ornella konnte sich nicht darauf konzentrieren, und es war ihr auch gleichgültig. Ja, das Püppchen, das dabei herauskam, war hübsch, und auf dem Video hielt Rubino es in der Hand und lächelte. Das Beste am ganzen Video war sein Lächeln, und die Grübchen auf seinen Wangen waren einfach hinreißend. Die Seite mit der Biographie begann mit dem Anfang seiner Karriere. Rubino war schon nicht mehr ganz jung, als sein erster Roman erschien, doch es zeigte sich, dass das Schreiben bei ihm eine uralte Leidenschaft war, die jahrzehntelang durch die tägliche Alltagsroutine erstickt worden war. Nur hatte er nichts davon gewusst. Dann aber brannte in ihm das heilige Feuer des Erzählens und ließ ihm keinen Moment der Ruhe. Er kam morgens mit Ringen unter den Augen ins Büro, weil er die ganze Nacht geschrieben hatte. Ihm wurde klar, dass er eine Entscheidung treffen musste, und so kündigte er seine Stellung in der Bank, in der er jahrlang an der Kasse Geldscheine gezählt hatte. Er hoffte, dass er damit keinen Fehler gemacht hatte. Aber glücklicherweise war alles gut gegangen, so sehr, dass er es bis heute kaum glauben konnte. Sein Leben lang schuldete er Vincente Vasino, genannt Vince (sprich Vintsche), seinem unbeugsamen Helden, dafür Dank. Sein eigentlicher Dank, so betonte er, gelte seiner geriebten Lebensgefährtin. Ohne sie sei er nicht geworden, was er sei, als Krimiautor und als Mann.

Geriebte Lebensgefährtin? Was? Ach so, das war ein Fehler im Korrekturprogramm. Ein paar Zeilen später hieß es dann auch geliebte Lebensgefährtin. Hatte das der Webmaster denn nicht bemerkt?

Geliebte Lebensgefährtin, das klang wunderbar. Ornella gefiel diese romantische Bezeichnung sehr. Hinter jedem wichtigen Mann steht immer eine bedeutende Frau, hatte Cesare einmal über Claudia gesagt, wie Barack Obama über Michelle.

»Was haben die für ein Glück!«, seufzte Ornella neidvoll.

Auf der Website gab es auch einen Link zum Rocco-Rubino-Fan-Club. Millionen (die Zahl war belegt) Fans zollten ihm Bewunderung. Jetzt kamen Ornella Zweifel, ob Borgo Propizio diesem Helden der Kriminalistik das Wasser reichen könne. Doch sie beruhigte sich gleich wieder. Das Dorf blickte in eine sonnige Zukunft, hatte große Erfolgsaussichten und war auf Weltruhm aus. Das Festival sollte universal, astronomisch, astrologisch werden … Und wenn es ihr durch ein Wunder gelang, Letizia zufriedenzustellen, dann war das wie ein Urknall.

Auf der Kontaktseite stand eine E-Mail-Adresse, aber direkt konnte man diesen Rubino offenbar nicht erreichen. Als Ornella die Seite öffnen wollte, erschien eine Mauer auf dem Bild. Von unten wurden immer mehr Backsteine nach oben geschoben, die nach und nach den Bildschirm füllten. Darauf stand M.U.R.O. Rights

Agency, und MURO war der Name des Literaturagenten, wie sie einen Moment später erfuhr, als sie die Website www.murorightsagency öffnete. Um Rubino zu erreichen, musste sie sich an den Agenten wenden.

Muro machte auf dem Foto auf der Homepage mit seiner riesigen goldenen Sonnenbrille und seinem ernsten Gesicht keinen sonderlich sympathischen Eindruck, doch Ornella ließ sich davon nicht abschrecken. Um bei diesem Typen etwas zu erreichen, musste sie ein ungewöhnliches Anschreiben verfassen, und so begann sie zu schreiben.

Zu Beginn der Herbstsonnenwende zwischen den zinnenbewehrten mittelalterlichen Mauern des leuchtenden historischen Zentrums von Borgo Propizio …

Nein, so ging das nicht.

Es war ihr so einfach vorgekommen. Anders als bei einer Ansichtskarte. Man sieht sie an, lässt sich inspirieren und erfindet eine Geschichte. Oder bei Pressenachrichten, da konnte man einfach abschreiben. Sie änderte ihre Meinung: Schreiben war eine ganz andere Sache. Hut ab, meine Herren Autoren!

Sie schickte also zwei prosaische Zeilen, in denen sie nur sagte, sie wolle gern im Auftrag der Kommune Rocco Rubino zu einem Literaturfestival nach Borgo Propizio einladen und bäte um eine rasche Zusage in Form einer E-Mail. Diese kam wider Erwarten sofort. »Rufen Sie so schnell wie möglich an!« Ornella wählte die angegebene Mobilnummer (entweder es klappte oder nicht), obwohl es erst sechs Uhr morgens war. So schnell wie möglich bedeutete ja wohl, dass man die Sache nicht aufschieben durfte.

Muro litt unter Schlaflosigkeit, erklärte er ihr, deshalb sei er auch früh am Morgen gesprächsbereit. Er bombardierte Ornella mit einer Unmenge an Fragen und nannte ihr gleich eine Summe, die ihr allein für die Teilnahme des Autors viel zu hoch erschien. Dies ließ sie Muro mit der gebotenen Höflichkeit wissen.

»Rubino ist nicht irgendwer, das ist ein illustrer Name«, erklärte der Agent in feierlichem Ton. »Ich weiß, was ich verkaufe. Seine Bücher werden in alle Weltsprachen übersetzt, selbst in Bengodi, dem Land der Wunder, in Donnafugata, Momprace und Paperopoli.«

Der Preisnachlass, den er dann gewährte, war eines Geizhalses vom Kaliber Dagobert Duck würdig.

Das war geschafft! Ornella war stolz auf sich. Sie stellte ihr Mobiltelefon aus, dabei wäre es in weniger als einer Minute sowieso von selbst ausgegangen, weil ihr Guthaben erschöpft war. Muro, der nach dem, was über ihn auf der Homepage stand, sachlich und nüchtern war, hatte sich am Telefon als extrem geschwätzig erwiesen, und die erst am Morgen gekaufte Karte war aufgebraucht. Nein, das war ja gestern Morgen gewesen, und jetzt erst wurde Ornella bewusst, dass schon der nächste Tag angebrochen war, ohne dass sie ein Auge zugetan hatte. Jetzt war es aber wirklich Zeit, sich aufs Ohr zu legen.

Nein, zuerst musste sie noch die letzte Handlung dieser anspruchsvollen und gewinnbringenden Nacht ausführen: schnell eine geistreiche Nachricht an den Dezernenten schicken, dass sie ihre Aufgabe erfüllt habe.

Von: Ornella [posta@ornellacommunication.com]
An: Dr. Conforti [mail to: tranquillo.conforti@comune.borgopropizio.it]
Betreff: Auftrag erfüllt

Habe Rubino gewinnen können (nicht nur vom Namen her wertvoll) und den weniger bedeutenden Saltalamacchia.

Genau drei Minuten später antwortete Conforti:
Von: tranquillo.conforti@comune.borgopropizio.it
An: posta@ornellacommunication.com
Betreff: Widerspruch

Um Missverständnisse auszuräumen, wird Folgendes mitgeteilt: Saltalamacchia ist nicht unbedeutend, sondern Maresciallo der Carabinieri, der Maresciallo Saltalamacchia hat heldenhaft Borgo Propizio gerettet, der Maresciallo Saltalamacchia hat bereits vor drei Jahren den Rubin gefunden. Deshalb wird Ihnen der erteilte Auftrag entzogen.
Beste Grüße
Dr. Tranquillo Conforti
Dezernent für Kultur und Großveranstaltungen
Kommune Borgo Propizio.

Als Ornella dies las, spürte sie, wie ein großer Teil ihrer Selbstachtung zum Teufel ging. Sie musste gleich ins Rathaus eilen und die Dinge wieder zurechtrücken, doch es war sicher besser, durch ein Schläfchen neue Kräfte zu sammeln, und sie hätte sich gern ihrer Müdigkeit hingegeben, wenn nicht gerade in diesem Augenblick ihre Mutter gerufen hätte.

Signora Elvira hatte sich den Ischiasnerv eingeklemmt und wollte sofort in die Notaufnahme.

13

Die Probleme der Frauen

Belinda hatte kein Glück in der Liebe. Das musste sie sich endlich eingestehen. Sie wusste nicht, was bei ihr nicht stimmte, und sie lebte nicht freiwillig als Single. Nach dem Sohn des Rinderzüchters vor vielen Jahren, als sie noch aufs Gymnasium ging und ihre Begeisterung für Milch sie im Sommer aufs Land geführt hatte, wo sie Kühe gemolken hatte, und nach einem kurzen Flirt an der Universität hatte sie sich in ihrer Firma in einen Kollegen verliebt, der ihr schließlich das Herz gebrochen und sie dazu gebracht hatte, zu kündigen und nach Borgo Propizio zu fliehen (der einzige positive Aspekt der ganzen Geschichte). Dann hatte sie sich in einen Teilnehmer des Schreibkurses verliebt, der auch sie zu mögen schien, und so gab sie sich weiteren Illusionen hin. Sein intensiver Blick führte Belinda auf einer sanften Milchstraße in ein Paralleluniversum, in dem alles wunderbar zu sein schien. Er war sehr zurückhaltend (er hatte von sich nichts weiter erzählt, als dass er in einem Dorf in der Nähe wohne und in der Datenverarbeitung beschäftigt sei). Was er schrieb, war reich an Bildern, die, wenn er es den anderen Teilnehmern vorlas, deren Geschichten beflügelten. Die Gedichte galten ihr. So jedenfalls interpretierte Belinda die Tatsache, dass er sie stets auf dem Tisch in ihrer kleinen Milchbar liegen ließ. So hatte sie begonnen, sich die Augen mit Eyeliner und Mascara anzumalen und einen glänzenden rotorangen Lippenstift zu benutzen.

An einem Abend blieb er länger in der Milchbar und half ihr, das Schutzgitter zu schließen. Danach gingen sie zusammen spazieren, vor einem glutroten Sonnenuntergang am Horizont und unter den kobaltblauen Pinselstrichen, die der Himmel dem Dorf schenkte. Sie redeten wenig (er) und seufzten oft (sie). Beide gaben sich zurückhaltend, doch als sie sich nebeneinander auf dem Belvedere hinter der Burg auf die Mauer stützten, waren ihre Münder ganz dicht beieinander gewesen und um ein Haar hätten sie sich geküsst. Belinda fragte sich später, was ihn davon abgehalten hatte: die Schüchternheit eines Verliebten oder verführerische Raffinesse. Um dies herauszufinden, beschloss sie, dem Schicksal einen Schubs zu geben und ihn zum Essen einzuladen. Dann würde eben sie ihm den Hof machen.

Belindas Wohnung lag über dem Laden, und man betrat sie vom Innenhof aus über eine Außentreppe aus Stein. Als ihr Vater das Gebäude gekauft hatte (nicht aus eigenem Interesse sondern anstelle eines Mandanten, der während der Auktion an einem Infarkt gestorben war), hatte sie ihn mit Beharrlichkeit dazu gebracht, ihr das Ladenlokal zu überlassen. Früher hatte der Raum über dem alten Schusterladen als Abstellkammer gedient, und niemand hätte sich vorstellen können, dass man darin wohnen könnte. Belinda aber beschloss, sich darin niederzulassen. Seit einiger Zeit jedoch – die kleine Milchbar lief inzwischen sehr gut –, hing Tante Letizia ihr in den Ohren, den Laden nach oben hin zu vergrößern und zum Wohnen in die neue Siedlung unten im Tal zu ziehen, wo auch sie selbst eine hochmoderne und komfortable Zweizimmerwohnung gekauft hatte. Sie wohnte dort seit über einem Jahr und war mehr als zufrieden. Alte Leute hängen oft an ihrem Besitz, aber bei ihrer Tante war es ganz anders. Dafür aber hing Belinda an ihrer winzigen Wohnung, die sie niemals aufgegeben hätte (mit einem Freund wäre es vielleicht etwas eng, aber weiter schlimm wäre das auch nicht gewesen), und Borgo Propizio, das Cesare einen »wegen der Pest der Erinnerung Manzonis trostlosen Ort« nannte, hatte sich zu einem wunderschönen kleinen Ort mit einer authentischen Seele entwickelt, in dem Belinda sich wohlfühlte. Er hatte ihr auch zwei liebe Freundinnen geschenkt, Ornella und Mariolina, mit denen sie sich bestens verstand, obwohl sie älter waren als sie, die eine sogar an die zwanzig Jahre. Auch mit Dora verstand sie sich recht gut, auch wenn sie sie nicht als Freundin ansah, doch von ihr hörte sie immer das neueste Geschwätz. Da ihr Haus im Zentrum lag, wusste Dora immer alle Neuigkeiten und war eine echte Konkurrenz für die örtliche Zeitung *Voce del Castelluccio*, Stimme der Burg.

Zum Abendessen hatte Belinda für den jungen Mann also zwei weiße Gerichte gekocht. Reis und Seezunge mit Zitrone, Tagliatelle mit Sahne und Pfeffer, danach in Milch eingelegte Schnitzel, die sie, um keinen Fehler zu machen, vorher mit ihren Freundinnen getestet hatte. Auch der von ihr umworbene Mann würde sie mit Genuss essen. Ganz sicher. Doch leider tat er das nicht.

Tante Letizia pflegte zu sagen, seit der Arzt ihr eine Diät verschrieben hatte: »Sicher ist nur das Cholesterin.«

Ohne Belinda Bescheid zu geben, war der ungezogene Flegel nicht erschienen und dann auch aus dem Kurs für kreatives Schreiben verschwunden.

Mariolina erklärte, worin das Problem bestand.

»Du hast ihn vergrault. Männer haben Angst vor forschen Frauen. Du hättest dich von ihm zum Essen ausführen lassen und ihn nicht nach Hause einladen sollen.«

»In Zukunft achte ich darauf«, sagte Belinda, obwohl sie sich alles andere als forsch fand und nicht verstand, was an einem Abendessen so falsch sein sollte.

Inzwischen hatte sie seinen Namen schon fast vergessen, eine ihrer guten Eigenschaften war nämlich, dass sie sich nicht lange mit dem, was vergangen war, aufhielt.

Im Gegensatz zu Mariolina, die nichts vergessen konnte und deshalb heute noch erzählte, wie sie zum ersten Mal mit ihrem damaligen Verlobten, ihrem heutigen Mann, ausgegangen war, ins Restaurant am Strand, wo es Risotto mit Meeresfrüchten gab und Perlwein und dann die kleinen Hütte, in der...

»Ruggero konnte das Leben genießen, als es noch nicht EdilBorgo gab. Ich hasse diese Firma! Sie hat ihn mir weggenommen! Und ich war so dumm zu kündigen, um immer bei ihm zu sein. Allerdings habe ich gelernt, wie man selbst Pasta macht!«

Belinda wusste, wovon Mariolina redete. Nicht aus eigener Erfahrung zwar, aber bei der Ehe ihrer Eltern. Diese hatten für einige Zeit getrennt gelebt. Ihre Mutter hatte ewig lange gewartet, dass ihr Vater endlich etwas anderes als seine Arbeit im Kopf hatte. Eines Tages aber war sie es leid, als grüne Witwe zu leben, und war weggegangen. Sie hatte Cesare verlassen, aber auch Belinda; diese war zu dem Zeitpunkt zwar schon fünfundzwanzig, aber ein Mamakind. Erst durch die Eröffnung ihrer eigenen Milchbar war es ihr gelungen, die Nabelschnur zu durchtrennen.

»Und wie geht es jetzt mit den beiden?«, fragte Mariolina, die um ihre eigene Ehe fürchtete.

»Besser, aber mein Vater hat sich im Grunde nicht geändert und lässt sich immer wieder von der Arbeit vereinnahmen. Tante Letizia hat schon gesagt, wer eckig geboren wird, stirbt nicht rund.«

»Da hat sie wohl recht. Und Claudia?«

»Mama versucht zu verhindern, dass Papa wieder von der Arbeit aufgefressen wird, und denkt sich immer etwas Neues aus. Papa macht aber nicht richtig mit, er ist bequem und müde. Abends hängt er vor dem Fernseher, gähnt in einem fort, manchmal schläft er sogar auf dem Sofa ein.«

»Reden wir lieber nicht vom Fernsehen. Filme oder Fußball sind die reinste Katastrophe. Wenn Ruggero zu Hause ist, kann er sich davon nicht losreißen. Allein das wäre ein Grund, sich scheiden zu lassen.«

»Das sagt meine Mutter auch. Um sich zu rächen, geht sie die Woche über nicht einkaufen, und so muss er sie am Samstag begleiten.«

»Ich muss auch das allein machen.«

»Papa hasst Supermärkte, traut sich aber nicht, es zu sagen. Und jetzt hat Mama einfach eine Reise gebucht.«

»Wir waren ja gerade unterwegs, aber es hat nichts gebracht. Es war wirklich schön, aber als wir wieder da waren, hat Ruggero … Es war genau wie vorher. Oder noch schlimmer. Er sagt, er sei im Rückstand mit der Arbeit. Ich habe es satt, zu Hause mit den Schwiegereltern und der Haushälterin herumzuhängen.«

»Meine Mutter macht jetzt bei einem Projekt für misshandelte Frauen mit. Sie hat so einen Kurs besucht mit Psychologen, Anwältinnen, Sozialarbeitern, alles sehr interessant. Es hat ein paar Monate gedauert, und jetzt arbeitet sie ehrenamtlich.«

»Nein, das ist nichts für mich, ich möchte wieder richtig arbeiten.«

»Arbeiten?«, fragte Dora, die gerade die Milchbar betrat.

»Ja, ich möchte gern wieder zurück in den Beruf«, sagte Mariolina.

»Gute Idee, ich schicke Arturo weg, und du wirst meine Teilhaberin.«

»Mach keine Witze.«

»Wieso Witze? Das Haus ist auf mich überschrieben. Und ich würde ihn gern dahin schicken, wo der Pfeffer wächst … Ich halte diesen nüchternen Romantikfeind nicht mehr aus.«

»Was meinst du denn damit?«

»Meinst du das Wort Romantikfeind? Ich habe es mir ausgedacht. Seit wir bei Letizia im Kurs Wortspiele machen und neue Namen für Speisen erfinden, ist mein Gehirn sehr kreativ.«

»Was hat denn Arturo sonst noch angestellt?«

»Ach, irgendwas ist immer. Diesmal haben wir uns wegen dem Valentinstag gestritten. Weder Glückwünsche noch Blumen, kein Geschenk. Ich bin wirklich nicht glücklich mit ihm!«

Mariolina schwieg und knöpfte ihre Jacke bis zum Hals zu, um das Medaillon zu verstecken, das sie zum Fest der Verliebten bekommen hatte, das sie aber auch nicht glücklicher machte als Dora. Dennoch wollte sie nicht, dass sie es sah, denn sie war ein ziemlich neidischer Mensch.

Und eine Tratsche obendrein.

»Ich habe Ornella schon länger nicht gesehen.«

»Aha.«

»Arturo hat mir gesagt, dass eine Fremde ins Dorf gekommen ist.«

»…«

»Mit roten Haaren.«

»…«

»Sie hat jede Menge Zeitungen gekauft.«

»…«

»Sie war allein, und sie ist offenbar keine Touristin.«

»…«

»Ornella kennt sie.«

»…«

»Was ist los? Warum sagt ihr nichts?« Dora blickte vorwurfsvoll in die Runde.

»Nun ja. Was sollen wir dazu sagen? Einmal war sie hier und hat eine Vanille-Milch getrunken, aber wir machten gerade zu. Ich hab sie nur ganz kurz gesehen«, entgegnete Belinda.

»Und du, Mariolina?«

»Ich … was?«

»Kennst du sie?«

»Nie gesehen.«

Dora wusste, dass die anderen sie manchmal für eine Klatschbase hielten, doch eigentlich war sie das nicht. Sie wollte nur nicht mehr an ihre eigenen quälenden Probleme denken. Was konnte sie schon dafür, dass sie von ihrem günstig gelegenen Arbeitsplatz aus alles mitbekam, was im Dorf so vor sich ging? Leider hatte keiner Verständnis für sie, nicht mal ihre Freundinnen. Doch sie wollte es sich nicht mit den anderen verscherzen, ihre Ehe war schon schwierig genug, und sie fühlte sich oft allein. Deshalb ruderte sie wieder zurück.

»Na ja, das ist ja auch alles nicht so wichtig. Typisches Dorfgeschwätz eben«, erklärte sie schulterzuckend. Dann wandte sie sich an Mariolina. »Was für eine Arbeit suchst du denn?«

»Ich würde gern wieder bei der Kommune arbeiten.«

»Und wenn das nicht geht?«

»Ich habe ja gekündigt …«

»Bewirb dich doch um die Stelle in der Bibliothek!«

»Das hätte ich ja gemacht, aber als ich davon erfuhr, war die Bewerbungsfrist schon abgelaufen.«

»Das kann nicht sein, das ist erst in einem Monat.«

»Nein!«

»Doch!«

Dora war neidisch, geschwätzig und auch noch besserwisserisch. Für Mariolina rundete sich das Bild ab.

»Das kann nicht sein. Ich habe es selbst auf dem Plakat gelesen, die Frist ist abgelaufen.«

»Nein!«

»Doch.«

»Ich sage dir, du irrst dich. Du weißt vielleicht nicht, dass sie sich auf den Plakaten verdruckt haben. Sie haben für die Ausschreibung dasselbe Datum genommen wie für das Ende der Frist.«

»Willst du mich auf den Arm nehmen?«

»Nein! Sie haben es in der Druckerei von der *Voce* gemacht. Dort haben sie zwei linke Hände. Ein Druckfehler nach dem anderen. Das ist nicht ganz so schlimm, weil das Blatt gratis ist, aber wenn ich es verkaufen müsste, würde es mir keiner abnehmen! Sie haben jetzt die neuen Plakate über die alten geklebt. Eins hängt gleich neben der Polizeiwache. Geh doch hin und schau nach, wenn du mir nicht glaubst.«

Hoffnungsvoll sprang Mariolina auf. Jetzt fiel es ihr wieder ein. An dem Tag, an dem sie sich mit Marietta gestritten hatte, war ihr bereits aufgefallen, dass man in der Straße die Plakate mit demselben Plakat überklebte. Sie hatte sich zwar gewundert, war aber so niedergeschlagen gewesen, dass sie nicht weiter darüber nachgedacht hatte. Vielleicht konnte sie jetzt noch alles wenden.

Doch als sie aufsprang und zur Tür lief, rief Dora sie zurück.

Aha, das war es also.

»Was ist los?«, fragte sie schon auf dem Kriegsfuß. »Hast du mich etwa an der Nase herumgeführt?«

»Nein, nein, ich wollte dir nur noch etwas sagen.« Sie lächelte.

»Über die Frau mit den roten Haaren?«, fragten wie aus einem Mund Belinda und Mariolina, die beide auf eine neue Klatschgeschichte gefasst waren.

»Nein, über Princess. Meine Kleine hat sich verlobt.«
»Na, dann herzlichen Glückwunsch!«

»Mit einem Jack-Russell-Terrier, aber …«

»Aber was?«

»Es gibt ein Problem.«

»???«

»Sie ist schwanger.«

14

Es schmeckt nicht nach Maccaroni

Als die Gläubigen aus der Kirche auf die Piazza strömten, verließ Belinda ihre Bar und hielt nach Ornella Ausschau, dabei war Ornella mit ihren ein Meter achtzig leicht in der Menge auszumachen.

Ornella hatte ihre Mutter in die Messe begleitet (der Ischias war inzwischen durch wirksame Spritzen besänftigt) und sie dort einer Verwandten überlassen, um einer Esseneinladung von Belindas Eltern zu folgen.

Claudia hatte zum Mittagessen gebeten, um ihren Freunden vor der Abreise auf Wiedersehen zu sagen. Sie schleppte Cesare zu einer Besichtigungstour durch die Karpaten-Schlösser, dabei hatten sie doch in Borgo Propizio ihre eigene Burg, dachte Belinda.

Auch Bartolomeo Saltalamacchia war zum Essen eingeladen, nicht als Carabiniere, sondern als Schriftsteller. Ornella sollte ihn kennenlernen und mit ihm über seine Teilnahme am Festival sprechen, so wie sie es auch mit allen anderen Autoren und Akteuren machen sollte. Nicht unbedingt aus eigener Initiative, sondern nach genauer Anweisung des Dezernenten, dessen Besorgnis groß war und der so schnell wie möglich eine genaue Darstellung und einen Kostenvoranschlag mit allen Details wünschte. Dies sagte er ihr, als sie das Missverständnis um die witzig gemeinte E-Mail (Ornella war inzwischen klar, dass sie eher peinlich gewesen war) und die pikierte Antwort (der Maresciallo wurde von Conforti hoch geschätzt) aufgeklärt hatten und nachdem sie sich zu der famosen Idee eines abendlichen Krimi-Dinners gegenseitig gratuliert hatten, vor allem aber wegen Rocco Rubino. »Das ist ein sehr bekannter Name, meine Liebe. Kompliment! Dessen Krimis kennt doch jeder, alle haben sie gelesen.«

Er nicht, wie er gestand, sein Literaturgeschmack gehe in eine andere Richtung. Er habe aber gleich die Sekretärin beauftragt, den Roman *Die Affensammlerin* zu kaufen. Das war der Krimi, mit dem die Serie der von Vince Vasino brillant gelösten Fälle begann und der zahlreiche Preise erhalten hatte.

Keine Wolke stand am azurblauen Himmel, die frische Frühlingsluft ließ die Leute freier atmen, an den sanft geschwungenen Straßen, die auf den Hügel hinaufführten, sah man auf der einen Seite das zarte Rosa der blühenden Kirsch- und Pfirsichbäume und auf der anderen das leuchtende Grün der Weinreben. Dieser Anblick machte die Herzen der Menschen froh.

»Ob es wohl im Paradies so aussah?«, fragte Ornella, die nicht aus eigenem Wunsch, sondern nur als Begleitung ihrer Mutter in die Kirche gegangen war.

»Ich glaube, es muss sehr ähnlich ausgesehen haben.« Belinda nickte.

»Weißt du, Belinda, während meiner miserablen Ehe habe ich manchmal zu Gott um ein Wunder gebetet, aber ich wusste nicht, um welches. Er wusste es schon. Dass ich aus dem Lärm der Großstadt wieder hierher zurückkomme. Jemand hat mal gesagt, das Wertvolle an einem Ort seien nicht die Wunder, die er dir bietet, sondern die Antwort, die er dir geben kann.«

»Von wem ist das?

»Keine Ahnung.«

»Letizia weiß es bestimmt. Wir fragen sie nachher.«

»Ich weiß nur, das Borgo Propizio mir zweimal das Leben geschenkt hat. «

»Das sagst du immer.«

»Es ist mein Mantra.«

Mit ihrer Tasche aus imitiertem Krokodilleder, die sie an Feiertagen trug, und den passenden Mokassins mit der flachen Sohle wegen ihrer Ballen wartete Letizia am Tor des Kinderspielplatzes, auf dem es am Sonntagmorgen von jungen Familien nur so wimmelte. Sie stieg behände ins Auto ein und antwortete Belinda, ohne lange überlegen zu müssen.

»Das hat Italo Calvino gesagt, in den *Unsichtbaren Städten*.«

»Sag bloß, du hast in der Senioren-Uni auch ein Seminar über Calvino besucht.«

»Nein, aber ich kenne das Buch. Auch mir hat sich dieser Satz eingeprägt.«

»Wie lautet er genau?«

»Lass mich überlegen … genau! Bei einer Stadt genießt du nicht die sieben oder siebenundsiebzig Wunder, die sie für dich hat, dafür aber die Antwort, die sie dir auf deine Frage gibt.«

»Das ist mehr als wahr!«

Claudia hatte mit Mariolinas Hilfe ein exzellentes Mittagessen gekocht. Bei Mariolinas köstlichen karamellisierten Artischocken lief allen das Wasser im Mund zusammen, Männern und Frauen gleichermaßen.

Cesare sagte zu Ruggero: »Du bist ein glücklicher Mann, bei deiner Frau geht die Liebe wirklich durch den Magen.«

»Manchmal bedroht sie mich auch mit dem Nudelholz, wenn sie die Pasta ausgerollt hat.«

Mariolina zog die Brauen hoch und sah ihren Mann an. Sie wusste nicht, ob sie sich ärgern oder darüber hinwegsehen sollte. Sie entschied sich für die zweite Lösung und spülte ihre manchmal übertriebene Empfindlichkeit mit einem Schluck Wein herunter.

Saltalamacchia bat darum, nicht mehr Maresciallo, sondern Bartolo genannt zu werden. Er sei jetzt unter Freunden, und seine Uniform habe er extra zu Hause gelassen. Genau wie bei seiner Frau und den Töchtern, denn ab und zu genehmige er sich einen freien Ausgang.

»Dann sag mal, Bartolo, da wir unter Freunden sind – stimmt es, dass du die Juwelen damals mit Hilfe des Burggespenstes gefunden hast?«, fragte Ornella.

»Nein, das ist eine typische Journalistenstory. Du weißt ja, wie sie immer alles ausschmücken … In Wahrheit verdanke ich es meiner Tochter.«

»Deiner Tochter?«

»Ja, einer der beiden jüngeren.«

»Wie alt sind denn deine Töchter?«

»Diese ist achtzehn, aber ich habe noch drei andere.«

»Ein ganzer Hühnerstall«, bemerkte Letizia, die sich vergeblich Kinder gewünscht und sich oft als Mutter einer großen Schar gesehen hatte.

»Der Maresciallo … ich meine *Bartolo* hat zwei Zwillingspaare«, erklärte Claudia, der es etwas unangenehm war, ihn beim Vornamen zu nennen.

»Ja, genau, und meine Frau sagt immer ironisch, ich hätte dafür alle Fähigkeiten eines Carabiniere zum Einsatz gebracht.«

Er seufzte lächelnd. »Ich bin gebenedeit unter den Weibern.«

»Du hättest sicher gern auch einen Sohn gehabt«, meinte Letizia, doch nach dem enttäuschten Blick des Maresciallo brachte sie das Gespräch schnell wieder auf das eigentliche Thema zurück. »Du sagtest vorhin, du verdankst den Fund deiner Tochter.«

»Ja, sie ging um die Burg herum spazieren und hat sich an einem Stein gestoßen. Der bewegte sich, und da sah sie das Loch … und dann das Päckchen mit dem Schmuck.«

Eigentlich war es ein bisschen anders gewesen. Der Maresciallo dachte nicht gern an jenen Abend oder, besser gesagt, an jene Nacht. Seine Tochter hatte sich heimlich aus dem Haus geschlichen, um ihren Freund zu treffen. Sie hatten gerade etwas vor, was, das konnte man sich leicht vorstellen – »das schamlose Mädchen!« –, und er wollte sie daran hindern und war hinter ihnen den Hügel hinaufgerannt. Er selbst war aus Versehen gegen den Stein gestoßen. Eigentlich war der Hintern dieses Flegels das Ziel gewesen. Der hatte sich dann als netter Junge aus guter Familie erwiesen, und die beiden waren inzwischen verlobt.

»Sonia ist ein vernünftiges Mädchen. Letztes Jahr hat sie mit Auszeichnung Abitur gemacht und besucht jetzt die Uni. Sie will Kinderärztin werden. Ihre Zwillingsschwester Serena hingegen ist ein bisschen flatterhaft und muss jetzt die Klasse wiederholen. Aber auch sie ist ein liebes Mädchen. Dann sind da noch die beiden großen, Simona und Stefania. Zum Glück gibt es auch bei ihnen keinen Grund zur Klage, außer dass sie keine Arbeit finden, wie viele andere junge Leute. Sie wollten nicht zu Ende studieren, und so helfen sie als Verkäuferinnen in Geschäften aus. Aber das sind immer nur Jobs für ein paar Monate, dann werden sie wieder nach Hause geschickt. Leider sind ja Diplome heute nichts mehr wert.«

Bartolo zögerte, ob er Claudias Paprika essen sollte. Er brauchte immer mindestens drei Tage, um sie zu verdauen. Cesare beruhigte ihn. Das Spezialrezept seiner Frau hielte auch der schwächste Magen aus.

»Ich lasse sie bei hoher Temperatur im Ofen garen, aber ganz ohne Kerne und Stiel. Dann schneide ich sie und beträufele sie mit Zitrone. So bleiben sie knusprig, sind gut verdaulich und schmackhafter als Fleisch«, erklärte Claudia, die eine gewisse Sympathie für vegetarisches Essen hegte, doch Cesare ließ nicht zu, dass Steaks, Bouletten oder Würste vom Esstisch verbannt wurden.

Die in Streifen geschnittenen und abwechselnd gelb und rot auf der Platte angeordneten und mit Petersilie verzierten Paprika waren ein wahrer Augenschmaus. Der Maresciallo häufte sich einen Teller voll auf. Schlimmstenfalls konnte er ja zu Hause etwas Natrium nehmen.

Bartolo, der zwar stolz auf seine Töchter, noch stolzer aber auf sich selbst war, ließ sich nicht lange bitten, als Ornella ihn aufforderte, über sein Buch zu sprechen.

»Schon jahrelang hatte ich vor, einen Roman zu schreiben. Bei meiner Arbeit treffe ich so viele Leute … Ich lasse mich von der Wirklichkeit inspirieren«, sagte er und verschwieg verlegen, dass er die Geschichte in seinem Roman selbst erlebt hatte.

»Es geht um einen jungen Mann, der einen Freund verrät, seinen engsten und langjährigen Freund. Er leiht sich bei ihm einen hohen Geldbetrag und gibt ihm eine falsche Rolex als Pfand.«

»Und dann?«

»Verschwindet er.«

»Sie haben ja eine tolle Phantasie«, sagte Mariolina begeistert.

»Wenn so etwas wirklich passierte, dann würde ich einem solchen Freund niemals verzeihen. Er wäre ja auch gar kein Freund, verdammt noch mal!«, rief Ruggero aus.

»Ich … ich«, stotterte der Maresciallo verwirrt, ohne zu merken, dass Mariolina ihrem Mann einen Fußtritt verpasste. Nur Ornella hinderte ihn daran, in Rührung zu verfallen und all seine schmerzlichen, unvergessenen und unvergesslichen Erlebnisse zu erzählen.

»*Die Uhrzeiger der Freundschaft* ist ein toller Titel, auch der Schutzumschlag ist sehr schön. Ich habe das Buch im Internet gesehen. In der Buchhandlung hatten sie es leider nicht …«

Ornella musste die Bücher der Autoren, die am Festival teilnahmen, lesen, ob sie nun wollte oder nicht.

»Ich schicke dir ein Exemplar, es wird schwer in der Buchhandlung zu finden sein, weil es bei einem kleinen Verlag erschienen ist. Man muss es bestellen und hoffen, dass es auch wirklich ankommt.«

»Vielleicht haben sie es im Supermarkt«, sagte Mariolina. »Manchmal gibt es dort dreißig Prozent Rabatt!«

Cesare wurde blass und hoffte inständig, dass seine Frau dennoch weiterhin zu dem Buchhändler ging, der sie immer beriet. Er fürchtete schon, an einem chaotischen Samstagmorgen zwei Einkaufswagen gleichzeitig durch den Supermarkt zu schieben – einen mit Lebensmitteln, den anderen mit einer Unmenge Bücher voll bis zum Rand – und wie immer mit blockierten Rädern (warum wurden diese verdammten Einkaufswagen eigentlich nie gewartet?!), während Claudia durch die Regalreihen schwebte und ihm ärgerliche Blicke zuwarf, weil er nicht mit ihr Schritt hielt.

»Nein, im Supermarkt verkaufen sie nur Bestseller.«

Bartolo hatte sich bereits erkundigt.

»Ich glaube, dein Buch hat einen großen Erfolg verdient«, meldete sich nun Claudia zu Wort. »Du hast eine originelle und interessante Art zu schreiben.«

»Wenn meine Frau das sagt, stimmt es, Bartolo«, beteuerte Cesare. »Sie ist eine begeisterte Leserin und hat einen erlesenen Geschmack.« Er grinste breit. »Wo wir schon hier am Tisch sitzen, könnte man sagen, ihr Geschmack ist nicht der nach alltäglicher Pasta.«

»Ja, ich bin sicher, du wirst eines Tages sehr erfolgreich sein. Wenn nicht mit dem ersten, dann mit dem zweiten Buch, das du ja bestimmt auch noch schreiben wirst«, fuhr Claudia fort.

»Ehrlich gesagt, ich will nicht anmaßend sein, aber ich habe in der Tat schon über ein weiteres Buch nachgedacht.«

»Das ist ja großartig – wovon handelt es denn?«

»Ich habe da so eine Idee mit einem jungen Mädchen, das nachts zu Hause wegläuft zu ihrem Verlobten, aber der Vater merkt es und verpasst dem Kerl ein paar Fußtritte.«

»Und was macht er mit der Tochter?«, wollte Belinda wissen.

»Na ja … Vielleicht schickt er sie ins Internat oder ins Kloster. Ich muss noch darüber nachdenken. Ich könnte die Geschichte in Borgo Propizio spielen lassen, im Mittelalter.«

»Warum nicht? Du könntest den Bürgermeister fragen, ob er das Buch sponsert«, schlug Ornella vor.

Wenn der Maresciallo den Bürgermeister Felice Rondinella jemals um einen Gefallen bitten würde, dann nur darum, seinen Töchtern Arbeit zu geben. Im Zusammenhang mit der Ausschreibung der Bibliothek.

Seine Frau würde ihm nämlich in den Ohren liegen, bis er es endlich getan hatte.

15

Ein so schöner Tag

Es war ein herrlicher, milder Tag. Claudia hatte die Tür zum Garten geöffnet, um die Sonnenstrahlen und den Duft der Maiglöckchen hereinzulassen, und hatte das Dessert auf den Tisch gebracht. Doch der Kichererbsenkuchen mit Sahne, ein besonderes Rezept von Ornella, wurde von denen, die ihn noch nie probiert hatten, zunächst misstrauisch beäugt, und Ruggero brachte es auf den Punkt.

»Wegen Kichererbsen habe ich als Kind von meiner Mutter oft Prügel gekriegt. Ich wollte sie nie essen.«

»Hat sie dich nicht erst mal wegen deiner schlechten Noten verhauen und wurde dann noch wütender, als du dich bei Tisch auch noch angestellt hast?«

Mariolina war verbittert, weil Ruggero nur die Mittlere Reife hatte, und seit einiger Zeit setzte sie ihn unter Druck, zu studieren und ein Diplom abzulegen. Es wäre doch viel besser, wenn auf seiner Visitenkarte vor dem Namen ein Titel stünde, zum Beispiel »Dipl. Ing«. Das mache doch einen großen Unterschied. Aber Ruggero antwortete ihr immer, es interessiere ihn nicht die Bohne, Vermessungstechniker oder Ingenieur zu sein, wozu sei dieses Stück Papier schon gut?

»Bambolina, ich esse doch alles«, sagte er jetzt. »Habe ich mich bei dir je beklagt?«

»Nein.« Schnell trank sie noch ein Schluck Wein, den besten Wein aus der Gegend, den Letizia mitgebracht hatte. Und noch einen zweiten Schluck.

Und zwei Stücke von dem köstlichen Kuchen. Zum Teufel mit der Diät!

»Claudia, was sind diese braunen Kugeln?«, fragte Bartolo, der solche Früchte noch nie gesehen hatte.

»Eine exotische Neuheit aus dem Supermarkt. Sie heißen *Nashi*, das sind Birnen aus dem Orient, der Form nach eher Äpfel. Sie sind gut gegen Durst ... und leicht verdaulich.«

Der Maresciallo aß auch die Früchte mit Genuss. Seine Frau war nicht da und konnte ihn nicht schief ansehen, weil er zu viel aß. Das musste er ausnutzen.

»Ich habe sie noch nie gesehen.«

»Wenn du es nicht als beleidigend empfindest, gebe ich dir nachher gerne welche für zu Hause mit.«

»Sei keine beleidigte Leberwurst, sagte man im Dorf meines Vaters immer.«

Nach dem Kaffee führte Cesare Ornella und Bartolo in das frühere Zimmer von Belinda, wo sie sich ungestört unterhalten konnten. Der Maresciallo wollte die Fragen des Interviews vorher gern absprechen. Und die Antworten wollte er auswendig lernen (das aber sagte er natürlich nicht).

Inzwischen gingen Letizia, Belinda, Claudia und Mariolina in die Küche, um abzuwaschen, weil die Spülmaschine kaputt war.

»Man fühlt sich genau wie früher«, meinte Belinda. »Die Frauen gehen in die Küche, und die Männer trinken gemütlich ihren Likör.«

Claudia sah ihre Tochter an und dachte an das kleine Mädchen, das auf der Wickelkommode strampelte oder brüllend in der Tragetasche mit dem Quietschentchen lag: Nie hatte Cesare nur eine Windel gewechselt, seine kleine Tochter mal gebadet oder ihr den Pyjama angezogen.

»Belinda, Liebling, wann lernst du endlich, dass es keine Gleichberechtigung gibt?«

»Und dass da eine dumme Kuh ist, die ihre Unabhängigkeit besaß und sie jetzt nicht mehr hat«, warf Mariolina ein.

Die Arme dachte immer an dasselbe. Belinda trat zu ihr, um sie in den Arm zu nehmen, worauf sie in Tränen ausbrach.

»Ich bin so depressiv …«, schluchzte sie.

»Du solltest etwas nehmen, vielleicht Bachblüten, die sind ganz natürlich«, riet Letizia ihr. »Wer zu Depressionen neigt, hat es im Frühling noch schwerer.«

»Ja, es geht mir wirklich schlecht. Das ist so furchtbar. Und ich muss immer daran denken, wie schlecht ich meine Mutter behandelt habe. Immer bin ich zur Arbeit gegangen und habe sie Marietta überlassen. Ich war überzeugt, dass das sein musste, heute aber weiß ich, dass es purer Egoismus war, weil mir die Arbeit Spaß machte.«

»Ja, aber du hast Geld nach Hause gebracht«, sagte Claudia und reichte ihrer Tochter einen Kochtopf zum Abtrocknen. »Eine Arbeit zu machen, die einem gefällt, ist doch nichts Schlimmes. Vielmehr sollte es so sein, nicht wahr, Tante Letizia? Sag es ihr, du hast doch dein ganzes Leben lang unterrichtet.«

»Und das habe ich mit Begeisterung und Hingabe getan. Außerdem nennt man das Ganze ja Arbeit und nicht Strafe.«

»Na ja, aber manchmal hätte Mama damals sicher gern gehabt, dass ich bei ihr bleibe, mit ihr spreche und sie streichele. Dass ich einfach für sie da bin.«

»Mariolina, nur die Gegenwart zählt. Deine Mutter hat dir einen Mann geschickt, der dich liebt«, fuhr Letizia fort, die über ihren verstorbenen Ehemann eine Beziehung zu dem hatte, was sie höhere Sphären nannte. »Freu dich an den Dingen, die du hast, und enttäusche deine Mutter nicht.«

»Sie ist schon enttäuscht.«

Mariolina fühlte sich auch jetzt noch schuldig. Weil sie ihr neues Leben nicht genießen konnte, die Schwiegereltern unerträglich fand, der Haushälterin das Leben schwermachte. Weil das Haus – etwa dreihundert Quadratmeter mit der Wohnung oben und der Wohnung unten, dazu der Garten und die Garage – ihr eng vorkam. Weil sie sich gegen Ruggeros Willen um die Stelle in der Bibliothek beworben hatte und sich jetzt nicht auf die Vorbereitungen für die dazu notwendige Prüfung konzentrieren konnte. Und weil sie Angst hatte, diese nicht zu schaffen und alles zu verlieren. All diese düsteren Gedanken marterten ihr Hirn und lasteten auf ihrer Seele.

»Alles wird nur schlimmer, wenn du nicht damit aufhörst. Unser Geist ist manchmal wie ein Wald, und im Wald wachsen Pilze. Die Pilze sind unsere Gedanken.« Letizia verabreichte ihr die Worte tropfenweise wie Medizin. »Wir müssen die giftigen stehenlassen und nur die guten aufsammeln. Und dann nach Hause gehen und eine schöne Pilzpfanne mit Knoblauch und Petersilie kochen. Du aber tust genau das Gegenteil.«

Mariolina nickte. »Es ist aber nicht leicht.«

»Es ist für niemanden leicht, das kannst du mir alten Venezianerin glauben. Du vergiftest dich an den schlechten Pilzen. Wirf sie schleunigst weg, und nutze deine Energie für schönere Dinge!«

Claudia riet Mariolina, sich zuerst um sich selbst zu kümmern. Sie sollte ihre Zeit ganz der Vorbereitung widmen und sich vielleicht sogar Hilfe holen. »Es gibt Lehrer, die sind auf solche Prüfungen spezialisiert. Du kannst sie im Internet finden.«

»Und solltest du die Prüfung bedauerlicherweise nicht schaffen«, fuhr Letizia fort, »bedeutet das einfach dies war nicht dein Weg. In den höheren Sphären wissen sie, was für uns gut ist. Und jetzt trockne deine Tränen. Wir haben einen so schönen Tag, verdirb ihn dir nicht!«

Mariolina umarmte die alte Dame. Sie mochte Letizia gern, sie war so verständnisvoll und sanft, sie war ihr fast wichtiger als ihre Mutter, die ihr manchmal so fehlte. Bei der streitsüchtigen und autoritären Schwiegermutter gelang ihr das leider nicht.

Die Küche war vollständig aufgeräumt, als Ornella zu den Frauen stieß, die immer noch dort waren und redeten. Sie war so müde, als hätte sie alles eigenhändig saubergemacht.

Müde, aber zufrieden. Es war eine schöne Arbeit, keine sehr schwere (vielleicht war sie doch kein Witz, die Geschichte vom Carabiniere-Anwärter, der, wenn man ihn fragt, ob ein Pfeil gut schießt, antwortet: Manchmal ja, manchmal nein, manchmal ja, manchmal nein). Aber die Einführung und die Fragen waren auf den Autor zugeschnitten, schwungvoll und intelligent, witzig und wohlüberlegt. Das Publikum würde Saltalamacchia aufmerksam zuhören.

Er war jetzt zu den Männern gegangen, die inzwischen im Garten saßen, wo Cesare sich einen langen Vortrag von Ruggero über schnell trocknenden Zement, die Verschalung beim Asphaltguss und die Titan-Walze anhören mussten. Er wäre vor Langeweile fast gestorben. Eigentlich hätte er lieber ein Schläfchen gehalten.

Als er Bartolo sah, entzog er sich dem Monolog der Nervensäge, die ihn lange genug zugetextet hatte, und nutzte die Gelegenheit, um von seiner neuen Klientin Irene und ihrem Problem zu sprechen. Der Carabiniere schlug vor, die Frau solle zunächst einmal die Telefonnummer wechseln. Er erlaubte dem Anwalt, ihr seine Nummer zu geben, er stehe zur Verfügung, wenn notwendig. Im Moment allerdings seien ihm die Hände gebunden: Auch wenn es sich um einen Kriminellen handele, vor dem Haus einer Person zu stehen sei noch kein Verbrechen.

Später, nach einem letzten Glas Amaretto, verabschiedete sich Bartolo von allen und verließ das Haus mit einer Tüte orientalischer Birnen. Da merkte er, dass er zehn Zentimeter über dem Boden schwebte – trotz des lukullischen Mahls, das ihn eigentlich hätte beschweren müssen. Es war ein wirklich schöner Tag gewesen, und der Gedanke, zum »Festival unter den Sternen« eingeladen zu sein, begeisterte ihn. Umso mehr, als auch der berühmte Rocco Rubino da sein würde, den er unbedingt kennenlernen wollte. Der Schöpfer von Vince Vasino war eine Ikone für weniger bekannte Autoren. Vielleicht auch für die bekannteren, zu denen er auch gern gehören wollte. Ja, bei seinem zweiten Roman (er schrieb schon daran, hatte aber aus Schüchternheit gesagt, seine Idee sei noch nicht ausgereift) würde er sicher Ornellas Rat folgen, den sie ihm bei ihrem Plauderstündchen gegeben hatte, nämlich sich an diesen Signor Muro wenden, den Agenten. Er hatte diesen Namen zwar noch nie gehört, würde aber über seine Dienststelle ausfindig machen, wer das genau war, dachte er, als er seinen alten Fiat Multipla bestieg. Und dann, wer weiß …? Auch Rubino hatte mal klein angefangen, und das war noch gar nicht so lange her!

»Cesare, hast du eine Minute Zeit für mich?«

Wenn Letizia sich auf diese Weise an ihn wandte, dann geschah dies mit der List einer Katze oder besser gesagt einer lauernden Raubkatze. Cesare sagte widerwillig ja. »Worum geht's?«

»Kannst du etwas für mich herausfinden?«

»Was?«

»Etwas Juristisches.«

Wieder sagte er ja.

»Du müsstest herausfinden …«

»Ja, was denn?«

Ihm wurde heute wirklich viel Geduld abverlangt. Zuerst dieser unsägliche Ruggero und jetzt noch Tante Letizia! Zum Glück nahmen Claudia und er morgen das Flugzeug nach Bukarest, ein bisschen Luftveränderung würde guttun. Allerdings hatte nicht er diese Reise vorgeschlagen. Aber solange es Männer gab, blieb das Kommando immer in der Hand der Frauen, das wusste Cesare genau. Das wussten auch seine Partner in der Kanzlei, mit denen er (geteiltes Leid ist halbes Leid!) öfter darüber Witze machte.

»Ich würde gern wissen, was man für einen Doktor honoris causa braucht«, sagte Letizia.

»Sollst du einen bekommen?«

»Nein, eigentlich nicht …«

»Bei all den Kursen, die du an der Senioren-Uni besuchst, hättest du ihn verdient«, entgegnete er mit ironischem Lächeln.

»Das ist wirklich nett von dir.«

Letizias Verhalten schien Cesare verdächtig. Schon zum zweiten Mal ging die Alte heute nicht auf seine spöttischen Bemerkungen ein. Das war noch nie vorgekommen. Was führte sie wohl im Schilde?

»Es geht um eine kulturelle Angelegenheit.«

»Aha.«

»Oder besser gesagt, eine Sache, die von kultureller Bedeutung sein könnte, aber der Rektor …«

»Sag mal, Tante Letizia, hat dir der Rektor eigentlich schon geantwortet?«, fragte Claudia, die gerade die Tür hinter Ruggero und Mariolina zugemacht hatte.

»Nein, ich glaube, er hält mich nur hin mit seinen Ausreden. Beim letzten Mal hat er gesagt, es gäbe juristische Hindernisse, ihm den Titel zu verleihen. Ich sagte gerade schon zu …«

»*Wem* etwas zu verleihen? Darf ich wissen, von wem ihr redet?«, fragte Cesare genervt.

»Vom G.M. natürlich, Papa«, antwortete Belinda, die sich gerade ihre Jacke anzog und ihn auf die Wange küsste.

»Wer hätte es auch sonst sein können.«

Was war das für ein Tag! Erst der falsche Geometer, der Ingenieur sein wollte, und jetzt ein Schlagersänger, der sich offenbar für einen Schriftsteller hielt.

16

Antonia

Für Antonia erloschen die Sterne jeden Abend, und durch ihre Adern floss dunkles, zähflüssiges Petroleum, das sich im Handumdrehen entzünden und sie mit allem, was sie mit sich herumschleppte, verbrennen konnte. Ihre düsteren und selbstzerstörerischen Gedanken stürzten sie in tiefe Abgründe, und es fiel ihr immer schwerer, wieder herauszukommen.

Ihre Seele wurde von Racheengeln heimgesucht.

Verflucht war der Tag, an dem sie diesen Wurm kennengelernt hatte!

Verflucht der Tag, an dem sie zur Welt gekommen war!

In einem prächtigen und zugleich eiskalten Haus hatte sie an einem Wintermorgen das Licht der Welt erblickt. Aus alter Tradition war sie im Elternschlafzimmer geboren, auf dem Bett mit dem Baldachin, in das sie später nicht mehr hinein durfte, weil die Eltern es verboten. Sie hatte sich gleich an ihr Kindermädchen gehängt, eine warmherzige Person, die nach Lavendelseife und Reisstärke roch, und an diese hielt sie sich, wenn sie einen Rettungsring brauchte, und das war fast immer der Fall.

In der Grundschule fasste Antonia Zuneigung zu ihrer Lehrerin, die nach Mandeln und Honig roch. Ihre

Zehennägel waren perlmuttfarben lackiert. Wenn sie zehn Punkte erreicht hatte, malte die Lehrerin einen Smiley in ihr Heft – das lächelnde Gesicht eines fleißigen Mädchens.

Oder das einer zufriedenen Mutter.

Nicht das ihrer eigenen natürlich, die kalt und bildschön war wie eine Wachsfigur von Madame Tussaud, eingehüllt in eine Wolke feinsten französischen Parfums, und nicht nach Milch und süßem Gebäck roch, wie das ihrer Vorstellung nach bei Müttern hätte sein müssen. Bei Müttern, die im Meer mit ihren Kindern plantschten, den Spatzen Brotkrümel hinstreuten, abends Märchen vorlasen und ihren Kindern erlaubten, im großen Bett zu schlafen.

Aber Salzwasser ruinierte die Haare, Spatzen übertrugen Krankheiten, Märchen waren unpädagogisch, und das große Bett widersprach einer guten Erziehung.

Alle lebten unter einem riesigen Gletscher, den ihre Eltern vielleicht schon von den Großeltern geerbt hatten und immer so weiter, bis hinauf zum Stammvater der beiden Familien, und Antonia hatte manchmal das Gefühl, an der Kälte zu ersticken. Unter dieser kalten Decke der Perfektion versteckte Antonia ihr Anderssein, aber auch die Missverständnisse zwischen den Eltern, die Abwesenheit des Vaters, der Verrat der Mutter, die Depressionen des Bruders waren darunter verborgen. Kein Makel durfte je ans Tageslicht kommen. Deswegen hatte man ihr auch die beste Behandlung ihrer Pubertätspickel zukommen lassen, die ihr Gesicht entstellten.

Sie sollten verschwinden wie alle anderen hässlichen Dinge; nachdem sie abgeheilt war, wurde der Rest mit Laser erledigt.

Antonias Haut war nun wie aus Porzellan, zart und weiß, empfindlich und kostbar. Doch darunter, in allen sieben Schichten waren Schlamm und Eiter verborgen, Gift und Verzweiflung und Hass, jener Hass, in den sich Liebe verwandelte, wenn sie nicht erwidert wurde.

Allein der Gedanke, dass dieser Wurm in ihrem zukünftigen Leben nicht mehr vorkommen würde, raubte Antonia den Verstand. Sie konnte sich das Leben ohne ihn nicht vorstellen.

Das Leben?

Was war denn das Leben?

Ihre perfekte Ehe, von beispielhafter Langeweile, mit dem Austausch der immer gleichen Banalitäten, mit dem förmlichen und eintönigen Sex, den sie mal hinnahm, mal vermied? Und diesem Mann, der ihr immer fremd blieb?

Sie hatte einen Satz von Oriana Fallaci gelesen, mit dem sie immer wieder ihren Fehler rechtfertigte: »Du kannst zwanzig Jahre mit jemandem leben und ihn als Fremden ansehen, mit einem anderen kannst du zwanzig Minuten verbringen und ihn dein ganzes Leben in dir tragen.«

So relativ konnte es im Leben zugehen.

Und jetzt saß sie vor einem Scherbenhaufen und sann nach Rache an diesem Mann, der Liebeslieder mit ihr erfunden hatte und dann einfach gegangen war.

17

Das Versprechen

Der Literaturagent hatte sich mit Ornella in der Stadt verabredet (nur dreihundert Kilometer!), in der Rubino sein neuestes Meisterwerk präsentierte. *Mein Wort gilt.* Untertitel: *Vince Vasino gibt ein Versprechen.* Die Rechte waren schon weltweit verkauft, in Mompracem, Donnafugata etc. Signor Muro war wirklich sehr geschickt im Verkaufen seiner Autoren.

Rubino war mit bedeutenden Schriftstellern verglichen worden, vor allem aber mit Alessandro Manzoni, und Ornella vermutete, der Untertitel sei kein Zufall. In einem Blog hatte ein Lehrer, der sich über sein befristetes Arbeitsverhältnis beklagte, vorgeschlagen, dass das Bildungsministerium mit diesem Werk das von Manzoni ersetzen könnte, das nicht mehr zeitgemäß sei: Der neue Roman enthalte alle Zutaten dieses berühmten Buchs, in historischer Kulisse, die spektakulärer und weniger starr sei, leichtere Kost für Schüler also und für die Lehrer ebenfalls.

Rubino, der eigentlich auf das New York von 1929 spezialisiert war, hatte sich in seinem neuen Roman noch früheren Zeiten zugewandt und seinen historischen Kriminalfall in der Zeit vor der Einigung Italiens angesiedelt. Der Soldat Sabato Vasino aus dem Gefolge des ruhmreichen Garibaldi, ein Vorfahre des Protagonisten Vince Vasino, wird darin durch tausend Dolchstöße getötet, doch später stellt sich heraus, dass es nur ein Dolchstoß war, verübt in der Gegenwart von tausend Rotjacken, Anhängern Garibaldis. Jahrzehnte später löst der Kommissar (nicht der Inspektor, wie Signor Muro Ornella in harschem Ton korrigierte) mit Hilfe eines Wiesels den Fall und erfüllt damit ein Versprechen, das er seinem Vater auf dem Totenbett gegeben hatte: herauszufinden, ob der Großonkel ein Vaterlandsverräter war oder nicht. Das Geheimnis ist auf den Seiten eines in einem Kloster aufgefundenen Tagebuchs verborgen. Hier war der geflohene Mörder untergekommen und hatte für seine Tat gesühnt. Es ging dabei um eine Frau, die in ihn verliebt war und ihn unbedingt heiraten wollte. Nachdem er ihr öfter gesagt hatte, die Heirat müsse noch aufgeschoben werden, wurde sie misstrauisch, und als sie entdeckte, dass ihr Sabatino zu Hause Weib und Kinder hatte, überkam sie tragische Eifersucht.

Der Großonkel war also tatsächlich ein Verräter, aber nur an seiner Ehefrau und nicht an Italien.

Ornella hatte den Roman in aller Eile und voller Begeisterung gelesen, um sich so gut wie möglich auf ihr Treffen mit dem Autor vorzubereiten (über das sie dieser Agent erst zwei Tage zuvor informiert hatte). Dieses fand im Hotel *Magna Grecia* statt, in dem Rocco Rubino residierte. Der Angestellte an der Rezeption hatte ihr eine falsche Auskunft gegeben und sie in den Raum Alpha im obersten Stockwerk geschickt, wo gerade ein

Modemacher ein Casting abhielt, eigentlich musste sie in den Raum Omega im Untergeschoss. Dadurch hatte sie kostbare Minuten verloren. Sie war extra früh aufgestanden, um pünktlich zu sein, und dann war da dieser Idiot an der Rezeption. Natürlich hatte es ihr dennoch geschmeichelt, dass er sie offenbar für eines der Models gehalten hatte, nach denen sich die Geschäftsleute in der Halle umdrehten. So konnte sie sich einbilden, doch noch eine Chance zu haben. Wenigstens bei einem Hotelportier.

Der Schriftsteller wartete schon auf sie, und als er sie kommen sah, ging er ihr entgegen, um ihr die Hand zu geben, ein freundliches Lächeln im Gesicht, die Lippen leicht geöffnet, wie auf dem Foto der Webseite. Er war groß, und wenn es stimmte, dass Größe schon die halbe Schönheit ausmachte, dann sah er ziemlich gut aus und war durchaus attraktiv. Er hatte faszinierende grüne Augen, die man unwillkürlich einen Moment intensiv anschauen musste. Ornella fragte sich, wie viele Frauen in seinem Blick ertrunken waren, sicher ziemlich viele. Vielleicht trug er auch farbige Kontaktlinsen.

»Vielen Dank, dass Sie mich empfangen …«, begann sie, doch er unterbrach sie sofort.

»Ich danke Ihnen, dass Sie an mich gedacht haben«, sagte er mit rauer Stimme und sah sie durchdringend an.

Auge in Auge oder Kontaktlinse in Kontaktlinse, das war ganz gleich. Ornella verlor ein wenig die Orientierung. Als ihr Rubino mit einer Handbewegung einen Stuhl zum Sitzen anbot, verstand sie es nicht. So blieben die beiden ein paar endlose Sekunden stehen, er mit fragendem Gesichtsausdruck, während sie vermutlich wirkte wie eine Schwachsinnige. Doch sie riss sich gleich wieder zusammen. Sie war hergekommen, um ihm die Geschichte von Borgo Propizio zu erzählen, zu erklären, was für ein Festival sie planten und wie das feierliche Abendessen gedacht war. Muro hatte ihr gesagt, Rubino habe nur eine Stunde Zeit für sie. Sie musste sich also beeilen.

Das Faszinierende an diesem Autor waren sein magnetischer Blick und seine begeisterte Art zu reden. Doch im Gesamteindruck und auch in einigen Details war da etwas an Rubino, was nicht stimmte. Sein Kopf war im Vergleich zu seinem stämmigen Körper (vermutlich Größe 54) zu klein, sein Kinn war zu lang, und er hatte ein leichtes Doppelkinn, das durch den Kinnbart noch betont wurde. Seine Hände waren kleiner als die einer Frau und wirkten ein wenig seltsam im Vergleich zu den riesigen Füßen (mindestens Größe 47). Er sah so aus, als hätte er sich ruckweise entwickelt und als sei dieser Prozess zwischendurch aufgehalten worden. Ornella hatte einen guten Blick für Details, und auch wenn sie das Fotografieren vorübergehend aufgegeben hatte, war es doch immer noch eine Leidenschaft von ihr. Als Rubino aufstand, um ans Telefon zu gehen und zwei Kaffee und eine Flasche Mineralwasser zu bestellen, fiel Ornella das letzte Manko auf. Sein Rücken war leicht gebeugt, doch dies lag sicher an der Größe, auch sie hatte unter Skoliose gelitten. Und zuletzt: Er hatte einen tapsigen Gang. Und Plattfüße.

»Ich kenne Borgo Propizio zwar nicht«, sagte er mit einem gewinnenden Lächeln, »aber kürzlich war ich, glaube ich, dort in der Nähe in dem *Ruhmreichen Institut für die Geschichte der Renaissance*.«

»Ja, das liegt in unserer Kreisstadt«, sagte Ornella und betrachtete Rubino aufmerksam.

Auf seinem Gesicht war – bedauerlicherweise – keine Spur des geheimnisvoll-düsteren Ausdrucks, den er auf der Webseite hatte, vielmehr schien er aufgeschlossen und herzlich. Ein intelligenter Mann, ein angenehmer Gesprächspartner, der nicht mit seiner Bildung protzte, dennoch spürte man sie aus seinen einfachen Worten, die frei von jeder Schwülstigkeit waren. Am liebsten schien er von seinem Romanhelden zu erzählen, und nie versäumte er es, seine Ehefrau zu erwähnen, die ihn bei allem unterstützte.

»Ohne Diletta wäre ich nicht, was ich bin, als Krimiautor und als Mann.«

Ornella hatte diese Worte schon auf der Webseite gelesen.

»In Ihren Romanen gibt es viele originelle Elemente, auch die Tiere.«

»Ja, dank meiner Frau, die mir eine große Stütze ist. Dem Wiesel verdanken wir unsere erste Begegnung, und der Affe ist die erste Puppe, die sie aus einer Socke für mich gemacht hat, ich trage ihn immer als Glücksbringer bei mir.«

Dass er dauernd seine Gattin ins Gespräch brachte, ließ Ornella vermuten, dass er etwas bei ihr gutzumachen hatte.

»In Wirklichkeit«, fuhr Rubino fort, »ist der Affe das Symbol der Veränderung, denn im Leben kann sich alles verändern. Eine Socke kann zu einem Affen werden und ein Affe zu einem Amulett. Und um Vince Vasino herum verändert sich auch alles dauernd, nur er nicht.«

»Er bleibt unbesiegbar.«

»Ja«, bestätigte der Autor mit einem Anflug von Arroganz, »er ist ein Sieger. Er hat Geschichten, Situationen und Gefühle im Griff. Er bringt Menschen zusammen, überbrückt tiefe Gräben, gibt formlosen Dingen eine Form, kombiniert Vergangenheit und Zukunft. Doch er bleibt sich immer treu und auch seinem Wiesel.«

»Einem Albino-Frettchen«, sagte Ornella zum Beweis, dass sie gut vorbereitet war.

»Genau. Es ist ein Albino, und es heißt auch so. Ein geniales Frettchen.«

Als Mensch gefiel Rubino Ornella nicht besonders. Ohne sich kleinlichen psychologischen Überlegungen hinzugeben (was sie allerdings gerne tat), schien er ihr ein Fuchs und Opportunist zu sein, der aus Kalkül tiefstapelte. So sagte er etwa: »Nie hätte ich geglaubt, dass ich schreiben kann.«

Rubino erinnerte sie ein wenig an ihren Ex-Mann. Auch in seiner abgegriffenen Galanterie, die nur auf seinen Vorteil bedacht war.

»Ich schulde alles meinen verehrten Lesern und meinen zauberhaften Leserinnen. Mein Erfolg ist ihr Erfolg!«

Ornella war skeptisch. Das überzeugte sie nicht, sie ließ sich nicht täuschen. Typen wie er tickten alle gleich. Sollte er doch selbst in seinen smaragdgrünen Augen ertrinken!

Oder seine Kontaktlinsen ablegen.

Das Gespräch hatte zwei gute Stunden gedauert, und Ornella fragte sich, was dieser Muro dazu sagen würde.

Beim Abschied versprach Rubino, ihr einen Text zu schreiben, mit dem die Teilnehmer des Krimi-Dinners die Ermittlungen führen könnten. Ornella fragte, ob er auch bereit sei, diesen öffentlich zu lesen: So käme die Stimme des Erzählers zum Ausdruck, während ein Schauspieler, der die Rolle Vasinos spielen würde, vor allem mit Mimik und gutem Vortrag Wirkung zeigen sollte. Der Krimiautor sagte gerne zu und offenbarte dabei eine Eitelkeit, die Ornella seit dem ersten Besuch seiner Webseite vermutet hatte.

»Meine größte Freude ist es«, hieß es dort, »wenn ein Leser mir schreibt, dass ich ihm mit einem Buch geholfen habe, eine Entscheidung zu treffen, dass ich ihm Trost geschenkt oder auf eine schier unlösbare Frage eine Antwort gegeben habe, selbst wenn ich sein Leben gar nicht kenne.«

Er stellte allerdings eine Bedingung: Seine Frau Diletta müsse mit dem Einsatz des Schauspielers einverstanden sein.

»Versprochen«, sagte Ornella, und sie gaben einander die Hand. Rocco hatte ihr das Du angeboten.

»Du hast Glück mit so einer Frau. Eine neugierige Frage, streitet ihr euch nie?«

»Nein. Niemals.«

Eine perfekte Ehe. Kaum zu glauben, dass es eine echte Ehe war. Aber vielleicht doch. Er war bestimmt ein Mann, der seine Frau sehr liebte, und vermutlich liebte auch sie ihn sehr. Ornella verspürte mehr als nur ein bisschen Neid.

»Noch eine letzte Frage, vielleicht stelle ich sie zu früh, da ja gerade erst ein Buch von dir erschienen ist. Ist schon ein neues Werk geplant?«

»Ist schon passiert«, antwortete Rubino. »Meine Frau bekommt im Herbst ein Kind.«

18

Die größere Zuneigung

Für die Präsentation von Rocco Rubino, die vom Kulturdezernenten höchstpersönlich gemacht werden sollte, musste eine Rede her. Und die sollte Ornella schreiben. Deswegen musste sie sich sämtliche Kriminalromane des Autors besorgen und diese gründlich studieren, was bei ihr keine große Begeisterung auslöste. Aber da war nichts zu machen.

Als sie nach Borgo Propizio zurückfuhr, machte sie also erst einmal unten im Tal Station. Sie ließ ihren Wagen auf dem Parkplatz stehen und ging zu Fuß Richtung Supermarkt. Sie ahnte nicht, dass mitten auf dem Weg, auf dem es weit und breit kein Schutzdach gab, ein Platzregen über sie hereinbrechen würde, plötzlich, heftig und prasselnd, der Ruin ihrer Frisur, dabei war sie erst gestern bei Friseur gewesen. Zehn Minuten später ging sie durch die automatische Schiebetür, in der Tasche drei Vince-Vasino-Romane, Kostenpunkt achtundvierzig Euro (zum Glück hatte es wenigstens einen Titel in einer Taschenbuchausgabe gegeben), da war der Regen vorbei, ihr Haar nass, ihr Auto mit Dreck bespritzt. Oh je.

Durch den Regen hatte sich Wasser in den Straßen gestaut, und Ornella hatte keine Lust, nach all den Kilometern nun auch noch durch die Wassermengen zu fahren, weshalb sie beschloss, nach links abzubiegen und die Straße auf der Rückseite des Hügels zu nehmen, auch wenn der Weg länger war. Und hier sah sie nach ein paar hundert Metern neben dem feuerroten SUV von Ruggero den metallic grauen Panda von Mariolina. Die Freundin stand davor, und so hielt Ornella an.

»Hast du jetzt angefangen, für deinen lieben Ehemann zu arbeiten?«, fragte sie spöttisch.

»Nein, ich habe nur mein Auto hergebracht, es muss zur Inspektion. Was hast du denn mit deinen Haaren gemacht?«

»Eine Dusche. Hast du nicht den irren Regen mitbekommen?«

»Doch schon, aber als ich herkam, war er gerade vorbei.«

»Glück gehabt. Bei mir fing er gerade erst an.«

»Park dein Auto und komm mit ins Büro. Im Bad gibt es einen Föhn, den habe ich für solche Fälle dort deponiert.«

Als Ornella *EdilBorgo* betrat, sah sie Antonia im Warteraum sitzen. Sie waren beide überrascht und begrüßten sich so freundlich, dass Mariolina ganz verblüfft war.

»Ornella, ich wusste ja gar nicht, dass du die Architektin kennst«, rief sie.

»Unsere … Ehemänner … haben im selben Krankenhaus gearbeitet.«

»Dann sind Sie bestimmt die Fremde mit den roten Haaren, von der Dora gesprochen hat!«

»Dora?«, fragte Antonia und zog die Augenbrauen hoch.

»Eine der Tratschen aus dem Dorf, das muss dich nicht kümmern.«

Ornella war die Begegnung etwas unangenehm, weil sie sich kein einziges Mal bei Antonia gemeldet hatte, doch sie beschloss, darüber hinwegzugehen.

»Und? Wie gefällt es dir im Hotel *Erinnerung*?«, fragte sie obenhin.

»Oh, ich wohne gar nicht mehr dort. Ich hätte sonst noch einen Kredit aufnehmen müssen. Ich bin eine Woche dort geblieben, und das hat mir gutgetan. Jeden Tag bin ich ins Dorf hinaufgefahren, du hast schon recht, die Luft ist dort besonders angenehm.«

Sie war wieder in die Stadt zurückgekehrt, erzählte sie. »Doch dann rief mich eines Tages die nette Hotelbesitzerin an und erzählte mir, dass sie bei *EdilBorgo* einen Innenarchitekten suchen, der sich um die Ausstattung der ganzen Wohnungen kümmern soll.« Sie wollten den Verkauf der Wohnungen zügig vorantreiben, weil es ihnen zu langsam ging, und danach die Firma schließen. Die Kommune stellte nämlich keine Grundstücke mehr zur Verfügung, obwohl in den Augen von Ruggero und den anderen Bauleitern in der näheren Umgebung noch Land in Hülle und Fülle gewesen wäre.

Deshalb war Antonia jetzt hier. Sie hatte sich beworben, war eingestellt worden und hatte den Plan mit einem optimalen Preis-Leistungs-Verhältnis umgesetzt. Sie wusste, wie man dabei vorgehen musste, schließlich war sie jahrelang auf Möbel und Einrichtungen spezialisiert gewesen. Sie wartete gerade auf den Vermessungstechniker, um ihm die Pläne zu übergeben und wenn möglich auch ihr Honorar zu bekommen: Diese sechzehnhundert Euro waren nicht viel, doch sie konnte damit eine Monatsmiete bezahlen, Nebenkosten inbegriffen.

Mariolina sagte in ironischem Ton, den nur Ornella verstand: »Na, dann geh ich mal und hole den Geometer.« Sie öffnete die Tür zum Büro ihres Mannes.

»Danke, aber die Sekretärin hat ihm schon Bescheid gesagt, bevor sie ging.«

Mariolina sah auf die Uhr und sagte: »Dann sind Sie ja schon seit über einer halben Stunde hier!«

»Das macht nichts, ich kann warten.«

Ruggero telefonierte wie üblich endlos, und nachdem sie fünf Minuten vergeblich gewartet hatte, blieb Mariolina nichts anderes übrig, als die Tür seines Büros zu schließen und Antonia zu sagen, sie müsse sich wohl noch mit etwas Geduld wappnen. Dann wandte sie sich Ornella zu, die inzwischen ihr Haar getrocknet hatte, und bat sie, noch ein wenig zu bleiben.

Seit ihre Beziehung zu Marietta unerträglich geworden war, galt nun Mariolinas ganze Zuneigung ihrer Freundin. Sie kannten sich seit früher Kindheit, hatten immer zusammen gespielt, und zwar Ehefrauen, deren Männer an der Front waren, Kriegswitwen und solche Sachen, und deshalb standen sie sich sehr nahe, denn auch beim Spiel ist geteiltes Leid halbes Leid. Als sie älter wurden, hatten sie sich zwangsläufig voneinander entfernt, als Mutter Elvira die Jagdsaison nach der besten Partie für ihre Tochter eröffnet hatte.

»Ich bin eigentlich sehr müde, ich bin heute sechshundert Kilometer gefahren, aber ich bleibe gern noch ein bisschen. Ich ruf nur mal eben meine Mutter an.«

»Wo warst du denn?«, fragte Mariolina.

»Ich hatte eine Verabredung«, antwortete Ornella.

Dann ging sie, umgeben von einer geheimnisvollen Aura, nach draußen, um zu telefonieren.

Drinnen gab es kein Netz.

Mariolinas graue, von dichten Wimpern gesäumte Augen sahen aus wie Spiegeleier, so weit waren sie vor Neugier aufgerissen.

»Mit wem?«

»Einem Mann.«

»Aber *wem*?«

»Es ist ein faszinierender Mann, sehr kultiviert, größer als ich und mit Kontaktlinsen wie ich, nur dass seine vermutlich gefärbt sind.«

»Wenn er größer ist als du, muss es ein Riese sein.«

»Ja allerdings. Ich habe die seltene Gelegenheit verpasst, hohe Schuhe zu tragen.«

»Warum hast du denn keine angezogen?«

»Ich wusste ja nicht, dass er so groß ist.«

»War das ein *blind date*?«

Ornella legte ihren geheimnistuerischen Ton ab. »Nein, es war ein Arbeitstreffen.«

»Ach so«, meinte Mariolina. »Ich wäre wirklich beleidigt gewesen, wenn du mir davon nichts gesagt hättest.«

Während ihre Freundin weiter auf Ruggeros Bürotür aufpasste, erzählte Ornella haarklein von ihrer Begegnung mit Rocco Rubini und wunderte sich, dass Antonia sich mehr dafür zu interessieren schien als Mariolina. Doch wie verblüfft war sie erst, als sie die drei Bücher aus ihrer Tasche zog und Antonia Tränen in die Augen traten. Ob auch sie Kontaktlinsen trug?

»Geht es dir nicht gut?«

»Doch, doch, es ist schon okay. Ich habe nur … diese Bücher gelesen und finde sie … sehr anrührend.«

Antonia schniefte ein wenig, während sie das sagte.

»Sind es Liebesromane?«, wollte Mariolina wissen. In diesem Fall würde sie sich die Bücher auch gleich kaufen.

»Nein, Kriminalromane«, antwortete Ornella. »Antonia, ich will dir ja nicht widersprechen, aber den letzten Roman, den ich gelesen habe, fand ich alles andere als anrührend.«

»In dem, was Rocco schreibt, ist immer … Ich meine, in Rocco Rubinos Büchern kommt von Anfang an die Liebe vor … Da ist immer sehr viel Leidenschaft drin.«

Na, so was, dachte Ornella, die anfing zu glauben, sie habe ihre Empfindsamkeit so weit zurückgedrängt, dass sie schon ganz zynisch geworden war. Doch die gestammelten Worte Antonias kamen ihr unpassend vor, sie erschien ihr allzu ergriffen.

»Hast du auch *Ich gebe dir mein Wort* gelesen?«

»Ja, diesen Roman mag ich besonders, auch wenn ich beim Lesen sehr gelitten habe«, erklärte Antonia seufzend.

»Ja, man leidet, ganz genau. Ich kenne die anderen Bücher nicht, aber dieses hier hat mich komisch berührt.«

Ornella konnte den schrecklichen stummen Schrei Antonias nicht hören. Rubino schrieb über *ihren* Schmerz, er machte ihn sich zunutze; es war der Schmerz ihrer Seele, die gepeinigt war durch die Schlechtigkeit, den Verrat und die Gleichgültigkeit eines herzlosen Mannes.

»Ist es nicht völliger Schwachsinn«, fuhr Ornella fort, »dass Vasino, nachdem er im Kloster das Tagebuch des Mörders gefunden hat, die ganze Halbinsel entlang bis nach Teano geht, weil das Wiesel nur an der Stelle der

Begegnung zwischen Garibaldi und dem König mit dem Schwanz wedeln kann? Der Gipfel ist doch, dass er nach seiner Ankunft dort entdeckt, dass es nicht in Teano, sondern in Vairano war, und so läuft er hin und her, weil sich die beiden Dörfer um das Ereignis streiten. Und das Tier ist so verwirrt, dass es sich drei Kapitel hindurch fast tot stellt.«

»Das Schwanzwedeln ist eine Metapher; sie bedeutet die Rückkehr in den Zustand der Gnade nach der Sünde. Vince Vasino bringt Ordnung, Gerechtigkeit, Wohlstand und Glück. Gnade eben.«

Zwei Augenpaare, eins davon mit Kontaktlinsen, sahen Antonia verblüfft an, während sie weitersprach.

»Das hat der Autor in einem Interview gesagt. Und dass er sich so lange mit Teano und Vairano aufhält, ist Absicht. Es ist ja schließlich ein historischer Thriller.«

Ornella widersprach ihr nicht. Für sie war *Der Name der Rose* der Inbegriff des historischen Thrillers, aber sie wollte *Ich gebe dir mein Wort* nun doch noch einmal aufmerksam lesen. Es musste einen Grund dafür geben, dass Rubino ein Nationalpopulist geworden war, dass er sich so gut verkaufte und alle sechs Monate ein neues Buch herausbrachte, dass Antonia so von ihm redete und so viele Fans ganz verrückt nach Vince Vasino waren.

Vielleicht hat auch Ruggero Frauen um sich herum, die ihn bewundern, dachte Ornella, als sie sah, wie er mit einem unwiderstehlichen Lächeln in seiner Tür erschien und sagte:

»Bitte entschuldigen Sie, Frau Architektin, das war ein wichtiges Telefonat. Zum Glück hat Ihnen Mariolina Gesellschaft geleistet. Ich wäre ein verlorener Mann, wenn ich meine Frau nicht hätte. Bitte kommen Sie herein.«

Nachdem Ornella Zeugin dieser Erklärung geworden war, verabschiedete sie sich aus dem Büro von *Edil-Borgo* und fuhr nach Hause. Dort wartete eine nahrhafte Linsensuppe auf sie – Zeichen größter Zuneigung von Seiten ihrer Mutter.

19

Die Seelenbraut

Antonia war nicht traurig, gedemütigt, demoralisiert, nein, sie war wütend. Voller Zorn über die Grausamkeit des Schicksals trat sie heftig aufs Gaspedal. Doch sie prallte weder gegen einen Lastwagen, es kam auch gar keiner vorbei, noch gegen eine Mauer, da die Straße geradeaus führte. Auch fand sich auf dem Weg keine geöffnete Bar, wo sie die 1600 Euro, die ihr der Vermessungstechniker gezahlt hatte (schwarz natürlich), für Whisky, Rum und Wodka auf den Kopf hätte hauen und ihre Leber ruinieren können. Aber hätte ihr der Alkohol geholfen zu vergessen? Sie glaubte das kaum. Und sollte sie etwa einen weiteren Selbstmordversuch unternehmen? Auf keinen Fall.

Sich zu lieben, sich selbst, das war die Lösung. Für alles. Das sagten die Psychologen und auch ihr früheres Kindermädchen, die mehr für sie war als eine Großmutter und sie seit frühester Kindheit betreut hatte. Deshalb war Antonia ja auch nach Borgo Propizio gegangen und hatte sich bald schon besser gefühlt. In dem charmanten Ort hatte sie sich wiedergefunden, angefangen, an sich zu arbeiten. Die Zeichnungen für die Firma hatten ihr Gehirn aufgefrischt, nach all den Monaten im Call-Center. Vorher hatte niemand eine Architektin beschäftigen wollen. Hier hatte sie sich kopfüber in eine vergessene Leidenschaft gestürzt und hoffte auf weitere Aufträge. Gern hätte sie in Borgo Propizio gearbeitet und wäre vielleicht sogar eines Tages dorthin gezogen.

Und nun diese neue Ungerechtigkeit. Endlich hatte sie einen wunderbaren Ort gefunden, der ihr Schutz bot und zu dem sie immer zurückkehren konnte, einen Ort, der ganz unbelastet war, wo sie endlich Frieden finden konnte. Und da tauchte plötzlich Rocco Rubino auf. Er verfolgte sie einfach überallhin.

Das Leben war wirklich ungerecht!

Habe sie etwa auch *das* gewollt? Das hätte sie jetzt gern ihren Vater gefragt oder meinetwegen auch den Vater, der oben im Himmel thronte.

Manchmal kamen ihr Zweifel, ob sie die Partitur für alles Unglück in ihrem Leben selbst geschrieben hatte oder ob sie nicht nur eine Bibliographie zusammengestellt hatte. Sie hatte es diesem Wurm ermöglicht, Schriftsteller zu werden, und er hatte sie mit seinen leidenschaftlichen E-Mails um den Verstand gebracht *(»Bei all den Kämpfen und wenigen Siegen lebt meine Seele nur in Dir«).*

Ein großer Schriftsteller. Ha! Als er noch ein Niemand war, hatte *sie* ihn zu einem Schreibwettbewerb eines Verlags angemeldet, an dem er zunächst gar nicht teilnehmen wollte. Sie hatte ihn überredet, hatte ihn ermutigt. Und dann stürmten seine Krimis, die im New York der wirtschaftlichen Depression spielten, plötzlich alle Bestsellerlisten und er wurde zu allen kulturellen Ereignissen eingeladen und trat oft in Talkshows auf. In den Zeitungen – Antonia las wie besessen jede Zeile, die über ihn erschien – sprach man von einem Talent, »wie man es seit Ewigkeiten nicht mehr erlebt« habe, einem Autor, »auf den die Leserschaft ungeduldig wartet, mit einem reifen und oft bissigen Stil, der feiner Intelligenz nicht entbehrt, ein Autor, dem es gelungen ist, einen Helden zu schaffen, einen düsteren und frauenfeindlichen Detektiv, der eine Lücke im internationalen Buchhandel füllt, da er mit ganz besonderen Eigentümlichkeiten ausgestattet ist« (der Held hatte einen Bauch, er stotterte und war kahlköpfig). Was aber die Kritik besonders befeuert hatte, war »ein Schlüsselelement, eine ebenso einfache wie geniale Besonderheit, an der alle Klischees abprallten und die einen großen Romancier ausmachten«: ein Albino-Wiesel, auf einem Auge blind, Partner des Helden, sein Schatten, seine Schnittstelle; Seele und Geist. Die Lösung aller Fälle ordnet es mit einem resoluten Schwanzwedeln an. Seine geliebte Diletta (sie war und bliebe seine »geliebte«) wollte unbedingt, dass dieses Tier in seinen Büchern vorkam, denn sie hätten sich wegen eines Wiesels kennengelernt, das einem Kind in einem Park entlaufen sei, erklärte der Wurm, wenn man ihn fragte, wie er denn auf diese Figur gekommen sei. Offenbar hatte sich das Vieh an seine Diletta gekrallt (die auf einer Bank saß und die Sonne genoss, bla bla bla …) und sie gezwungen wegzulaufen, während er gerade des Wegs kam. Es war Liebe auf den ersten Blick, und die Welt um sie herum hatte sich wie durch Zauber aufgelöst. Aber da war auch immer noch dieser Wettbewerb, zu dem ihn ein unbekannter Mentor angemeldet hatte, da er selbst nie hätte glauben können, dass er die Fähigkeit zu schreiben besäße (schließlich sei er Bankangestellter gewesen, hatte schon seinen Platz im Leben gefunden). Er ging zu dem Wettbewerb in Begleitung seiner geliebten Diletta, die ihm Dank erweisen wollte.

So ein Lügner!

Antonia fragte sich immer noch, wie es hatte sein können, dass er sie ohne ein Wort und ohne eine Zeile einfach so fallen ließ, dass er erklärte, nur dank seiner geliebten Gefährtin, mit der er zusammenlebte und schrieb, sei er geworden, was er war – als Krimiautor und als Mann. Sie hatte nur eins begriffen: dass die Geliebte ihn, nachdem sie sich kennengelernt hatten, zum Wettbewerb begleitet und danach auf ihn gewartet hatte bis zum Schluss, wo doch eigentlich *sie* an seiner Seite hätte sein müssen!

In einem eleganten Salon mussten die Teilnehmer aus dem Stegreif eine Erzählung schreiben, sie hatten dafür mehrere Stunden Zeit und neue PCs zu ihrer Verfügung. Rocco hatte all die Abschnitte aus Büchern, die Antonia vorher für ihn liebevoll herausgesucht und fotokopiert hatte, gelesen, und auch den Plot hatten sie genau geplant: Mord in einem Krankenhaus nahe der Wall Street an einer unverdächtigen kleinen alten Frau von über neunzig, die aus Socken hergestellte Affenpüppchen sammelte. Und während er sich auf seine Geschichte konzentrierte, war vor dem Fenster des Raums, in dem der Wettbewerb stattfand, eine alte Bettlerin vorbeigekommen, die ihn inspiriert hatte.

Antonia wusste, dass er Talent hatte. Sie wusste, dass er gewinnen würde. Was sie nicht wusste, war, dass Rocco sie für immer verlassen hatte, wegen Diletta.

Während sie, dumm wie sie war, ihrem Mann beichtete, sie liebe einen anderen.

Antonia wusste nicht, ob er sie in gerade diesem Augenblick betrogen hatte oder erst kurz danach. Und ob die Tetralogie, die aus dieser Erzählung hervorgegangen war, etwas damit zu tun hatte.

Niemand wusste, wer der im Augenblick bekannteste Krimiautor, der *Schriftsteller*, der angeblich jedes Klischee überwand, wirklich war!

Rocco Rubino, ein mieser Straßenfeger, der verschwunden war, ohne seinen Müll mitzunehmen, und ihr eine Kiste voller Lügen hinterlassen hatte.

Antonia hätte niemals den Mut gehabt, auszusprechen, was nach unzähligen Überweisungen, Abhebungen und Einzahlungen passiert war. Aber er schon! Ohne Rücksicht auf die Schlange, die anfing zu murren, stand er hinter dem Schalter seiner Bank und schenkte ihr tiefe Blicke, während er sagte: »Das Kennenlernen der Seelen geschieht unabhängig von der Zahl gemeinsam verbrachter Stunden, es geschieht in der Tiefe eines einzigen Blicks.«

Hätte er geschwiegen, hätte sie das wilde Herz, das in ihr tobte und so sehr nach Liebe gierte, nicht freigelassen. Aber Rocco hatte nicht geschwiegen und sie aus ihrer dumpfen Resignation gerissen und Gefühle in ihr entfacht. Ein Frühlingswind hatte seine unerschrockene Stimme herübergetragen (welch berückend raue Stimme!), und sie war zu ihrem Innersten vorgedrungen. Aber von wie kurzer Dauer war dieses Glück!

Antonia hatte sich von seiner honigsüßen Maske täuschen lassen. Niemals hatte ihr auch nur ein Teil von Rocco gehört, nicht mal ein Wimpernschlag, ein Atemzug oder der kleinste Winkel seines Herzens. Niemals würde sie ihm Ruhe und Erholung schenken, ihm sein Essen servieren, seine Gedanken zerstreuen, die Löcher in seinen Strümpfen stopfen, in kalten und strengen Wintern mit ihrem Körper seinen Körper wärmen oder zusammen im Frühjahr mit ihm die Läden anstreichen.

Ihr Schmerz war unendlich wie das Universum.

Und auch jetzt noch, wo sie – schlimmste Kasteiung! – seine Bücher las, die nach Essig schmeckten, hätte sie gern die falschen Kommas richtig gesetzt und die Sätze verschönert. Die waren manchmal nachlässig wie diese Jacketts mit Schuppen auf dem Kragen, die er damals trug und manchmal noch heute; sie hätte gern hier und da Wiederholungen ausgemerzt und ihn daran erinnert, wie schön Konjunktive sein konnten. Antonia fand in Roccos Romanen nur noch selten seinen melodiösen Stil, oft war er kommerziell und umgangssprachlich (verkaufte er deshalb so viele Bücher?). Sie weinte aber vor Rührung, wenn sie seinem erlesenen und eleganten Stil begegnete, den er bei seinen allerersten Erzählungen verwendet hatte. Da hatte er noch sie um Rat gefragt, und es wurde ein farbiger und gefühlvoller Text. Jetzt waren seine Romane von fremder Hand zurückgestutzt worden: von seiner »geliebten« Diletta, der Leserin seiner Manuskripte, nahm Antonia an.

Um den alten Rocco wiederzufinden, las Antonia immer wieder seine Briefe, die sie sorgfältig aufbewahrt hatte.

Du bist die Braut meiner Seele … in diesem einsamen Gefängnis an dich zu denken ist Erholung für mein Herz, für meinen Geist … man kann vor sich und seinem Schicksal nicht fliehen … in Eigenliebe verloren rufe ich stumm deinen Namen … du meine verzweifelte Melancholie, mein zerrissenes Lied … verzeih mir, dass ich nicht früher gekommen bin… wir sehen uns im Traum, wenigstens dort …

Antonia war erstaunt, wie aufrichtig ihr diese Sätze bis heute vorkamen, dabei waren sie falsch und verlogen. Sie hatte sich alles nur eingebildet. Als sie ihren Ehering vom Finger zog, war er verschwunden. Aber nicht aus dem einsamen Gefängnis, von dem er gefaselt hatte. Er war einfach weggegangen – in die Stadt, in der diese Diletta lebte, ohne ihr auch nur ein Wort zu sagen, und kehrte höchstens noch in düsteren Alpträumen zurück, wo er ihr Herz grausam quälte. In einem Traum hatte er ihr das Herz sogar buchstäblich herausgerissen und es einem Straßenköter hingeworfen, der gierig und hungrig danach schnappte. Schweißgebadet und mit Herzklopfen wachte Antonia mitten in der Nacht auf. Die Wirklichkeit war kaum anders als der Traum. Er hatte sie zertreten – gedankenlos, so wie man eine Ameise zertrat. Und was war schon eine Ameise?

Antonia hatte geglaubt, dass Borgo Propizio ihr helfen würde, diesen unerträglichen Herzschmerz zu vergessen, und in der Woche, als sie dort war, hatten Kummer und Wut tatsächlich ein wenig nachgelassen. Doch leider hatte sie sich getäuscht. Der Schreiberling Rocco Rubino oder sein Gespenst oder seine Bücher oder sein verfluchtes Echo würden sie nie in Ruhe lassen. Das wusste sie jetzt, und sie hasste ihn aus tiefster Seele.

Aber warum liebte sie ihn noch, wenn sie ihn doch hasste?

Aus Wochen würden Monate werden und aus Monaten Jahre, und sie ertrug es nicht mehr. So konnte sie doch nicht ihr ganzes Leben weitermachen. Wenn ich hundert werde, habe ich noch sechzig quälende Jahre vor mir, dachte sie. Nein, sie musste sich von diesem Mann befreien, so oder so.

Sie fasste einen Entschluss: Anstatt ihn eigenhändig zu töten, würde sie ihn mit den gleichen Waffen bekämpfen und sich einen Plan ausdenken, wie ihn nur eine verletzte Frau ersinnen konnte, und so würde sie endlich Genugtuung erhalten. Der große Autor kam nach Borgo Propizio? Sehr gut, dann würde sie ihn hier treffen, genussvoll bei seinem Essen dabei sein, und das würde ihm auf den Magen schlagen. Sie würde sich der Seele dieses miesen Verräters bemächtigen – dieser Seele, dessen Braut sie angeblich gewesen war. Wer mit der Feder verletzt, wird durch die Feder umkommen, sagte sie sich. So ähnlich klang es doch, das Sprichwort.

Jetzt hatte sie das Schwert kampfbereit in der Hand.

Vorsicht, Rocco Rubino!

20

Wer ist Francesco?

An diesem Morgen war Belinda sehr beschäftigt gewesen. Nachdem sechsundfünfzig Vierzehnjährige bei ihr gewesen waren, die offenbar von den Hunnen abstammten, laut und ausgehungert und in Begleitung von vier genervten Lehrerinnen, hatte Marietta sie besucht, die nur selten in der Milchbar vorbeikam, dann Ornella und schließlich der Installateur, auf den sie gestern vergeblich gewartet hatte. Das Spülbecken war verstopft, und weder die Flasche »Rohrfrei« noch energisches Stochern hatte das Geringste genützt.

Belinda seufzte und ließ den Vormittag noch mal Revue passieren.

Die Schüler hatten in der Milchbar Pause gemacht und gefrühstückt, bevor sie das Museum besuchten, und Belinda hatte versucht, sie in mehreren Gruppen zu bedienen, damit sie nicht alle auf einmal kamen, denn das war unmöglich bei den kleinen Tischen in der Mitte. Tausendmal hatte sie schon diesem jungen Typen von *Glückliche Reisen* – wie hieß er doch gleich? –, der sich um die Schülergruppen kümmerte, gesagt, diese mindestens einen oder zwei Tage vorher anzukündigen, aber er vergaß es jedes Mal. Es ging zum einen Ohr rein und zum anderen wieder raus. Er gab ihr immer erst am Abend vorher Bescheid, und zwar zu später Stunde. Zum Glück kümmerte sich seine Teilhaberin, die offenbar besser organisiert war, um die anderen Touristen, sonst hätte der Bürgermeister auf der Burg gleich einen Hühnerstall einrichten können. Dieses Mal aber würde sie sich Gehör verschaffen. Zwei ganze Busse! Unerhört! Was kostete es ihn denn, sie rechtzeitig zu informieren, so dass sie genügend Platz schaffen konnte? Eigentlich wusste sie auch nicht, welchen Platz, so eng war das Lokal. In solchen Fällen dachte sie wieder an diese Idee, die Tante Letizia ihr ständig nahezubringen versuchte: ihre Einzimmerwohnung im ersten Stock der Milchbar anzugliedern und so einen zweiten Raum für Gäste zu schaffen. Die Tante hatte gar nicht so unrecht, aber einfach so ihr behagliches Nest dort oben aufzugeben …

»Ciao, Belinda!«

»Ciao, Marietta!«

Mariolinas Schwester war ein seltener Gast. Heute Morgen wollte sie Belinda etwas wegen eines Stoffs fragen, der aus Soja hergestellt wurde und aus dem einige Werkstätten in letzter Zeit Kleider machten.

»Ich hab das in einer Zeitschrift gelesen, und dann habe ich es mir bei Mariolina im Internet angesehen. Ich komme mit Computern einfach nicht klar.«

Marietta hätte solche Stoffe gern ins Sortiment von *Fili Fatati Seit 1888* aufgenommen, das im Moment gerade Mal wieder eine Flaute hatte, und das ausgerechnet jetzt, wo sie fünfzig Prozent des Ladens erworben hatte. Wenn sie das Angebot erweiterte, könnte sie vielleicht wieder mehr Kunden anlocken. Was meinte die Expertin dazu?

»Warum nicht?«

Die Produkte zu erweitern fand Belinda eine gute Idee. Auch sie überlege schon, ob sie nicht andere Milchsorten in ihr Angebot aufnehmen sollte, immerhin habe sie ja ein Diplom in Milchwirtschaft und kenne sich darin bestens aus. Von Sojafasern zur Textilherstellung allerdings verstehe sie leider nichts. Sie versprach jedoch, sie werde sich ganz sicher, wenn es so weit sei, bei *Fili Fatati* eine Jacke aus Naturfasern kaufen.

Zehn Minuten nachdem Marietta gegangen war, erschien Ornella.

Sie war gekommen, um Belinda zu fragen, ob sie ein Gericht mit dem Namen »Weißspeise« kenne, das man in adeligen Kreisen im Mittelalter gerne aß: hergestellt aus Hühnchen oder Fisch, Mandeln, Reisstärke, Zucker und Gewürzen. Als Belinda verneinte, riet Ornella ihr, sich zu erkundigen, wie man es zubereite, denn auf dem großen Festessen auf dem Festival sollte diese Speise serviert werden. Das wolle sie dem Dezernenten gerne vorschlagen und das Essen dann bei *Via Lattea* bestellen. Sie habe auch ein paar Bücher von Rubino dabei, *Ich gebe dir mein Wort* und *Die Verurteilung des Hot Dog*. Das sei ein super Autor und Vince Vasino ein interessanter Protagonist. Allerdings überzeuge es sie persönlich nicht, dass der Kommissar nach jedem brillant gelösten Fall stets auf sein komisches Wiesel starre (das ein Albino sei und auch so heiße), bis das Tier eine typische Bewegung mache, nämlich nach rechts und links mit dem Schwanz wedeln. Ob dies nun am verregneten Fenster eines Hotels, in einer Toilette der New Yorker Börse oder an einem Pfeiler der Brooklyn Bridge geschähe – erst mit dem Schwanzwedeln des Wiesels beende der Autor den Roman mit seiner hoffnungsvollen Botschaft: Es sei immer möglich, mit dem Guten zu rechnen.

»Damit rührt er die Menschen, seine Prosa wird zur Lyrik«, meinte Ornella fachmännisch.

Belinda versprach, die Bücher zu lesen und auch an ihre Mutter weiterzugeben. Im Moment aber sei sie noch genervt wegen der Schüler, verärgert über den Kerl von der Agentur und beunruhigt, weil der Installateur noch immer nicht gekommen sei.

Belinda hatte schnell etwas gegessen und hatte am Nachmittag saubergemacht, um die Spuren der Hunnen in der Milchbar zu beseitigen. Jetzt lag sie auf ihrem Bett, um sich auszuruhen, und überlegte, wie sie ihr Angebot ausweiten (Zauberformel des Handels!) könne, und zwar mit Milch aus Pflanzen: Hafer, Mandeln, Reis, Soja. Und was noch? Mit Mandeln konnte sie auch Eiscocktails machen, bald war es ja Sommer, aber mit den anderen? Sie brauchte Rezepte und musste sich nach dem Kurs *Latte Art* erkundigen, in dem man lernte, wie man Muster auf Cappuccinos machen konnte, da würde sie gern mal hingehen, und jetzt vielleicht eine kleine Siesta …

Die Klingel riss sie aus ihren Gedanken. Wer konnte das sein, am frühen Nachmittag? Unwillig stand sie auf, um zur Gegensprechanlage zu gehen, und – was für eine Überraschung! – da hörte sie die Stimme des Maresciallo Saltalamacchia, der fragte, wann ihr Vater wiederkäme. Sie bat ihn, hereinzukommen.

»Meine Eltern sind noch nicht von ihrer Reise zurück. Gestern waren sie in einem Dorf namens Bran in Draculas Schloss«, erklärte sie.

»Oha!«

»Na ja, das ist ja nur eine Legende. Durch sie wurde ein Schriftsteller berühmt, keine Ahnung, wie der heißt, meine Mutter weiß es bestimmt. Warum schreiben Sie nicht etwas über einen Vampir hier am Ort, der auf der Burg lebt?«

Den Maresciallo schien heute weder Tourismus noch Literatur zu interessieren.

»Und wann kommen sie wieder?«, fragte er dringlich.

»Am Montag. Sie sind für zwei Wochen verreist«,

antwortete Belinda und warf einen besorgten Blick auf Bartolos ernste Miene. »Ist etwas passiert?«

»Nein, nein«, meinte der Carabiniere. »Aber sobald Cesare wieder da ist, geben Sie ihm dies bitte. Aber erst nach der Begrüßung. Und dann soll er mich bitte anrufen, ja?« Damit verabschiedete er sich und ging.

Belinda schloss die Tür hinter ihm, und da sie neugierig geworden war, blätterte sie aufmerksam die Zeitung durch, die der Carabiniere ihr in die Hand gedrückt hatte. Sie war sicher, dass dort eine Besprechung von *Uhrzeiger der Freundschaft* zu finden war und er sich nur nicht getraut hatte, damit anzugeben. Doch sie irrte sich. Von dem Roman war nicht die Rede, und, wie ihre Mutter bereits bemerkt hatte, war er auch nicht auf der Bestsellerliste.

Also musste es etwas anderes sein.

Belinda bedauerte, dass sie sich nicht hatte ausruhen können, ging hinunter in den Laden und sah, wie der junge Mann von der Agentur sein Mofa abstellte. Die Markierung für die Parkplätze waren gleich an der Ecke, an der die Milchbar lag. Er war sicher gekommen, um die Essensgutscheine zu holen. In solchen Dingen war er immer sehr genau.

»Also wirklich«, sagte sie unfreundlich. »Ich hab doch schon tausendmal gesagt, du sollst mich einen oder zwei Tage vorher anrufen, wenn du etwas planst.«

Er nickte und klappte das Visier von seinem Helm hoch. »Schön. Und wie heißt du?«

»Belinda. Hast du wirklich vergessen, wie ich heiße?«

»Freut mich, ich bin Francesco.« Er grinste.

»Francesco, du kannst mich mal!«, rief Belinda, während sie den Laden öffnete. »Mir ist nicht nach Scherzen zumute. Komm rein, nimm deine Gutscheine, und eins sag ich dir, wenn ihr euren Service nicht verbessert, kündige ich unsere Vereinbarung. Ich bin es wirklich leid. Das kannst du auch deiner Teilhaberin sagen.«

Er schwieg.

»Verstanden?«

»Ja, du willst, dass ich dich einen oder zwei Tage früher anrufe.«

»Gut aufgepasst.«

»Und deshalb ist es für heute Abend wohl zu spät?«

»Heute Abend? Auf keinen Fall.«

Belinda war noch nicht mal mit dem Aufräumen des Gastraums fertig. Da stand noch ein Berg Tassen von heute Morgen und dazu die Teller und Löffelchen, Zucker auf den Bänken verstreut, die halbvollen Tüten mit Snacks, die Servietten zusammengeknüllt, verschüttete Milch, Reste von aufgerissenen Croissants, zerkrümelte Kekse und anderes mehr verlangten dringend nach Ordnung. Die Hunnen waren nach dem Museumsbesuch erneut bei ihr eingefallen. Dann war noch der ganze Dreck vom Installateur da, der unverschämt spät gekommen war.

»Dann eben morgen Abend«, schlug Francesco vor, »das macht anderthalb Tage früher.«

»Na gut«, seufzte Belinda. Schließlich konnte sie keine Kunden verprellen.

»Wann?«, fragte der junge Mann.

»Warum fragst du mich? Das musst du mir doch sagen!«

Was für ein Schwachkopf!

»Sollen wir sagen um acht?«

»Francesco, was soll das denn jetzt: Sollen wir sagen um acht? Habt ihr nun einen Zeitplan oder nicht?«

»Ja, natürlich haben wir den, also Punkt acht.«

»Na gut«, sagte Belinda und drückte ihm die Essensgutscheine in die Hand. Acht Uhr war machbar, denn der Kurs für kreatives Schreiben dauerte bis sieben. Dann hatte sie eine Stunde Zeit zum Vorbereiten.

»Hier?«

Hatte sie richtig verstanden? Hatte er hier gesagt?

»Ja hier, wo denn sonst«, antwortete sie giftig und verdrehte die Augen.

»Dann also bis morgen. *Pünktlich!*«, sagte Francesco beim Hinausgehen.

»Du kannst mich mal …«

Nein, also wirklich, mit diesem jungen Mann wollte sie nichts mehr zu tun haben, das reichte jetzt. So ein Idiot! Sie würde bei dem Busreiseunternehmen anrufen und der Teilhaberin gehörig die Meinung sagen. So konnte man doch nicht arbeiten! Morgen Abend hatte er gesagt … und wie viele Schüler? Was machten die überhaupt um diese Zeit hier? Um acht hatte das Museum doch schon längst geschlossen. Und wenn es jetzt auch abends geöffnet war, hätten die Herren von der Verwaltung ihr ja auch mal Bescheid geben können! Auch die im Rathaus gingen ihr allmählich auf die Nerven.

Wütend nahm sie ihr Telefon, wählte die Nummer von *Glückliche Reisen* und fiel über die Frau am anderen Ende der Leitung her. Und diese fiel aus allen Wolken.

»Morgen Abend? Da hat das Museum offen? Eine Schülergruppe? Davon weiß ich gar nichts. Bist du sicher, Belinda?«

»Ganz sicher, dein Kollege war doch gerade hier.«

»Wie kann er bei dir gewesen sein? Er war doch den ganzen Tag im Büro!«

»Wieso im Büro? Er hat gerade die Milchbar verlassen.«

»Wer?«

»Na … Francesco.«

»Francesco?«

»Ja.«

»Und wer ist Francesco?«

21

Ich bin das Tantchen

»Ich bin das Tantchen und ich esse dein Gesicht und deine Fratze.

Und dann hast du gesagt: ›Aber das ist doch dasselbe!‹ Und ich habe geantwortet: *Ich bin das Tantchen und esse deinen Arm und dein Gesicht*. Und da hast du gelacht.«

Letizia hätte alles dafür getan, damit Belinda aufhörte zu weinen. Sie hatte ihr Kamillentee gekocht und ihr das Verschen aufgesagt, mit dem es ihr, als sie klein war, gelang, sie zum Essen zu bringen.

Sie hatte die Milchbar geschlossen und war nicht in ihre Wohnung im Tal zurückgekehrt. Sie hatte angeboten, bei ihrer Nichte zu schlafen, auch wenn sie nichts zum Übernachten dabeihatte, aber das war nicht weiter schlimm. Wenn etwas sein musste, konnte man auf unwichtige Dinge verzichten. Jetzt suchte sie gerade nach den Zutaten für eine Käsepasta, die ihr für die Umstände das richtige Abendessen zu sein schien. Belinda konnte sich offenbar gar nicht mehr beruhigen. Letizia überlegte, ihr einfach eine Ohrfeige zu geben, um dieses hysterische Geschluchze zu unterbrechen.

»Tante«, murmelte die Nichte da und wischte sich die Augen mit dem Handrücken. Hatte sie die Ohrfeige vielleicht vorausgesehen?

»Es tut mir leid … aber es läuft einfach alles schief …«

»Gehen wir die Sache noch mal durch. Damit ich auch etwas begreife.«

»Ja …«

»Also, dann erzähl mir alles von Anfang an«, bat die Tante und reichte Belinda ein Papiertaschentuch. Nachdem sie den Topf mit Wasser auf den Ofen gestellt hatte, setzte sie sich neben ihre Nichte und hörte ihr konzentriert zu.

»Alles fing gestern an. Das war ein wilder Vormittag. Da kamen zwei Busse mit Schülern und stürmten die Milchbar. Es waren nur vier Lehrer dabei, zwei pro Klasse, und sie konnten sie nicht im Zaum halten, und ich hab mich fast heiser gebrüllt, dass sie in kleineren Gruppen reinkommen sollten. Dann war alles schmutzig hier, und zwar zweimal, denn nach dem Museum kamen sie wieder, und alles ging von vorne los. Ich konnte aber nicht saubermachen, weil das Spülbecken verstopft war. Dann kam der Installateur, aber viel zu spät, und hinterließ mir eine Riesensauerei. Ich war völlig erschöpft und wollte mich etwas hinlegen. Gut, hab ich mir gesagt, ich mache sauber, bevor ich wieder öffne.«

»Nach der Mittagspause?«

»Ja, aber dann war ich stinksauer auf diesen Kerl vom Reisebüro, der mir, wenn Schülergruppen kommen, immer erst im letzten Moment Bescheid sagt. Ich hätte ihm an die Gurgel gehen können. Wenn er mich eher informiert hätte …«

»Dann wäre hier immer noch zu wenig Platz«, unterbrach die Tante sie und warf die Pasta in das kochende Wasser.

Belinda ignorierte die Bemerkung.

»Als ich runterkam, um wieder zu öffnen, war er da und wartete auf mich.«

»Wer?«

»Der Kerl von *Glückliche Reisen*. Jedenfalls dachte ich, er wäre das, ich war so blind vor Wut … zwei Busse voller Vandalen! Und ich war sowieso schon so müde … ich wollte gerade meine Siesta halten, aber da hat mich Maresciallo Saltalamacchia geweckt, der Papa sprechen wollte. Und am Morgen hatte ich meine Tage bekommen und der Unterleib tat mir weh … So habe ich nicht gemerkt, dass es jemand anderer war, der ihm einfach ähnlich sieht. Ich hatte den Typ vom Reisebüro zwar schon mal gesehen, aber meistens hatten wir uns am Telefon gesprochen … Ich wusste ja nicht, dass es jemand anderes war. Und dann hat dieser Betrüger nicht mal gesagt, wer er wirklich ist. Er hatte sich nicht mal den Motorradhelm abgesetzt. Er hat aber gesagt, abends um acht käme wieder ein Schulbus, also gestern Abend, und ich hab ihm gesagt, das schaffte ich nicht. Da sagte er: Dann machen wir es morgen. Also heute Abend, wenn das Museum geöffnet ist … Vielleicht hat er das mit dem Museum aber auch nicht gesagt, ich weiß es nicht mehr genau. Ich war so durcheinander gestern. Aber warum sollten sonst Schüler kommen, ich meine, wenn das Museum zuhat?«

Letizia nickte verständnisvoll zu diesen etwas wirren Ausführungen ihrer Nichte.

»Ich habe also gesagt, das sei okay, und dann hat dieser Kerl die Gutscheine genommen und ist einfach gegangen. Und darüber ärgere ich mich am meisten, verstehst du?«

»Worüber? Dass er die Gutscheine genommen hat oder dass er gegangen ist?«

»Jetzt mach dich nicht über mich lustig!«, sagte Belinda, die im Moment zu keinerlei Humor fähig war.

Aber Letizia meinte, sie nehme sie gar nicht auf den Arm, sie habe ihr nur eine sokratische Frage gestellt.

»Sokratisch?«

»Ja, sokratisch sind Fragen, auf die man keine Antwort erwartet, die einen aber zum Nachdenken bringen sollen«, antwortete die Tante, während sie die Pasta auf zwei Teller verteilte, den Parmesan darüberstreute und alles mit einem großen Löffel mischte. »Komm essen, Mädchen, das ist jetzt das Beste für dich«, fügte sie zufrieden hinzu, während sie probierte. »Noch ein Tropfen Öl, und die Pasta ist perfekt. Sollen wir es so machen wie früher, als du klein warst?«

Belinda nickte.

»Ich bin das Tantchen und ich esse dein Gesicht und deine Fratze.«

»Aber das ist doch dasselbe!«

»Ich bin das Tantchen und esse deinen Arm und dein Gesicht.«

Belinda lachte wie ein kleines Mädchen und aß dann die gesamte Käsepasta auf. Wäre noch mehr da gewesen, hätte sie auch das gerne noch gegessen.

»Wenn dieser junge Mann nicht bei *Glückliche Reisen* arbeitet, wer ist er dann?«, überlegte Tante Letizia und schob ihren Teller zurück.

»Das wüsste ich auch gern.«

»Wie hast du überhaupt herausgefunden, dass er gar nicht zum Reisebüro gehört?«

»Ich habe seine Kollegin angerufen und Klartext mit ihr geredet, und sie hat es mir gesagt. Sie heißt Francesca, also habe ich es vielleicht durcheinandergebracht.«

»Ich verstehe gar nichts.«

»Na, er hatte sich als Francesco vorgestellt.«

»Ach, wie mein lieber Franchino.«

»Ja, der liebe Onkel Franchino.«

»Allein das macht ihn schon sympathisch.«

»Tantchen!«

»Ganz ruhig. Fangen wir noch mal an. Ein junger Mann, der …« Sie unterbrach sich. »Wie jung ist er?«

»Keine Ahnung.«

»So ungefähr?«

»Mehr oder weniger so wie ich.«

»Fassen wir zusammen: Ein Mann um die dreißig, der Francesco heißt, kam gestern in die Milchbar und stahl dir die Bewirtungsgutscheine.«

Letizia trat beherzt in Miss Marples Fußstapfen. »Hatte er eine Waffe bei sich?«

»Nein.«

»Trug er eine Kapuzenjacke?«

»Nein.«

»Wie viele Gutscheine waren das?«

»Sechzig. Beim zweiten Mal hatten der Lehrer und die Kinder nämlich in bar bezahlt.«

»Sind das etwa hundert Euro?«

»Weniger, Tante, neunzig. Eine Tasse Milch mit Croissant kostet für die Schulen einen Euro fünfzig.«

»Das ist zu wenig, du musst mehr nehmen. Oder du lässt dir die Differenz von dem Finanzdezernenten geben, da er schon wieder die Steuern erhöht hat. Aber irgendetwas stimmt da doch nicht. Hat dieser Francesco, als er die Gutscheine genommen hat, nicht auch das Geld abgeholt?«

»Welches Geld?«

»Das aus der Kasse!«

»Er hat die Gutscheine nicht aus der Kasse genommen.« Sie selbst habe sie ihm gegeben.

»Du, Belinda?«

»Ja, weil ich doch dachte, er wäre …«

»… der Mann von der Agentur. Ich verstehe. Also hat er sie dir nicht gestohlen.«

»Na ja …«

»Hast du Bartolo etwas gesagt, als du ihn gesehen hast?«

»Nein, er war doch vorher da. Und man kann doch wegen so was nicht die Carabinieri einschalten, Tante!«

»Und wenn er ein gefährlicher Krimineller ist, der überall Gutscheine klaut?«

»Mach keine Witze, er ist nicht gefährlich. Er ist vielleicht nicht besonders helle im Kopf, aber gefährlich ist er nicht.«

»Wären das Gutscheine von den Läden im Ort, würde ich es ja verstehen. Man kann sie im Supermarkt eintauschen oder in der Pizzeria. Aber was soll man mit Bewirtungsgutscheinen von *Glückliche Reisen* anfangen?«

»Nichts. Er ist ja auch gekommen und hat sie mir zurückgebracht.«

»Auch das ist merkwürdig. Wenn er ein kleiner Dieb wäre, hätte er sie doch weggeworfen.«

»Er ist vermutlich ein ehrlicher Dieb. Vergessen wir ihn einfach.«

Doch die Tante dachte nicht daran, ihn zu vergessen. »Du weißt also nichts von ihm, außer dass er Francesco heißt.«

»Genau.«

»Auch nicht, ob er hier im Dorf wohnt.«

Belinda zuckte die Schultern.

»Um hier mit dem Roller herumzufahren, braucht er eine Genehmigung, und um die zu kriegen, müsste er Anwohner sein. Entweder wohnt oder arbeitet er hier, oder es ist ihm alles wurscht und er bricht das Gesetz.« Die Tante wurde spitzfindig. »Hast du dir die Nummer notiert?«

»Nein.«

»Ich schau mal, ob ich etwas herausfinden kann.«

»Nein, Tante, lass es. Ich habe die Gutscheine ja wieder.«

»Und wenn er wiederkommt?«

»Das glaube ich nicht.«

Letizia ahnte, dass irgendetwas an der Sache nicht stimmte. Belinda war den ganzen Tag über nervös und schweigsam gewesen, selbst zu den Schülern des Schreibkurses war sie nicht besonders freundlich gewesen und war den Fragen der Tante ausgewichen. Und heute Abend, als Belinda die Müllsäcke nach draußen brachte, hatte Letizia durch das Fenster einen jungen Mann auf einem bordeauxroten Roller auf der Piazza gesehen, der auf die Nichte zufuhr. Sie hatte gesehen, wie sie miteinander sprachen und dass Belinda sich aufregte. Aber sie konnte nicht ahnen, dass sie ihn als einen Dieb und Mistkerl beschimpft hatte, bevor sie sich die Gutscheine zurückgeben ließ. Auch hatte sie nicht hören können, was er gesagt hatte: dass es gar keine Schülergruppe gebe, wann er je davon geredet hätte? Er habe nur ein hübsches Mädchen um ein Rendezvous gebeten, deren Augen wie zwei braune Haselnüsse seien, und die ihm sehr gefiel. Das sei doch das Natürlichste von der Welt. Sie habe doch selbst ja gesagt, und nun sei er gekommen, um sie abzuholen. Pünktlich um acht, wie verabredet.

Als Letizia den Kopf durch die Tür steckte, hörte sie noch die letzten Worte, die der junge Mann laut sagte, bevor er Gas gab und davonbrauste. Und diese Worte hatten offenbar Belindas Heulattacke ausgelöst: »Du bist sauertöpfisch wie eine alte Jungfer.«

22

Wieder zu Hause

Claudia hatte darauf bestanden, dass ihre Tochter nicht extra die Milchbar zumachte, um sie nach ihrer Rückkehr aus Bukarest am Flughafen abzuholen. Sie hatten Cesares Auto auf dem Parkplatz stehen lassen und wollten von dort direkt nach Borgo Propizio fahren. Mit zwei Autos zu kommen habe doch wenig Sinn. Belinda hatte ein kleines, originelles Abendessen versprochen, ein Rezept aus dem Mittelalter, doch ihre Mutter hätte lieber einen einfachen Salat gegessen, nach den stark gewürzten rumänischen Gerichten. Außerdem hatte sie gleich nach der Landung ein Stück Pizza mit Artischocken verschlungen, nicht aus Hunger, sondern um sich wieder zu Hause zu fühlen. Die Pizza schmeckte köstlich und vertraut, obwohl sie schon fast kalt war und der Teig ein wenig gummiartig.

Sie hatten eine schöne Reise hinter sich, das Wetter war gut und die Ausflüge interessant, auch wenn Cesare sich ein bisschen zu oft beklagt hatte. Das viele Herumgefahre mache ihn nervös, die Festungen hatten etwas Deprimierendes und vom Essen bekomme er Gastritis. Claudia hatte so getan, als bemerke sie seine schlechte Laune nicht, und sie hatte auch keine Fragen gestellt, obwohl ihr eine auf der Zunge lag: Fehlten ihm seine Kanzlei und seine Rechtswissenschaft? Aber sie brach keine Diskussion vom Zaun, weil sie sich nicht die Ferien verderben wollte. Sie fand die Burgen großartig und genoss eine nach der anderen. Sie bewunderte die Landschaft der Karpaten und die herrlichen Ausblicke. Doch heute, nach zwei Wochen hatte auch sie sich darauf gefreut, wieder nach Hause zu reisen.

»In unserem Städtchen herrscht immer eine so angenehm entspannte Atmosphäre«, sagte sie, als sie aus dem Auto stieg. Sie hob ihre kleine Nase und schnüffelte ein wenig. »Die Luft ist irgendwie ganz besonders, findest du nicht, Cesare?«

»Vielleicht liegt ja schon der Geruch des Mittelaltergerichts in der Luft, das Belinda uns heute Abend vorsetzen will«, antwortete Cesare ironisch, während er seine Frau am Arm nahm und mit ihr zu Fuß durch den

Ort ging. Die Parkerlaubnis im Zentrum galt nämlich nur für Claudias Auto, und so hatten sie außerhalb der Stadtmauer geparkt.

Claudia betrachtete die kleine Burg, die sich auf dem Gipfel des Hügels erhob und im Abendlicht ein wenig geheimnisvoll wirkte, und stellte sich vor, dass dort eine durstige Vampirin hauste. Irgendwann würde sie selbst sich in einen Vampir verwandeln und ihren grantigen Mann in den Hals beißen.

»Ich habe etwas gekocht, was auf dem Festival bei diesem Dinner serviert werden soll und das ich ausprobieren muss.«

»Und warum gerade an uns?« Cesare seufzte. »Konntest du dir nicht vorstellen, dass wir uns nach vierzehn Tagen dieser grässlichen rumänischen Küche mehr auf Spaghetti gefreut hätten?«

Claudia zog ihren Mann an den Tisch, an dem auch schon Tante Letizia saß, damit er aß und der Tochter keinen Kummer machte. Belinda hatte ihnen schon vom Balkon aus zugewunken und sie im Eingang herzlich begrüßt. Es gab keine schönere Begrüßung als die feste Umarmung ihrer Tochter, der sie als Geschenk eine feine handgestickte Bluse mitgebracht hatte. Belinda zog sie sofort an und war ganz begeistert. Die Bluse passte wie angegossen und war lang genug, um ihren Hintern zu verbergen, der ihr zu dick vorkam.

»Aber nie und nimmer!«, rief Claudia. »Du bist wunderschön! Bestimmt würden viele junge Männer gern mit dir ausgehen. Du müsstest dich nur mal umschauen …«

Eine ganz andere Wirkung hatte der Schlüsselanhänger mit Draculazähnen, den Cesare unbedingt für Letizia hatte kaufen wollen. Nachdem die Tante die Schachtel geöffnet hatte, kniff sie die Augen zusammen und verzog ihre schmalen Lippen zu einem Lächeln, ohne ein Wort zu sagen. Zum Glück hatte Claudia noch einen hübschen Schal mit einer bunten rumänischen Stickerei am Saum gekauft, den sie eigentlich für sich ausgesucht hatte. Claudia liebte Tücher, sie waren ihr großes Faible, und sie besaß hundertfünfzehn Stück. Mit diesem wären es hundertsechzehn gewesen. Als sie das zweite Geschenk sah, entspannte sich Tante Letizias Gesicht, jetzt war ihr Lächeln echt. Claudia sah sie liebevoll an. Sie freute sich, wieder zu Hause zu sein, auch wenn sie gar nicht in Borgo Propizio wohnte. Schade, sie wäre gern hierher gezogen, aber Cesare wollte davon nichts hören.

Belinda hatte zwei Tage damit verbracht, das Mittelaltergericht vorzubereiten, das sich Ornella für das Festessen wünschte. Sie trug ihre neue rosa bestickte Bluse und servierte ihren Eltern und der Tante winzige weiße Türmchen (sie hatte in der Souvenirabteilung des Supermarktes passende Förmchen gefunden) und wartete nun gespannt auf ihre Kommentare. Sie selbst war mit dem Ergebnis nicht ganz glücklich, und es war ihr auch ziemlich egal, dass dieses dick machende und sicher schwer verdauliche Mahl aus Hühnchen, Mandeln, Reisstärke, Zucker und Gewürzen das Lieblingsessen Isabellas von Kastilien gewesen war, jener Königin, die

Christoph Columbus entsandt hatte, wie sie jetzt ihrer Familie erzählte. Als diese nun ihre Meinung zu der Speise äußern sollte, gaben sich alle verhalten diplomatisch.

Völlig zu Recht.

Belinda würde Ornella raten, auf Königin Isabellas Lieblingsspeise zu verzichten oder zumindest nicht von ihr zu erwarten, dass sie dieses scheußliche Gericht für das Krimi-Dinner kochte.

Claudia meinte scherzhaft, ihre Tochter könnte ein Buch mit weißen Rezepten veröffentlichen, und schlug Titel vor wie *Im Reich der weißen Speisen* oder *Rezepte mit Milch und Honig*, und Cesare gab geistreiche Kommentare von sich wie: *Milch auf Maccheroni* oder *Der unvergleichliche Geschmack geronnener Milch*. Letizia fand ein Buch dieser Art gar nicht schlecht und meinte, Publikum und Kritikern würde es sicher sehr gefallen.

»Wenn du dein berühmtes Kochbuch schreibst, dann lass dieses Weißgericht lieber weg«, entgegnete Cesare. »Das könnte den Rezensenten im Hals stecken bleiben.«

Da erst fiel der jungen Frau ein, dass Saltalamacchia vor drei Tagen eine Zeitung vorbeigebracht hatte.

»Ich hatte es ganz vergessen, Papa. Bartolo war da, du sollst ihn anrufen. Ich dachte, hier wäre eine Rezension seines Buches drin, und es sei ihm peinlich, mir das zu sagen, aber ich habe sie durchgeblättert und nichts gefunden. Jetzt fällt mir noch ein, dass auch Ruggero mehrmals nach dir gefragt hat und sagte, es sei wichtig, und du solltest ihn so schnell wie möglich anrufen …«

Belinda merkte plötzlich, dass ihr Vater gar nicht mehr zuhörte und auf die Titelseite der Zeitung starrte, auf der in großen Lettern stand: FRAU VON IHREM VERFOLGER UMGEBRACHT.

Das Wort »stalking« – so hieß es in dem Artikel, den Cesare nur langsam zu lesen in der Lage war – *ist aus unserem Vokabular nicht mehr wegzudenken. Es entstammt dem Englischen, bedeutet wörtlich: »heimlich eine Beute verfolgen« und bezeichnet das Verhalten einer Person, die eine andere belästigt, sie verfolgt und bei ihr Angst und Schrecken auslöst. Letzte Woche endete ein solcher Fall gut: Ein Richter verurteilte einen siebenundzwanzigjährigen Angestellten dazu, seine frühere Verlobte in Ruhe zu lassen, die er seit zwei Jahren mit einer Flut von Nachrichten verfolgte, ständigem Auflauern vor ihrem Haus, an ihrem Arbeitslatz und sogar im Supermarkt. Jetzt hat sich in der Stadt ein neuer Fall ereignet, diesmal mit blutigem Ausgang.*

Eine schreckliches Verbrechen geschah gestern Nachmittag in der Nähe des Bahnhofs, als Irene C., die 32-jährige Witwe eines vorbestraften Kriminellen und Mutter eines Jugendlichen, die Kantine der Firma verließ, in der sie als Serviererin arbeitete. Sie war auf dem Nachhauseweg, kam aber nie dort an. Ein der Polizei wegen seiner Verwicklung in andere Verbrechen bereits bekannter Mann stellte sich ihr in den Weg. Einem Zeugen zufolge begannen beide einen Streit. Der Mann gab der Frau eine heftige Ohrfeige. Wenig später zog er ein Messer hervor und stach auf die Unglückliche ein. Schon nach zwei Stichen in den Brustkorb brach die Frau blutüberströmt zusammen, vor den entsetzten

Augen der Passanten, die nichts mehr tun konnten. Sie wurde noch ins Krankenhaus gebracht, doch dort konnte man nur noch ihren Tod feststellen. Die Frage ist noch zu klären, welche Beziehung zwischen dem Mörder und seinem Opfer bestand – vermutlich war er ein früherer Liebhaber. Der Mörder, der zunächst entkommen war, konnte durch die Männer von Maresciallo Bartolomeo Saltalamacchia aufgefunden und dingfest gemacht werden, dem Carabiniere, der vor drei Jahren …«

»Sie war auf dem Nachhauseweg, kam aber nie dort an«, wiederholte Cesare und legte erschüttert die Zeitung weg.

Ihm wurde ganz nebelig im Kopf, er dachte an die grausame ungerechte Wirklichkeit, an Hoffnungen und nicht gehaltene Versprechungen, auch seine eigenen. Er spürte, wie eine salzige Träne über seine Wange rollte, und er tat nichts, um sie aufzuhalten.

»Es ist auch meine Schuld«, sagte er leise.

Er hatte das Gefühl, den Mund voller Schmirgelpapier zu haben. Die Toten sorgen für das Schweigen auf Erden, dachte er.

Hätte er seiner Frau von Irenes Problem erzählt, hätte vielleicht die Vereinigung, in der sie ehrenamtlich arbeitete, helfen können. Aber daran hatte er nicht gedacht. Und jetzt konnte man nichts mehr tun.

Claudia legte einen Arm um ihn. »Vielleicht kann man noch eines tun«, erklärte sie. »Ihren Sohn als Pflegekind aufnehmen, damit er ein Zuhause hat, in das er zurückkehren kann.«

23

Fragen zum Bibliothekswesen

22) Was bedeutet die Abkürzung KED
a) Klassifizierung einheitlicher Direktiven
b) Katalogisierung eines Datenvorrats
c) Klassifizierung nach einheitlichem Dezimalprinzip
d) Katalogisierung in EDV

Mariolina kamen alle Antworten richtig vor. Sie machte ihr Kreuzchen bei b) und überprüfte die Antwort. c) wäre richtig gewesen. Manche Sachen konnte sie sich einfach nicht merken, vor allem Sigel-Abkürzungen. Hinterhältig wie Schlangen. CIP, CDD, LCC, ISBN, ISSSN, ISBD, manchmal gab es sogar noch Untergruppen und weitere Sigel: ISBD (CF), ISBD (G), ISBD (NBM) und dann noch all die anderen gemeinen Abkürzungen.

»Jetzt geht es auch noch um Jahreszahlen«, seufzte sie, als sie in dem dicken Buch folgende Frage las:

23) Wann erschien das Sachverzeichnis für italienische Bibliothekskataloge?
a) 1953
b) 1956
c) 1960
d) 1968

Diesmal versuchte sie nicht einmal zu raten und sah gleich nach, welche Lösung die richtige war. Wie hätte sie das wissen sollen? 1956 war sie ja noch nicht einmal auf der Welt gewesen! Um sich die Jahreszahlen zu merken, musste sie sich Eselsbrücken bauen, Verbindungen herstellen zu Ereignissen, die sie erlebt hatte. Ökonomie der Bibliotheken war ein sehr umfassendes Fach. Schön war daran, dass man etwas über die Entstehung des Buches und des Drucks lernte, interessant war auch die Gründung und Entwicklung der Bibliotheken, nützlich war vielleicht auch die Verwaltung von Kulturgütern, aber alles Technische bereitete ihr Kopfzerbrechen. Außerdem musste sie sich mit Verfassungsrecht, Verwaltungsrecht und den örtlichen staatlichen Einrichtungen beschäftigen.

Voll Bedauern hatte Mariolina den Kurs für kreatives Schreiben aufgegeben, der von Letizia geleitet wurde, um sich nur noch ihren Prüfungsvorbereitungen zu widmen, aber ihr war bewusst, dass ihr die Sache schwerfiel. Englisch zu lernen war dagegen ein Spaziergang. Hier musste sie pauken, als sei sie noch zwanzig. Das Datum der schriftlichen Prüfung war noch nicht festgelegt, und es war noch Zeit bis dahin, sie glaubte aber nicht, dass diese ausreichte. Und dann noch die praktische Prüfung. Wie sollte sie sich darauf vorbereiten? Und dann die Allgemeinbildung … Sie stellten einem die absurdesten Fragen, zum Beispiel: Wer war der siebte König von Rom und die siebte Miss Italia?

Sie wusste nicht mehr, was für eine Prüfung sie hatte ablegen müssen, als sie sich bei der Kommune beworben hatte. Das war fast dreißig Jahre her. So viel hatte sie dafür ganz bestimmt nicht gelernt, vor allem weil sich Maria Angela, ihre Oma mütterlicherseits, für sie eingesetzt hatte. Sie wandte sich an den Priester, und der appellierte an die Frömmigkeit des Bürgermeisters. Das Mädchen lebe mit einer kranken Mutter … der Vater sei abgehauen … sie habe keine Hilfe für die Prüfungen … Das entsprach tatsächlich der Wahrheit. Sie hatte dann doch eine förmliche Prüfung abgelegt, ganz kurz und leicht, und sie erinnerte sich nicht, sich darauf vorbereitet zu haben. Die Stelle hatten sie ihr mehr oder weniger aus Mitleid geschenkt, sie war ja auch erst neunzehn …

Aber heute war alles anders. Nun besaß sie die Kraft und die notwendige Reife. Sie war eine erfahrene Frau und wollte das unter Beweis stellen, auch wenn bei der Bewerbung nur die Prüfung zählte. Wäre es auch auf die siebenundzwanzig Jahre angekommen, die sie in der Kommune arbeitete, so hätte sie manchen Punkt gutgehabt. Aber jetzt musste sie alles aus eigenem Antrieb machen, und dies gab ihr eine ungeheure Willenskraft. Heute hatte sie den ganzen Vormittag über den Büchern gehangen und gleich nach dem Mittagessen weitergemacht. Ihr platzte beinahe der Kopf, und ihr Gehirn brauchte dringend etwas Sauerstoff.

Sie ging zu Candela in die Küche, und ihr schlug der unerträgliche Geruch von Essig entgegen, mit dem die Peruanerin so gut wie alles saubermachte. Während sie gegen einen aufsteigenden Brechreiz ankämpfte, sagte sie der Haushälterin, sie gehe jetzt ins Städtchen. Sie solle das den Schwiegereltern ausrichten, wenn diese vom Nachmittagsschlaf aufwachten. Sie wolle im Rathaus nachfragen, ob man schon etwas über den Termin der schriftlichen Prüfung wisse, und danach mit Ruggero zusammen nach Hause kommen. Wenn sie sich beeile, könne sie noch den Bus um drei Uhr nehmen. Die Haushälterin war im Lauf der Zeit so herrschsüchtig geworden, dass Mariolina sich verpflichtet fühlte, ihr immer alles zu erklären.

»Ist das Rathaus denn jetzt überhaupt geöffnet?«

»Ja.«

»Nicht nur am Vormittag?«

Nein, nicht nur am Vormittag, es sei außer donnerstags auch immer nachmittags geöffnet. Sowieso sei dies nur für das Publikum wichtig, sie selbst könne hinein, wann sie wolle, und ihre Ex-Kollegen besuchen, schließlich habe sie dreißig Jahre dort gearbeitet.

All diese Rechtfertigungen! Auch das war ein Grund, schnell wieder berufstätig zu werden.

Auch in der Familie Saltalamacchia träumte man den Alptraum des Bibliothekswesens. Die beiden älteren Zwillinge bereiteten sich auf die Prüfung vor, mit viel Mühe und wenig Begeisterung. Wenn sie Lust aufs Lernen gehabt hätten, wären sie auf die Universität gegangen, sagten sie beide, und wenn sie gewusst hätten, dass es so schwierig sei, hätten sie sich niemals beworben. Ihre Mutter aber war der Meinung, dass dies eine hervorragende Gelegenheit war, und diejenige der beiden, die es jetzt nicht schaffte, könne sicher die nächste offene Stelle bekommen. Was sollte die Bibliothek auch mit nur einer einzigen Angestellten anfangen? Sie habe außerdem fast hundert Euro für Bücher ausgegeben, und jetzt sollten die Schwestern aufhören zu schwätzen und diese gefälligst auch benutzen.

»Los, an die Arbeit, ihr beiden!«, befahl sie, denn sie hatte von ihrer Autorität nichts eingebüßt.

Sie war fest davon überzeugt, dass eine ihrer Töchter es schaffen würde. Auch dank der Intervention ihres Mannes, der gerade heute nach Borgo Propizio gefahren war, um den zuständigen Leuten seine Töchter zu empfehlen.

»Angenommen, tausend Leute bewerben sich auf eine einzige Stelle, da ist es schon besser, man sorgt vor. Für alles, was Papa für das Städtchen getan hat, ist ihm der Bürgermeister zu Dank verpflichtet. Stimmt's, Bartolo?«

Bartolo schaute seine Mädchen an, die sich unwillig in ihre Zimmer begaben. Er nickte seiner Frau zu und tat überzeugt. Wie war es möglich, fragte er sich schuldbewusst, dass er sich bei allem, was er an Darlehen zahlte – es fehlten noch fünf Jahre, bis alles abgezahlt war, sechzig Raten von jeweils 529 Euro pro Monat –, nie so wirklich an seinem Haus erfreuen konnte? Er hasste den freien Nachmittag, weil seine Frau ihm dann immer irgendwelche lästigen Aufgaben übertrug. Dabei hatte er doch eigentlich das Recht, den ganzen Tag im Bett zu bleiben oder zu Hause herumzuhängen, wenn er die Nacht in der Kaserne verbracht hatte, gerade die letzte Nacht, in der er eine Bande von Hooligans verhört hatte. Wozu hatte er das Sofa mit der elektrisch verstellbaren Rückenlehne gekauft, das Fußbänkchen und das Tischchen, um die Zeitungen abzulegen, das neue Rätselheft und Rhabarberbonbons zum Lutschen, die er so gern mochte. Und wozu hatte er den Fernseher mit über vierzig Programmen? Lauter nutzlose Schulden, jedenfalls hatte er nichts davon, er musste immer nur zahlen. Auf das Sofa, falls es überhaupt frei war, durfte er sich nur setzen, wenn er eine Wolldecke darüber gebreitet hatte (nicht etwa um sich selbst zuzudecken, durfte er sie nehmen, keineswegs, auch wenn ihm eiskalt war), es war nämlich pfirsichfarben und wurde leicht schmutzig. Fernsehen durfte er, so viel er wollte, allerdings bestimmte seine Frau das Programm. Der Maresciallo fühlte sich daher zu Hause ziemlich eingesperrt. Da konnte er auch gleich in der Kaserne bleiben.

Doch heute Nachmittag war er unterwegs nach Borgo Propizio, um den Bürgermeister zu besuchen, den Termin hatte seine Ehefrau mit der Sekretärin des ersten Bürgers der Stadt gemacht (er hätte so etwas nie getan).

Der Ingenieur und Bürgermeister Rondinella würde sich niemals als undankbar erweisen, hatte Adelaide Saltalamacchia prophezeit, auch wenn die große Tat des Maresciallo unter der letzten Kommunalverwaltung stattgefunden hatte. So wie seine Ehefrau es sich gewünscht hatte, verlief das Gespräch aber nicht, denn es ging um ein ganz anderes Thema.

In den letzten Tagen hatte der Maresciallo das Jugendgericht aufgesucht, und zwar wegen des Sohns der ermordeten Irene, der im Moment in einem Kinderheim untergebracht war. Dort hatte er den Bürgermeister von Borgo Propizio getroffen, der den zuständigen Richter kannte, sie schienen sogar enge Freunde zu sein. Deshalb traf er sich heute unter Missachtung der Erwartungen seiner Ehefrau wegen etwas ganz anderem mit dem Bürgermeister. Cesare hatte einen Adoptionsantrag für den verwaisten Jungen gestellt, und nun bat der Maresciallo Rondinella, ein gutes Wort bei dem zuständigen Beamten einzulegen, damit die Akte schnell bearbeitet würde. Im Gegensatz zu den Ermahnungen seiner Frau bat er nie um persönliche Vorteile, das widersprach seiner Natur. Niemals hatte er Nutzen aus seiner Uniform gezogen. Diesmal machte er eine Ausnahme wegen des Jungen und weil er sich im Grunde seines Herzens gegenüber der armen Frau schuldig fühlte und auch gegenüber Cesare, da er nicht begriffen hatte, wie schwerwiegend der Fall war.

Der Bürgermeister rief sogleich bei dem zuständigen Beamten an, der sich recht aufgeschlossen zeigte. Er würde, sobald er die Nachricht vom Sozialamt erhielte, den Fall bevorzugt behandeln und Druck machen.

Zum Abschied tauschten Bartolo und Felice – Letzterer hatte vorgeschlagen, sich zu duzen – einen kräftigen Händedruck aus. Danach schaute der Maresciallo bei Tranquillo Conforti vorbei, der ihm sagte, er fühle sich durch den Besuch geehrt, und noch einmal versicherte, wie sehr er sich freue, dass Bartolomeo Saltalamacchia zu den Autoren gehöre, die beim Festival zu Beginn des Herbstes mitwirkten. Dieses Ereignis werde mit großem

Aufwand vorbereitet, und Borgo Propizio könne sich danach durchaus als europäische Kulturhauptstadt bewerben.

Nach diesen zwei erfolgreichen Begegnungen stieß der Carabiniere bestens gelaunt vor dem Rathaus auf Mariolina, die die gewünschte Auskunft nicht bekommen hatte. Es sei noch keine Kommission gebildet worden, und niemand wisse, wann die Prüfung stattfinde. So sehe sie nun endlose Tage mühsamen Lernens vor sich. Dann sei ihr auch noch der letzte Bus ins Tal vor der Nase weggefahren. Sie habe zu viel Zeit in der Milchbar und dann beim Plaudern mit früheren Kollegen verloren.

Bartolo bot ihr an, sie zu fahren, zumindest ein Stück des Wegs. Auch er sei spät dran und müsse in die Kaserne. In jeder Kurve auf der Strecke hügelabwärts lag ihm Mariolina mit dem Examen in den Ohren: wie gut es für sie sei, wenn sie nur einen Fürsprecher hätte (sie redete wie seine Frau), Bibliothekswesen sei eine schwierige Materie (diesmal wie seine arbeitsscheuen Töchter), es sei ja nur eine Stelle in der Bibliothek zu besetzen (schon wieder wie seine Frau). Dann fragte sie ihn, wie weit seine Töchter mit der Vorbereitung seien, welche Bücher sie sich besorgt hatten, ob sie es allein machten oder zu einem Lehrer gingen, dass sie selbst keinen gefunden habe. Bartolo gab ihr seine Privatnummer. Dann könne sie mit seiner Frau sprechen, er wisse solche Details nicht. Jetzt müsse er allerdings weiter. Am Stand der Sonne, die sich gerade in einen orangeroten Ball verwandelte, so kunstvoll, dass sie wie gemalt aussah, erkannte er, dass es sieben Uhr sein musste. Seit ihm vor dreißig Jahren die Sache mit der falschen Rolex passiert war, hatte der Maresciallo Armbanduhren von seinem Handgelenk verbannt, und so orientierte er sich vor allem an seiner biologischen Uhr und an der Natur.

»Ich hab noch etwas vergessen …«, hörte Mariolina Bartolo aus dem Autofenster sagen, nachdem sie schon weitergegangen war. »Sag Ruggero bitte, dass wir das Problem mit dem Jungen gelöst haben. Ich rufe ihn noch an.«

Mariolina erstarrte. Diese Worte brachten sie auf einen schlimmen Gedanken, den sie mühevoll beiseitegeschoben hatte, seit …

»Welcher Junge?«, fragte sie, aber der Fiat Multipla war bereits losgefahren, und sie konnte den Carabiniere nicht mehr erreichen. Dabei hätte sie dies eigentlich ihren Mann fragen müssen, wenn sie nur den Mut dazu gehabt hätte.

Das war im Grunde wichtiger als Bibliothekswesen.

24

Eine denkwürdige Vorladung

»Auch wenn man bedauert, dass Kinder auf die schiefe Bahn geraten und wie in diesem Fall zerbrechen, muss man doch anerkennen, dass der Stoff des Lebens nicht einfach gewebt ist. Man kann ihn nicht immer flicken.«

Offenbar hatte die kurzsichtige Sozialarbeiterin mit dem Eulengesicht und der monotonen Stimme ein ganzes Buch zu dem Thema gelesen: Die Vorladung, die dank Intervention des mit Bartolo befreundeten Richters schon nach wenigen Tagen stattfand, würden Cesare und Claudia nicht so schnell vergessen.

Ein solcher Schritt sei sicher edel und großzügig, fuhr die Frau fort, deren Augen durch die Brille riesengroß wirkten, abgesehen davon, dass sie sich nach den Motiven für einen solchen Schritt frage, auch wenn es ihr fern läge, diese kennenlernen zu wollen, aber immerhin sei dies hier ein besonders heikler Fall: ein Waise von zwei ermordeten Eltern, die beide von Kriminellen blutrünstig umgebracht worden seien! Für eine Adoption hätten sie schließlich auch nach anderen Kindern Ausschau halten können. Sie hätte sie beraten können. Und zwar ganz unvoreingenommen, da könnten sie sicher sein, denn für sie seien alle Adoptivkinder gleich viel wert. Jetzt aber hätten die Herrschaften ja ihre Wahl getroffen, und sie habe den Eindruck, dass sie sich besonders hartnäckig gerade für diesen Jungen interessierten. Gewiss sei es wichtig, diese armen Kinder und Jugendlichen, die im Heim lebten, zu retten, denn der Staat könne ja nicht alles für sie tun. Und wenn jedes Kind, das eine Familie finde, nicht mehr sei als ein Tropfen im großen Meer, dann müsse man sich doch vor Augen führen, dass das Meer nun mal aus lauter Tropfen bestehe. Entscheidend sei, dass das Jugendgericht feststelle, ob die Adoptiveltern in der Lage seien, das Adoptivkind zu unterhalten und zu erziehen. Sie müssten mindestens drei Jahre verheiratet sein und achtzehn bis fünfundvierzig Jahre älter als das Kind sein.

Zudem sei es wichtig, dass die Herrschaften wüssten, dass das Adoptivkind den Status eines legitimen Kindes habe, ihren Namen erhalte und auch weitergeben dürfe. Sie müssten auch wissen, dass dadurch jede Bindung an die Ursprungsfamilie unterbunden sei. Man könne freilich einwenden, dass der Apfel nicht weit vom Stamm falle, aber dies treffe hier wohl nicht zu, das sei ihr nur so rausgerutscht. Wenn das Adoptivkind fünfundzwanzig sei, könne es seine Verwandten kennenlernen und auch etwas über seine biologischen Eltern erfahren. Dies sei vom Adoptionsgesetz so festgelegt und das Sorgerecht und so weiter und so weiter.

Cesare unterbrach sie schließlich: »Danke für Ihre Erklärungen, die in unserem Fall allerdings keine große Hilfe sind. Der Junge, den wir ausgesucht haben, kennt seine Ursprungsfamilie bereits. Und wir kennen diese Gesetze.«

»Mein Mann ist Anwalt«, fügte Claudia hinzu.

»Nun gut«, sagte die Sozialarbeiterin, bedachte sie beide abwechselnd mit prüfenden Blicken und setzte dann unerschüttert ihre Rede fort.

Ihre Entscheidung sei außerordentlich großzügig. Wer würde schon gerne einen Jugendlichen von dreizehn Jahren nehmen. Alle wollten kleine Kinder. Genaugenommen hätten auch sie … nicht gerade ein Neugeborenes, aber ein etwas älteres schon. Sie sollten sich aber nicht täuschen, die Kinder seien nicht formbar, seien kein unbeschriebenes Blatt, manche hätten unsichtbare Verletzungen, das wisse man nie, und lebhafte Erinnerungen, an denen sie festhielten. Im Charakter könne man ein kleineres Kind ja noch ein wenig formen, aber einen Jugendlichen mit Sicherheit nicht. Sie würden es vielleicht nicht glauben, aber da warte sicher so manche Überraschung auf sie. Wie oft habe sie schon Leute erlebt, die aufgaben und die Dinge wieder rückgängig machten! Um Klartext zu reden, so wie die Dinge lägen, was für eine Hoffnung habe dieser vom Unglück geprägte Junge denn schon? Er würde volljährig werden, eingesperrt in eine Anstalt, und käme dann heraus, allein und auf die Welt angewiesen. Und wenn die Welt, die auf ihn wartete, die der Eltern sei – ein krimineller Vater und eine Mutter, der man wenig Gutes nachsagen könne –, dann sei sein Schicksal besiegelt. Aber jetzt stehe ihm großes Glück bevor. Das sei gut. Aber sie, waren sie sich dessen, was sie vorhatten, auch bewusst? Auch des Motivs, aus dem heraus sie diesen Schritt gingen, und ohne weiter darauf eingehen zu wollen, warum taten sie es überhaupt?

Claudia antwortete mit schneidender Stimme, die Mutter des Kindes sei eine Freundin gewesen, niemals sei sie die Liebhaberin eines anderen Vorbestraften gewesen, wie die Sozialarbeiterin behaupte, auch wenn dies gewiss nicht ihre Angelegenheit sei. Sicher sei es nützlich zu wissen, dass die arme Frau aus Liebe geheiratet, aber Pech gehabt habe, und der Mörder, der sie verfolgt habe, ein Wahnsinniger sei. Die Zeitungen hätten ohne jedes Recht Irene als sündige Bathseba dargestellt.

»Deshalb bitte ich Sie auch aufgrund der Funktion, die Sie ausüben, sich künftig anders auszudrücken und die Erinnerung an die Mutter dieses ›vom Unglück geprägten‹ Jungen nicht zu beschädigen. Der hat übrigens auch einen Namen, wie Sie der vor Ihnen liegenden Akte entnehmen können.«

Es sei nicht ihre Aufgabe, ihnen vorzuschreiben, was ihre Rolle sei, fügte Cesare hinzu, der mit Mühe seine Empörung zurückhielt.

Als sie das staubige Büro des Sozialamts verlassen hatten, brauchte Claudia einen Kamillentee, so nervös hatte diese Frau sie gemacht. Cesare trank einen Kaffee. Sie waren beide nachdenklich und schwiegen.

Als sie im Auto saßen, bat Claudia ihren Mann, sie zu Letizia zu fahren, die das mittelalterliche Essen nicht besonders gut vertragen hatte und mit einer »Hühnerallergie« im Bett lag. Danach wollte sie noch in der Milchbar vorbeischauen. Cesare machte den Umweg und fuhr dann weiter ins Büro. Abends wollte er Claudia wieder abholen.

»Tante, aber dir geht es ja blendend! Warum hast du mir erzählt, du hättest …«

Claudias Stimme war ihr Ärger anzumerken.

»Ich muss mit dir über deine Tochter reden. Wenn sie dabei ist, schaffen wir das nie. Aber erzähl mir erst mal von heute Morgen.«

»Das war eine denkwürdige Vorladung, diese Sozialarbeiterin, ich weiß nicht, sie war dagegen.«

»Gegen euch?«

»Gegen den Jungen, glaube ich. Sie hat uns davon abgeraten, und zwar auf eine Weise, die ich gar nicht wiederholen will.«

»Und dann?«

»Der Richter ist jedenfalls auf unserer Seite, jedenfalls hat Bartolo das zu Cesare gesagt. Dann hat sie noch vom Adoptionsgesetz gesprochen, na ja, die Mühlen der Bürokratie mahlen langsam. Das kann noch dauern.«

»Hoffen wir, dass es so schnell geht wie möglich. Der arme Junge!«

»Jetzt warten wir darauf, ihn kennenzulernen. Wir hoffen auch, dass es schnell geht.«

»Und der Mörder?«

»Der hat bald seinen Prozess. Cesare meint, er bekommt zwanzig Jahre, vielleicht weniger.«

»Und dann kriegt er Bewährung …«

»Na ja, vertrauen wir mal auf die Gerechtigkeit der Justiz. Was wolltest du mir denn über Belinda sagen? Muss ich mir Sorgen machen, weil du mich unter falschem Vorwand hierher gelockt hast?«

»Deine Tochter war neulich ganz aufgewühlt. Sie fühlt sich offenbar von einem jungen Mann betrogen. Betrug! Was für ein starkes Wort!«, rief Letizia aus und stieß einen tiefen Seufzer aus. Dann erzählte sie, was Belinda ihr berichtet hatte, was sie gesehen hatte, aber vor allem, was sie vermutete. »Sie hat, glaube ich, einen Verehrer abblitzen lassen, den sie für einen Gutscheindieb hält. Ich weiß nicht genau, was passiert ist, doch ich habe gesehen, wie sie sich abends auf der Piazza gestritten haben, und dann ist er weggefahren, und sie stand da bei den Mülltonnen.«

»Und dann?«

»Sie kriegte einen hysterischen Heulanfall, der überhaupt kein Ende nahm. Ich habe allerdings gehört, dass er sie eine sauertöpfische Jungfer genannt hat. Das vergisst man nicht so schnell.«

»Ach, meine süße Kleine ... Aber manchmal ist Belinda ja auch wirklich schwierig. Weißt du denn, wer der junge Mann ist?«

»Nein, ich habe Dora schon gefragt, aber sie kennt ihn nicht. Ich habe auch Elvira angerufen und um den heißen Brei herumgeredet, damit sie nicht herausfindet, was ich eigentlich wissen wollte. Sonst hätte Ornella alles gleich brühwarm Belinda weitererzählt. Elvira wusste aber auch nichts. Ich weiß nicht, wen ich sonst noch fragen könnte. Wir kennen nur seinen Namen, aber ich habe den Eindruck, dass er kein Tourist ist.«

»Wie heißt er denn?«

»Francesco.«

»Genau wie Onkel Franchino.«

»Allein deshalb ist er mir schon sympathisch.«

25

Letizia

Nachdem Claudia gegangen war, öffnete Letizia die Vorhänge und ließ den Blick über die Landschaft hinter ihrem Haus schweifen. Frühlingshafte Freude erfüllte ihr Herz. Diese Ecke des Esszimmers war ihr Lieblingsplatz, hier hatte sie eine unbezahlbare Aussicht durch das große Fenster. Das Fenster in der Erkerwand war eine besondere Idee des ersten Architekten von *EdilBorgo*, der die gesamte Anlage so geplant hatte. Dann stellte sich heraus, dass die Ausführung zu teuer wurde, und Ruggero hatte sie aus dem Plan gestrichen, so dass alle anderen Wohnungen keine Erker hatten.

Als Letizia sich entschlossen hatte, nach Borgo Propizio zu ziehen, hatte sie schnell die letzte Wohnung erworben, die noch dieses besondere Fenster hatte, in der dritten Etage im vorletzten Stock. Eigentlich hätte sie lieber eine Parterrewohnung mit kleinem Garten gehabt, doch die waren als Erste fertig gewesen.

Jetzt setzte sie sich an ihren alten Sekretär und nahm Papier und Stift zur Hand. Obwohl sie der Meinung war, technologisch voll auf der Höhe zu sein, schrieb sie ihre Texte, bevor sie sie in den Computer eingab, zunächst mit Kugelschreiber. So bereitete sie ihren nächsten Schreibkurs vor.

Sie stellte mit Freuden fest, dass stetige Übung den Stil der Teilnehmer verbessert hatte, und dass sie jetzt längere Texte schreiben konnten. Einige waren so gut, dass man sie ohne Weiteres an einen Verlag hätte schicken können. Manche Teilnehmer allerdings verharrten zu sehr im Autobiographischen und glaubten, ihr eigenes Leben sei einen Roman wert.

»Doch die Wirklichkeit hat einen geradezu teuflischen Einfluss auf die Phantasie, und deshalb ist es besser, sich auf den Pfad phantastischer Geschichten zu begeben. Wir haben so viele in uns, die nur darauf warten, endlich in die Freiheit entlassen zu werden«, sagte Letizia ihren Schülern oft und ermutigte sie, Texte zu schreiben, die sie aus dem Alltagsleben befreiten. Schreiben war für sie eine exzellente Therapie. Deshalb wollte sie in der nächsten Stunde über Märchen sprechen.

In allen Ländern, allen Häusern waren Märchen immer das ideale Futter jeglicher Phantasie. Sie nähren den Geist so, wie Zärtlichkeit die Seele ernährt und die Speise den Körper. Märchen, Zärtlichkeit und Essen, dies sind drei unentbehrliche Elemente für die Entwicklung von Kindern, aber auch für Erwachsene sind sie notwendig. Der Hunger und der Wunsch nach Zärtlichkeit kann ebenso wenig unterdrückt werden wie der nach Geschichten, in denen Ängste, Wünsche und Träume zum Ausdruck kommen.

Seit es die Welt gab, gab es diese Geschichten, und in ihnen lebten Helden, Ungeheuer und Hexen, Kobolde und Feen, sprechende Tiere, manchmal böse und manchmal gute Geschöpfe, mal dumm, mal schalkhaft, die erstaunliche Taten vollbringen. Tische decken sich von selbst, und im Geschirr findet sich köstliches Essen, dazu guter Wein, aber manchmal verschwindet wie durch Magie alles wieder von den Tellern und aus den Gläsern.

Letizia leitete jeden Kurs mit einer kleinen Rede ein, dann war es wie früher, als sie noch in der Schule unterrichtete und Dutzende Augenpaare konzentriert auf sie gerichtet waren. Danach las sie immer einen kleinen erzählenden Text vor, der als Vorbild für die Schüler dienen sollte, und dafür wählte sie oft ein kurzes Märchen aus, *Franchettos Spumini*, das sie selbst geschrieben hatte – neben zahllosen Briefen, Sätzen, Märchen und Gedichten – für ihren geliebten Ehemann, ihren Franchino, der ihr manchmal so sehr fehlte, dass es ihr den Atem nahm.

Sie hob im Kleiderschrank noch seinen Hochzeitsanzug auf, grau und mit Weste. Sie hatte es einfach nicht über sich gebracht, ihn wegzuwerfen. Eine Zeitlang nach seinem Tod brachte sie ihn noch regelmäßig zur Reinigung, bis die mitleidigen Blicke der Inhaberin sie schließlich davon abhielten.

Franchinos bevorzugter Nachtisch bestand aus kleinen Baisers mit Nüssen, die sie beide sehr gern mochten. Sie hatte sie schon lange nicht mehr gebacken, aber jetzt sehnte sie sich danach. Genauso wie sie sich nach einer heftigen Umarmung sehnte.

Oh ja.

Manchmal kam es ihr vor, als opfere sie sich ständig für andere auf, ohne dass je einer etwas für sie täte. Manchmal war sie es leid, der sichere Fels, der schattenspendende Baum, der rettende Engel, der Hofnarr zu sein.

Sie ging in die Küche. Sie wusste, dass sie alle Zutaten da hatte: Eier, Butter, Puderzucker, Mehl, getrocknete Früchte, die sie stets vorrätig hatte, denn es hieß immer, ein paar davon pro Tag verhinderten Schlaganfall und Herzinfarkt. Sie wollte also die *Spumini* herstellen, sich etwas Zeit für sich gönnen und so viele essen, wie sie wollte, trotz Cholesterin und ärztlicher Mahnungen. Was übrig blieb, konnte sie ihrer Nachbarin schenken, einer jungverheirateten Frau, die wie viele andere eine Wohnung im Tal gekauft hatte.

»Oh Franchino«, seufzte sie, während sie die Eiweiße mit Zucker schlug, »es ist schwer ohne dich.«

Da kam ihr wieder Belinda in den Sinn. Wenn ihre Nichte so weitermachte, hatte sie eine Zukunft in bitterer Einsamkeit vor sich, nicht eine süße, nahrhafte wie sie selbst, bei der sie manchmal ihrem lieben Ehemann ganz nahe kam und ihre alte, ewige Innigkeit noch spürte.

»Wer weiß, ob der junge Mann sich je noch mal blicken lässt.«

26

Was man sich auf der Piazza erzählt

Hätte Letizia gewusst, dass Francesco gerade in diesem Moment das Rathaus verließ und über die Piazza ging, hätte sie sich wohl keine Sorgen mehr gemacht.

Oder vielleicht umso mehr?

Belinda war von hinten in ihren Laden gekommen, über die Steintreppe, die zum Innenhof führte, und hatte gerade die große Eingangstür geöffnet. Dann räumte sie die Vitrine aus, weil sie die neuesten Osterartikel aufbauen wollte. Sie hätte ihn gar nicht gesehen, weil sie ihm den Rücken zukehrte. Als sie Doras Stimme hörte, die »Seit wann?« schrie, wandte sie sich kurz um, merkte aber nicht, dass er es war. Erst als die Kioskbesitzerin den jungen Mann nach einem Schwätzchen am Arm fasste und nur einen Schritt vom Eingang entfernt sagte: »Komm, wir trinken was, ich stelle dir eine liebe Freundin vor«, konnte sie sich nicht mehr in Sicherheit bringen. Sie spürte Wut in sich aufsteigen und zählte bis drei, um Dora nicht zum Teufel zu schicken. Erstens wollte sie ihm nichts zu trinken geben, zweitens hatte sie ihn bereits kennengelernt, und drittens war sie keine liebe Freundin. Belinda wäre am liebsten im Erdboden versunken. Oder sie hätte ein bisschen Maskara genommen und etwas Rouge aufgelegt, nicht um ihn zu beeindrucken, sondern um nicht zu erscheinen wie Aschenputtel am Herd.

Dora war, wenn sie nicht gerade an ihrem unromantischen Ehemann verzweifelte, die Fröhlichkeit in Person und ein Trampeltier dazu.

»Belinda, dies ist Chicco, er kommt direkt aus der Küche des Buckinghampalasts.«

»...«

»Chicco, und das ist Belinda, die noch nicht so lange bei uns im Dorf wohnt, aber hier die poppigste Milchbar aufgemacht hat, die es je gab.«

»...«

Dora war in ihrem Überschwang völlig irritiert, weil die beiden jungen Leute schwiegen.

»Was ist los? Seid ihr stumm?«, fragte sie mit dem Taktgefühl eines Elefanten.

Die beiden sagten »Freut mich«, aber es klang falsch. Dora merkte es nicht oder tat wenigstens so. Dann fragte sie, ob schon die neuen Milchsorten da wären, und bestellte drei Gläser Mandelmilch.

»Erwartet ihr noch jemanden?«

»Nein, die dritte Milch ist für dich, komm, setz dich zu uns!«

»Danke, das geht leider nicht, ich muss die Vitrine fertig machen.«

»Jetzt stell dich nicht so an. Chicco war acht Jahre fort, und er weiß gar nicht, was hier inzwischen alles passiert ist. Er muss unbedingt erfahren, was man sich auf der Piazza erzählt.«

»Ich hab doch gesagt, dass ich jetzt nicht kann«, entgegnete Belinda und belud sich die Arme mit Eiern, Glöckchen und Hühnern aus weißer Schokolade. »Ich bin beschäftigt«, erklärte sie gereizt.

Jetzt konnte man ihr erst recht vorwerfen, sauertöpfisch zu sein, aber es war immer noch besser, alte Jungfer zu heißen, als mit einem lächerlichen Babynamen benannt zu werden.

Chicco.

Wie peinlich war das denn?!

Ohne 39 Grad Fieber wäre Marietta nicht im Bett geblieben, und nur weil sie die Grippe hatte, verließ sie nicht das Haus. Drei Tage ging es ihr schon schlecht, doch im Grunde genoss sie es, sich alle möglichen Fernsehsendungen anzuschauen. Früher war das eine Lieblingsbeschäftigung von ihr gewesen, als sie noch zu Hause Häkelarbeiten machte, ohne hinzuschauen. Die Arbeit im Laden aber, in die sie sich vor ein paar Jahren mit aller Energie gestürzt hatte, und ihr Bed & Breakfast hatten ihre Gewohnheiten radikal verändert. Doch ab und zu sehnte sie sich nach den alten Zeiten zurück.

Trotz der ganzen Arbeit hatte sie eine Gewohnheit beibehalten. Jeden Nachmittag zwischen zwei und drei sah sie ihre Lieblingssendung *Begegnungen im Garten*, eine Art Heiratsvermittlung, bei der zwei Personen, die zueinander zu passen schienen, sich kennenlernen und vielleicht sogar ein Liebesverhältnis einfädeln konnten. Die Moderatorin war das bekannte Gesicht eines Lokalsenders, und trotz einer Trennung hatte sie weder Sanftheit noch Heiterkeit eingebüßt, und die übertrug sie auf ihre Gäste. Das Studio war wie ein Garten hergerichtet, luftig und märchenhaft. Das Paar wurde von einem wandelnden Baum hereingeführt, und wenn die Begegnung positiv endete, war er voller Blüten, die der Mann am Ende pflückte und der Frau überreichte. Zuerst aber wurden die beiden sich und dem Publikum vorgestellt, dem sie kurz von ihrem Leben und ihren Erwartungen erzählten. Um sich besser kennenzulernen, wurden sie gebeten, sich in eine Laube zu setzen, wo sie, während Teleshopping lief, miteinander plaudern und etwas trinken konnten. Die Sendung gab es seit über zehn Jahren und konnte sich rühmen, bereits tausend Paare vermittelt zu haben, dazu ein paar Singles, die wiederkamen und es noch mal versuchten. Wer nach einer hier entstandenen, aber später gescheiterten Beziehung wiederkam, hatte Priorität vor den neuen Teilnehmern. Die Moderatorin wies in jeder Sendung darauf hin, dass sie einen Kampf gegen die gefährlichen Begegnungen führe, die durch das Internet zustande kommen könnten (bei ihren Gästen habe man die Dinge unter Kontrolle), und deshalb habe sie großes Misstrauen gegenüber virtuellen Begegnungen und sozialen Netzwerken. Ihre eigene Sendung führte sie bedenkenlos weiter. Der Zuspruch des Publikums gab ihr Recht.

Marietta betonte immer, wie gut es ihr gehe, dass sie sich in ihrem Alter niemals mit einem Mann zusammentun würde und auch keinen in ihrem Haus haben wolle. Sich zu verlieben sei etwas für Jugendliche. Manchmal sagte sie zu ihrer Schwester – und hier konnte sie richtig biestig werden: »Sieh dich an, du bist unglücklich und depressiv. Und wozu das Ganze? Wegen eines Rings am Finger? Also wirklich.« Deshalb konnte sie niemandem erzählen, dass sie sich bei *Begegnung im Garten* beworben hatte. Und zwar per Einschreiben mit Rückschein, um sicher zu sein, dass der Brief auch ankam. Eines Tages hatte sie sogar dort angerufen, um zu fragen, wann man denn gedenke, sie einzuladen. Die Telefonistin war sehr nett gewesen, hatte sie eine Weile warten lassen, um nachzuschauen, und ihr versichert, sie stehe auf der Liste und brauche nicht mehr lange zu warten. Da sie täglich mehr als hundert Schreiben erhielten, manchmal sogar von weither, da man die Sendung ja auch *streamen* könne – Marietta hatte nicht genau verstanden, was sie damit meinte, aber die Frau hatte es ihr gleich erklärt. »Mit dem Computer.« Aber es fehle nicht viel, Marietta sei bald dran, und eine wunderbare Liebesbegegnung warte schon auf sie. Marietta hatte sich bereits ein passendes Kleid gekauft, nicht zu elegant und nicht zu sportlich, nicht zu raffiniert und nicht zu einfach, nicht zu bunt und nicht zu dunkel. Aber allmählich kam es aus der Mode. Sie wollte ja auch nicht heiraten, um Himmels willen, nur … Es hätte ihr gefallen, einen Freund zu finden, mit dem sie reden und ab und zu zum Essen ausgehen konnte (allerdings würde sie ihr Essen selbst bezahlen), aber unter der Bedingung, dass beide ihre Wohnungen behielten. Also eine Art Seelenfreund.

Marietta hatte auch schon jemand im Visier, aber das wagte sie kaum sich selbst einzugestehen. Es war nur so eine Idee, doch sie kam ihr immer wieder in den Sinn.

Ganz leise und allmählich hatte sich dieser Gedanke eingeschlichen, als sie traurig den Zahnstocher neben den legte, den Mariolina nicht mehr benutzte, als ihr die Abwesenheit der Schwester ihre Abende unendlich ausdehnte, als sich das Städtchen wiederbelebt hatte und abends die Paare auf dem im Pfauenmuster gepflasterten Platz spazieren gingen. Und natürlich, als sie merkte, dass er ihr hinter den Küchenfenstern zulächelte.

Auch wenn sein aufrichtiges Lächeln immer noch dasselbe war wie in der Kindheit, konnte man nicht sagen, dass er etwas mit dem kleinen dicklichen Jungen gemein hatte, mit dem sie im christlichen Kindergarten gespielt hatte. Nicht nur mit ihm, auch mit Mariolina und ihren Freundinnen. Er war der einzige Junge gewesen, der nicht immer rief: »Wie blöd sind doch die Mädchen!« Der einzige, der nicht das dumme Spiel machte, ihnen die Röcke hochzuheben und dann wegzurennen. Vielmehr war er gerne bei den Mädchen, war immer nett, ernst, höflich und hilfsbereit. Er half ihnen sogar, die Barbiepuppen anzuziehen. Ein echter Freund. Wie oft hatte sie ihn gegen die dummen Jungen verteidigt, die sich wegen seines Namens und Nachnamens über ihn lustig machten. Was gab es da zu lachen? Marietta erinnerte sich, dass sie ein altes Foto besaß, das auf dem Kirchplatz beim Besuch eines Kardinals aufgenommen worden war. Sie hatte das ganze Haus auf den Kopf gestellt, um es zu wiederzufinden. Jetzt lag es auf der Kommode, und sie betrachtete es zärtlich und aufmerksam. Mit derselben Zärtlichkeit, mit der er sie seit dem ersten Mal am Küchenfenster angelächelt hatte, und mit derselben Aufmerksamkeit, mit der er ihr an den Tagen vor der Stichwahl in die Augen gesehen und ihr den unvergesslichen Satz gesagt hatte.

Felice weiß, wie er dich glücklich machen kann.

Sein erfolgreicher Wahlspruch, den Marietta vielleicht etwas zu persönlich genommen hatte.

Marietta hatte wie die meisten anderen für ihn gestimmt, und er hatte den Ort und folglich auch sie und den Rest der Bevölkerung ja auch wirklich glücklich gemacht. Als er nach der Wahl auf die Piazza kam und allen die Hand gab, war auch sie hingegangen, um ihm guten Tag zu sagen, und er hatte weiterhin gelächelt, aber kein Zeichen der Erinnerung erkennen lassen. Es war ja einfach viel Zeit vergangen, vierzig Jahre, seit Felice zum letzten Mal zu den Großeltern in die Ferien gekommen war, bevor diese starben. Was hatte er danach gemacht? In der Biographie auf der Rückseite der Flugblätter für die Wahl hieß es, er sei Ingenieur geworden, habe auf der halben Welt Baustellen geleitet und sei jetzt zu den Wurzeln zurückgekehrt, in das geliebte Dorf seiner Großeltern.

Nach dem, was man sehen konnte, war er ohne Frau an seiner Seite zurückgekommen. Hätte es eine gegeben, wäre sie jetzt die First Lady von Borgo Propizio, wenn er eine Frau hätte, die außerhalb lebte, wäre sie früher oder später in dem Städtchen aufgetaucht. Und die Kioskbesitzerin, die immer auf Neuigkeiten aus war und den besten Beobachtungsposten innehatte, hätte sofort davon berichtet. Ein gutaussehender Mann, hager, hochgewachsen, elegant, mit feinen Zügen, das Haar noch immer schwarz. So eine Verschwendung! Aber vielleicht waren Doras Gerüchte einfach nicht bis zu ihr vorgedrungen, weil sie so beschäftigt war mit der Firma und ihrer Zimmervermietung. Heute aber ging es ihr etwas besser. Sie würde zum Friseur gehen und morgen bei Dora vorbeischauen und sie ein bisschen ausfragen.

Um zu erfahren, was man auf der Piazza so redete.

27

Dora will sich verändern

Der Duft des Kaffees verbreitete sich im Raum. Ornella saß am Küchentisch und hatte als Erstes damit begonnen, die Druckfahnen der *Stimme der Burg* Korrektur zu lesen. Sie biss in ein getoastetes Marmeladenbrot. Leider war die Marmelade aus Amarenakirschen alle, die sie am liebsten mochte. Solange sie die Pfirsichkonfitüre nicht aufaß, würde ihre Mutter keine neue kaufen.

Die neue Ausgabe der Zeitschrift war mit »Kultur liegt in der Luft« überschrieben. In dem entsprechenden Artikel wurde das Kulturprogramm angekündigt, das die Kommune für den Sommer vorgesehen hatte. Höhepunkt war das Wochenende des Herbstanfangs mit einem ganz besonderen Ereignis, dem »Festival unter den Sternen«. Ornella lächelte zufrieden. Der Brückenschlag von dem kleinen Städtchen zum großen Weltall war gelungen und verlieh allem eine ganz andere Dimension, fand sie. Dann folgte die Liste der besonderen Events – Einweihung der Bibliothek, Buchpräsentationen, szenische Lesungen, Verkostungen, Musikanten, Gaukler. Anschließend das Krimi-Dinner: Bei dem erlesenen Essen konnten die Tischgenossen ihre Fähigkeiten als Spürnasen unter Beweis stellen, Hinweise erkennen, Indizien entdecken, die Tatwaffe ausfindig machen und den Schuldigen verhaften. Preis war ein kostbarer Gegenstand. Um freien Eintritt zu dem Dinner zu erhalten (auch diese Möglichkeit gab es), musste man ein Formular der Kommune ausfüllen, den Newsletter abonnieren und ein paar literarische Rätsel lösen, die alle Abonnenten hintereinander als E-Mail erhielten. Auf diese Weise, so hatte der Dezernent Conforti Ornella erklärt, konnten sie die Zahl der Teilnehmer eingrenzen, man müsse den Kreis überschaubar halten. »Die anderen können auch dabei sein, müssen aber das Essen dann aus eigener Tasche bezahlen. Wir werden schon die richtige Formel finden, um es ihnen schmackhaft zu machen.«

Auf diese Idee war er selbst gekommen, denn Literatur war sein Feierabend-Hobby, er hatte jahrzehntelang Literatur unterrichtet, er schaffe das schon, sie möge nur bitte die Fahnen lesen.

Und das tat Ornella gerade.

Sie hatte schon den Artikel korrigiert, in dem von der künftigen Bibliothek die Rede war. Sie sollte in dem früheren Audienzsaal und den anliegenden Räumen untergebracht werden. Der Grundriss wurde genau erklärt, ebenso das örtliche Kulturgut, das sich zu betrachten und wertzuschätzen lohnte. In der Passage über den im Tal gelegenen Ortsteil hatte sie auch Druckfehler gefunden. Es ging darin um den Baustopp und seine Folgen und um die baldige Eröffnung einer homöopathischen Apotheke. Das Sportzentrum, das Lieblingskind des Dezernenten für Sport und Tourismus, war durch Bogenschießen erweitert worden; Jung und Alt aus den umliegenden Gegenden oder auch von weither besuchten eifrig die verschiedenen Parcours. Jetzt las sie gerade den Teil, in dem davon die Rede war, die Feier des aus der Antike überlieferten Eselsfestes, nach dem der Ort früher den Namen »Asinaio« getragen hatte, ein weiteres Mal zu verschieben, da es immer noch nicht genug Tiere in der Gegend gab.

»Mama, hast du schon mal von einem Eselsfest gehört?«, fragte sie ihre Mutter, die Signora Elvira, und schob die Blätter beiseite, um einer Tasse Milchkaffee Platz zu machen.

»Ach dieses Zeug! Deine Oma hat mir davon erzählt, und sie sagte immer, es sei die einzige Ablenkung gewesen, als sie klein war.«

»Für die Oma?«

»Auch für deine Uroma. Hier passierte nie irgendwas, und die Bauern waren sehr arm.«

»Ich dachte, es sei etwas viel Älteres.«

»Ja, das Fest muss es schon in der Antike gegeben haben, aber mein Großvater war noch ein Eselhirt. Leider einer der letzten. Meine Mutter hat ihm als Mädchen noch geholfen, die Tiere zu striegeln, sie liebte sie sehr. Heute ist diese schöne Tradition ausgestorben. Ich weiß, die wollen sie wieder aufleben lassen, aber sie haben keine Tiere.«

»Wer hat dir denn das erzählt?«

»Ich habe es gelesen, ich höre nicht auf das Geschwätz der Leute«, sagte die Signora Elvira empört und pustete auf ihre Kaffeetasse. »Sie haben unsere Esel bestimmt an die Leute verkauft, die daraus Füllung für Ravioli machen. Arme Viecher!«

Ornella zeigte auf die Druckfahnen: »Hast du das etwa hier drin gelesen?«

»Nein, wie soll man das entziffern, diese winzige Schrift … Ich habe es in dem Ortsblättchen gelesen.«

»Aber der Artikel ist doch noch gar nicht erschienen. Ich korrigiere ihn doch gerade erst.«

»Das kann nicht sein, Ornella. Es war in der letzten Nummer.«

»Bist du sicher?«

»Ganz sicher. Denkst du, ich bin nicht mehr klar im Kopf?«

Ihre Mutter war aber auch wirklich empfindlich.

»Natürlich nicht, aber wo ich schon diese Arbeit hier mache, möchte ich wissen, was für einen Unterschied zwischen den beiden Artikeln besteht oder ob es vielleicht derselbe ist, wie es schon öfter passiert ist. Gibst du mir mal die alte Zeitung?«

»Ich habe sie gestern weggeworfen.«

»Dann geh ich mal zu Dora und frage sie, ob sie noch ein Exemplar hat«, sagte Ornella und beendete das Frühstück. Während ihre Mutter die leeren Tassen in das Spülbecken stellte, zog sich Ornella an.

Mit dem nächsten Lohn würde sie der Mutter eine Spülmaschine kaufen.

In ihrem neuen Kleid, schön gekämmt und geschminkt ging Marietta zum Rathausplatz. Sie wollte beim Kiosk vorbeigehen, und wenn ihre Informationen stimmten, einen Termin mit dem Bürgermeister (vielleicht empfing er sie auch gleich) vereinbaren, um mit ihm über eine Idee zu sprechen, die ihr in der Nacht gekommen war. Sie wollte nämlich im Herzen von Borgo Propizio eine Filiale von *Fili Fatati Seit 1888* eröffnen mit einem Angebot von ganz neuer, aus Sojafaser hergestellter Kleidung. Oder einen ganz neuen Laden mit einem anderen Namen aufmachen, den es nur in Borgo Propizio gab. Sie hatte sich aufgeschrieben, was sie sagen wollte, und alles auswendig gelernt, denn sie wollte keinen schlechten Eindruck machen, indem sie sich falsch ausdrückte. Da sie nur einen Hauptschulabschluss hatte, fühlte sie sich den anderen immer unterlegen und achtete sehr darauf, dass es keiner merkte. Oft gelang es ihr, die Leute zu täuschen, das wusste sie. Aber ein Diplomingenieur würde sich nicht täuschen lassen.

Das mit dem neuen Laden war nur so eine Idee, eher ein Vorwand. Aber man konnte nie wissen. Jemand hatte ihr gesagt, die Kommune habe Fördergelder zur Wiederbelebung des Ortes. Sie hielt es mit ihrer Teilhaberin nicht mehr aus.

Und so erreichten Marietta und Ornella den Kiosk fast zur gleichen Zeit. Seltsamerweise war er geschlossen. Das war um halb zehn Uhr morgens noch nie vorgekommen! Und das um diese Zeit, als schon eine Touristengruppe auf das Museum zuging! Erstaunt gingen sie zur Milchbar, um dort nachzufragen, aber auch hier kamen sie nicht hinein, weil dort dichtgedrängt die Besucher selbst den kleinsten Winkel bevölkerten und Belinda und Letizia alle Hände voll zu tun hatten.

Sie wussten nicht, was sie tun sollten, und beschlossen zu warten. Glücklicherweise dauerte es nicht lange, denn nach zehn Minuten tauchte Dora auf.

Außer Atem und in düsterer Stimmung.

»Geht es dir nicht gut?«

»Doch, danke, es geht schon«, sagte sie zu den beiden, »ich bin nur furchtbar genervt.« Ornella und Marietta warfen sich einen erstaunten Blick zu. »Ja, genervt. Ich bin das Leben, das ich führe, satt, und wisst ihr, was ich mache? Ich verkaufe den Kiosk. Und dann mache ich unten im Tal ein Nagelstudio auf. Das ist modern, und man kann richtig Geld verdienen. Es ist alles ganz einfach, ganz wenig Investition und alles auf Franchise-Basis. Ich suche mir die beste Firma aus, es gibt sehr viele … Hier komme ich nicht weiter, ich habe nur die Hälfte der Ansichtskarten verkauft, natürlich verdient man nicht viel damit, aber trotzdem. Hier verdienen nur die Souvenirläden was. Warum soll ich nicht auch solchen Schnickschnack verkaufen dürfen? Aber nein, Anweisung der Kommune, innerhalb der Stadtmauer dürfen keine Souvenirs verkauft werden. So ein Unsinn! Sind wir nun ein Touristenort oder nicht?«

»Die Kommune möchte eben eher kulturelle Dinge fördern«, bemerkte Ornella.

»Und was soll ich essen, Kultur vielleicht? Nein, nein, ich mach es mir jetzt einfacher. Heute Morgen war ich schon bei deinem Schwager bei *EdilBorgo*«, sagte die Kioskbesitzerin und sah Marietta an. »Ich nehme den ersten Laden, der frei ist. Auf diese Weise muss ich auch nicht mehr dauernd diese Verrückten da sehen.«

»Wie?«

»Na, die Damen aus der Milchbar«, wiederholte Dora säuerlich und zeigte auf *Via Lattea*.

Die beiden anderen sahen sie erstaunt an. War denn nicht eigentlich der unromantische Arturo immer Doras Problem gewesen?

»Sie machen gemeinsame Sache mit meinem Mann. Der hat heute, um im Bett zu bleiben, so getan, als hätte er Grippe«, fuhr sie fort und antwortete so auf die unausgesprochene Frage. »Man kann es auf diesem Platz nicht mehr aushalten, früher war es viel besser hier, mit der verfallenen Burg, dem Gespenst und so weiter. Jetzt sieht es aus wie in einer Hochglanzbroschüre, und das ist allen zu Kopf gestiegen.«

Sie brauchten gar nicht zu fragen, was passiert war, denn Dora war wie eine schnaubende Lokomotive und spie ihren Ärger hinaus.

»Erst kommt die Jüngere her und sagt: ›Wie konntest du mir nur diesen Betrüger in den Milchladen schicken?‹ Ein Betrüger? Nein, ein ganz normaler Kunde. Er hat nur eine Milch mehr bestellt und sie bezahlt, ohne sie zu trinken. Und dann diese Alte, die immer behauptet, ich sei eine geschwätzige Rentnerin – und das zu mir, wo ich doch nun wirklich überhaupt nichts erzähle, wenn man mich nicht gerade bedrängt. Und jetzt hat sie selbst nach einem gewissen Francesco gefragt und ob ich den kenne? Ha! Sie sollte ihn besser Chicco nennen. So haben wir ihn jedenfalls immer genannt.«

»Chicco? Aber der heißt wirklich Francesco, das kann ich dir bestätigen. Das stand immer auf seinen Schulheften«, sagte Ornella. Als er noch klein war, hatte sie ihm Nachhilfe in Mathe gegeben. »Ist er denn wieder hier? Ich habe ihn noch gar nicht gesehen. Wie lange war er eigentlich weg?«

»Acht Jahre.«

»Was, das ist schon acht Jahre her?«

»Ja. Jetzt arbeitet er bei seiner Mutter im Hotel mit. Er hat mir erzählt, wie er zum ersten Mal zu Harrod's ging und …«

»Entschuldige, Dora, erzähl mir das ein anderes Mal, ich muss los«, unterbrach Ornella sie. Dann ließ sie sich ein Exemplar der *Stimme der Burg* vom letzten Monat geben und ging. »Grüß ihn mal schön von mir!«

Als Ornella gegangen war, warf Dora einen neugierigen Blick auf Marietta, die noch stehen geblieben war. Was ihr gleich auffiel, war die Dauerwelle, das Kleid und auch der Nagellack.

»Gehst du auf eine Hochzeit in diesem eleganten Aufzug?«

»Was ist daran elegant?«, sagte Marietta abwehrend. »Das Kleid war ganz billig.« Das war nur halb gelogen. Sie hatte es von einem Vertreter gekauft und nur die Hälfte bezahlt, doch der ursprüngliche Preis war recht hoch gewesen. Und da vom Fernsehen immer noch niemand angerufen hatte, wollte sie es nicht länger im Schrank hängen lassen.

»Ich muss ins Rathaus.«

»Warum?«

Und die wollte keine geschwätzige Rentnerin sein!

»Wegen … meiner Schwester.«

»Wegen der Bewerbung?«

»Ja, wegen der Bewerbung«, wiederholte Marietta, dankbar, dass die andere ihr die Ausrede geliefert hatte. »Sie lernt wie verrückt, das ist alles ganz schön schwer.«

»Vielleicht braucht sie nur einen Fürsprecher, und dann klappt es.«

Marietta packte die Gelegenheit beim Schopf. »Das glaube ich nicht, der Bürgermeister ist ein seriöser Mann.«

»Kennst du ihn gut?«, fragte Dora lauernd.

»Gut, na ja … wir haben früher im Kindergarten zusammen gespielt, da warst du noch gar nicht geboren. Aber dann ist er nach dem Tod seiner Großeltern lange Zeit nicht mehr hergekommen.«

»War er damals schon so?«

»Wie … so?«

Dora rieb sich am Ohrläppchen. Marietta riss die Augen auf.

»Vom anderen Ufer, meinst du?«

»Ja.«

»Oh …«

»Was ist daran schlimm? Ich überlege auch schon, ob das nicht das Beste für mich wäre. Auf diese Weise schaff ich mir wenigstens Arturo vom Hals.«

28

Mariolinas Sorge

Mariolinas Geist war wie ein Wald, in dem so viele giftige Pilze wuchsen, dass sie kaum noch die anderen sah. Zu gerne wäre sie Letizias Rat gefolgt – lass die schlechten stehen und pflücke nur die guten und brate diese dann in der Pfanne –, aber es gelang ihr nicht. Pessimistische Gedanken hatten sich in ihrem Kopf festgesetzt und plagten sie Tag und Nacht, und so träumte sie schlecht. Der Schritt vom Pessimismus zu Schuldgefühlen war nur kurz.

Sie ging also zum Arzt, und der verschrieb ihr etwas gegen Depressionen. »Sie haben eine depressive Veranlagung, und im Frühjahr bricht dies oft aus. Das ist typisch für diese Jahreszeit. Nehmen Sie die Tabletten einen Monat, und dann sehen wir weiter.«

In der ersten Woche hatte sie sich deutlich schlechter gefühlt, ihr war schwindelig, ihr Magen zog sich zusammen, ihr war kalt. Sie hatte keinen Appetit mehr (das war das Einzige, worüber sie sich freute) und bekam Durchfall. Aber seit ein paar Tagen fühlte sie sich besser. Sie war heiter und beinahe optimistisch. Sie konnte sich gut auf ihre Arbeit konzentrieren und fing an zu glauben, sie könnte es schaffen. Sie sagte sich, die Vergangenheit sei vorbei, und man könne eh nichts daran ändern, es sei besser, alles zu nehmen, wie es sei, und sich zu verzeihen. Wenn es überhaupt etwas zu verzeihen gibt, dachte sie in den Momenten, in denen ihr das Glas halb voll und nicht halb leer erschien.

Als sie aber im Ort den Maresciallo Saltalamacchia getroffen hatte, überkam Mariolina große Besorgnis, und sie fand nicht den Mut, mit Ruggero darüber zu sprechen. Sie sagte es auch ihrem Beichtvater nicht, weil es ihr für sein heiliges Amt zu beleidigend schien und auch weil Priester oft die Ersten waren, die … immer mal wieder wurde einer verhaftet. Aber so konnte sie nicht weitermachen.

Zu Hause stellte sie Ruggeros Büro auf den Kopf, um Beweise zu finden, und einmal war sie zu *EdilBorgo* gegangen, weil er einen Termin hatte und die Sekretärin nicht da war, und suchte überall, selbst im Tresor, dessen Zahlenkombination sie seit ihrer Hochzeit kannte. Hier fand sie dann auch das Blatt, das ihn überführte: eine Liste mit Namen, Vornamen und Geburtsdaten von Minderjährigen. Dieser Fund erklärte, was sie ihn leise am Telefon hatte sagen hören: »Wir nehmen sie ab sechzehn und drüber« und auch den Satz von Saltalamacchia: »Wir haben das Problem mit dem Jungen gelöst.« In jeder Zeile stand eine Zahl zwischen zweihundert und tausend Euro.

Mariolina war bemüht, sich nichts anmerken zu lassen. Als habe sie nichts gesehen, nichts gehört und nichts begriffen. Sie wollte alles im Meer ihres Unbehagens versenken, doch immer wieder tauchte das Gespenst wieder auf. In aller Deutlichkeit, schrecklich und widerwärtig.

Hatte Ruggero deshalb erst mit fünfunddreißig geheiratet? Oder hatte ihn das Trauma ihrer Fehlgeburt auf Abwege gebracht? Vielleicht der Kummer darüber, dass er nun doch keinen Sohn haben würde?

Es war einfach grauenhaft.

Sie litt bei dem Gedanken, dass er … Doch so ganz konnte sie es nicht glauben.

Und doch.

Es war mitten in der Nacht, Mariolina hatte die Augen geschlossen und lauschte auf die Geräusche, die in der Stille besser zu hören waren. Das Ticken des Weckers, den Motor eines in der Ferne fahrenden Autos, Wasser im Regenfallrohr nah beim Fenster, das Schlagen des Uhrpendels, einen schrillen Vogelruf und das Atemgeräusch ihres Mannes, langsam, regelmäßig, ruhig. Ruggero schlief auf der anderen Seite den Schlaf des Gerechten. Er lag ihr zugewandt auf der Seite, den Hals zwischen den Schultern, die Arme neben dem Kopf. Seine Knie lagen auf der Mitte der Matratze und berührten ihre Beine. Hin und wieder atmete er tiefer und verfiel dann wieder in den alten Rhythmus, wie ein ruhiges Meer, dessen Wellen den Strand berühren und dann wieder verschwinden. Wenn er schlief und ein wenig verschwitzt war, roch seine Haut nach aufgehendem Hefeteig. Dieser Geruch gefiel ihr und beruhigte sie.

Jedenfalls war es bis vor kurzem so gewesen.

Verunsichert blickte sie auf sein klares Profil, die kantige Linie seines Kinns, seine ein wenig an Dante erinnernde große Nase und die vollen Lippen. Sie wusste nicht, was sie tun sollte. Sie hätte dringend einen Rat gebraucht, wollte aber mit niemandem über die Sache sprechen, auch nicht mit Marietta, mit der schon gar nicht. Sie schob die Decke zur Seite. Obwohl das Fenster geschlossen war, war ihr warm, das waren die ersten Hitzewellen der Wechseljahre. Sie sagte sich, dass sie eine leichtere Decke nehmen sollte, es war schließlich schon April. Sie hoffte, Ostern, das in drei Tagen stattfand, werde ihr die vom Heiland versprochene Erlösung bringen. Allmählich wich die Dunkelheit dem ersten düsteren Licht des Karfreitagmorgens, dem schlimmsten Tag für Jesus und für alle Christen. Von weitem hörte sie den Wind pfeifen. Sie machte das Licht an der Lampe aus Muranoglas an, die die Form einer Rokokodame hatte, ein Hochzeitsgeschenk von Claudia und Cesare, nahm die Bibel von der kleinen Kommode, ein Erbstück ihrer Mutter, und öffnete sie, um dort Trost zu finden.

Dann sprach sie ein Gebet für das Kind, das nur einen kurzen Moment in ihrem Leben verweilt hatte, und stand beim ersten Summen des Weckers auf. Sie beschloss, ihren Mann dazu zu bringen, zu bereuen und zu beichten, wollte ihm sanft und entschlossen begegnen. Sie würde ihm helfen und tapfer an seiner Seite ausharren. Das hatte sie schließlich vor Gott versprochen.

Natürlich würde sie ihm auch verzeihen.

Denn sie liebte ihn mehr als alles auf der Welt.

Sie stellte den Wecker aus.

Sonst tat er es immer, aber heute Morgen erledigte sie es. Sie nahm zwei Mokkatassen und ein Tablett, dazu einen Zwieback und stellte das Kaffeekännchen auf die Flamme. Als sie es brodeln hörte, drehte sie das Gas aus, goss den Kaffee in die Tässchen, stellte sie auf das Tablett und trug es ins Schlafzimmer. Ruggero schlief noch, der Schweiß war in der morgendlichen Kühle getrocknet. Sie streichelte seine Stirn und küsste ihn auf die Wange.

»Guten Morgen, mein Schatz«, säuselte sie und schüttelte ihn leicht.

Er öffnete erst ein Auge, dann das andere und setzte sich mit ungläubigem Gesichtsausdruck in der Mitte des Bettes auf. Sie hatte ihn schon ewig nicht mehr so genannt.

»Danke, Bambolina«, murmelte er überrascht.

Mariolina schaute ihn mit ihren von dichten Wimpern gerahmten grauen Augen an, die er so liebte, besonders, wenn sie ihn lustvoll ansahen. Aber sie wollte nicht mit ihm schlafen. Das war klar, denn sie hatte sich auf das Sesselchen neben dem Bett gesetzt, statt sich an ihn zu schmiegen. Ruggero trank ein paar Schlückchen Kaffee und atmete die lastende Atmosphäre im Raum.

»Was ist los?«, fragte er schließlich.

»Sag mir, was du vor mir verheimlichst.«

Mariolina sprach in sanftem, aber entschlossenem Ton, so wie sie es sich vorgenommen hatte. »Ich will dir helfen und zu dir stehen, immer und ewig. Weil ich dich geheiratet habe und liebe.«

Ruggero starrte sie an und sagte kein Wort. Mariolina rückte mit dem Sessel näher an das Bett heran, schob das Tablett zur Seite und streichelte ihrem Mann die Hände, sie waren groß und rau, ganz anders als ihre kleinen und zarten. Dann drückte sie sie fest. Sie ließ eine Hand los, nahm den Zwieback und steckte ihn sich halb in den Mund, die andere Hälfte bot sie ihrem Mann an und zog ihn zu sich heran. Ruggero biss ab und kaute. Er schluckte den Zwieback herunter, während seine Frau zu ihm sagte:

»Ich kann mit allem leben nur nicht damit, dass du etwas vor mir verheimlichst.«

So gab er alles preis.

Seine Beichte, wenn man es denn so nennen konnte, verblüffte Mariolina vollkommen. Nur das starke Schuldgefühl, weil sie ihrem Mann so etwas Furchtbares zugetraut hatte, brachte sie dazu, zu akzeptieren, was normalerweise zu einer endlosen Auseinandersetzung und einem Schmollmund sondergleichen geführt hätte.

Der Dezernent für Sport und Freizeit von Borgo Propizio hatte den Vorschlag gemacht, einen Fußballverein zu gründen, und er und seine Teilhaber hatten beschlossen, ein paar gute Spieler aus den umliegenden Vereinen zu kaufen. Um nicht zu viel Geld zu investieren, hatten sie beschlossen, nur Jüngere zu nehmen und dann, wenn sie älter wären, eines Tages in die A-Klasse aufzusteigen. So war es auch mit dem berühmten Chiedo passiert, der zu Anfang ein kleiner Verein in einem Arbeiterviertel gewesen war. Warum er es ihr nicht erzählt habe? Er habe auf den richtigen Augenblick gewartet, und dieses Geheimnis habe ihm von Tag zu Tag mehr auf der Seele gelegen: Um die Bilanz der Firma nicht zu belasten, hatten seine Teilhaber beschlossen, das Projekt mit eigenem Geld zu finanzieren. Außerdem müsse er dieser Sache Zeit widmen. Und er habe gewusst, dass weder das eine noch das andere ihr gefallen würde.

»Wo du schon so viel Zeit mit Arbeit und Fußball im Fernsehen verbringst?«

»Leider ja, Bambolina. Ich habe mir keine Karten fürs Stadion besorgt, weil du es nicht wolltest, aber hier konnte ich unmöglich nein sagen, das hätte dem Ansehen von *EdilBorgo* und dem ganzen Konsortium geschadet. Es tut mir leid.«

Am liebsten hätte Mariolina gesagt, er solle nicht vorgeben, dass es ihm leidtue, er freue sich doch darüber. Doch sie beherrschte sich, denn sie hatte ihm mit ihren heimlichen Unterstellungen, die sich nun in Luft aufgelöst hatten, schon zu sehr Unrecht getan. Ruggero hatte nach ihrer Hochzeit aus Liebe auf viele Dinge verzichtet, die er als Junggeselle gern getan hatte – Likör trinken, Zigarre rauchen, reiten, in die Sauna gehen –, und dann hatte sie ihm noch verboten, sich Karten fürs Stadion zu kaufen. Aber das kostete ja auch wirklich sehr viel Geld!

»Vorhin hast du noch gesagt, du willst mir helfen«, fuhr Ruggero fort. »Du könntest ja auch etwas für die Mannschaft tun. Da gibt es jede Menge Aufgaben …«

»Aha, dann gibt es diese Mannschaft also doch schon.«

»Noch nicht.«

»Aber bald?«

»Na ja …«

»Was, na ja?«

»Nächste Woche findet der Notartermin statt.«

»Wozu?«

»Zur Gründung des Vereins.«

Mariolina war bass erstaunt. So hatten sie alles schon geplant! Wie konnte er behaupten, er sei nicht dafür?

»Ich werde Präsident.«

Sie konnte nichts mehr sagen. Ruggero strahlte vor Stolz. Sie musste nachgeben.

»Wie heißt der Verein?«

»A. C. Propiziese.«

Der Wind stieß einen Fensterflügel auf, der wohlklingende Name drang durch die Ritzen des Rollladens und flog hinaus.

In die Höhe, über die Wolken, den Himmel, den Horizont.

Noch höher hinauf als Ruggeros Wünsche.

29

Was zu Ostern geschah

Wie Mariolina sich gewünscht hatte, brachte Ostern den vom Heiland versprochenen Frieden. Es war ein strahlender Sonnentag, und sie war in heiterer Stimmung. Nach der Messe und dem gemeinsamen Mittagessen – auch Candela nahm daran teil, die sich nach den Feiern in ihrer Heimat sehnte und darauf bestanden hatte, das Osterlamm nach peruanischer Art zu braten – gönnten sich Ruggero und Mariolina ein paar Tage am Meer, nur neunzig Kilometer von zu Hause entfernt, für den Fall, dass irgend etwas passierte. Sie hatten sich ins Hotel am Strand ihrer ersten Begegnung einquartiert, unweit eines zauberhaften Hafens, in dem kleine Boote schaukelten und sich Auge in Auge miteinander vereinten.

Das *Via Lattea* blieb zum ersten Mal seit der Eröffnung geschlossen. Letizia war mit einer alten Freundin in die Therme gegangen, und Belinda hatte mit ihren früheren Freunden von der Uni einen Ausflug in eine Stadt mit Kunstschätzen organisiert. Ornella hatte angeboten, sie in der Milchbar zu vertreten, doch ihre Mutter wollte unbedingt mit ihr die andere Tochter in Österreich besuchen.

Cesare und Claudia blieben zu Hause, sie waren ja gerade erst aus Rumänien gekommen und wollten nicht wegfahren. Während sie das Essen vorbereitete, mähte er den Rasen. Nach dem Mittagessen mit ihren Eltern genossen sie die Zweisamkeit, sie beim Lesen, er beim Fernsehen.

Auch Dora und Arturo rührten sich nicht von der Stelle. Sie hatte alle Nussschokoladeneier gegessen, die sie sich selbst gekauft hatte, weil sie ihr sonst keiner schenkte, er lag im Bett und jammerte, er werde seine Grippe wohl nie mehr los.

Der Maresciallo Saltalamacchia hatte seine riesige Familie um einen großen Tisch versammelt – Eltern und Schwiegereltern, die drei Geschwister mit ihren Familien, die Schwägerin mit Ehemann, eine Cousine, die wie eine Schwester war, und natürlich seine Frau und die vier Töchter –, obwohl die Zwillinge sich beschwert hatten, dass sie Ostern nicht so feiern durften, wie sie wollten. Am Montag wurden sie zu einem Ausflug gezwungen, das hatte ihr Vater verlangt, da er zwei Tage hintereinander frei hatte.

Felice Rondinella hatte wegen seines Museums einen lobenden Brief vom Kabinettschef des Ministeriums für Kultur erhalten und sich und seinem Freund aus der Verwaltung einen Aufenthalt auf den Kanarischen Inseln in einem neuen Feriendorf gegönnt, in dem schwule Männer willkommen waren.

Antonia hatte, vermittelt durch ihre Schwägerin, eine Unterredung mit ihrem Bruder, der sich offenbar von seinem Vater lösen wollte.

Rocco Rubino hatte mit einem neuen Kriminalroman begonnen, der diesmal wieder in Amerika spielte, am Broadway während der Proben zu *Crazy Girl*. Vince Vasino nahm Step-Unterricht, nicht weil er gern tanzte, sondern weil er sich im Milieu der Künstler und Tänzer umsehen wollte.

Durch Vermittlung eines Netzwerks für Tourismus war über *Glückliche Reisen* eine Truppe von Menschen mit Mandelaugen im Hotel *Erinnerung* eingezogen, von Karsamstag an, und Francesco hatte Sushi, Sashimi, Udon und Tempura zubereitet, wie er es im Restaurant *Nippon Inn* am Piccadilly Circus gelernt hatte. Er servierte sie neben Osterspezialitäten wie Ricotta, Artischocken, Soleier und Lammkoteletts.

Ein Blick zurück.

Die Japaner hatten für den Ostersonntag einen Besuch im Burgmuseum geplant, sich aber verspätet. Und so wirkte das Städtchen, während das feierliche Geläut der Glocken auf dem Hügel erklang, so ruhig und verschlafen wie früher.

Marietta überquerte kurz vor sieben den Rathausplatz, um in die Frühmesse zu gehen. Auch sie hatte Gäste aus dem Ausland in den beiden Gastzimmern, und so hatte sie, bevor sie ging, ein reichhaltiges Frühstück für diese zubereitet. Neben den üblichen Dingen gab es auch ein paar Scheiben einer köstlichen Colomba mit kandierten Südfrüchten, die einem auf der Zunge zerging. Sie kaufte sie jedes Jahr bei Pancrazio, dem Bäcker am Ort, der noch das traditionelle Gebäck herstellte und bei allen Veränderungen immer derselbe geblieben war. Er backte die Colomba, die Ostertaube, nach dem unvergleichlichen Rezept seiner Großmutter, einer Konditormeisterin, von der er diese Kunst gelernt hatte. Natürlich hatte diese nichts mit dem fürchterlichen Fließbandgebäck zu tun, das man überall kaufen konnte, betonte er mit großem Stolz, als er kassierte und seiner Kundin den Kassenzettel über achtzehn Euro hinlegte. Marietta achtete bei dieser Colomba ausnahmsweise nicht aufs Geld, da sie selbst ganz wild darauf war.

Sie hätte unschwer zurück sein können, bevor die Gäste auf waren, und hätte eine Scheibe, eine große Scheibe oder noch mehr von dem duftenden Gebäck essen können. Mindestens einen Flügel.

Unter ihrem leichten Staubmantel trug sie das schöne Kleid. Immer noch hatte sie keinen Anruf vom Fernsehen erhalten, und deshalb hatte sie beschlossen, es jetzt oft zu tragen. Auf der Straße war niemand zu sehen. An den meisten Häusern waren die Läden noch geschlossen, an den Geschäften und am Rathaus waren die Gitter heruntergelassen. Ihr schien, als sei sie um Jahre zurückversetzt, in die Zeit, als der Ort kaum noch bevölkert war und das Gespenst oben auf der Burg spukte. Na ja, eigentlich war das nur eine Mär, an die sie nie geglaubt hatte. Sie jedenfalls hatte nie gesehen, wie sich sein Schatten in Vollmondnächten über den Ort gelegt hatte, andere aber durchaus. Waren die alle Hellseher? Das spielte jetzt eigentlich keine Rolle mehr, denn seit der Maresciallo den verborgenen Schatz gefunden hatte, war das Gespenst verschwunden und in Vergessenheit geraten. Marietta blieb einen Augenblick stehen. Es fiel ihr schwer, sich an die hohen Absätze zu gewöhnen, die sie seit einiger Zeit trug. Dabei waren sie nicht höher als fünf bis sieben Zentimeter. Auch der neugestaltete Platz war ihr noch fremd, so ordentlich und elegant, immer sauber, nie lag ein Stück Papier am Boden, nie ein Zigarettenstummel, ständig war der Straßenfeger in Aktion.

Wie gern hätte sie hier einen Laden gehabt. Schon seit dem lange zurückliegenden Tag, an dem Mariolina ihr verraten hatte, dass im früheren Schusterladen eine Milchbar aufmachen würde – sonst wusste im Ort noch niemand etwas davon –, hatte sie begriffen, dass auch sie gern ein Geschäft eröffnen würde, und sie warf sich vor, nicht den Mut dazu gehabt zu haben. Der Schusterladen war so heruntergekommen, dass Belindas Vater ihn für wenig Geld erworben hatte. Auch sie hätte es tun können. Aber wie? Sie hätte einen Berater gebraucht, der ihr Mut zusprach.

Wie sehr sehnte sie sich nach einem Freund! Sie dachte an Felice. Ob das möglich war? Seit Dora es ihr gesagt hatte, dachte sie unentwegt daran. Nein, das war unmöglich, ein so vornehmer Mann, so gutaussehend mit seinem dunklen Haar. Diese Schwatzliese dachte sich ja immer alles mögliche Zeugs aus. Es war wie mit dem Gespenst. Es hatte nie existiert, es war einfach nicht wahr. Aber wenn es doch so gewesen wäre?

Sie war so in Gedanken versunken, dass sie Dr. Conforti nicht kommen hörte, der sich durch einen Gruß und leichtes Kopfnicken bemerkbar machte.

»Guten Tag, Dr. Conforti«, sagte Marietta und ging mit ihm gemeinsam weiter.

Obwohl der Dezernent schon über siebzig war, war er körperlich in bester Form und bewegte sich mit elastischem Schritt. Tranquillo Conforti war Witwer und hatte mehrere verheiratete Kinder. Sie wohnten weit entfernt, und ab und zu besuchte er sie, weil sie es unbedingt wollten, so erklärte er, eigentlich bleibe er lieber zu Hause. Nach einem langen Arbeitsleben in der Stadt, mit all den Streitigkeiten im Kollegium und den oft wilden Schülern, die er nur durch unermüdliche Widerstandskraft gemeistert habe, wolle er jetzt hier an diesem Ort seine Ruhe haben wie nie zuvor, so wie es sein Name verspräche. Deshalb war er in der Lokalpolitik aktiv geworden und hatte nun einen guten Grund, sich hier aufzuhalten, und dann hatte er Gefallen daran gefunden, sich um Kulturelles und größere Events zu kümmern. Seine Kinder aber wollten ihn in Anspruch nehmen, wegen der Enkel, er solle reisen und nicht sie, schließlich hätten sie Familien, das koste mehr, und dazu das ganze Gepäck und die Kinderwagen und anderes Zubehör.

»Wissen Sie, Marietta, nur um friedliche Ostern zu verbringen, habe ich ihnen erzählt, ich hätte eine Freundin. Und jetzt sitze ich in der Patsche, weil ich sie ihnen vorstellen soll.«

Dr. Conforti kannte Marietta und ihre Schwester gut. Zu Beginn seiner Laufbahn hatte er in der Haushaltsschule unterrichtet, auch in der der beiden Mädchen, und oft hatte er sie im Auto mitgenommen. Auch seine

Frau hatte die Mädchen gern gehabt, sie kannte ihre Mutter, hatte sie während ihrer Krankheit oft besucht und bei Marietta Handarbeiten gekauft. Im Haus des Lehrers waren immer noch ihre Häkeldeckchen, denn er traute sich nicht, sie wegzunehmen.

Die Kirche war fast leer, mit Ausnahme der üblichen Kanzelschwalben, dem Küster und ein paar Ordensschwestern. Es waren weder Messdiener da noch ein Organist. Um diese Zeit machte Pater Tobias alles allein. Nur beim Opfergeld half eine fromme Begine, die sich ein paar neugierige Blicke nicht verkneifen konnte. Marietta und der alte Lehrer setzten sich nebeneinander in eine hintere Bank, und Marietta hoffte, dass sie keinen Anlass zu Tratschereien geben würden, wenn die Leute sie so sahen. Das Dorf sah heute zwar anders aus als damals, doch es herrschte noch derselbe Geist wie früher. Während der Kommunion stellte sie sich in der Schlange vor ihn, da er ihr ritterlich den Vortritt gelassen hatte. Sie hatte tags zuvor gebeichtet und fühlte ihr Gewissen erleichtert von den Streitereien mit der Schwester und mit ihrer Teilhaberin. Bei dieser Gelegenheit hatte sie dem Priester auch erzählt, wie sehr manchmal die Einsamkeit auf ihr laste.

»Der liebe Gott hat jedem von uns das Kreuz gegeben, das er tragen kann«, lautete die Antwort, und Marietta hatte sie gutwillig angenommen.

Zum einen, weil sie wirklich fromm war, aber auch weil sie nicht die Wahl hatte. Nachdem sie den Leib

Christi empfangen hatte, wartete mittags ein einsames Ostermahl auf sie. Zwar hatte ihre Schwester sie eingeladen. Sie aber hatte sich eine Entschuldigung ausgedacht und abgelehnt, womit sie – das wusste sie genau – zwei Sünden beging, Stolz und Neid. Diese Sünden hatte der Priester ihr aber bereits erlassen und sie ermahnt, mit ihren Nächsten toleranter umzugehen. Doch nagte weiter die Frage an ihr, warum Mariolina Ruggero begegnet war und nicht sie. Nicht weil sie ihn begehrte oder von ihm eingenommen war, eigentlich war sie es nicht einmal von Felice. Marietta litt einfach unter dem Alleinsein.

Sie hatte viel Verantwortung übernommen, für den Laden, das Bed & Breakfast, dann die Raten für ihr Auto. Doch all dies brachte ihr keine richtige Ablenkung und erfüllte ihr Leben nicht, im Gegenteil, sie fühlte sich noch mehr allein. Mutterseelenallein. Deshalb war sie froh, als Dr. Conforti sich nicht verabschiedete, sondern mit ihr zu plaudern begann. Sie hörte ihm nur zu gern zu.

Er war ein angenehmer Gesprächspartner, auch wenn er manchmal etwas undeutlich sprach und die Silben verschluckte, doch sie gewöhnte sich schnell daran (war ja nicht so schlimm, wenn sie nicht jedes Wort verstand, es genügte, ungefähr zu verstehen, was er meinte …). Eine Eigenschaft des Dezernenten war seine Bereitschaft zuzuhören, und es war Marietta noch nie passiert, dass sich jemand für sie und ihre Aktivitäten interessierte, dass er ihr zuhörte und sie würdigte, anstatt wie alle anderen neidische und taktlose Bemerkungen zu machen.

Nachdem sie eine halbe Stunde auf einer der Eisenbänke am Kirchplatz gesessen hatten, meinte der Lehrer, er habe eine trockene Kehle und würde sie gern auf ein Getränk einladen. Da die Milchbar geschlossen hatte und die Bar *Ciuco d'Oro* ebenso und es im historischen Zentrum kein anderes Lokal gab, mussten sie entweder außerhalb der Mauern etwas suchen oder unten im Tal oder etwas aus dem Automaten im Museum ziehen, doch auch das war geschlossen. Einen flüchtigen Augenblick war Marietta versucht, ihn nach Hause einzuladen und ihm einen Kaffee, einen Tee, Orangen- oder Blaubeersaft anzubieten, doch sie erschrak bei dem Gedanken, was dann drinnen hinter den gestärkten Spitzenvorhängen passieren könnte.

»Wenn du einen Moment wartest, hole ich das Auto aus der Garage, und wir können ins Tal fahren. Da gibt es eine sehr nette Bar, die sicher offen ist«, sagte er in diesem Moment.

Marietta kannte die Bar, sie hatte riesige Glasscheiben, verziert mit Lilien- und Akanthusmuster. Ein paar Mal war sie dort schon vorbeigekommen, aber nie hineingegangen. Es war sicher nett dort, und sie war ja auch elegant angezogen. So nahm sie den Vorschlag an.

Daran war ja nichts Schlimmes.

»Aber nur unter einer Bedingung«, sagte Conforti, »dass du mich mit Vornamen anredest und du zu mir sagst.«

»Ich werd's versuchen«, sagte Marietta, war aber nicht sicher, dass es ihr gelingen würde.

»Wenn ich jünger wäre, würde ich dir den Hof machen«, erklärte Tranquillo strahlend.

Das müssten dann aber mindestens zwanzig Jahre sein, dachte Marietta nach kurzem Nachrechnen. Dann überlegte sie: Wenn er ihr nicht den Hof machte, könnte sie sich doch mit ihm anfreunden, egal wie groß der Altersunterschied war. Sollten die Leute ruhig reden. Sie war niemandem Rechenschaft schuldig

30

Im Morgengrauen

Umgeben von Dunkelheit und Melancholie war Antonia auf der einsamen Straße immer geradeaus gefahren, mit halbgeschlossenen Augen und kummervoller Seele. Sie hatte schon einen halben Benzintank verbraucht, ohne Rücksicht darauf, dass ein Liter fast zwei Euro kostete, und fuhr immer weiter, so groß war ihre Unruhe. Wurde eine Ampel rot, hielt sie dankbar an, um zu verschnaufen und ihre düsteren Gedanken zu vergessen, die sich direkt auf das Gaspedal auswirkten. Wohin sie fuhr und was sie suchte, wusste sie nicht. Nur eines wusste sie, dass sie ihr Leben neu ordnen wollte, nur hatte sie keine Ahnung, wie. Es hatte ihr gut getan, ihren Bruder wiederzusehen, doch es hatte nichts verändert. Er lebte unter der Fuchtel des Vaters, genau wie sie früher, allerdings hatte er zu seinem Glück aus Liebe geheiratet. Ohne es zu wollen oder vielleicht doch nicht ganz aus Zufall fuhr sie an der Villa ihrer Eltern vorbei und an der Wohnung, in der sie als Ehefrau gelebt hatte. Ja, ein Mörder kehrt immer an den Ort des Geschehens zurück, doch sie hatte nur sich selbst getötet, ihre eigene Seele. Jedenfalls bis zu diesem Augenblick.

Die Lichter waren gelöscht, die Rollläden heruntergelassen. Sie fragte sich, wie sehr alle sie hassten oder ob sie sich überhaupt noch an sie erinnerten. Ihr Ex-Mann hatte sich neu verlobt und nach der Scheidung eine Annullierung ihrer Ehe verlangt, um wieder in der Kirche heiraten zu können, wie es in ihrer frommen Umgebung üblich war.

Auch sie hatte diese grauen, öden Jahre ohne Freude und Begeisterung abgeschrieben, Jahre mit Armen, die sie nie umarmt, und Lippen, die nie gelächelt hatten.

War es wirklich so gewesen? Manchmal fragte sie sich, ob sie alles schwärzer sah, als es wirklich gewesen war. Die spontane Antwort ihres Herzens darauf war ein entschiedenes Nein, und nie hätte sie daran gedacht zurückzugehen. Aber sie wollte auch nicht bleiben, wo sie jetzt war, sie wollte vorwärtskommen, doch gerade befand sie sich an einem toten Punkt. All ihr Denken drehte sich um Rocco und das, was er bedeutete: einen Irrtum oder ein Versehen des Schicksals. Warum hatte sie sich nur so heftig in ihn verliebt? Weil es ihm mit wenigen Sätzen gelungen war, die Saiten in ihrem Inneren zum Klingen zu bringen, oder einfach weil Antonia nichts mehr brauchte als zwei nette Worte und einen Schluck Wasser? War sie wirklich in einem so elenden Zustand gewesen?

Wenn sie in seinen Bücher verzweifelt nach etwas suchte, das mit ihr zu tun hatte, so fand sie nichts, und die Sätzen, die er zu ihr gesagt hatte – wobei er ihr tief in die Augen sah und sie verführerisch anlächelte –, brachte er routinemäßig in seinen Dialogen und Beschreibungen unter, zwischen mehreren Kommas, und für Antonia war kein Platz. Was die anderen entzückte, erschien ihr nur grausam. Hätte sie zwischen den Zeilen eine heimliche Botschaft entdeckt, hätte sie ihm vielleicht verzeihen können. Eine Botschaft, in der Rocco auf Momente ihrer Liebe anspielte, ihr erklärte, wie leid es ihm tat, oder sogar um Verzeihung bat. Aber nichts dergleichen war geschehen.

Sie musste abwarten, sagte sie sich, während sie einen U-Turn machte, sie würde Rache üben, auf so teuflische Weise wie möglich.

In unterhaltsamem Ton faselte der Autor davon, dass ein unbekannter Mentor ihn aus Spaß bei einem Schreibwettbewerb angemeldet hatte? Na gut, dann wollte sie ihm mal zeigen, was ein richtiger Spaß war.

Sie würde anfangen, ihre Korrespondenz zu veröffentlichen, auch das Fax, mit dem sie ihn angemeldet hatte, mit Sendebericht und der gefälschten Unterschrift (die sie statt seiner daraufgeschrieben hatte). Das waren unveröffentlichte Schriftstücke von immensem Wert, und die Lügen des großen Rubino würden ans Licht kommen. Die Welt würde erfahren, dass es den Phantom-Mentor gar nicht gab, wie mies er sich verhalten hatte und ... mal sehen, ob seine Leser ihn dann noch so großartig finden würden.

Antonia hatte ihre Entscheidung getroffen.

Als der Himmel sich rot verfärbte, schloss sie ihre Wohnungstür auf, erschöpft, aber entschlossen. Dann schaltete sie, gestärkt durch einen heißen Kaffee, ihren Computer an und stellte eine Liste von Verlagen zusammen, denen sie die Korrespondenz schicken wollte.

Sie war sicher, dass viele darauf anspringen würden.

Auch Mariolina war schon im Internet. Die Webseite der Kommune hatte endlich den Termin der schriftlichen Prüfung veröffentlicht, den 15. Mai. So hatte sie noch Zeit, alles zu wiederholen und einen halben Tag in der Zentralbibliothek der Provinzhauptstadt zu verbringen, um an den Terminals dort ein bisschen Katalogrecherche zu üben, in der Hoffnung, dass es dort mehr Übungsmöglichkeiten gab als im Netz. Jetzt sah sie sich gerade auf Facebook Letizias Profil mit dem Foto von ihren Ferien in ihrem Badeort an. Diese Frau war wirklich außergewöhnlich, so lebhaft, brillant und fortschrittlich. Auf ihr Gehirn konnten Frauen in den Zwanzigern nur neidisch sein. Mariolina fragte sich, wie sie wohl selbst mit siebzig sein würde, und hoffte, so alt zu werden, und zwar gesund und mit klarem Kopf.

Mariolina verlor sich nicht selten in müßigen Gedanken über ihre Zukunft, in denen sich die große Furcht verbarg, alt zu werden, ihren Körper verfallen zu sehen (wie sie ihre Knie hasste, an denen sich Falten bildeten, die Innenseite der Arme, die schon schlaff aussah, die Hüften, die an Spannung verloren!), ihre geistigen Fähigkeiten zu verlieren und vor allem von Ruggero verlassen zu werden, obwohl der ihr immer seine Liebe und Geduld bewies. Immer dann jedenfalls, wenn er zu Hause war, aber er war nur selten da. Sie hatten eine Abmachung getroffen: Wenn sie die Stelle nicht bekäme (sie hatte sich auf die Prüfung vorbereitet und wollte sich ihr stellen), würde sie für den Fußballclub *A. C. Propiziese* arbeiten, sich um die Verwaltung kümmern, das Sekretariat übernehmen und die Ideale, Werte und Hoffnungen ihres Mannes fördern, der wollte, dass die Mannschaft in nicht allzu ferner Zeit in die Oberliga aufstieg. Mariolinas eigentliche Absicht war es, die Mütter der Jungen und jegliche andere Form von Weiblichkeit von Ruggero fernzuhalten, auf den sie jeden Tag eifersüchtiger wurde, aus mindestens zwei Gründen: Da er sein Übergewicht verloren hatte, war er wieder attraktiv wie früher, und seit der Gründung des Vereins war er schon dreimal selbst zur Kanzlei des Notars gegangen, anstatt seine Sekretärin zu schicken. Das hätte sie nicht weiter alarmiert, wäre der Notar ein alter Trottel wie die meisten und nicht eine faszinierende Frau, wie man auf ihrer Website sehen konnte, auf der sie mit lächelnder Eleganz darum warb, sich bei Verkäufen, Erbschaften, Schenkungen, Vereinsgründungen und Testamenten an ihre Kanzlei zu wenden.

Ach, ihre Leiden würden wohl nie ein Ende nehmen, dachte Mariolina. Kaum war eine Sache erledigt, fing etwas Neues an. Ihre Schwester zum Beispiel war eine selbstsichere Frau geworden und hatte ihr neues Leben in die Hand genommen, ohne Schwächen, ohne fremde

Hilfe, sicher, entschlossen, unabhängig. Wie machte sie das bloß? Gern wäre sie selbst auch ein bisschen so gewesen, hätte gern mit ihr darüber gesprochen, den abgerissenen Kontakt wieder aufgenommen. Wie viele Jahre hatten sie einander genügt und gefunden, die Außenwelt greife viel zu oft in ihr Leben ein. Jetzt war ihre Entfernung voneinander für Mariolina ein weiterer Leidensgrund. Vielleicht hätte sie nicht heiraten, sondern bei Marietta bleiben sollen, in dem Haus, in dem sie geboren und aufgewachsen waren in zwei Körpern mit einer Seele, dem Haus, in dem ihre Mutter krank geworden war durch Schuld von … Nein, die Pilze fingen schon wieder an, sie zu vergiften! Sie stellte den PC aus, nahm den Band über Bibliotheksökonomie zur Hand und öffnete ihn am Lesezeichen. Kapitel sieben – Techniken und Sprachen der Katalogisierung.

Es war noch früh, wegen ihrer Tabletten ging sie nie spät ins Bett, nach längerer Zeit schwer erträglicher schlafloser Nächte, doch im Morgengrauen war es mit dem Schlaf vorbei. Sie wollte ein Stündchen arbeiten und dann Ruggero mit Kaffee und dem zu teilenden Zwieback wecken, wie sie es jetzt jeden Tag machte. Sie hatte noch immer Gewissensbisse wegen ihres ungerechtfertigten Verdachts.

Marietta war am Abend zuvor während der hundertvierunddreißigsten Folge von *Beautiful* eingeschlafen und öffnete nun die Augen. Durch die Ritzen der Rollläden drang vorsichtig ein Lichtstrahl. Sie streckte die

Hand aus und fand auf der kleine Kommode immer noch das echte, fühlbare, raschelnde Telegramm, in dem sie die Fernsehredaktion einlud, in zwei Wochen an der Sendung *Begegnung im Garten* teilzunehmen. Sie las es immer wieder, küsste es, legte es auf den linken Arm und wiegte es. Nein, sie hatte nicht geträumt. Vor ein paar Tagen hatte sie eine Telefonistin vom Fernsehen angerufen und sie gefragt, an welchen Tagen sie Zeit hätte, und ihr eine schriftliche Einladung zugesagt. Und jetzt war diese ganz pünktlich gekommen. Und nun? Marietta packte die Angst. Es war etwas anderes, nur in Gedanken in die Sendung zu gehen, als es wirklich zu tun. Alle würden sie sehen und über sie urteilen. Man würde denken, dass sie verzweifelt auf der Suche nach einem Mann sei, und sich über sie lustig machen, die alte Marietta, die es noch mal wissen wollte! Weiß Gott, was die Leute alles denken würden! Und was sie erst sagen würden! Sie dachte daran, das Ganze sein zu lassen.

Was bist du dumm! Jetzt hast du über ein Jahr gewartet!, sagte sie sich dann. Sie wollte Tranquillo um Rat fragen. Er hatte ihr gesagt, sie könne auf ihn zählen, wenn irgend etwas sei, er sei einer der wenigen, die an wahre Freundschaft zwischen Mann und Frau glaubten, und er hatte ihr die seine angeboten. Sie wusste, dass er immer früh aufstand, und rief ihn gleich morgens an, doch eine metallische Stimme sagte ihr, er sei nicht zu erreichen. Nicht so schlimm. Sie konnte ins Rathaus gehen und ihn persönlich sprechen, er hatte ihr gesagt, sie könne immer vorbeikommen und sei stets willkommen

Marietta stand auf, ging ans Fenster, öffnete laut gähnend Gardinen, Fenster und Rollladen und warf einen Blick in das grüne Tal hinunter, das gerade aufwachte. Kritisch beäugte sie die neuen Bauten in der Ebene. Sie gefielen ihr nicht, für sie waren es Bausünden, auch die kleinen rosa- und mandarinfarbenen Häuser mit den bunten Balkonen kamen ihr vor wie Puppenhäuser aus Plastik. Es war, als könne sie die Hand danach ausstrecken und damit spielen wie ein Kind. Ein Kind, das ich nie gewesen bin, dachte sie traurig und blickte in den blauen Himmel, von dem aus ihre Mutter vielleicht über sie wachte.

Marietta hörte Flügelschlagen. Vom Kirchturm in ihrem Rücken aus hatte sich ein Schwalbenschwarm erhoben und flog in die warme Aprilsonne.

31

Freunde aus der Kindheit

Marietta überschritt als Erste die Schwelle des Rathauses, sobald der Portier die Tür aufgeschlossen hatte. Während die anderen Leute, die auf den Stufen gewartet hatten, zielstrebig zum Einwohnermeldeamt, Finanzamt oder sonst wohin gingen, musste sie stehen bleiben und sich vom Mann in der Livree den Weg sagen lassen. Die Büros der Dezernenten lägen im ersten Stock, man brauche aber einen Termin. Marietta behauptete, sie habe einen um acht Uhr bei Tranquillo Conforti.

Der sei auf Urlaub, erklärte ihr der Angestellte im Kulturamt und seine hochgezogenen Augenbrauen ließen deutlich erkennen, dass das mit dem Termin wohl nicht ganz der Wahrheit entsprach.

Marietta ließ unter dem Gewicht ihrer Einsamkeit die Schultern sinken. Sie hatte immer das gleiche Schicksal, auch wenn es nur um eine unschuldige Begegnung ging, bei der sie um einen Rat fragen wollte.

Oder vielleicht blieb sich ihr Schicksal doch nicht so treu?

»Kann ich Ihnen helfen, Signora?«

Er kam von hinten, ging um sie herum und sprach das »Signora« mit einem französischen R aus, wie schon als Kind. Ja, sie erinnerte sich noch daran, wie er sie im Kindergarten immer Mavietta genannt hatte. Und er, erinnerte er sich überhaupt noch an sie?

»Guten Morgen, Herr Bürgermeister.«

Der Angestellte grüßte Felice voll Ehrerbietung.

Marietta war so überrascht, dass sie kein Wort herausbrachte und nur nicken konnte. Der Bürgermeister wies ihr den Weg zu seinem Büro, öffnete die Tür und trat zur Seite, um sie hereinzulassen. Marietta trat ein und er schloss die Tür hinter ihr. Dann wies er auf einen Sessel, der vor seinem Schreibtisch stand, und sie setzte sich. Er ging um den Schreibtisch herum und setzte sich ebenfalls, auf einen Sessel mit hoher Lehne, dessen Lederbezug ein wenig abgenutzt war. Er lächelte ihr freundlich zu, entschuldigte sich und nahm den Telefonhörer ab. Marietta schaute sich derweil den Raum an, der groß und hell war. Das große Fenster ging auf die Piazza hinaus. Man konnte die Fontäne sehen im Schatten des hundertjährigen Maulbeerbaums, der allen Stürmen standgehalten hatte, und gegenüber lagen die Milchbar von Belinda und Doras Kiosk, das Blumengeschäft, der Friseur und der Gemüsehändler. An der Ecke konnte man das Schild des Ladens sehen, der selbstgemachte Seife verkaufte, in der früheren Wohnung des verstorbenen Bezirksarztes, ein Anstreicher besserte dort gerade die Fassade aus. Das Pflaster des Platzes war blitzsauber und sah aus wie eingewachst. Am Geländer des Balkons waren die Stangen mit den immer wehenden Fahnen. Die lichtübergossene Burg ragte in den klaren Frühlingshimmel.

Der Schreibtisch des Bürgermeisters war aus massivem Mahagoni, sehr lang, breit und glänzend. Er war aufgeräumt und zwei graue Telefone standen darauf, ein Laptop, eine Tastatur, eine für das Ambiente ungewöhnlich moderne Halogenlampe, ein Schreibtisch-Set aus schwarzem Leder und eine geschliffene Kristallvase voll frischer, duftender gelber Blumen. An der Seite stand ein Banner wie das neben der Rathaustür, und hinter Felice hing an der Wand ein Gobelin mit der Ansicht der Stadt, im Vordergrund Kreuzritter, eine Frauengestalt am Fenster eines der vier Türmchen. Auf der Marmorkonsole eines alten Kamins, in dem früher zur Winterzeit wärmendes Feuer geknistert haben musste, zählte Marietta acht Amphoren aus Terrakotta, bestimmt antik, die nach Größe geordnet waren. In einem weiter oben hängenden Rahmen war der Präsident der Republik zu sehen, ernst und gutmütig blickte er auf die gegenüberliegende Wand.

Felice legte den Hörer auf und drückte auf eine Taste. Sogleich stand die Sekretärin auf der Schwelle.

»Kann ich Ihnen einen Kaffee anbieten?«, fragte er Marietta, die sagte »Machen Sie sich keine Mühe«, aber die Angestellte steckte schon ein Tab in die Espressomaschine, die seitlich auf einem Tischchen stand.

Nach dem unerlässlichen Danke-bitte – danke, bitte – wie viel Zucker – ein Stück genügt – für mich bitte zwei – danke, bitte – danke, bitte – lieh der Bürgermeister ihr sein Ohr. Marietta nutzte die günstige Gelegenheit und sprach von dem Kleiderladen, den sie in der Altstadt eröffnen wollte, und sagte die Sätze auf, die sie aufgeschrieben und auswendig gelernt hatte. Es gäbe eine Filiale von *Fili Fatati Seit 1888*, die in der Bezirksstadt, wie er sicher wisse, sehr beliebt sei, sie wolle aber ein paar ganz neue Artikel anbieten, Kleidung aus einer bestimmten Sojafaser oder als Alternative einen völlig neuen Laden, der auch einen anderen Namen erhielte und nur in dem Städtchen eröffnet würde.

»Das halte ich für eine exzellente Idee, und ich danke Ihnen, dass Sie sie mir vorgetragen haben. Leider sind die Bewerbungen für Verkaufsräume abgelaufen«, sagte der Bürgermeister mit einem bedauernden Gesichtsausdruck.

Er habe die Idee zur Belebung des Handels von Anfang an kräftig unterstützt, so fuhr er fort, und diese sei durch die Subventionen der Regierung Wirklichkeit geworden. Jetzt aber sei das Geld ausgeschöpft und mit neuem sei nicht zu rechnen. Jedenfalls nicht auf kürzere Sicht. Der neue Finanzminister habe die Subventionen leider abgeschafft. Das wüssten alle, man rede von nichts anderem: Opfer müssten gebracht werden, Opfer und wieder Opfer. Dies sei die neue Devise in der Politik von heute.

»Wir überlegen noch die Möglichkeit, eine *shopping card* einzuführen, mit der man Prozente, Gutscheine, Punkte und wer weiß was noch alles bekommen kann. Auf diese Weise wollen wir die Verkäufe hier im Ort beleben. Das alles muss aber erst noch umgesetzt werden.«

Aber, so fügte er hinzu, es sei ganz sicher, dass die örtliche Bank ihr eines jener zinsgünstigen Darlehen gewährte. Eine so liebenswürdige Ladeninhaberin wie sie würde bald eine große Kundschaft anziehen. Hätte sie auch Herrenkleidung, so werde er der erste Käufer sein. Er freue sich schon jetzt darauf.

Marietta hatte den Eindruck, dass er dies tatsächlich tun würde. Er war ja so galant! Ob er sie auch so attraktiv fand wie sie ihn?, fragte sie sich. Die Plaudertasche Dora hatte diesmal wirklich den größten Unsinn geredet mit ihrem »anderen Ufer«. Marietta beschloss, die Karten auf den Tisch zu legen und die gemeinsame Vergangenheit ins Spiel zu bringen. Das wäre sicher einfacher.

Und so war es auch.

»Natürlich erinnere ich mich, Marietta! Meine liebe, liebste Marietta!«, rief Felice aus und ließ deutlich die ungerollten Rs hören. »Natürlich, der Kindergarten, Pater Rinaldo, Schwester Carolina, der Küster … wie hieß er noch?«

»Michelangelo.«

»Ja, Michelangelo … Michelò!«

»Ja genau, Michelò«, sagte Marietta und sah den dicken, gutmütigen Riesenkerl wieder vor sich, der in der Kirche Gerstenbonbons an die Kinder verteilt hatte, die noch keine Erstkommunion hatten und keine Hostie essen durften, damit sie nicht mit leerem Mund dasaßen.

»Und seine Frau Clotilde, die uns Hefezöpfchen brachte, mit Rosinen drin!«

»Zöpfchen? Es waren Riesenzöpfe. Ich war ganz verrückt danach. Und ihr Quittengelee erstmal!«

»Das mochte ich nicht. Und die Haushälterin … Ermanna?«

»Nein, sie hieß Ermengarda! Die war ja so stur!«

»Und sie hatte einen Oberlippenbart! Einmal haben wir sie gesehen, wie sie mit einem Rasierapparat …«

Und immer so weiter.

Die Sekretärin unterbrach sie irgendwann. Die Person, mit der der Bürgermeister um elf verabredet sei, sei jetzt da.

»Was, es ist schon elf?«

Felice konnte es nicht glauben. Er hatte zweieinhalb Stunden mit Marietta verbracht, und bei all den schönen Erinnerungen aus der Kindheit hatte er gar nicht gemerkt, wie die Zeit verflogen war. Warum sie ihn denn nicht schon früher aufgesucht habe, fragte er leicht vorwurfsvoll, als sie aufstand, um zu gehen. Er sei doch schon seit drei Jahren Bürgermeister. Hätte er gewusst, dass sie in Borgo Propizio wohne, wäre er zu ihr gekommen. Er habe sie immer noch als seine ganz besondere Freundin in Erinnerung und denke immer gern an die wunderbaren Sommer bei den Großeltern. Er habe gedacht, sie sei weggezogen, und es sei ihm nicht in den Sinn gekommen, genauer nachzuforschen. Er habe allerdings auch kaum Zeit gehabt, hundert Verpflichtungen und Probleme. Aber wie schön, sie wiedergefunden zu haben! Sie hätten sich ja so viele Dinge zu erzählen. Warum gingen sie nicht zusammen abendessen? Er könne sie als alter Freund ja bedenkenlos einladen. Oder habe sie etwa einen eifersüchtigen Mann, der etwas dagegen habe?

»Ich lebe allein«, beruhigte Marietta den Bürgermeister und hob ihre ringlose Hand. Und während sie dies tat, fragte sie sich bereits, wie sie in Felices Herz ein Feuer entfachen könnte.

Als sie das Rathaus verließ, bewegte sich Marietta wie auf Wolken. Sie ging nicht, sie tanzte die Straße entlang, und die Musik eines Adagio klang ihr in den Ohren, als sie sich jetzt auf den Heimweg machte. Sie atmete tief ein und war ganz berauscht. Gesegneter Frühling! Sie konnte den nächsten Tag kaum erwarten, an dem sie sich um acht Uhr abends zur großen Freude aller Tratschtanten, die hinter den Fenstern hingen, direkt vor dem Eingangsportal des Rathauses treffen würden. Sie hatte vorgeschlagen, sich im Tal oder außerhalb der Stadtmauern zu verabreden, aber Felice war strikt dagegen.

»Ist es dir peinlich, mit mir gesehen zu werden?«, hatte er gefragt, und da erschrak sie.

Nein, stotterte sie, sie habe das seinetwegen gesagt, er sei schließlich der angesehenste Mann der Stadt und sie nur eine einfache Bürgerin.

»Abgesehen davon, dass wir Freunde seit unserer Kindheit sind, ist es mir eine Ehre, an der Seite einer schönen Frau gesehen zu werden.«

Oh!

Endlich hatte das Leben eine Kehrtwendung zu ihren Gunsten gemacht. Marietta war selig. Die Begegnung mit dem Bürgermeister heute Morgen war ein großes Glück. Und sie war so dumm gewesen, ihn nicht früher zu besuchen. Er hatte ihr noch besser gefallen, als sie sich ihn vorgestellt hatte. Lebhaft, umgänglich, geistreich. Kein Wunder, dass die Leute von Borgo Propizio ihn mochten. Er würde lange an der Spitze des Ortes stehen, da war sie sich sicher. Und sie war seine gute Freundin.

Eine gute Freundin, und später vielleicht ein bisschen mehr.

Tja, es war zwar schade, dass es für ihr Geschäft keine staatlichen Subventionen mehr gab, aber nächste Woche würde sie auf die Bank gehen, um auszuloten, welche Art von Kredit man ihr anbieten konnte.

Jetzt, mit Felice im Rücken, sah alles schon ganz anders aus. Das Adagio in ihrem inneren Ohr war zum Rondo vivace geworden.

32

Nicht das Gespenst

Als sie wieder zu Hause war, machte Marietta das Bett und spülte die Schüssel und die Bratpfanne ab, die sie am Vorabend vor lauter Aufregung wegen des Telegramms im Spülbecken hatte stehen lassen. Jetzt interessierte sie dieses Telegramm kaum noch, jetzt stand ER im Mittelpunkt ihres Interesses. Ein richtiger Mann, keine Fotografie auf einem Plakat und kein Schlossgespenst. Sie überlegte, was sie anziehen sollte, wenn sie mit Felice ins Restaurant ging. Natürlich das neue Kleid, auch wenn es jetzt schon etwas älter war und auch ein bisschen abgenutzt, denn sie hatte es schon dreimal gewaschen. Doch es war das einzige von den Kleidern in ihrem Schrank, das sich für besondere Gelegenheiten eignete.

Aufgeregt rief sie beim Friseur unten im Tal wegen eines Termins am nächsten Morgen an. Dort kostete die Dauerwelle zwei Euro weniger als bei der

Konkurrenz in der Altstadt. Und sie konnte gleich zur Post nebenan gehen und ihre überfällige Strom- und Gasrechnung bezahlen. Immer nur zahlen! Apropos Geld, sie wollte bei *Glückliche Reisen* vorbeigehen und fragen, ob sie ihr den monatlichen Betrag gutgeschrieben hatten und wie hoch er war. Im April waren verschiedene Kunden mit ihren Gutscheinen da gewesen, sie hatten noch nicht abgerechnet, aber es musste ein ordentliches Sümmchen sein. Vielleicht würde sie auch in den Supermarkt gehen, ihr Kühlschrank war fast leer. Ihr kam in den Sinn, wie ihre Mutter, wenn sie und Mariolina als Kinder nicht essen wollten, sie erschreckte und sagte, das Gespenst würde in den Kühlschrank gehen, ihr Essen verspeisen und nie mehr herauskommen. Sie hatte es nicht geglaubt, aber ihre Schwester versteckte sich unter dem Tisch und weinte: »Nein, nicht das Gespenst!« Bei dieser Erinnerung musste sie lächeln.

Vielleicht hatte auch sie selbst ein klein wenig Angst gehabt vor dem Gespenst im Kühlschrank.

Heute wollte sie mittags nur Reis mit einem Stich Butter essen. Mit Parmesan war jetzt Schluss.

Zur selben Zeit knetete Letizia in der Milchbar energisch einen Mürbeteig von schöner goldgelber Farbe für Kringel, die in noch heißem Zustand mit Hagelzucker bestreut werden mussten. Es war schon das zweite Ofenblech, weil die ganze erste Ladung von der Gruppe Dichter und Dichterinnen verzehrt worden war. Ofenblech war gar nicht der richtige Ausdruck, denn die Kringel wurden in der Friteuse gemacht, der Ofen hatte gar nichts damit zu tun. Letizia korrigierte sich selbst und nannte es nun französisch *tranche*.

»Das war jetzt die zweite *tranche*. Dabei hatte ich heute Morgen schon eine Riesenmenge hergestellt. Die Dichter haben zwar einen erlesenen Geist, aber einen gefräßigen Bauch. Ich hatte die Zuckerkringel zum Auskühlen auf den Balkon gestellt und hab mich nur einen Moment umgedreht, um ein Tablett zu holen, und plötzlich waren alle Kringel verschwunden. Das war ganz sicher nicht das Schlossgespenst.«

Ihre Nichte hörte ihr zu, den Besen in der Hand, denn sie fegte gerade Krümel und Zuckerkörner zusammen, die überall auf dem Boden verstreut waren. Saubermachen war ihre Aufgabe, aber manchmal kam sie sich vor wie Aschenputtel. Doch der alten Tante konnte sie diese Arbeit selbstverständlich nicht zumuten. Belinda seufzte. Tante Letizia, die die Küche beim Backen wieder schmutzig gemacht hatte, hätte ja einfach auch auf die zweite *tranche*, wie sie es nannte, verzichten können. Aber sie wollte die Kringel unbedingt bei Dora vorbeibringen, mit der sie, wie sie erklärte, besser Frieden schließen sollten, um der guten Nachbarschaft willen, zugunsten der Milchbar und auch der gesamten Piazza. Es tat Tante Letizia aufrichtig leid, sie schlecht behandelt zu haben, und eigentlich war auch Belinda dafür, mit einer Schachtel Schokolädchen die weiße Fahne zu hissen. Aber nein, es mussten ja unbedingt diese Kringel sein. Tante Letizia hatte gesagt, Schokolade sei nicht dasselbe, und sie gezwungen, sich das Geheimnis ihrer besonderen Teigmischung anzuhören.

»Man kann nicht einfach vier Zutaten zusammenmixen und fertig, nein, man braucht Geduld, gute Stimmung und Kraft. Mit Teig muss man kommunizieren, wenn man ihn vorbereitet. Die Hände müssen Empfindungen weitergeben. In diesem besonderen Fall müssen wir Harmonie, Freundschaft und Sympathie hineinkneten. Frieden. Dora muss in die Kringel beißen und sich dabei akzeptiert und geliebt fühlen.«

»Nicht so einfach nach dem, was du ihr an den Kopf geworfen hast.«

»Ich habe doch nichts gesagt, das warst eher du.«

»Du bist ganz schön keck, Tantchen, du hast sie eine geschwätzige Rentnerin genannt!«

»Wenn man einmal dabei ist, sagt man eben Sachen, die man nicht so meint.«

»Aber die anderen bekommen sie zu hören.«

»Du hast sie auch ganz schön angefahren.«

»Ich habe nur gesagt, ich will keine Betrüger in meiner Milchbar. Ich kann schließlich entscheiden, wer hier reinkommt.«

»Nun, sie ist nicht mehr gekommen, und dieser Francesco, Chicco oder wie immer er heißt, auch nicht.«

»Und das ist auch gut so. Vor allem, was diesen unhöflichen Kerl angeht!«, rief Belinda aus, fegte wie wild mit dem Besen herum und tat so, als höre sie nicht, dass ihre Tante entgegnete: »Na, das werden wir mal sehen.«

Letizia war davon überzeugt, dass es ihrer Nichte schon leidtat, dass sie den sogenannten »Kerl« so schlecht behandelt hatte. Das hatte ihr das Horoskop nämlich bestätigt. Die Wutausbrüche ihrer Nichte hatte der Mond verursacht, weil der Mond in Quadratur zum Mars stand. Jetzt aber begann dank wohlmeinender Planeten die Phase der Weisheit und der Reue. Leider war das Mädchen aber sehr stolz und würde das nie zugeben. Von der Astrologie mal abgesehen.

Ihr gegenüber zeigten sich die Sterne leider sehr ungnädig und ließen sie noch immer auf eine Antwort der Seniorenuniversität wegen des Ehrendoktors für ihren Liebling, den Großen Musiker warten. Dem letzten Schreiben hatte sie entnommen, dass eine Kommission zusammentreten müsse, dass es lange dauern würde undsoweiterundsofort. Dieser unsympathische Mann, der sich mit seiner Hermelinmütze als Rektor aufspielte, ging ihr gewaltig auf die Nerven.

In Gegenwart des Direktors wagten die Schüler es nicht, laut zu lachen. Ornella aber spürte ihre Blicke. Zwanzig Jungen und Mädchen aus der achten Klasse waren ausgewählt worden, um auf dem »Festival unter den Sternen« Sonette und Lieder vorzutragen, als Spielleute verkleidet und an bestimmten Punkten des Ortes aufgestellt. Die Lehrer und der Rektor selbst sollten einige Auserwählte bestimmen, die der Feier in Borgo Propizio Ruhm verliehen, dies verdankte sie dem Dezernenten Conforti, der jahrelang hingebungsvoll an dieser Schule gearbeitet hatte. Diese Auserwählten sollten natürlich auch an dem Abendessen mit dem berühmten Schriftsteller Rocco Rubino teilnehmen.

Ornella war zufrieden, als sie die Schule verließ. Auf dem Heimweg ging sie in Gedanken das Festival-Programm noch einmal durch. Erster Tag: morgens Einweihung der Bibliothek, nachmittags mittelalterliche Tänze, abends szenische Lesungen. Zweiter Tag: morgens Führung durchs Museum, abends Buchpräsentation der Werke von Autoren aus der Gegend, Bartolo, Pincardini und Rosa Rosae. Dritter Tag: Mühlespiel mit lebenden Personen, nachmittags Begegnung mit Rocco Rubino, abends das feierliche Krimi-Dinner. Am Nachmittag des zweiten Tages klaffte noch eine Lücke. Sie hätte gerne etwas mit Gedichten gemacht. Ihr fiel ein, dass Letizia einmal von einem gewissen Duchesca erzählt hatte, und sie hatte den Dezernenten kritisiert, weil er nicht wusste, wer das war. Es musste ein moderner Dichter sein, vielleicht jemand, der auch die Senioren-Uni besuchte. Conforti kannte die Klassiker aus dem Effeff. Wenn dieser Mann nicht allzu bedeutend war und kein unmäßiges Honorar verlangte, konnte sie ihn einladen. Dafür würde er noch ein paar Euro lockermachen. Ornella wollte Letizia noch einmal genauer befragen, und so beschloss sie, noch in der Milchbar vorbeizugehen.

Zuvor aber begrüßte sie Chicco, der gerade in diesem Moment ihren Weg kreuzte.

»Chicco! Na, so eine Überraschung! Wie lange haben wir uns nicht gesehen!«, rief sie aus dem Wagenfenster.

Ornella parkte ihr Auto, und Francesco begrüßte begeistert seine »alte Freundin und Lehrerin«. Ihre Mutter habe ihm erzählt, dass sie wieder in Borgo Propizio sei, und er habe sie eigentlich gleich besuchen wollen, aber bei all der Arbeit noch keine freie Minute gefunden.

Alte Freundin und Lehrerin?

»Freundin ist okay, aber alt bin ich noch nicht, und nenn mich bloß nicht Lehrerin. Ich habe doch nur ein bisschen Mathe mit dir gemacht«, sagte Ornella und stieg aus.

»Das hat sehr geholfen, wie oft hast du mich vor einer Fünf bewahrt!«

»Du warst ehrlich gesagt nicht sehr begabt in Mathe, Chicco.«

»Wenn du nicht willst, dass ich alte Lehrerin zu dir sage, dann nenn mich bitte nicht mehr Chicco. Ich heiße Francesco. Immerhin bin ich inzwischen dreißig Jahre alt und nicht mehr drei Monate.«

»Wird man mit dreißig empfindlich?«

»Nein, keine Spur, nur sollen die Leute im Ort mit diesem albernen Namen aufhören. Seit ich wieder hier bin, versuche ich, ihnen beizubringen, wie ich richtig heiße, aber das ist echt schwierig. Die Leute sind stur und wollen immer an den kleinen Jungen von früher erinnert werden. Meine Mutter ruft mich vor den Kunden Chicco, Chicco … Weißt du, wie peinlich das ist?«

»Na schön, dann bist du jetzt Francesco. Erzähl mal, wie geht es dir? Was hast du die ganze Zeit gemacht?«

Er habe alles von der Pike auf gelernt. Es sei hart gewesen, aber wichtig, und er kenne sich jetzt bestens aus.

Internationale Restaurants, auch ein japanisches und eines mit Vegan-Küche. Erst seitdem fühle er sich fit genug, um wieder nach Hause zu kommen. Er hatte immer ein eigenes Restaurant aufmachen wollen, schon als er noch im Internat war. Allerdings nicht in Borgo Propizio, jedenfalls nicht in dem Borgo Propizio von damals. Jetzt sei ja alles ganz anders, nie im Leben hätte er eine solche Veränderung für möglich gehalten. Als er vor ein paar Jahren an Weihnachten hier gewesen sei, habe er ein paar Baustellen gesehen, und jetzt sei wirklich alles ganz anders und in neuem Glanz. Hätte seine Mutter nicht das Hotel übernommen, hätte er gern ein Lokal in der Altstadt eröffnet. So aber versuche er sich als Francesco mit der Hotelküche einen Namen zu machen. Wenn dann der Vertrag ausliefe, der nicht besonders günstig sei, dann entweder bessere Konditionen oder Schluss. Er habe die neuen Geschäfte oben im Zentrum gesehen …

»Und die Milchbar meiner Freundin …«

Das war keine Frage. Belinda hatte Ornella alles erzählt.

»Oh mein Gott! Du meinst, diese Frau, die immer ein Gesicht zieht wie saure Milch, ist deine Freundin? Um es mit der auszuhalten, muss man schon eine Engelsgeduld haben, aber die hast du ja.« Francesco schüttelte den Kopf. »Ich kann nur hoffen, dass nicht alle neuen Bewohner von Borgo Propizio so sind wie sie. Da würde ich mir lieber das Gespenst zurückwünschen. Das heulte zwar ab und zu auf seiner Burg, aber es keifte jedenfalls nicht so herum wie diese Frau.«

33

Claudia

Claudia konnte nicht einschlafen. Ihr Mann schlief friedlich neben ihr. Das Leben mit ihm war wieder genauso wie vor ihrer Trennung. Zunächst hatte alles mehr Farbe bekommen, Cesare hatte sich Mühe gegeben und sogar aus eigener Initiative heraus Karten für ein Konzert gekauft, dann aber war schnell wieder alles in der früheren Eintönigkeit versunken. Jeden Tag musste Claudia einen neuen Kompromiss finden, um ihrem Realitätssinn gerecht zu werden, den sie sich notwendigerweise hatte zulegen müssen. Gegenüber Fremden war Cesare freundlich und aufgeschlossen, zu Hause aber herrschte nur dumpfes Schweigen. Um mit ihm ins Gespräch zu kommen, erzählte ihm Claudia von den Büchern, die sie las, aber dabei nickte er oft ein. So bewegte sich ihre Stimmung immer weiter nach unten.

Man konnte nicht sagen, dass sie sich nicht liebten, aber manchmal kam es Claudia vor, als seien sie Kilometer voneinander entfernt, obwohl sie in demselben Bett lagen. Zwei Menschen, die sich »wie die meisten Leute von Grund auf kennen, aber eigentlich gar nichts voneinander wissen«. Diesen Satz hatte sie in einem Buch gelesen und darin ihre eigene, einfache Wahrheit entdeckt.

Sie drehte sich auf die Seite, und da kam ihr Mariolina in den Sinn, der es leidtat, ihre Arbeit aufgegeben zu haben, und die jetzt um eine neue Stelle kämpfte. Claudia hatte ihre Arbeit, mit der sie am Anfang ihr Leben finanziert hatten, als Cesare noch studierte, ein paar Jahre später aufgegeben, als ihre geliebte Tochter kam. Sie war ein absolutes Muttertier und hatte sich von Anfang an für ihr Kind aufgeopfert. Hatte sie alles falsch gemacht? Cesares Beruf hatte ihn immer mehr vereinnahmt, und so war es unerlässlich, dass Claudia während Belindas Kindheit und Jugend zu Hause blieb. Als die Tochter dann größer wurde und sie nicht mehr den ganzen Nachmittag damit verbringen musste, deren Hausaufgaben zu überwachen, stellte Claudia fest, dass ihr Diplom, das in einem verstaubten Ordner lag, ihr nicht mehr viel nützte, eigentlich gar nichts mehr. Das Lesen hatte ihr sehr geholfen, führte sie zu neuen Horizonten, gab ihrem Leben einen Sinn. Doch das genügte ihr nun nicht mehr. So wurde sie ehrenamtlich tätig, um ihre leeren Tage auszufüllen. Sie hatte das Gefühl, nichts im Leben geschafft zu haben, und sie kam sich in dem leeren Haus wie ein unnützer Gegenstand vor. Aber auch das Ehrenamt reichte ihr bald nicht mehr. Irgendwann war sie es leid, das fünfte Rad am Wagen zu sein. Alles andere war wichtiger als sie: Gesetzesartikel, Zeugenaussagen, Verteidigung, Gerichtsurteile, Rechtskompendien, Testamente, Anhörungen etc. etc. So hatte sie sich eine möblierte Zweizimmerwohnung gemietet und war zu Hause ausgezogen, mit Gepäck und allem, was sie brauchte, alles sehr sperrig.

In dem Jahr der Trennung hatte sie ein Junggesellinnenleben geführt, sie hatte früher nie allein gelebt, da sie schon mit zwanzig geheiratet hatte. Doch jetzt war nicht mehr die richtige Zeit für ein fröhliches Jungesellinnendasein, obwohl es auf einer Reise mal kurz einen Verehrer gab. Sie kam sich lächerlich vor, war verwirrt und verunsichert. Die Familie gab ihr zwar nicht zurück, was sie ihr gegeben hatte, doch sie konnte auch nicht ohne sie auskommen. Und so drehte sie das Rad zurück, ließ sich auf den von Letizia, Cesare und Belinda ausgeheckten Plan ein und kam wieder nach Hause. Sie tat es gern, als habe sie sich nichts mehr gewünscht. Einmal hatte die Tante klipp und klar zu ihr gesagt:

»Ich kenne dich gut, Claudia, du kannst ohne Familie nicht leben, du bist die geborene Ehefrau.«

Nun ja.

Claudia erinnerte sich, wie sie herausgefunden hatte, was ihr zwischen den hübschen Möbeln ihrer Wohnung gefehlt hatte: Cesares herumstehende Schuhe, sein Bademantel im Badezimmer, die Jacken im Schrank und schließlich die Strümpfe, die immer auf dem Boden lagen. Sie war zur Ehefrau geboren, das stimmte, aber der Preis war hoch! Claudia, die schnell Freundschaften schloss, war durch ihre Ehe einsam geworden, und sie kam sich überflüssig vor.

Deshalb war sie neulich einem Verein für misshandelte Frauen beigetreten, widmete sich diesem mit viel Energie, hörte geduldig den Opfern körperlicher und seelischer Gewalt zu und konnte ihnen wieder ein bisschen Lebenslust schenken. Jahrelang hatte sie sich gefragt, ob es nicht auch eine Art Misshandlung war, dass ihr Mann sich nicht um sie kümmerte – bis zu dem Tag, an dem sie ihr Schicksal mit den tintenblauen Flecken auf den Gesichtern dieser armen Geschöpfe verglich. Sie tröstete sich, fühlte sich aber auch schuldig, dass sie so privilegiert war, weil sie mal gedacht hatte: besser eine Ohrfeige als dieses ständige Schweigen. Und so stürzte sie sich Hals über Kopf in die Arbeit im Frauenzentrum. Dies war nicht nur ein Kompromiss mit ihrem Leben, es war auch die Notwendigkeit, Zuneigung weiterzugeben und sich selbst zu ernähren mit dem, was sie schenkte, und zu fühlen, dass andere sie brauchten.

Die Frauen, die ins Zentrum kamen, hatten alle den gleichen Blick, Claudia erkannte ihn inzwischen schon auf der Straße. Sie hörte ihnen schweigend zu, äußerte ihre Meinung so wenig wie möglich; reden zu können war schon sehr viel für jemand, der nicht in der Lage war, eine Meinung zu äußern, ein Wort, ein Ja oder Nein. Meinungen, Worte, Ja und Nein waren bei vielen zusammen mit ihrer Würde unter einem Berg von Müll begraben, dem Müll demütigender, ungesunder, gewalttätiger, krimineller Beziehungen. Hier kam es oft zu dramatischen Szenen, zu wahren Tragödien, nicht draußen, sondern innerhalb der eigenen vier Wände, die sie eigentlich schützen, ihnen Sicherheit und Wärme geben müssten. Claudia drängte die Frauen nicht dazu, ihre Männer anzuzeigen oder zum Anwalt zu gehen oder sich an einen sicheren Ort zu flüchten: Diese Möglichkeiten deutete sie nur vorsichtig an. Wenn sie die Frauen aber zur Tür begleitete, nahm sie sie in den Arm und bewies ihnen Einfühlungsvermögen und schwesterliches Mitgefühl. Das war wichtig. Manchmal hatte sie den Eindruck, dass es ihr tatsächlich gelang, wenn die Andeutung eines Lächelns auf einem Gesicht erschien und die schmerzverzerrten Lippen öffnete: Dies waren sehr seltene Momente, die Claudia wie ein winziges Wunder vorkamen und einen kleinen Lichtschimmer in das Dunkel des Leids warfen (auch ihr eigenes). Leider hörte es hier schon auf. Nicht selten sah sie beim nächsten Gespräch noch größere blaue Flecke, noch tiefere Wunden, und Claudia wusste, dass dies ein Abschied war. Viele Frauen kamen nicht mehr ins Zentrum, nicht weil sie es nicht mehr gebraucht hätten, sondern weil ihr Wille gebrochen worden war.

Es gab allerdings auch Erfolge bei den stärksten, widerständigsten und mutigsten und damit glücklicheren Frauen. Manche hatten eine intakte Herkunftsfamilie im Hintergrund, und es gelang ihnen, sich zu befreien, wiedergeboren zu werden, sich zu retten und damit auch ihre Kinder. Sie konnten darauf hoffen, dass alles gut werden würde.

Dies waren Momente, in denen sich alle freuten.

In der ersten Zeit war Claudia einem dummen Vorurteil folgend überzeugt gewesen, die meisten Opfer hätten Männer mit rückständigen Ansichten, Islamisten oder herrschsüchtige Kriminelle oder Ähnliches. Dann musste sie ihre Meinung ändern und war bestürzt. Manchmal waren die Männer, die ihre Frauen wie wertlose Gegenstände behandelten, angesehene Richter, Chefärzte wie der Ex-Mann von Ornella, Bankangestellte und Leute, die über jeden Zweifel erhaben schienen.

Claudia stand auf. Nach dem Mittagessen hatte sie im Garten Unkraut gejätet, Veilchen gepflanzt und die Mülleimer ausgewaschen, dann hatte sie sich hingelegt, um ein paar Kapitel ihres Buches zu lesen, vielleicht auch ein bisschen zu schlafen. Plötzlich aber war sie fest eingeschlafen und erst nach vier Stunden aufgewacht. Auf dem Wecker war es schon kurz nach sieben. Eine große Müdigkeit hatte sie ergriffen, aber es war seelische Müdigkeit. Das Haus putzen, für das Abendessen einkaufen und kochen (Cesare kam so gut wie nie zum Mittagessen) schien ihr nicht viel Arbeit zu sein. Ihr gingen die Gespräche im Frauenzentrum nicht aus dem Sinn, sie belasteten ihren Geist und ihre Seele. Der Schlaf brachte ihr zwar Erleichterung, aber nach der langen Siesta am Nachmittag fühlte sie sich ganz kraftlos, und für einen Kaffee schien es ihr zu spät zu sein. Sie wusch sich das Gesicht, trocknete es ab, betrachtete sich. Im Spiegel sah sie eine Frau, die die fünfzig virtuos überschritten hatte. Virtuos: Wenn jemand ihr sagte, man sähe ihr ihr Alter nicht an, antwortete sie stets, dass alle Gleichaltrigen jugendlich aussähen. Sie wirkten jedenfalls so. Jetzt sah sie sich genauer an: Ihre Lider waren mit der Zeit schwer geworden, die Lippen runzelig, die Augenbrauen dünn, die Haarsträhnen auf der Stirn grau (sie musste dringend neue Strähnen machen lassen). Seit ein paar Jahren nahm sie auch Schilddrüsenhormone und hatte sich kürzlich stärkere Brillengläser machen lassen müssen. All dies waren Zeichen dafür, dass sie älter wurde. Ob man ihr das wirklich nicht ansah?

Oft dachte sie an die Adoption, die sie beantragt hatten, Cesare hatte aus Pflichtgefühl eingewilligt. Er fühlte sich in gewisser Weise für Irenes Tod verantwortlich. Aber manchmal fragte sich Claudia, ob es wirklich eine gute Idee gewesen war. Eine melancholische Adoptivmutter und ein schweigsamer Adoptivvater waren bestimmt nicht ideal. Doch sie war sich nicht sicher, denn sie spürte, dass sie dem Jungen etwas geben konnte, aber war es richtig, dies Liebe zu nennen, oder war es vielleicht eher etwas, das sie selbst brauchte? Wo war die Grenze zwischen Egoismus und Selbstlosigkeit?

Und da war noch etwas: Warum fühlte sich Cesare so sehr verantwortlich für den Tod von Irene?

Sie machte Licht. Es war noch nicht spät, doch im Haus war es dunkler geworden. In der Wettervorhersage hatte es geheißen, dass es ein launischer Frühling würde. Draußen regnete es ein wenig. Claudia lief hinaus, um die Wäsche hereinzuholen, bevor sie ganz nass wurde. Draußen zog sie fröstelnd die Strickjacke um sich. Die Temperatur musste um mehrere Grad gefallen sein. Claudia kam nicht umhin zu denken, was man inzwischen überall hörte: Es gab keine Jahreszeiten mehr.

34

Eine Verabredung im Regen

Marietta glaubte an Sprichwörter, aber auch daran, dass man sie abwandeln konnte. Sie suchte sich immer eins aus, das zu einer bestimmten Situation passte, und dann wiederholte sie es im Kopf wie ein Mantra, einen Glücksbringer. Da das Sprichwort »Hochzeit im Regen bringt Glück« zu dem Abend mit Felice nicht passte, machte sie daraus »Freundschaft im Regen bringt Glück«, doch dann überlegte sie und fand, es engte sie zu sehr ein. So probierte sie ein paar andere Sätze aus, bis sie den richtigen fand. »Eine Verabredung im Regen bringt Glück.« Sie zweifelte nicht, dass daraus etwas werden würde. Sie war plötzlich voller Energie und sah sich in der Lage, einen neuen Aufbruch und auch nie dagewesene Gefühle zu meistern, wollte alles, was sie nicht im Leben geschafft hatte, hinter sich lassen und sich auf das konzentrieren, was sie noch erreichen konnte. Sie war erst siebenundvierzig. Frauen in ihrem Alter bekamen manchmal sogar noch Nachzügler-Kinder, manche sogar das erste. Schauspielerinnen, aber auch gewöhnliche Frauen wie sie, das hatte sie aus dem Fernsehen erfahren. So weit reichten ihre hochfliegenden Pläne allerdings nicht, um Himmels willen, das war nur so ein Gedanke. So etwas kam für sie sicher nicht in Frage.

Sie stellte fest, dass es ausgerechnet jetzt anfing zu regnen.

Heute Abend hatte sie das Gitter eine halbe Stunde früher als sonst heruntergelassen, in der Hoffnung, dass ihre Teilhaberin es nicht merkte. Sonst würde es später einen Riesenkrach geben. Es war kein sehr einträglicher Nachmittag gewesen, sie hatte gerade mal vier Knäuel Baumwolle und zwei Wollknäuel verkauft. Und sie war noch einen Spitzenkragen losgeworden, einen alten Ladenhüter, und war froh, dass ihn endlich eine Kundin entdeckt hatte. Wie hieß es noch? Sag niemals nie! Wenn eine andere Kundin morgen wiederkam, würde sie noch zwei Gardinen mit Spitzenbordüre verkaufen, aber sie war sich nicht sicher, denn die Frau hatte sie nur zurücklegen lassen, aber nichts angezahlt, weil sie angeblich kein Geld bei sich hatte. Es waren sowieso nur die billigen Gardinen für kleine Fenster. Also auch heute nur wenig Umsatz, geradezu lächerlich! So konnte es nicht weitergehen, sie musste den Laden wieder in Schwung bringen, einen kräftigen Anschub brauchte er, damit er trotz der Krise wieder zu seinem alten Glanz zurückfand oder zumindest zu annehmbaren Einkünften. Leider wollte ihre Teilhaberin nichts ändern und war gegen die Idee mit den neuen Kleidern aus Sojafaser. Außerdem war sie gegen jede neue Investition (und warf ihr vor, Geld für das neue Türschild und die neue Abbildung auf den neuen Tüten ausgegeben zu haben). Marietta besaß kein Kapital, um zu investieren, doch ihr war bewusst, dass ein Ladenbesitzer nicht tatenlos zusehen konnte, wie sein Geschäft langsam pleiteging. Deshalb neigte sie immer mehr dazu, allein einen alternativen Laden aufzumachen, mitten in Borgo Propizio, wo Hunderte Touristen als Laufkundschaft vorbeikamen. Doch ihre Frage (deren Beantwortung sie fürchtete) war, ob sie das Kapital, das sie beim Erwerb der 50 Prozent von *Fili Fatati Seit 1888* investiert hatte, zurückerhalten würde. Ob sie es zurückbekäme, ohne den Rechtsweg einschlagen zu müssen, denn sie hatte keine Lust auf eine juristische Auseinandersetzung.

Jetzt fuhr sie nach Hause und drückte heftig aufs Gaspedal, ohne auf die Geschwindigkeitsbeschränkung zu achten, und war mit anderen Gedanken beschäftigt: Durch die Feuchtigkeit waren ihre Haare zusammengefallen, und sie sah aus wie eine Vogelscheuche. Sie konnte zu dem neuen Kleid auch nicht ihre unbequemen Stiefelchen anziehen, doch ihre hellen Schuhe würden vom Wasser Flecken bekommen, ihr Mini, gerade gestern in der Waschanlage, war schon wieder schmutzig. Ohne Regenmantel würde sie nicht ausgehen können, aber, so ein Pech!, der ihre war alt und unförmig, und sie wusste nicht, ob sie sich einen neuen kaufen sollte. Sie war wütend auf das Wetter, es sei dieses Frühjahr nicht in den Griff zu kriegen, hatten sie im Fernsehen gesagt. Marietta war der Meinung, es sei außer Rand und Band. Am meisten aber beschäftigte sie die Frage, ob es nicht verrückt sei, sich in ein solches Abenteuer zu stürzen (vielleicht nahm er es gar nicht besonders ernst?). Sie hatte Angst und war besorgt, es war ja ihre erste richtige Verabredung mit einem Mann, abgesehen von ganz wenigen Erlebnissen, etwa eine gemeinsame Autofahrt mit jemandem aus dem Dorf, aber das war keine echte Verabredung gewesen. Sie hoffte, dass Felice nicht zu aufdringlich sein würde und gleich etwas von ihr wollte. Dass er ihr bloß keinen unanständigen Antrag machte! Sie traute ihm dies zwar nicht zu, aber leider konnte man, nach dem, was man so hörte, leicht in Schwierigkeiten geraten.

Ein Donner zerriss den anthrazitgrauen Himmel, an dem sich dicke Wolken ballten. Morgens hatte Marietta die Bettwäsche rausgehängt, aber das bekümmerte sie nicht weiter. Sie hatte jetzt keine Zeit, sie abzunehmen, morgen würde sie sie einfach noch einmal waschen und einmal nicht an die Stromrechnung denken. Zum Teufel mit dem Geiz und den Pharisäern, sagte sie sich und stieß die Autotür auf.

Der Regen fiel vermutlich deshalb, weil sie zum ersten Mal eine Verabredung mit einem Mann hatte, wie sollte es sonst möglich sein, dass Anfang Mai so ein Platzregen herniederging! Es kam aber noch viel schlimmer. Marietta erreichte gerade noch ihr Haus, und dann brach das Ende der Welt an: Aus der schweren Wolkendecke fielen Regen und Hagel, es blitzte und donnerte, ein Sturm fegte über das Land. Das ist vielleicht gar nicht so schlecht, dachte Marietta und blickte in das Unwetter, dann sind die Klatschweiber wenigstens nicht am Fenster.

Aber da täuschte sie sich.

Nach ungefähr zwanzig Minuten, in denen alles weggefegt worden war, was nicht am Boden befestigt war, Bäume entwurzelt wurden, die Straßen überschwemmt wurden und, wie man später erfuhr, ein Dach abgetragen wurde, beruhigte sich der Himmel wieder, und ein großer Regenbogen spannte sich über das kleine Städtchen. Dieser Frühling war nicht launisch, wie sie im Fernsehen gesagt hatten, nein, er war komplett verrückt.

Um Punkt acht spähte Marietta zum Eingang des Rathauses hinüber. Sie wollte erst nach draußen gehen, wenn sie Felice kommen hörte, und so betrachtete sie sich die ganze Zeit im Spiegel auf der alten Konsole, fand ihr Make-up nicht mehr gut, meinte, die Frisur säße nicht richtig. Sie verschob die Jade-Halskette ihrer Mutter, prüfte die Farbe ihrer Strumpfhose, die ihr plötzlich zu dunkel erschien, und kratzte sich an der linken Fußsohle, weil es dort juckte. Sie ging durch den Flur und sah auf die Kuckucksuhr im Wohnzimmer, und vor Angst zog sich ihr der Magen zusammen.

Er kam zu spät.

Felice brauchte nicht auf die Uhr zu sehen, er wusste auch so, dass er spät dran war. Er war normalerweise sehr pünktlich und ärgerte sich. Besonders, weil es um Marietta ging. Sie war für ihn eine liebe Freundin, und er hatte die besten Erinnerungen an sie. Auch brauchte er sie für einen Plan, der in seinem Kopf entstanden war, als sie ihm die linke Hand ohne Ehering gezeigt und die drei entscheidenden Wörter gesagt hatte. »Ich lebe allein.«

Die Verspätung kam durch ein langes anstrengendes Telefonat, das Felice mit seinem Partner hatte führen (ertragen? aushalten?) müssen, der in letzter Zeit oft und gerne von unerhörter, unbegründeter Eifersucht befallen wurde. Dies war für ihre Beziehung zu einer echten Bedrohung geworden, und diese verschlechterte sich von Tag zu Tag. Emanuele wiederholte immer wieder, er sei sich, seit Felice Bürgermeister in Borgo Propizio geworden war, seiner Liebe nicht mehr sicher. Er sei weiter entfernt von ihm als in der Zeit, in der Felice als Ingenieur am anderen Ende der Welt gewesen und von einer Baustelle zur anderen gereist sei und sie sich selten gesehen hätten. Diese seltenen Begegnungen seien aber wenigstens intensiv gewesen, immer habe Felice pünktlich angerufen, das sei sehr schön gewesen. Aber jetzt riefe er gar nicht mehr an, Felice gehöre kaum noch ihm, und niemals hätte er gedacht, dass er so etwas Absurdes tun würde, wie mit einer Frau auszugehen, bloß um Gerüchte zu widerlegen, die ein politischer Gegner in die Welt gesetzt habe.

»Lele, du siehst überall nur dunkle Wolken, du willst nichts anderes mehr gelten lassen«, entgegnete Felice, während er besorgt auf den Wecker auf seinem Nachttisch sah. »Marietta ist eine alte Sandkastenfreundin, wir waren zusammen im Kindergarten, ich habe noch ein Foto von früher mit uns als Kindern drauf und einem Prälaten.«

Hätte er bloß nichts erzählt! Emanuele unterbrach ihn wütend. Jetzt habe er sogar noch ein Bild von der lieben kleinen Sandkastenfreundin! Jetzt solle er endlich Farbe bekennen, was habe er damals für diese Freundin empfunden, und was für Gefühle habe er heute für sie, wenn er sogar über vierzig Jahre dieses Foto aufbewahrt habe! Felices Erklärung, dass er nichts aufgehoben hatte, ließ er nicht gelten. Die Großeltern hätten es auf dem Esszimmerbüfett aufgestellt, weil dort auch ein Kardinal zu sehen wäre – oder wer immer das war–, und sie, einfache und gläubige Menschen, hätten geglaubt, auf diese Weise sei der Heilige Vater persönlich in ihrem Haus und segne sie immerzu. Er habe sich nicht getraut, das Bild wegzunehmen, weil er sonst das Gefühl gehabt hätte, ihre Seelen im Jenseits zu verletzen.

Nichts zu machen, Lele wollte es nicht einsehen. Dann kam er auch noch auf den Maresciallo zu sprechen: Wie konnte er ihn nur so gern mögen und sich so für ihn einsetzen, wo die Sache mit der Adoption nicht einmal ihn persönlich betraf? Vielleicht weil er so attraktiv war, er habe selber Augen im Kopf. Und jetzt solle Feli nicht wieder mit der Geschichte kommen, dass Saltalamacchia für das Dorf ein Held sei, derjenige, der das Gespenst vertrieben hätte, an das die Leute so fest geglaubt hatten, dass sie in Vollmondnächten sogar seinen Schatten sahen. Er solle ihm lieber mal sagen, wann sie bei helllichtem Tag wie ein normales Paar leben könnten.

»Das ginge sofort, wenn du bereit wärst, alles stehen und liegen zu lassen und mit mir nach Buenos Aires zu kommen. Dort könnten wir heiraten, und ich hätte schon eine Baustelle dort. Aber das habe ich dir ja schon hundertmal gesagt.«

Nein, sein Partner war nicht dazu bereit. Felice wusste, er würde es nie sein, weil er seine Arbeit zu sehr liebte, die er als echte Mission ansah. Umso besser, denn auch er wollte nicht mehr aus Borgo Propizio weg. Für nichts in der Welt hätte er sein Juwel, sein Schmuckstück, den Sinn seines Lebens aufgegeben: das Mittelaltermuseum, das er mit so viel Liebe aufgebaut hatte. Das konnte er aber Lele nicht sagen, sonst würde er noch auf die byzantinische Amphore eifersüchtig, die er ihm selbst geschenkt hatte.

Er betrachtete sich im Spiegel. Ohne die Sünde der Unbescheidenheit zu begehen, fand er, dass er recht gut aussah. Noch heute Morgen war er beim Friseur gewesen, um sich die Haare schneiden zu lassen, seine Wangen waren weich wie die eines Neugeborenen, das mochten Frauen doch am liebsten. Er hatte seinen Anzug mit dem Prince-of-Wales-Karo angezogen, doch als es so regnete, kam er ihm zu leicht vor, und so nahm er den dunkelblauen Zweireiher mit der grauen Flanellhose und dazu eine gestreifte Krawatte als Kontrast. Oxford-Streifen waren genau passend. Marietta hatte bei ihrem feinen Laden sicher ein Auge fürs Detail.

Er hatte sich keine Geschichte ausgedacht, um sie ihr aufzutischen, nein, er wollte sie weder täuschen noch ausnutzen. Er würde ehrlich sein und ganz offen mit ihr reden im Namen der alten und neuen Freundschaft. Mit ein bisschen Glück, und wenn sie keine Betschwester war (das hoffte er sehr), würde sie bereit sein, ihm zu helfen. Und am besten schnell, bevor die Situation brenzlig wurde. Warum ist sie wohl allein?, überlegte er, als er nach dem plötzlichen Ende der Sintflut ins Auto stieg. Sie war doch eine nett aussehende Frau. Vielleicht ein bisschen kräftig, und vielleicht waren ihre Gesichtszüge etwas zu markant.

Aber durchaus erfreulich für das Auge.

35

Ein denkwürdiges Abendessen

Francesco war kein furchtsamer Junge. In seinem Alter war er im Übrigen kein Junge mehr, obwohl seine Mutter ihn immer noch mit diesem Babynamen bedachte, aber – und darüber klagte sie oft – ihr Junge war so lange fort gewesen, dass sie ihn nun am liebsten auf den Arm nehmen würde wie vor dreißig Jahren. Nur wenn ihr Sohn ihr damit drohte, wieder wegzugehen, hörte sie mit ihrem Getue und Gejammer auf. Im Grunde konnte Francesco sie verstehen, sie hatte ihn allein erzogen, das war ein mutiger Schritt gewesen, und auch er hing sehr an ihr. Doch das hatte ihn nicht daran gehindert, ins Ausland zu gehen und acht Jahre dort zu bleiben.

Als er nach Hause zurückkam, war er froh, einen Arbeitsplatz vorzufinden, und er legte sich mächtig ins Zeug, um einen guten Ruf zu erwerben und viele Besucher anzulocken. Jetzt sah er schon voraus, dass er in nicht allzu ferner Zukunft so manchem Sterne-Koch Konkurrenz machen würde. Er hatte viel Erfahrung und besaß großes Selbstvertrauen. Selbstsicherheit hin oder her, seit gestern Morgen war er doch ein wenig aufgeregt, denn seine Mutter hatte ihm gesagt, der Bürgermeister höchstpersönlich habe für heute Abend einen Tisch für zwei Personen reserviert. Er sei die wichtigste Person am Ort, sagte sie voll Stolz und Erregung, er müsse das Restaurant in bester Stimmung und wohlgesättigt verlassen, damit sie beide mit sich zufrieden sein könnten. Auch für den guten Ruf des Hotels könne dieser Besuch nützlich sein. Schließlich stehe ja die Verlängerung ihres Pachtvertrags kurz bevor.

»Wenn irgendwas schiefgeht, mache ich Hackfleisch aus dir und servier es morgen den Gästen, wenn überhaupt noch welche kommen.«

»Don't worry, he'll be happy«, beruhigte sie ihr Sohn, der manchmal gewohnheitsmäßig ins Englische verfiel.

Er kaufte selbst den Fisch auf dem Markt, frühmorgens, prüfte, ob die Fischaugen glänzten, für den Fall, dass der Bürgermeister lieber Fisch als von dem Fleisch aß, das heute Morgen angekommen war. Alles, das Gemüse, die Eier und alle Zutaten waren allererste Wahl. Auf Qualität und Frische achtete er ganz besonders; ihm war wichtig, dass die Leute dies wussten und darüber redeten. Deshalb kaufte er auch nur bei örtlichen Händlern von bestem Ruf.

Obwohl Francesco nichts auf Gerüchte gab, wusste er, dass man behauptete, der Bürgermeister sei … vom anderen Ufer, wie die Mutter es ausdrückte. Deshalb hatte sie sich gefragt und auch ihn, ob er wohl in männlicher oder weiblicher Begleitung kommen würde.

Das war ihm jedoch vollkommen gleichgültig.

»Entscheidend ist, dass er kommt, gutes Essen bekommt, sich wohlfühlt und alles in den höchsten Tönen preist. Und hör endlich auf, mit den Serviererinnen über die Vorlieben der Leute zu ratschen«, sagte er und tat, als ärgere er sich darüber. »Du bist immerhin die Chefin hier!«

Aufgrund schlechter Erfahrungen dachte Francesco bei sich, es sei vielleicht gar nicht so schlecht, vom anderen Ufer zu sein. Die Frauen waren betrügerische Schlampen, so wie die in London, die er mit einem anderen Mann im Bett überrascht hatte, oder sie waren verrückt, wie die Hysterikerin in der Milchbar an der Piazza. Aber das sagte er nicht, sonst wäre seine Mutter ausgeflippt.

Es kam ganz anders, als Marietta es sich erhofft hatte. Nicht nur die alten Klatschtanten standen am Fenster, sondern auch ihre Männer, die unbedingt auch den Bürgermeister sehen wollten. Der winkte den Leuten freundlich zu und antwortete mit einem Lächeln, wenn sie ihm etwas zuriefen.

»Freut mich, Sie zu sehen«, rief die Lehrerin.

»Was für ein Unwetter!«, brummte der Elektriker.

»Zum Glück ist es vorüber!«, rief die Schneiderin.

»Meine Geranien … sehen Sie sich das Desaster an, Herr Bürgermeister«, klagte die Floristin.

»G-g-guten Abend«, sagte der Scherenschleifer, der von Natur aus stotterte.

»Auf wen warten Sie?«, fragte die Frau des verstorbenen Wursthändlers, die eilig mit Lockenwicklern im Haar herbeigelaufen kam und diese mutige Frage stellte, jeglichem gutem Benehmen zum Trotz. Doch darin spiegelte sich die Neugier aller Mitbewohner.

Die Frage bedurfte keiner Antwort, denn genau in diesem Moment kam Marietta schüchtern und zugleich beglückt aus ihrem Haus und ging vorsichtigen Schrittes über das schlammbedeckte, rutschige Straßenpflaster auf Felice zu.

Zum allgemeinen Erstaunen ging er auf sie zu, küsste ihr die Hand, öffnete den Schlag seines Sportwagens und ließ sie einsteigen. Jemand stieß einen leisen Pfiff aus, ein anderer murmelte »Donnerwetter!«, und alle stürzten, als sei ein Wunder geschehen, auf die Straße, die mit all den Leuten aussah wie die Zweigstelle eines Altersheims.

Nicht wegen Marietta, die ja noch einigermaßen jung war. Ihr war beim Anblick des zahlreichen Publikums nicht sehr wohl zumute. Felice bemerkte es, und nachdem er sich wegen der Verspätung entschuldigt hatte, plauderte er, um sie abzulenken, über das Wetter, die starken Regenfälle, seine frühere Arbeit auf einer Baustelle im Amazonasgebiet, wo es während seines gesamten Aufenthalts nur geregnet hatte.

Inzwischen fuhren sie durch die regennassen rutschigen Kurven, über sich einen Regenbogen, der wie eine riesige Brücke am Himmel stand und die Menschen in heitere Stimmung versetzte. Marietta hatte sich wieder gesammelt, und so erreichten sie das Restaurant im Hotel *Erinnerung*.

Die Einrichtung des Restaurants war schlicht, aber gemütlich, und man fühlte sich dort sogleich wohl. Der Raum erinnerte an angelsächsische Landhäuser, so dass man meinte, jeden Augenblick werde eine Gruppe von Adeligen zu einer Jagd aufbrechen, mit einer Meute bellender Hunde vor sich. Tatsächlich lagen die Dinge ganz ähnlich. Am Nachmittag war eine englische Touristengruppe eingetroffen, und für sie hatte Francesco ein Menu nach Jägerart entworfen. Sie hatten jedoch schon gegessen, und jetzt herrschte im Speiseraum, in dem nur noch wenige Gäste saßen, angenehme Ruhe.

Francescos Mutter hatte den Tisch vor dem großen Fenster gedeckt, das auf die Landschaft hinausging. Die Nachbartische waren ein wenig zur Seite gerückt, um mehr Intimität herzustellen. Sie hatte auch extra einen Wandschirm aufgestellt, der wirkte, als stehe er dort immer, es ertönte leise Musik, und es brannten Kerzen. Alles Übrige hatte die Natur besorgt, ein prächtiger Sternenhimmel und ein riesiger heller Mond. Die Stimmung hätte romantischer nicht sein können – drinnen wie draußen. Jetzt konnte – musste – sie wieder an die Rezeption.

Ihr Sohn hielt nichts davon, dass sie sich in den Speisesaal einmischte. Da es aber um den Bürgermeister ging, machte er eine Ausnahme. Eine einzige.

»Einmal, nur diesmal, ist das klar, Mama?«

»Natürlich! Ich wollte nur sicher sein, dass der Ingenieur Rondinella den besten Platz bekommt. Wer ihn begleitet, Mann oder Frau, das ist mir egal.«

Wie sie wenige Minuten später feststellte, handelte es sich um eine Frau.

Die Frau, von der sie es am wenigsten erwartet hätte: die schüchterne und widerspenstige Marietta, von der es hieß, sie sei noch Jungfrau.

Ob das möglich war?

Ob sie es immer noch war?

Konnte es sein, dass sich der wichtigste Mann von Borgo Propizio unter all den faszinierenden Frauen des Ortes ausgerechnet Marietta ausgesucht hatte?

Unglaublich!

Nachdem Virginia, die Kellnerin, dem berühmten Gast und seiner Begleiterin ihre Plätze gezeigt hatte, ging Francesco persönlich hin, um die Bestellungen aufzunehmen. Virginia wusste, dass er dies gern vermieden hätte, er fand, das sei übertriebene Schmeichelei. Er wollte sich jedoch nachher nicht die Vorwürfe seiner Mutter anhören.

Der Bürgermeister, der als junger Mann mehrere Jahre in Großbritannien gearbeitet hatte (er hatte die schönsten Erinnerungen daran, und sie lagen länger zurück als seine Begegnung mit Emanuele), brachte den Wunsch zum Ausdruck, ein Menu zu probieren, das Francesco für die Gäste von jenseits des Ärmelkanals vorbereitet hatte und entschied sich für ein Nierenragout gefolgt von Rebhuhn mit Spargelspitzen.

»Dieses Gericht ist köstlich, welch perfekte Küche«, bemerkte Felice. »Dieser Junge wird Karriere machen. Wir müssen ihn unbedingt hier halten, denn seine Küche wird eine der Attraktionen unserer Stadt sein.«

Marietta nickte, obwohl sie seine Begeisterung nicht teilte. Sie hatte sich nicht getraut, etwas anderes zu bestellen, hätte aber lieber Hausmannskost gegessen wie Pasta alla buscaiola oder Gulasch mit Erbsen. Sie sagte aber nichts, denn sie wollte sich keine Blöße geben. Das Gespräch mit Felice gefiel ihr sehr. Er war freundlich und amüsant, brachte sie zum Schmunzeln und zum Lachen; die Erinnerungen an die Kindheit sprudelten nur so hervor, und sie tranken darauf den guten örtlichen Rotwein, mit dem Felice die Gläser immer wieder nachfüllte. Auch das Ambiente mit Mond und Sternenhimmel gefiel Marietta sehr. Sie säßen wie vor einem Bild, hatte Felice gesagt und dazu den Namen eines Malers genannt, eines Malers aus Holland, wenn sie es richtig verstanden hatte. Sie wusste nur eins: Dies war ein unvergesslicher Moment, etwas ganz Besonderes, und ihr kam es vor, als spiele sie dabei gar keine Hauptrolle. Wer war nur diese ihr so ähnliche Frau, die da an einem eleganten Tisch saß – sie selbst war auch elegant – und ihr gegenüber ein Mann, attraktiver als ein Filmschauspieler? Sie fragte sich, ob Felice nach dem Essen mit ihr einen Spaziergang machen würde, ob sie vielleicht Hand in Hand oder Arm in Arm herumgehen würden ... Und zugleich hörte sie ihm zu. Er war ein so gebildeter Mann.

»Damals wurde Fleisch nur in der Königsfamilie und beim Adel serviert. Ein Ritter oder ein anderer hochrangiger Mann schnitt mit einem großen, scharfen Messer eine Scheibe ab, schnitt sie in vier Streifen, ging um den Tisch herum und hielt sie den Geladenen hin, damit sie sie abbissen.«

Marietta riss die Augen auf: Sie bissen hinein? In das Fleisch? War das vielleicht eine sullime Botschaft? (So sagte Mariolina immer oder wie hieß noch mal das Wort, das ihr nicht in den Sinn kam?) War er vielleicht pervers oder Kannibale? Im Fernsehen hatten sie gesagt, in Amerika gäbe es eine neue Droge, die die Leute zu Kannibalen machte. Oh Gott! Nein, sei nicht dumm, sagte sie zu sich selbst, nachdem sie einen Schluck Wein getrunken hatte, er ist doch sehr kultiviert. Ihre Angst verschwand, als der Nachtisch mit Brombeergelee kam. Endlich etwas, das ihr wirklich schmeckte. Felice erklärte, es sei ein Nachtisch aus der Literatur, und sagte einen Text auf wie ein echter Schauspieler, etwas von seinem Lieblingsautor Oscar Irgendwer.

»Muffins kann ich nicht schnell essen. Die Butter würde auf meinen Manschetten landen. Man muss sie langsam essen, das ist die einzig richtige Art, sie zu genießen. Wenn ich ein Problem habe, ist Essen das Einzige, was mich beruhigt. Wenn das Problem wirklich schwerwiegend ist, dann, das kann dir jeder bestätigen, der mich gut kennt, weise ich alles von mir außer Essen und Trinken. In diesem Augenblick esse ich einen Muffin, weil ich unglücklich bin. Abgesehen davon, dass ich verrückt danach bin.«

Abgesehen davon, dass Marietta nicht verstand, wovon er redete, spürte sie, wie wenig sie wusste, und wollte ihn schon bitten, ihr dieses Buch zu leihen. Nein, sie wollte sich nur den Titel sagen lassen, denn als knauserig wollte sie nicht gelten.

Ja, sie wollte jetzt endlich anfangen zu lesen, beschloss sie. Ein bisschen Kultur könnte nicht schaden. Besonders jetzt nach diesem Abend, an dem sich ihr Leben verändern würde.

36

Die richtigen Worte finden

Felice wusste nicht, wie er es ihr sagen sollte. Nachdem er Marietta von seiner Kindheit, dem Studium, seiner Arbeit als Ingenieur erzählt hatte, redete er nun über die Probleme seines Lebens als Bürgermeister und betonte dabei immer wieder, wie sehr ihm Borgo Propizio am Herzen liege. Den Rathausplatz betrachte er als Wohnzimmer und wehe, wenn dort ein Papierschnipselchen herumlag. Nach ständiger Kritik der Opposition und immer neuem Schmutz habe er verfügt, dass sich ein Straßenreiniger ausschließlich um die Piazza kümmerte. Deshalb habe er auch den Wochenmarkt nach unten ins Tal verlegt, auf den Parkplatz vor den Neubauten (auch er finde das nicht besonders schön, habe es aber zum Schutz des alten Ortskerns so entschieden).

Es sei einfach nicht schön, wenn Hunderte von Verkaufsständen jeden Mittwoch das historische Zentrum, diesen kostbaren Ort wichtiger kultureller Ereignisse, beschmutzten. Das schade auch dem Tourismus, denn an diesem Tag könnten die Busse nicht vor den Mauern parken, weil dort die Marktkarren alles versperrten. Zu Beginn des Erlasses habe es von Seiten der Geschäftsleute Proteste gegeben, vielleicht erinnere sich Marietta noch daran. Auch wenn diese von außerhalb gekommen seien, habe Felice gefürchtet, es sich mit den alten Einwohnern von Borgo Propizio zu verderben, die ihre Traditionen liebten, und so sei er auf die Idee mit dem kostenlosen Shuttle gekommen, mit der zum Glück alle zufrieden seien. Kürzlich hätten sich die früher unzufriedenen Geschäftsleute bei ihm bedankt, weil sie jetzt mehr Platz hätten, auch für alle neuen Kunden, die sie mit ihren verlockenden kleinen Läden, den munteren Farben, den fröhlichen Stimmen vom Supermarkt abgezogen hätten. Der Shuttle war gratis für die Benutzer, aber nicht für die Kommune. Die Kosten dafür müssten irgendwie gedeckt werden, und er hoffe, dass man ihm dies nicht übelnehmen werde. Das sei eine sehr schwierige Lage für ihn …

Marietta unterbrach ihn und beruhigte ihn, das verstehe sie und sie teile seine Meinung.

»Es ist eben nicht leicht, es allen recht zu machen«, fasste sie zusammen, und er begriff, dass nun der richtige Moment gekommen war.

Ein Schluck Kirschwasser gab ihm den notwendigen Mut, seine Worte sprudelten hervor wie klares Quellwasser und erreichten langsam und ganz natürlich Mariettas Sinne.

Sie sprang nicht auf und rannte davon, wie Felice gefürchtet hatte, sondern lauschte mit angehaltenem Atem dem Fluss der Sätze, die er schamhaft, aber auch selbstbewusst und verantwortungsvoll von sich gab.

»Freunde begegnen sich, wenn sie einander brauchen«, sagte sie.

Und er lächelte sie dankbar an.

Zu Hause zog Marietta das Kleid aus, das ihrem Leben eine neue Richtung hatte geben sollen, und legte es sorgfältig aufs Bett. So wie sie es mit dem Kind gemacht hätte, das das Schicksal ihr nicht hatte schenken wollen. Und auch keinen Mann, so wie die Dinge jetzt lagen. Sie strich mit der Hand darüber, streichelte es. Mit dem Zeigefinger strich sie eine Falte am Ausschnitt glatt. Es würde mir auch gut stehen, wenn es ein paar Zentimeter kürzer wäre, etwas über dem Knie, dachte sie. Und die Absätze ein paar Zentimeter höher. Zwei Zentimeter weniger hier und zwei mehr dort würden sie schlanker machen. Der Bauch war schon flacher, und sie fühlte sich wohler. Ja, es ging ihr gut. Sie war eine ansehnliche Frau, keine Schönheit, aber doch ein netter Anblick. Das konnte sie sich ohne falsche Bescheidenheit eingestehen.

Aber was hatte sie davon?

Freunde begegnen sich, wenn sie einander brauchen.

Das hatte sie zu ihm gesagt, und zwar aus Überzeugung. Sie hatte nicht einfach ein Sprichwort zitiert. Sie war nicht überrascht, aber doch einigermaßen erschüttert gewesen, das hatte er zum Glück nicht bemerkt, und ihre Enttäuschung, ach ja, die Enttäuschung …

Wie dumm von ihr! Da hatte sie gefürchtet, Felice würde sie überfallen und ihr gleich einen Antrag machen oder er könne etwas Unanständiges von ihr wollen. Sie hatte sich einen Spaziergang nach dem Abendessen gewünscht, Arm in Arm oder Hand in Hand, oder dass er ihr den Arm um die Schulter legte … fürs Leben …

Aber dennoch!

Im Grunde hatte sie diese – umwerfende und unerwartete – Neuigkeit geahnt. Auch das musste sie sich eingestehen. Doch jetzt kam es ihr vor, als führe sie auf einem Floß aus Zuckerrohr und Bambus auf dem Redefluss von Felice mit einer Leichtigkeit, die sie im Leben noch nie kennengelernt hatte. Sie war erleichtert, dass sie keinem wilden Stier ausgesetzt gewesen war, und beschloss, dem Wind nicht zu gestatten, ihren Spielkameraden aus der Kindheit fortzutragen. Nein, sie würde nicht zulassen, dass der Fluss sie auf das stürmische Meer menschlicher

Bosheit und politischer Rivalität trug (sie hatten ihm sogar den Vorwurf mangelnden Respekts vor dem eigenen Amt gemacht, als er einmal Jeans getragen hatte).

Das dankbare Lächeln von heute Abend war das gleiche, das ihr der Junge mit den leuchtenden Augen im Kindergarten geschenkt hatte. Er unterdrückte damals mit Mühe die Tränen, und sie nahm ihn vor der Gemeinheit der anderen in Schutz, die sich wegen seines lächerlichen Namens und Vornamens über ihn lustig machten, und vermutlich nicht nur deshalb. Es war das Lächeln des netten, sanften, ernsthaften und wohlerzogenen Jungen, der ihr half, die Barbiepuppe anzuziehen.

Marietta hatte sich nach einem Gefühl gesehnt, und dies war eins. Das Gefühl wahrer, tief empfundener Freundschaft, die sich die ganze Zeit über nicht verändert hatte.

Aus diesem Gefühl heraus hatte sie Felices Vorschlag angenommen. Und jetzt, wo sie über alles nachdachte, um sich Klarheit zu verschaffen, freute sie sich darüber.

Und wer weiß, man wusste nie im Leben … Deshalb begann Marietta zu hoffen, dass das Floß gegen die Strömung fuhr und er eines Tages die Richtung wechselte.

Und so entschied sie sich auch, an der Sendung *Begegnung im Garten* nicht teilzunehmen.

»Hallo Bartolo!«, rief Cesare ins Telefon, nachdem er auf dem Display den Namen seines Freundes gesehen hatte. Dann bat er ihn, einen Moment zu warten, um den Hörer in den Halter zu stellen. »Hier bin ich. Besser, dass ich meinen Führerschein behalte. Er ist ein kostbarer Wisch.«

Bartolo gab einen zustimmenden Laut von sich und fragte: »Störe ich dich?«

»Nein«, antwortete Cesare. »Ich fahre gerade nach Hause, das war ein anstrengender Tag.«

Der Abend würde noch schlimmer werden, denn es war fast neun Uhr, und Claudia würde ihm die üblichen Vorwürfe machen oder das Gesicht verziehen. Oder beides zusammen. Doch das sagte er nicht. Die Freundschaft mit dem Maresciallo war nicht besonders eng.

»Und was machst du Schönes?«, fragte er stattdessen.

»Ich bin in der Kaserne und habe Nachtdienst.«

Vielleicht hat er nichts zu tun und will nur ein wenig plaudern?, überlegte Cesare.

»Wie geht es deiner Frau?«, wollte Bartolo wissen.

»Danke, gut. Die Reise nach Rumänien hat ihr gut getan. Zuerst war sie ziemlich missgelaunt. Wenn Frauen sich nicht entspannen und nur grübeln …«

»Ich weiß, wovon du sprichst, ich habe ja fünf. Mit der Schwiegermutter, die über uns wohnt, sind es sechs.« Bartolo seufzte.

»Du bist nicht zu beneiden.«

Cesare wusste nicht, dass Bartolo auch ihn nicht beneidete. Wegen dem, was er ihm jetzt sagen musste.

»Hör mal … Ich hab leider keine so guten Neuigkeiten …«

»Ist etwas passiert?«, fragte Cesare mit angespannter Stimme. Vielleicht hatte einer jener gewalttätigen Männer Claudia etwas getan, weil sie einer dieser unglücklichen Frauen helfen wollte?

Er hatte ihr immer gesagt, er sei gegen ihr Engagement im Frauenhaus. Sie könne sich doch um Kinder im Krankenhaus kümmern oder in der Telefonzentrale des Roten Kreuzes arbeiten. Vielleicht hatte er es ihr auch noch nicht gesagt und es nur gedacht, er erinnerte sich nicht genau, aber heute Abend würde er es auf jeden Fall sagen.

»Nein, nein. Es ist kein Unglück passiert«, beruhigte Bartolo ihn sofort, »nur … heute Abend hat mich der Vormundschaftsrichter angerufen. Du weißt schon, der Freund des Bürgermeisters, an den ich mich gewandt hatte, um …«

»Ja. Claudia und ich haben ihn kennengelernt …«

»Ja, genau der. Er wollte mir sagen …«

»Ja?«

»… wegen der …«

»Jaaa?«

»Also, es geht um euren Adoptionsantrag …«

»Und?«

»… da gibt es Neuigkeiten.«

Cesare fühlte sich bei diesem zusammenhanglosen Gerede wie auf glühenden Kohlen.

»Und was sind das für Neuigkeiten?«

»Der Junge ist doch nicht allein auf der Welt. Er hat eine Tante, die ihn zu sich nehmen will.«

Dank Cesares Frage war es dem Maresciallo endlich gelungen, die ganze Wahrheit auszusprechen.

»Das heißt, die Tante will ihn adoptieren?«

»Ja, genau.«

Irene hatte eine Schwester oder besser gesagt eine Halbschwester, die ganz früh das Elternhaus verlassen hatte und zu entfernten Verwandten nach Deutschland gezogen war, weil sie den zweiten Mann ihrer Mutter nicht ertragen konnte, der kriminell und ein Säufer und der Vater von Irene war. Sie hatte den Sohn italienischer Migranten geheiratet und lebte in Norddeutschland. Sie hatten zwei erwachsene Kinder, einen Jungen und ein Mädchen, und konnten den Neffen gut zu sich nehmen.

»Weiß er das schon?«

»Der Junge, ja.«

»Und ist er einverstanden?«

»Der Richter hat mit ihm gesprochen, und er hat gesagt, er gehe gern aus Italien weg, schließlich seien beide Eltern hier ermordet worden. Wie du weißt, hat er schon einmal versucht, aus dem Waisenhaus wegzulaufen.«

»Ich verstehe.«

»Tut mir leid.«

»Mir auch, aber schlimm ist es für Claudia. Ich weiß nicht, wie sie es aufnehmen wird.«

»Es ist mir schwergefallen, dir die Nachricht zu übermitteln. Mir wäre es lieber gewesen, dass der Richter dich anruft.«

»Genau, ich wundere mich …«

Cesare wusste nicht, dass der Richter den Maresciallo gebeten hatte, diese Nachricht noch heute persönlich zu überbringen, und nur wegen seiner Arbeit (in Wirklichkeit machte er keinen Nachtdienst, sondern verfolgte eine wichtige Spur) erledigte er es per Telefon und nahm Cesare das Versprechen ab, bei nächster Gelegenheit im Gericht nachzufragen, wo er alles genauer erfahren könnte.

»Ich habe mich auch gewundert, ich habe es dir ja nur im Auftrag des Richters gesagt. Ich fand es zu unhöflich, ihm zu sagen, dass wir hier mit der Sache nichts zu tun haben, er solle dich doch lieber selbst anrufen. Ich nehme an, er wird es noch tun, und du wirst ein offizielles Schreiben erhalten«, sagte Bartolo.

Dann verabschiedeten sich beide: »Bis bald!«

Das sagt man immer, aber dann sieht man sich nie, dachte Cesare.

Jetzt musste er die richtigen Worte finden, um die Sache Claudia beizubringen.

37

Der schicksalhafte Tag

Und dann kam der Tag der Entscheidung, besser gesagt, es war noch Nacht, als Mariolina aufwachte. Sie tastete nach dem Schalter der Nachttischlampe, drückte darauf, und die Dame aus Muranoglas leuchtete auf. Es war erst drei Uhr. Sie stand auf, ging zur Toilette, machte Pipi und kehrte ins Bett zurück. Sie nahm einen Schluck

Wasser aus der Flasche auf dem Nachttisch und löschte das Licht. Doch sie konnte kein Auge zutun. Ruggero schlief friedlich, wandte sich ihr zu und legte seinen Arm schwer auf ihre Taille. Sein Atem schlug ihr ins Gesicht. Gestern Abend hatte er Spaghetti al pesto mit einer Menge Knoblauch gekocht. Er hatte sich vertan, üblicherweise kaufte er den ohne, aber die Gläser sahen gleich aus, und er hatte nicht aufs Etikett geschaut. Der Knoblauch und sein Arm nahmen ihr die Luft, und jetzt hatte ihr Mann noch ein Bein über das ihre gelegt.

Mariolina lag reglos da, was hätte sie auch sonst tun sollen. Dazu zählte sie das Ticktack des Weckers. Sie zählte Schäfchen, Ruggeros Atemzüge, die Kurven an der Straße nach Borgo Propizio, die Servicepunkte des nationalen Bibliothekswesens, ganz egal was, nur um noch ein paar Stunden zu schlafen, sonst käme sie als Wrack zur Prüfung, und es erginge ihr noch schlechter als ohnehin schon. Sie hatte viel gepaukt, und doch kam es ihr vor, als wisse sie nichts. Sie hoffte, dass sie sich nicht blamieren würde und nicht ein Blatt voller Fehler oder ein ganz leeres Blatt abgeben musste.

Das Zählen zusammen mit dem Knoblauchgeruch hatten eine einschläfernde Wirkung, und Mariolina spürte, wie ihre Lider schwer wurden und der Schlaf sie übermannte.

Sie fand sich zusammen mit Dutzenden anderer vor der alten Schule ein, die als Prüfungslokal geöffnet worden war. Ein erfrischender, sanfter Regen fiel auf ihre erhitzte Haut. Mariolina versuchte, ihn mit der hohlen Hand aufzufangen, doch es gelang ihr nicht. Eine höhere Macht trug sie hinauf in das Gebäude, das plötzlich von einer Schule zu einer Burg wurde, und diese war wieder eine hoffnungslose Ruine, und das Gespenst wirbelte um die Türme herum. Der Rubin ging verloren … Die Mutter weinte … der Vater ging fort …

Sie wachte schweißgebadet und erschüttert auf. Ihr Herz klopfte gefährlich in ihrer Brust, als wolle es bersten, sie drückte mit beiden Händen dagegen. Ein Sonnenstrahl hinter dem Fensterladen zeigte an, dass es heller Tag war. Der Wecker hatte nicht geklingelt. Sie war verwirrt und verzweifelt. Ihr Mann lag nicht mehr neben ihr. Warum hatte er sie nicht geweckt? Wie spät war es?

Nach Tannenwald duftender After-Shave-Balsam umwehte Ruggero, als er mit noch offenem Hemd ins Schlafzimmer schaute, um seine Frau zu wecken, und er war erstaunt, dass sie mit einem so seltsamen Gesichtsausdruck im Bett saß. Verwirrt, erschrocken. Er sah sofort, dass etwas nicht stimmte.

»Bambolina, was hast du denn?«

»Ich habe schlecht geträumt«, jammerte Mariolina.

Ruggero ging zu ihr, streichelte ihr mit einer Hand die Haare, mit der anderen wischte er zwei Tränchen ab, die ihr über das blasse Gesicht liefen.

»Schon gut«, sagte er väterlich.

»Es war furchtbar. Du liebtest mich nicht mehr, nanntest mich Esel und Egoistin und sagtest, ich soll zum Teufel gehen.«

»Das war ich nicht, nie könnte ich so etwas sagen, nicht mal im Traum! Du weißt doch, dass ich dich wahnsinnig liebe.«

»Du hast den Rubin aus dem Schatz des Gespenstes kaputtgemacht, Tausende von Rubinen.«

Vielleicht ist das nur ein Trick, damit sie einen anderen geschenkt bekommt, dachte Ruggero. Sie hatte doch gerade erst zum Valentinstag das Medaillon aus Platin bekommen, das war nicht mal drei Monate her, verdammt noch mal!

»Dieser Stein hat uns nur Unglück gebracht. Ich möchte nie wieder einen neuen Rubin haben. Schwör mir, dass du keinen kaufen wirst!«, bat Mariolina.

Na, ein Glück, seufzte er innerlich, und es tat ihm leid, dass er so schlecht von ihr gedacht hatte. Dann schwor er es ihr mit solcher Verve, dass es ihm selbst übertrieben vorkam und peinlich war.

»Ich brühe den Kaffee auf«, sagte er und trat den Rückzug an.

Mariolina sah auf den Wecker. Sie gähnte und reckte die Arme. Vom vielen Lernen waren ihre Muskeln ganz schlaff geworden. Sie musste sich wieder mehr bewegen, ins Fitness-Studio gehen oder joggen, mit dem Hund, der quirliger war als ein Pudel und manchmal aussah wie ein Windhund. Vielleicht reichte es auch einfach zu gehen, natürlich in schnellem Tempo.

Heute war aber erst mal die Prüfung dran. Wenn sie es schaffte, konnte sie mit Ruggero im Auto zu seiner

Firma fahren und zu Fuß zur Burg gehen (die Schuhe trüge sie in der Tasche und zöge sie erst an, bevor sie ins Büro ging, wie es die Leute in Amerika machten). Nach der Arbeit würde sie wieder zu Fuß nach unten gehen. Vielleicht war der Weg nach oben zu anstrengend, eigentlich genügte der Weg nach unten. Morgens fuhr ja der Bus, der direkt vor *EdilBorgo* hielt.

Es war fünf nach halb sieben. Um neun mussten sich die Kandidaten einfinden. Noch hatte sie Zeit, aber die würde schnell vorbeigehen. Sie stand auf, lief ins Bad, wusch sich Hände und Gesicht. Dann ging sie in die Küche. Auf dem Tisch standen schon zwei Tässchen und Ruggero goss den Kaffee ein. Das starke Aroma tat ihr gut. Mariolina liebte die Morgengerüche, am meisten die vom Bäcker nebenan, Buttercroissants, Foccaccia mit Olivenöl, Grissini, wie nur er sie backen konnte. Leider durfte sie zurzeit zum Frühstück nur ein Magermilchjoghurt und ein paar trockene Kekse essen, aber heute hatte sie sowieso keinen Hunger.

Sie duschte, zog sich blitzschnell an und ging los, ohne der Schwiegermutter, die gerade ihren Milchkaffee trank, auf Wiedersehen zu sagen, auch nicht Candela und dem Schwiegervater, den diese gerade versorgte. Hätten sie ihr Glück gewünscht, dann hätte sie die Prüfung erst gar nicht abzulegen brauchen. Nicht dass sie abergläubisch war, aber so ein Risiko ging sie besser nicht ein. Ruggero setzte sie an der Stadtmauer ab. Bis zur Schule war es ein Weg von fünfzehn Minuten, und sie ging langsam, da es noch früh war, durch die noch stillen Gassen des Städtchens und spannte die Gesäßmuskeln an, um sie zu straffen. Ja, nach der Prüfung wollte sie sich wieder um ihr Äußeres kümmern, das sie wegen der Vorbereitungen vernachlässigt hatte. Aber nur die Bewegung, an der Diät hatte sie festgehalten.

Ihr Mobiltelefon gab einen Ton von sich, sie hatte eine Nachricht erhalten. Ihr Vater wünschte ihr Glück. Immer mal wieder ließ er von sich hören. Auch jetzt, wo er alt wurde, lebte er noch immer frei wie ein Vogel im Wald.

»Besser ein Waldvogel als einer im Käfig«, hatte er ihr einmal gesagt und dabei gar nicht daran gedacht, dass er dies zu seiner Tochter sagte, die er als kleines Kind im Stich gelassen hatte. Doch sie hatte sich im Unterschied zu Marietta mit ihm versöhnt, als er vierzig Jahre später ein Lebenszeichen von sich gab. Er war so sympathisch, dass sie ihn einfach lieben musste. Mariolina begriff, warum ihre Mutter krank geworden war, als sie von ihm verlassen worden war.

Sie hatte ihn in letzter Zeit vernachlässigt, weil sie so beschäftigt war. Sie musste ihn zum Essen einladen, das würde ihre Schwiegermutter freuen, da sie nie andere Menschen zu Gesicht bekamen. Mariolina war sicher, dass sie von ihm fasziniert sein würde, die primitive Mutter ihres Ehemanns.

Als sie den halben Weg zurückgelegt hatte, merkte sie, dass es sie nicht unberührt ließ, wieder ihre alte Schule zu betreten, zu der sie und Marietta als Mädchen mit langen Zöpfen, weißer Schürze, bunter Schleife und mit dem Ranzen auf dem Rücken in Begleitung ihrer Mutter gegangen waren, jede an einer Hand, eine rechts, eine links. Manchmal holte ihr Papa sie ab, das war eine Überraschung, oder es kam die Oma Maria Angela oder die Oma Maria Nora …

Hundertsieben Leute bewarben sich um den Posten des Bibliotheksassistenten, so stand es auf der Website der Kommune. Mariolina zählte die Leute, die nach und nach ankamen, und es waren an die fünfzig (wegen des Durcheinanders mit den Aushängen also wesentlich weniger Konkurrenten), darunter zwei hübsche Mädchen, die sich zum Verwechseln ähnlich sahen, offenbar die Töchter von Bartolo. Sie hatte keine Lust, zu ihnen zu gehen und sich vorzustellen, so hielt sie sich abseits und starrte auf die Uhr.

Pünktlich um neun wurde die Tür geöffnet, und als Vorletzte in der Schlange betrat Mariolina das Gebäude.

Dass sie hier früher einmal zur Schule gegangen war, berührte sie jetzt nicht mehr sonderlich.

Aber wegen der Prüfung war sie aufs Äußerste angespannt.

38

Ein verschmitztes Lächeln

Als Mariolina den Kopf vom Papier hob, merkte sie, dass sie nur noch zu viert waren: sie, eine andere Frau, ein Junge und ein Mädchen, und dass die Zeit fast abgelaufen war. Die Zwillinge verließen gerade den Raum. Die Prüfung fand in dem Saal statt, in dem früher Schultheater gespielt wurde. Als Mädchen war sie dort zu Karneval verkleidet als die blaue Fee aus *Cinderella* mit dem glitzernden Zauberstab, als Zigeunerin oder Pierrot aufgetreten. Marietta war Colombina gewesen, Cinderella oder Dornröschen. Sie konnte sich noch genau an die Kleider aus Atlas und Tüll erinnern und hatte auch die Fotos aufbewahrt. An diesem Tag hatten die Bewerber einen festen Umschlag aus Pappe erhalten, der als Unterlage dienen sollte, denn es gab keine Schreibtische. Im Umschlag befanden sich das Blatt für Namen, Adresse, Geburtsort und -datum sowie das Papier mit den Aufgaben.

Dreißig sehr schwere Fragen. Mariolina las sie immer wieder mit größter Aufmerksamkeit durch, bevor sie sie beantwortete, und sah zugleich, in welchem Tempo die anderen schrieben. Sie hatte so viel gearbeitet und war gut vorbereitet, dennoch zweifelte sie oft, was die richtige Antwort war. Was war ein Bibliophiler? Ein Bibliothekar oder jemand, der sich mit seltenen Büchern auskannte? Worauf war zuerst geschrieben worden?

Sicher auf Pergament, oder war es vielleicht doch Papyrus? Oder der Stein, auf den man Zeichnungen ritzte? Oder doch nicht? Dann noch diese schrecklichen Abkürzungen: IFFR, DBV, ASPS … Ausgerechnet diese hatte sie nicht auswendig gelernt, es waren die seltensten, schwierigsten. Von den anderen heimtückischen Begriffen ganz zu schweigen. Codex und Glosse zum Beispiel, die nichts mit dem Gesetz oder der Zeitung zu tun hatten.

Zum Glück kamen keine Jahreszahlen vor.

Lange hielt sich Mariolina mit einer Frage auf, die unschuldig und einfach wirkte, aber die hinterhältigste von allen war:

Ein Bibliotheksleihschein Standardformat
oder internationales Maß
A) 7,0 x 12,0
B) 6,0 x 13,0
C) 7,5 x 12,5

Was konnte das sein?

Wer sollte darauf antworten können, wo doch heute alle Kataloge digitalisiert waren? Sie ganz sicher nicht, denn in der Zentralbibliothek der Stadt hatte sie keinerlei Leihscheine aus Papier gesehen, abgesehen von den Rubbellosen und Gewinnscheinen in der Bar nebenan, in der sie morgens einen Toast gegessen hatte. Sie hatte sogar einen gekauft, aus Spaß, aber nicht gewonnen. Egal, da wollte sie ja auch nicht gewinnen.

Vielleicht gibt es noch solche Leihscheine in den kleinen verstaubten Karteien der Nationalbibliotheken wie in Florenz, Rom und Neapel, dachte Mariolina. Diese Frage war sicher nur für Leute mit Empfehlungen oder für die, die einfach Glück hatten. Sie musste sich auf das Schicksal verlassen und musste etwas ankreuzen. Da jemand mal was vom goldenen Mittelweg gesagt hatte, kreuzte sie die zweite Antwort an und hoffte auf den Beistand ihrer Mutter.

Mariolina nutzte die Zeit bis zum Schluss und verließ dann mit den drei letzten Prüfungsteilnehmern das Gebäude.

Erleichtert ging sie durch die engen Gassen der Ortsmitte, die inzwischen voller Leben war. Sie grüßte Letizia in der Milchbar, inmitten ihrer Dichterinnen und Dichter, die an ihren Lippen hingen. Belinda war nicht da (sie kaufte ein Pflaster für den großen Zeh der Tante in der neuen Apotheke unten im Tal), dann ging sie zu Mariettas Haus, das eigentlich ihr gehörte, bei all den Steuern, die sie bezahlen musste. Jedenfalls zur Hälfte.

Sie wollte dort bei der Schwester zu Mittag essen. Marietta hatte sie zu einem kleinen leichten Mahl mit Tomatensalat und Kotelett mit Öl und Zitrone eingeladen. Reisöl, das sie neuerdings vorzog.

»Es ist leichter und gesünder als Olivenöl.«

Zum ersten Mal hatte Marietta von Diät gesprochen, worüber Mariolina sehr erstaunt war, besonders als die Schwester noch hinzufügte: »Ich will ein bisschen abnehmen, nicht viel, nur ein paar Kilo. Um feminin auszusehen.«

Feminin? Was hatte Marietta mit Weiblichkeit zu tun?

Mariolina schloss die Tür auf, weil ihre Schwester nicht öffnete. Seltsam, hatte sie das Klingeln nicht gehört? War sie vielleicht nicht da? Das Haus war leer, die Fenster geschlossen, die Läden geöffnet. Sie war sicher in der Nähe und nur einkaufen gegangen.

Als Erstes wollte sie in ihr Zimmer gehen, um sich Hausschuhe anzuziehen. Ihr altes Zimmer, das ihrem Wunsch gemäß noch immer so aussah wie früher und das sie manchmal vermisste. Es war warm geworden draußen, und sie wollte Schuhe und Strümpfe ablegen. Auf der Straße hatte sie viele Frauen in Sandalen gesehen, es wurde Zeit, selbst welche zu tragen. Es war immerhin Mitte Mai, und das Wetter schien stabil zu sein. Nach dem Essen wollte sie bei der Pediküre anrufen und einen Termin für den nächsten Tag machen, wenn einer frei war. Sie konnte unmöglich ihre Zehen vorzeigen, so gelblich und unlackiert, dachte sie, während sie ihre Ballerinas anzog und ihre Füße betrachtete, das war ja ein furchtbarer Anblick.

Ganz anders als das, was sie jetzt plötzlich zu ihrem großen Erstaunen sah. Sie hatte es beim Hereinkommen nicht gleich bemerkt, und jetzt traf sie fast der Schlag: Auf der Eingangskonsole prangte ein riesiger roter Rosenstrauß aus Samt oder Seide. Plastik war es sicher nicht. Diese Schwester! Da klagte sie über wenig Geld und warf es zum Fenster hinaus, für künstliche Blumen, die teurer waren als echte! Wie viel sie wohl dafür bezahlt hatte! Ganz bestimmt eine Menge. Die Rosen waren wunderschön und sahen aus, als wären sie frisch gepflückt. Einmal hatte sie solche für ihre Mutter kaufen wollen, um sie im Sommer auf ihr Grab zu legen, da echte Blumen bei der Hitze sofort verwelkten. Aber im Geschäft wollten sie zu viel dafür haben, zehn Euro pro Stück. Das schien ihr eine Beleidigung den Menschen gegenüber, die hungern mussten, und so hatte sie den Gedanken verworfen. Jetzt zählte sie die Rosen auf der Kommode – es waren fünfzehn, das hieß, der ganze Strauß kostete mindestens hundertfünfzig Euro! Sie fasste an die schweren Blütenköpfe. Doch diese waren weder aus Samt noch aus Seide, dabei waren sie samtig und seidig. Mariolina roch daran und nahm den starken, berauschenden Duft wahr.

Sie waren echt!

Nein!

Ihre Schwester war wohl verrückt, sich eine solche Menge roter Rosen zu kaufen mit so prallen Blüten und meterlangen Stielen, die ein Vermögen kosteten und nach wenigen Tagen welkten! Oder hatte sie vielleicht im Lotto gewonnen?

Als Marietta eine Stunde später nach Hause kam, hatte Mariolina es sich vor dem Fernseher bequem gemacht. Sie saß auf dem alten Sofa mit den gebrochenen Federn, das einmal perlgrau gewesen war und jetzt aussah wie das Fell einer sterbenden Ratte. Sie versuchte, sich von den dreißig Aufgaben zu befreien, die ihr immer noch vor Augen standen. Sie bezweifelte, dass ihre Antworten richtig waren. Abends wollte sie sie nachprüfen. Mit einem PC hätte sie es gleich machen können, doch ihre Schwester lehnte Technik radikal ab. Es war schon ein Wunder, dass sie überhaupt ein Mobiltelefon besaß.

Sie hatte beschlossen, Marietta wegen der Rosen keinen Vorwurf zu machen, sie wollte nicht gemein sein. Was waren im Grunde ein paar Euro für einen Rosenstrauß, es hatte ihr ja nie jemand welche geschenkt. Wenigstens einmal im Leben hatte sie sie verdient, und da sie nie welche bekommen hatte, war es ihr gutes Recht, sie sich selbst zu schenken. Aber nur einmal. Wenn sie es wieder tat, würde sie sie ermahnen und daran erinnern müssen, dass sie ihr in der Vergangenheit Geld für die Autoraten geliehen und Ruggero die Arbeiten am Haus so gut wie umsonst gemacht hatte. Am Haus, das ihnen beiden gehörte. Das konnte sie bei allen Steuern, die sie zahlen musste, nicht vergessen.

Ebenso wenig wie sie Mariettas Lächeln vergessen konnte, als diese das Haus betrat. Ein strahlendes Lächeln, das aus jeder einzelnen Zelle ihres Körpers zu kommen schien. Ein Lächeln, das den nach Rosen duftenden Eingang erfüllte, die sonnendurchflutete Küche und auch Mariolina, die mit offenem Mund hinter ihr herlief und wartete, dass sie redete. Eine Erklärung, ein Geständnis, mit dem sie ihr Herz ausschüttete: den traurigen Grund, der sie veranlasst hatte, diese Blumen zu kaufen, um sich zu trösten.

Doch die Schwester schwieg. Sie sah blendend aus, ihre Augen funkelten fröhlich, ihr Haar glänzte, am Revers der Jacke trug sie die Saphirbrosche von Oma Maria Nora, eine modern geschnittene türkisfarbene Jacke, an der Taille kurz und ein wenig ausgeschnitten. Neu?

Nachdem sie ihre Einkäufe auf dem Tisch abgestellt hatte, umarmte Marietta die Schwester mit ungewohnter Herzlichkeit. Dann holte sie die Lebensmittel aus der Tasche und – was für eine Überraschung! – auch ein Buch. Ein Buch von Rocco Rubino (wo hatte Mariolina das bloß schon gesehen?).

Und immer lächelte sie weiter.

Ein strahlendes und mädchenhaftes Lächeln.

Ein geheimnisvolles und spitzbübisches Lächeln.

39

Die Rache

Was machte Antonia? Das wusste sie selbst nicht, dachte sie, als sie die Erdbeeren zerdrückte, die sie als Nachtisch zu den Kirschtomaten aß, das war ihr Abendessen. Sie fühlte sich nicht gut, drehte sich im Kreis, telefonierte mit Arbeitsvermittlern, die sie wegen Vorstellungsgesprächen anriefen, aber sie hatten keine ordentliche Arbeit (sie war schon zufrieden, wenn sie sechs Monate als Teilzeitverkäuferin in einem Laden arbeiten konnte oder als Schwangerschaftsvertretung im Büro). Einige Verlage schienen zunächst interessiert, wenn sie erzählte, sie habe einen nichtveröffentlichten Briefwechsel mit Rocco Rubino, aber danach ließen sie nichts mehr von sich hören. Die Lage war unsicher und aussichtslos.

Um irgendeine konkrete Veränderung herbeizuführen, hatte sie sich schließlich die Haare schneiden lassen. Distanziert hatte sie ihre schönen Botticelli-Locken am Boden liegen sehen. Sie waren so schön, dass sie fast nicht glauben konnte, dass es ihre waren. Kaum hatte sie den Friseurladen verlassen, da bereute sie es schon. Doch dann sah sie sich neugierig von der Seite im Schaufenster an, und die neue Frisur gefiel ihr. Sie hatte den Eindruck, dass sie sie jünger machte, ihr zu längliches Gesicht wirkte etwas runder, ihre Augen größer und ihre Wangenknochen traten deutlicher hervor. Ein Postbote, der auf seiner Vespa bei der roten Ampel anhielt, pfiff ihr bewundernd nach. Der Pfiff blieb ihr im Ohr hängen wie das Rauschen des Meeres in den großen Muscheln der Souvenirläden.

Souvenir. Antonia mochte keine Fremdwörter. Als junges Mädchen hätte sie gern klassische Sprachen studiert, doch von Geburt an war sie dazu bestimmt, in der Firma der Familie zu arbeiten. Auch wenn ihr nichts daran lag, musste sie Architektur studieren.

Souvenir war das Gleiche wie Erinnerung.

Wozu war es gut, sich zu erinnern?

Rocco erlebte unerschüttert einen Erfolg nach dem anderen, seine Bücher erhielten wichtige Preise. *Mein Ehrenwort* hatte sich zigtausendmal verkauft, und im

Herbst sollte der lang erwartete neue Roman erscheinen. In der Presse war bereits der Titel verraten worden: *Der Weg des Alligators*. Im letzten Monat hatte Rocco bei Libroviaria teilgenommen, einer Kulturveranstaltung in der Eisenbahn über die gesamte Halbinsel, um dort seine Werke vorzustellen, und Vince Vasino war wieder die Hauptfigur einer wunderschönen neuen Geschichte, die alles andere in den Schatten stellte. Als Sahnehäubchen auf dem Kuchen hatte Ornella auf der Website der Kommune das Interview veröffentlicht, das sie mit ihm geführt hatte und das Antonia auswendig kannte, weil sie es unter großen Schmerzen tausendmal gelesen hatte. Besonders die letzte Antwort.

In Ihren Romanen kommen originelle Besonderheiten vor, auch aus der Tierwelt?

Ja, dank meiner Frau, die meine große Stütze ist. Das Wiesel war der Grund unserer ersten Begegnung, und der Affe … war die erste Puppe, die sie selbst gemacht hat. Aus einem Strumpf. Ich trage ihn immer als Glücksbringer bei mir.

Was hat dieser Affe für eine Bedeutung?

Er ist Symbol der Veränderung, weil sich im Leben alles verändern kann, ein Strumpf in einen Affen, ein Affe in ein Amulett. Und alles um Vince Vasino verändert sich, nur er bleibt derselbe.

Ist er unbesiegbar?

Ja, er ist ein Sieger, wie sein Name schon sagt. Er bringt alles in Ordnung, verbindet es miteinander, verschweißt es: Geschichten, Situationen, Gefühle. Er näht zusammen, was zerrissen ist, gibt dem Formlosen Form, verknüpft Vergangenheit und Zukunft. Aber seine Welt verlässt er nie, und sein Wiesel auch nicht.

Sie meinen den Albino?

Ja. Albino heißt er und er ist es auch. Ein geniales Wiesel.

Wie ist Ihr Verhältnis zu Ihren Lesern?

Ich verdanke alles meinen verehrten Lesern und meinen bezaubernden Leserinnen. Meine größte Freude ist der Brief eines Lesers, der mir sagt, eines meiner Bücher habe ihn angeregt, eine Entscheidung zu treffen, dass ich ihn trösten konnte, als es ihm schlecht ging, dass ich ihm eine Antwort auf eine unlösbare Frage gegeben habe, auch wenn ich sein Leben gar nicht kenne.

Ist schon ein neues Werk geplant?

Meine Frau bekommt im Herbst ein Kind.

Antonia hatte kürzlich einen seltsamen Traum gehabt. Sie hatte gegen Rocco geklagt, weil er sie nicht geheiratet hatte, und als Anwalt einen übertrieben gut angezogenen Mann von kleiner Statur engagiert mit einer grellen ockerfarbenen Brille auf der Hakennase. Signor Muro, den Literaturagenten, den sie bei der ersten Buchmesse für elektronische Verwertungsformen kennengelernt hatte, nachdem sie die Stände der Verleger abgeklappert hatte, die sie telefonisch nicht erreicht hatte. Sie wollte sich unbedingt rächen, aber das war ihr nicht gelungen – weder im Traum noch auf der Buchmesse, die initiiert worden war, um den Büchern neue Absatzmöglichkeiten zu verschaffen.

Nicht mal bei Signor Muro hatte sie etwas erreicht. Der hatte ihr gesagt, er sei ein alter Hase und brauche nur in ein Manuskript hineinzuschnüffeln, um zu erkennen, ob sich eine Sache lohne. Er legte ihr nah, ihr Vorhaben aufzugeben. Kein Mensch würde je diese theatralischen, peinlichen und unwichtigen Briefe veröffentlichen. Er wolle ihr nicht zu nahe treten, aber in manchen mache er sich doch nur über sie lustig, zum Beispiel wenn er sie »Sirene meiner Verzauberung«, »Überbringerin meines wehmütigen Liedes«, »mein Trost, meine Wegzehrung« nannte und sich ihr gegenüber als »Wanderer ohne feste Bleibe auf der Suche nach einem Hafen, der ihn in seinen Schoß aufnimmt« bezeichnete.

»Welcher Mann würde so mit einer Frau reden? Nicht mal Goethe! Er macht sich über das poetische Geschwafel lustig! Das ist alles so völlig überzogen. Merken Sie denn nicht, dass er sich über Sie lustig macht?«

Dieses Wortgeklingel passe doch überhaupt nicht zu Rocco Rubino, der wegen der außergewöhnlichen Hauptfigur seiner Kriminalromane bekannt sei und geschätzt werde – Romane, in denen eine gewisse poetische Ader eine klare und realistische Prosa von seltener Kraft und Kohärenz hervorbrächte. Es sei kaum von Bedeutung, sogar für die krankhaftesten Fans, ob er sich der Onanie hingebe und dabei an eine unerreichbare Geliebte denke. Das würde kein Mensch glauben. Abgesehen davon, dass Rocco mit einer Frau zusammen sei, die auf verschiedenen Gebieten viel Einfluss habe, auch im Bereich der Kultur, und die jeden, der versuchen würde, ihn lächerlich zu machen, vernichten würde. Selbst wenn es der Literaturagent oder der berühmteste internationale Verlag sei.

Er habe sich mit Antonia lediglich treffen wollen, weil er in ihren Briefen eine Stimme wahrgenommen habe. Eine Stimme, auf die er setzen würde. Wenn sie also etwas geschrieben oder die Idee zu einem Roman hätte, würde er sich diesen gern anschauen.

Eine Zeitlang überlegte Antonia, ob sie schreiben sollte wie Rocco und gegen Rocco, da sie es nicht für oder mit ihm tun konnte. Sie stellte sich vor, wie sie Konkurrenten um einen Literaturpreis waren. Sie stellte sich außerdem vor, dass er sich ihr näherte, ein Handkuss, ein aufrichtiges Kompliment, nur einmal, und in den Augen das Flackern von früher, in das sie sich verliebt hatte.

Antonia dachte ernsthaft und lange darüber nach. Sie hatte eine Handlung, ein paar Anfänge und einige Kapitel skizziert. Sie hatte sich auch Namen für die Hauptpersonen ausgedacht. Aber sie konnte es drehen und wenden, wie sie wollte, ob die Helden nun Anna und Marco, Teresa und Michele oder Orpheus und Eurydike hießen – es ging immer um sie und Rocco. Oder besser gesagt um sie ohne Rocco.

Über ihn zu schreiben hatte keinen Sinn, und zu etwas anderem sah sie sich nicht in der Lage. Es interessierte sie auch nicht. Auch wenn sie gern an der Uni ihre Träume verwirklicht hätte, jetzt war sie Architektin und hätte in diesem Beruf gern weitergearbeitet, allerdings nicht nur Wände ausgemessen und Küchen eingerichtet. Sie wusste, dass sie sich außer von den langen Haaren noch von anderen Dingen verabschieden und ihrem Leben eine Wendung geben musste. Die Stadt, in der sie immer noch wohnte, in der sie nach etwas suchte, ohne zu wissen, was es war, in der sie wie eine Diebin an ihrem früheren Haus und an dem der Eltern vorbeischlich oder an der Bankfiliale, in der Rocco gearbeitet hatte, und an der Mansarde, in der sie sich getroffen hatten. Die Stadt, in der sie die traurigsten und demütigendsten Momente ihrer Ehe erlebt hatte und die glücklichsten, sündigsten und verzweifeltsten ihrer heimlichen Affäre. Eine Zeitlang hatte sie überlegt, sich nach Borgo Propizio zurückzuziehen, es hätte ihr gefallen, einen Schlupfwinkel im Schatten des alten Felsens mit den romantischen mittelalterlichen Türmchen zu haben. Im Schutz der alten Mauern und zwischen den sanften Hügeln, die mit Wein und Obst bewachsen waren, hätte sie sich heimisch fühlen können. Sie hätte von der Luft leben können, die sie atmete, einer gut riechenden Luft, die nach früheren Zeiten roch, in der noch Geschichten von Burgfräulein und Rittern lebendig waren, in der es nach gestärkter Wäsche, selbstgebackenen knusprigen Brötchen roch. Sie hatte das Gefühl gehabt, alte schwarz gekleideten Frauen könnten ihr Gesellschaft leisten, die mit großen Krügen auf dem Kopf über die steinigen und ewigen Pfade gingen.

Leider hatte das Schicksal ihr einen Strich durch die Rechnung gemacht. Denn auch in Borgo Propizio verfolgte sie der Schatten des berühmten Autors und ließ ihr keine Ruhe.

Vielleicht war es die beste Lösung, weit weg, an einen fernen Ort zu gehen. Die Idee kam Antonia, als sie im Internet nach Stellenangeboten suchte.

Die Europäische Union hatte einen Wettbewerb für moderne Architektur ausgeschrieben, und zu ihrem Glück lag die Altersbeschränkung nicht wie sonst bei fünfunddreißig Jahren. Die von den Mitgliedsstaaten ausgewählten Gewinner sollten eine bestimmte Summe erhalten und dann ihre jeweilige Arbeit an Ort und Stelle ausführen, und zwar dort, wo ihr Gebäude die passende städtische Umgebung oder Landschaft fände. Dies schien eine gute Gelegenheit zu sein, und Antonia reichte ein Projekt ein, das sie schon an der Uni im Kopf gehabt hatte. Sie wartete angstvoll auf das Ergebnis, als sei sie noch Studentin. Eine etwas zu alte Studentin. Na und? Gab es nicht ein Buch, das hieß *Mit vierzig fängt das Leben an*? Oder vielleicht war es auch ein Film und kein Buch. Bis zu ihrem vierzigsten Geburtstag war es noch ein paar Monate hin. Genug Zeit, um, so hoffte Antonia, einen Neuanfang zu planen. Was für seltsame Wendungen das Leben nehmen kann, überlegte sie, wer hätte dies an jenem Tag gedacht, als sie durch das Kirchenschiff gegangen war, um dort ihr wenig überzeugtes Jawort zu geben.

Sie dachte noch einmal zurück an das Schweigen, die Müdigkeit, den täglichen Überdruss, das Gefühl, neben einem Fremden zu liegen … dann die Liebe auf den ersten Blick, als sie endlich das Leben kennenlernte und wahre Liebe, die Versprechungen, die Träume und dann den Verrat, den sie selber beging und den, der an ihr begangen wurde, die Gemeinheit, die Flucht, die flehentlichen Bitten, die ohne Antwort blieben … Genug damit!

Jetzt wollte sie unbedingt neu anfangen und vor allem Rocco und die ganzen schlimmen Erinnerungen aus ihrem Leben streichen.

Auch wenn es ihr sehr leidtat, auf ihre Rache verzichten zu müssen.

Am Abend wurde es kühler, und sie blickte in den Himmel. Kleine rosa Wölkchen bildeten einen Kranz in einem riesigen blauen See, in dem der Polarstern blinkte. Jener Stern, den man von jedem wichtigen Punkt der Erde aus sehen konnte, dachte Antonia und steckte sich eine Aprikose in den Mund.

Vielleicht war die einzig wahre Rache, ihn nicht mehr zu lieben.

40

Gute Nacht, Liebste

»Gute Nacht, Bambolina, ich hab dich ja so …«

Es war vier Uhr morgens, und Ruggero lag da, erschöpft und glücklich, ohne ihr bis zum Ende sagen zu können, wie sehr er sie liebte. Das brauchte er aber auch nicht. Er hatte es ihr gerade bewiesen, lange und langsam. Mariolina war glücklich und zufrieden. Ein paar Monate hindurch hatten sie sich nicht mehr geliebt – Arbeit, Lernen, Depressionen, Nervosität, es gab tausend Gründe – und jetzt war er einfach wunderbar gewesen. Sie hatte den Eindruck, dass ihre anfängliche Leidenschaft in eine neue Harmonie von Bewegungen, Empfindungen und Gefühlen gemündet war. Ruggero war ihr Mann, ihr Ideal von einem Mann. Konnte man so von seinem eigenen Ehemann denken?

Sie dachte an ihre erste Begegnung, wie sie vor sein Auto gelaufen war, wie er ihr geholfen hatte, voller Besorgnis, sie retten wollte, dann ihre Entscheidung, einen Schmerz am Handgelenk vorzutäuschen, die Fahrt ins Krankenhaus. Dann das kleine Restaurant am Strand, dann die Strandhütte – nein, sie schämte sich deshalb nicht und würde es immer wieder tun! –, in der sie die Frau, das Weib, die Katze und den Panter in sich entdeckt hatte, erst mit sechsundvierzig (alles hat seine Zeit, hatte Letizia einmal gesagt und dabei irgendeinen Dichter zitiert). Wo das, was für jedermann nur eine schnelle Nummer, ein heftiges und rasch vorübergehendes Strohfeuer war, sich als Beginn einer großen Liebe, einer stabilen Ehe herausgestellt hatte, die schon nach wenigen Monaten geschlossen wurde.

In der Stille hörte sie das aufgeregte Gebell zweier Hunde, vielleicht rauften sie gerade miteinander oder teilten sich die neusten Neuigkeiten mit, dachte Mariolina.

Wie so manche in Borgo Propizio.

Das Städtchen konnte sein Aussehen verändern, aber sein Wesen blieb ihm erhalten. Mariolina dachte über die Neuigkeiten nach, die sie am Nachmittag gehört hatte, und wusste nicht, ob sie sich darüber freuen oder sich Sorgen machen sollte. Die Anzeichen hatte sie mit eigenen Augen gesehen, hatte sich aber nicht bemüht, sie zu deuten, sie war noch zu abgespannt von der anstrengende Prüfung gewesen und hatte alles auf die beginnende Menopause der Schwester geschoben. Die Rosen, das Reisöl, ich möchte ein bisschen abnehmen, die neue Jacke, die Idee, im Ort einen Laden zu eröffnen, der »jetzt endlich ordentlich geführt wird«. Dann ihre glänzenden Haare *(im Supermarkt gibt es so kleine Ampullen, willst du auch eine probieren?),* die kastanienbraune Farbe (eine Probe aus der Zeitung), die weißen Zähne, wenn sie lächelte (es gibt da eine neue Zahncreme, für die sie im Fernsehen Werbung machen). Marietta hatte sich nicht mal über die baldige Erhöhung der Strom-, Gas- und Benzinpreise beschwert, über die sie sonst immer alles genau wusste und sich mächtig aufregte, und sie hatte sogar vergessen, sich ihren Anteil für das ewige Licht auf dem Grab ihrer Mutter geben zu lassen, das sie immer im Voraus bezahlte. Das war Mariolina eingefallen, als die Schwester zu ihrem Geschäft gefahren war, und sie hatte das Geld auf die Konsole gelegt, unter diesen unglaublichen Rosenstrauß, über den Marietta kein Wort verloren hatte – aus plötzlicher Verlegenheit hatte Mariolina sich nicht getraut zu fragen, wo sie herkamen.

Beim Essen hatten sie über alles Mögliche geplaudert. Eigentlich hatte vor allem sie selbst geredet, das merkte sie erst jetzt, und immer wieder von der Prüfung gesprochen. Ihre Schwester hatte so gut wie nichts gesagt. Sie war ihr zerstreut erschienen und war auch bald nach dem Essen weggegangen, um etwas im Rathaus zu erledigen. Sie hatte ihr irgendetwas erklärt, aber schnell und eher vage, und Mariolina hatte es nicht verstanden.

Als sie allein war, räumte sie die Küche auf und machte dann ein Mittagsschläfchen. Mittendrin aber weckte sie leider das Telefon, sie ging nicht dran, aber dann zwang sie das durchdringende Klingeln des alten Wandapparats zum Aufstehen. Vielleicht war es ja wichtig.

»Entschuldigen Sie bitte, hätten Sie einen Moment Zeit, wir haben da ein interessantes Angebot …«

Sie beschimpfte den Eindringling, der ihr ein sinnloses Produkt aufschwätzen wollte, und legte auf.

Wo sie jetzt schon einmal stand, beschloss sie, Ruggero bei *EdilBorgo* zu besuchen. Sie hatte Zeit genug, den Hügel zu Fuß hinunterzugehen. Als sie durch die Stadtmauer gegangen war, fühlte sie sich plötzlich müde, und als sie sah, wie der Bus zur Endstation fuhr, änderte sie ihre Meinung.

Hätte sie das bloß nicht getan!

Oder vielleicht war es besser so.

Es war immer besser, Bescheid zu wissen.

Eine laute Stimme rief sie – es war die Posaunenstimme von Donna Elvira, die gerade aus dem Bus stieg und offenbar überglücklich war, sie zu treffen.

»Ich freue mich ja so, dir zu gratulieren!«

Mariolina dankte ihr und umarmte sie. Die Einwohner des Ortes hatten etwas gemeinsam, was niemand von außen verstehen konnte. Eine lange Tradition von Mitteilsamkeit und Einfühlungsvermögen, Arbeit und Aufopferung, dank der jahrhundertealten gemeinsamen Anstrengung, den Launen der Geschichte des Ortes verbunden zu bleiben, verband die Propizieser, und sie wussten, dass sie in allem auf ihre Mitbürger zählen konnten.

»Danke«, sagte sie einigermaßen überrascht, »aber die Prüfungen sind ja noch nicht zu Ende.«

»Da hast du wohl recht.« Elvira räusperte sich vielsagend in Anspielung auf das Unaussprechliche, ein teuflisches Grinsen auf den Lippen. »Ich kann nur hoffen, dass deine Schwester nicht in ihr Unglück rennt.«

»Wie? Was redest du denn da?«

Signora Elvira war ganz aufgeregt, und Mariolina hatte sich bemüht, den Irrtum zu verstehen und das Knäuel von Neuigkeiten zu entwirren, das die ungekrönte Königin der Klatschweiber von sich gab. Marietta war, wenn sie es richtig verstanden hatte, von allen gesehen worden, wie sie mit Felice Rondinella ausging, genauer gesagt dem Bürgermeister von Borgo Propizio, der sie mit dem Auto abgeholt hatte.

»Ja, auch wenn das seltsam ist, wo er doch vom anderen Ufer ist. Jedenfalls sagen das die Leute, ich weiß es natürlich nicht genau«, fuhr Elvira fort. »Also, offenbar ist das nur ein böses Gerücht, wenn er jetzt eine Beziehung mit deiner Schwester hat.«

»Be...ziehung?«

»Ja, genau das.« Die Klatschtante nickte. »Sie gehen ins Hotel *Erinnerung*, um dort ...« Sie räusperte sich wieder und lächelte. »Bekannte haben sie dort zwei- oder dreimal hineingehen sehen. Und dann dieser riesige Strauß roter Rosen ... Als mir die Blumenhändlerin erzählt hat, wie viel der Bürgermeister dafür ausgegeben hat, hätte ich beinahe geweint und musste an die armen Kinder in Biafra denken. Und an meine winzige Rente.«

Mariolina wusste nicht, wie sie sich verhalten sollte. Ob sie so tun sollte, als wüsste sie alles, um die andere zum Schweigen zu bringen, oder sich zurückhalten sollte, damit diese noch mehr erzählte. Schließlich beschloss sie, sich selbst ein Bild zu verschaffen, und sagte auf Wiedersehen. Sie müsse noch schnell zur Schneiderin, bevor diese zumache. Ihr seien plötzlich alle Röcke zu eng geworden.

»Dann grüß Marietta herzlich, wir freuen uns alle auf eine schöne Hochzeit. Vielleicht mit einem großen Mittagessen für alle Bürger der Stadt, richte ihr das von mir aus. Wir können uns das ja nicht leisten, weil die Kommune schon wieder die Steuern erhöht.«

Mariolina war außer sich. Sie war noch ganz durcheinander und wusste nicht, was sie von der Sache halten sollte. Ihre Schwester und der Bürgermeister. Marietta und Felice. Ihre Schwester und ein Mann. Marietta?! Sie verkündete doch immer, ihr ginge es gut, in ihrem Alter würde sie sich nie mit einem Mann zusammentun und auch keinen mit nach Hause nehmen, Verliebtheit sei eine Sache für Jugendliche, hatte sie gesagt. Deshalb kam Mariolina die ganze Sache seltsam vor.

War es vielleicht doch möglich?, fragte sie sich ungläubig. Bald würde sie durch die große Gerüchteküche, die in vollem Gange war, eine kurze Antwort auf ihre Frage erhalten. Sehr bald schon.

Ein paar Stunden später im Restaurant *Erinnerung*, in dem Ruggero mit ihr essen gehen wollte, um das Examen zu feiern. Auch wenn sie bisher nur die Hälfte der Prüfung abgelegt hatte, war das schon einen Glückwunsch wert, und einmal konnte sie ruhig von ihrer Diät abweichen.

»In letzter Zeit habe ich meine Bambolina wegen zu viel Arbeit vernachlässigt, und heute Abend will ich dafür um Entschuldigung bitten.«

Während sie ein köstliches Gericht aßen – Linguine mit Meeresfrüchten –, reichte er ihr ein rechteckiges Päckchen, das er aus einer Tasche gezogen hatte. Ein Buch.

»Ich hatte es vergessen! Ich habe es im Kiosk gesehen, als ich heute Morgen meine Zeitung gekauft habe.«

Mariolina hatte das Papier abgemacht. Leo Tolstoi, *Liebe und Pflicht*. Sie lächelte ihren Mann beunruhigt an.

Vielleicht hatte er noch ganz andere Talente als das Zeug zum Geometer-Diplom, das er ihrer Meinung nach unbedingt ablegen sollte. In diesem Buch ging es um Aphorismen über die Liebe, über Mann und Frau, die Familie und Kinder. Verbarg sich in ihrer besseren Hälfte etwa die Seele eines Philosophen, fragte sie sich in immer größerer Verwirrung? Schon wieder eine so merkwürdige Frage. Sie blätterte in den Seiten, und ihre Augen blieben an einem Satz hängen, der ihr eine weise Antwort zu sein schien: Jegliches Nachdenken über die Liebe zerstört sie.

Wahrscheinlich hatte sie Ruggeros geistige Fähigkeiten unterschätzt. Deshalb fühlte sie sich schuldig und war jetzt bereit, sich zu erkundigen, wie es mit den jungen Fußballern des *A.C. Propiziese* begonnen hatte.

»Diese Mannschaft wird es weit bringen, du wirst sehen.«

Dessen sei sie ganz sicher, bekräftigte sie.

Nach dem Nachtisch – er aß Tiramisù und sie ein Sorbet – kam Virginia an den Tisch und fragte, ob alles in Ordnung gewesen sei.

Ruggero sagte: »Alles bestens«, und Mariolina nickte zustimmend.

»Möchten Sie Kaffee oder einen Digestif?«, fragte Virginia. »Das geht aufs Haus.«

Als sie mit dem Tablett zurückkam – einen Espresso ohne Koffein für sie, einen mit Sambucca für ihn –, sagte sie, sie fühle sich geehrt, so angesehene Gäste zu haben, und hoffe, sie bald wiederzusehen, ebenso wie Marietta zusammen (das Wort betonte sie besonders) mit dem ehrenwerten Bürgermeister von Borgo Propizio. Das möchten sie ihnen doch ausrichten.

Im Auto fragte Ruggero sie nach der Schwägerin, und Mariolina erzählte ihm, was sie am Nachmittag von Elvira erfahren hatte.

»Endlich«, bemerkte er dazu. »Auch wenn es mir seltsam erscheint, dass deine Schwester sich in einen Mann mit einem so schlechten Charakter verliebt hat. Doch das Herz spricht ja eine andere Sprache als der Kopf.«

Mariolina starrte ihn an. Das Herz spricht eine andere Sprache als der Kopf? Hatte er Tolstoi gelesen?

»Lass uns jetzt an uns denken«, flüsterte er ihr ins Ohr, als sie ins Haus traten, in dem schon alle schliefen. Dann umarmte er Mariolina mit neu aufgeflammter Leidenschaft und sagte ihr nach langer Zeit endlich wieder, dass sie ihm den Verstand raube und …

Und löste bei ihr unaussprechliche Sehnsüchte aus.

Ruggero bewegte sich im Schlaf und lag unbedeckt da. Mariolina breitete das Laken über ihn aus und küsste ihn auf beide Augen, die er im Schlaf immer einen kleinen Spalt offen hatte. Unter ihren warmen Lippen spürte sie, wie seine Lider zitterten. Auf dem Wecker war es fünf nach halb fünf. Dann schmiegte sie sich eng an ihn und sog den Geruch nach aufgegangenem Brotteig ein, den ihr Mann verströmte, wenn er schwitzte, ein Geruch, der sie ganz verrückt machte.

»Gute Nacht, Liebster«, murmelte sie.

Dann gab sie sich demselben Traum hin, den ihr Mann gerade träumte.

41

Mädchenaugen

Belinda beschloss, sich einen elektronischen Wecker zu kaufen. Ihren alten – er war aus verchromtem Metall, und hinter dem Glas war eine Kuh zu sehen, die den Kopf hin- und herbewegte, um ein geschecktes Kälbchen zu liebkosen – hatte sie bei einem Trödler gekauft, sie hatte sich sofort verliebt (in den Wecker, nicht in den Mann), wollte ihn aber lieber nur noch als Dekoration benutzen. Der Ton passte nicht zum Klang der Kirchenglocken, und das laute Ticken plagte ihre Trommelfelle in der Stille der Nächte, in denen sie leider seit einiger Zeit sehr früh aufwachte.

Sie war müde von der Arbeit im Laden, ging mit den Hühnern ins Bett, noch früher sogar, und fiel dann gleich in betäubenden Schlaf. Dafür war sie dann gegen drei oder vier hellwach und hatte statt der Augen zwei Nebelscheinwerfer.

An jenem Morgen um viertel vor fünf hatte sie mehr als sieben Stunden geschlafen. Die Möglichkeit, wieder einzuschlafen, war gleich Null. Sie nahm ihr Mobiltelefon und sah nach, ob sie eine Nachricht erhalten hatte, obwohl sie keine erwartete (es waren auch keine gekommen). Dann schickte sie eine SMS an Mariolina, um zu fragen, wie die Prüfung gelaufen war. Da sie ewig lange geschlafen hatte, dachte sie nicht daran, dass ihre

Freundin erst gerade in den Armen ihres Mannes zur Ruhe gekommen war.

Sie schlug die Bettdecke zurück und beschloss, einen Becher Vanillemilch zu trinken. Dann bügelte sie die Tischtücher der Milchbar und ein paar eigene Sachen, die sich angesammelt hatten. Alles hat seine Zeit, sagte Tante Letizia oft. Manche Hausarbeiten erledigte Belinda immer am frühen Morgen.

Sie bügelte zwei Stunden lang, und immer noch war es früh. Heute sollte der Latte-Art-Kurs beginnen, jedoch erst um zehn, und bis dahin war noch viel Zeit. Ihr Blick fiel auf die Bücher, die Ornella ihr geliehen hatte und die im Korb mit den Zeitungen lagen. Sie nahm eines und schlug es unentschlossen auf, dann las sie die erste Seite:

Ein Mann ohne Ehre ist wie ein Baum ohne Saft, dachte Vince Vasino an diesem Oktoberabend. Er kehrte nach Hause zurück, jedoch mit dem Gefühl eines Wanderers ohne feste Bleibe, auf der Suche nach einem Hafen, der ihn aufnahm. Der Wind schüttelte die inzwischen kahlen Zweige, und ihm wurde kalt an den Ohren. Er achtete nicht darauf, sondern prüfte sein Gewissen, das schwer an der Last der Erinnerungen trug. Im Herzen das dumpfe Echo eines gegebenen Versprechens. Der Dampfer würde in zwei Tagen gehen. Unwillkürlich fuhr er mit einer Hand in die Tasche, und die Fahrkarte brannte ihm unter den Fingern. So wie die Lippen seines Vaters brannten, als er ihn mit Verzweiflung im Gesicht gebeten hatte, die Wahrheit aufzudecken. Die Hand der Toten war schon ausgestreckt, um Glieder und den Geist jenes Mannes zu packen, der ihm das Leben geschenkt hatte und der für ihn das Maß aller Dinge bedeutete.

»Ja, Papa, ich gebe dir mein Wort.« Ein Ehrenwort.

Das Tier das auf seinem Arm eingeschlafen war, bewegte sich, reckte sich und leckte sich übers Fell. Die Träne, die in Vinces Auge zitterte, wurde von einem traurigen Lächeln verschluckt.

»Albino«, seufzte er, »du bist mein Trost.«

Hätte er das Wiesel nicht gehabt, seinen Rücken, seinen Schatten, seine Schnittstelle, seine Seele und seinen Geist, so wäre Vince Vasino, der hochgeschätzte Kommissar der New Yorker Polizei, nur ein Sandkorn auf einem endlosen Strand gewesen. Verloren.

Belinda las die zweite Seite, dann die dritte, die vierte und …

Sie war so in das Buch vertieft, dass sie erschrak, als mit lautem Getöse das Ladengitter geöffnet wurde. Tante Letizia war da und machte die Milchbar auf. Oh Schreck, es war ja schon neun! Die spannende Lektüre hatte sie die Zeit vergessen lassen. Sie sprang auf, duschte kurz, zog Hose, Hemd und Jacke an und rannte nach unten.

Letizia reinigte gerade den Blumentopf neben der Vitrine vom Taubendreck. Darin wuchs ein Jasmin, der in schönster Blüte stand und mit seinem Geruch die Kunden anlockte. Natürlich nicht nur Kunden.

»Tante, ich muss ganz schnell los!«

Belinda drückte ihr die gebügelten Tischdecken in die Hand, gab ihr einen Kuss und sprang ins Auto.

Letizia unterdrückte den Impuls, die Tauben mit arsenversetztem Reis zu vergiften, breitete die Decken über den Tischen aus und sang zu dem Lied aus der Jukebox.

»Mädchenaugen, wie viele Himmel, wie viele Meere erwarten mich …«

Es schien ein ruhiger Morgen zu werden, heute kam die Dichtergruppe nicht, und es wurden auch keine Touristenbusse erwartet. Letizia fühlte sich wohl, wie immer im Mai, dem Monat, in dem sie ihren geliebten Mann geheiratet hatte – er hatte sie auch im Mai verlassen, um anderswo, vielleicht im Himmel, ein neues Nest zu bauen, dessen war sie sich sicher. Es war eine große Liebe, die nur von kurzer Dauer war wie der Vers eines Dichters, den man in einem Augenblick liest, aber sein Leben lang immer wieder aufsagt.

»Augen der Mädchen, mit dem Schweigen der Liebe spreche ich zu euch, und sie sagen euch mehr, als mein Mund es je könnte …«

Er hatte sie nie allein gelassen und sich ihr mehr als einmal seit seinem Weggang (Letizia hasste es, das Wort Tod zu benutzen) in bestimmten Formen offenbart, in denen sie ihn sofort erkannte. Wie beispielsweise an dem Morgen ihres ersten Geburtstags nach der Beerdigung, als er sie eine Blume finden ließ …

Ein Paar unterbrach ihre romantischen Erinnerungen.

»Buongiorno.«

Nach dem Akzent zu urteilen, waren es Franzosen, und Letizia freute sich, denn so konnte sie die jüngst an der Senioren-Uni wieder neu erlernte Sprache ausprobieren.

»Guten Tag«, sagte sie auf Französisch. »Nehmen Sie doch bitte Platz.«

»Danke, Madame, Ihre Bar ist sehr hübsch.«

»Vielen Dank. Was wünschen Sie?«

»Kann ich Italienisch sprechen?«, fragte die Touristin. »Ich möchte die Sprache üben.«

»Natürlich, und ich spreche Französisch, weil ich auch üben will.«

Und so begann ein zweisprachiges Menuett.

»Wo haben Sie Französisch gelernt?«

»Auf der Senioren-Uni.«

»Aber Sie sind doch keine Seniorin. Und Sie sprechen sehr gut Französisch.«

»Danke.« Letizia wurde rot im Gesicht vor Freude. »Und Sie sprechen gut Italienisch. Was kann ich Ihnen bringen?«

»Zwei Cappuccini.«

»Möchten Sie auch etwas essen?«

»Zwei Croiss… nein, diese Kekse dort.«

»Sehr gut, zwei Cappuccini und die Kekse.«

Während die Touristen ihr Frühstück verzehrten, ging die Tür der Milchbar auf, und ein junger Mann kam herein, der Letizia nicht ganz unbekannt vorkam.

»Guten Tag«, sagte der Neuankömmling, »ich suche … ich kann mich leider nicht an den Namen erinnern …«

»Ich heiße Letizia, junger Mann, aber ich glaube nicht, dass Sie nach mir suchen.«

Sie sah ihn scharf an, doch, doch, das war der, der gesagt hatte, Belinda sei eine sauertöpfische Jungfer.

»Ja, das stimmt.«

»Sie suchen nach der jungen Frau mit den Nussaugen.«

Er nickte verblüfft.

Letizia hatte es extra gesagt, ihre Nichte hatte ihr das mit den Nussaugen verraten. Sie tat, als bemerke sie das Staunen auf seinem Gesicht nicht.

»Das ist meine Nichte Belinda.«

»Belinda«, wiederholte er tonlos.

»Sie ist leider nicht da. Hatten Sie eine Verabredung mit ihr?«

»Nein, um Gottes willen!«

Letizia fand diese Äußerung beleidigend und wollte sich schon auf den Kriegspfad begeben, doch als sie hörte, was der junge Mann sagte, änderte sie ihre Meinung. Ihr war eine Idee gekommen.

»Sie sollte mir ein Rezept für Ornella geben, und ich sollte es heute hier abholen.«

Belinda hatte offenbar ihre Tante zur Überbringerin bestimmt, das Blatt mit dem Rezept lag bereit. Gleich auf der Kasse, darauf ein gelbes Post-it mit der Aufschrift *Freund von Ornella*. Ihre raffinierte Nichte hatte alles so arrangiert, dass sie nicht da war, wenn er kam. Sie wollte ihn nicht sehen. Sie hatte nicht den Mut gehabt, ihr zu gestehen, dass der Freund von Ornella *dieser* Mann war, der Kerl, der Betrüger. Er war pünktlich erschienen, um sie nicht zu enttäuschen, jedenfalls deutete Letizia es so.

Die Augenblicke im Leben, in denen man vor einem Dilemma steht (der arme Hamlet hatte gewusst, was das heißt!), sind immer die leidvollsten. Besonders wenn man seine Entscheidung in wenigen Minuten treffen muss. Letizia brauchte nur eine.

»Belinda hat mir leider nichts hingelegt«, sagte sie so überzeugend wie möglich und ließ das Papier hinter der Theke zu Boden fallen. »Tut mir wirklich leid, ich denke, sie hat's einfach vergessen. Normalerweise ist sie immer hier, aber heute musste sie etwas besorgen. Sie wird den ganzen Tag über zu tun haben und heute Nacht bei ihren Eltern schlafen.«

»Dann bin ich ja ganz umsonst gekommen ... Das ist wirklich keine Art.«

»Gib mir deine Nummer, dann ruft sie dich an.«

»Drei-vier-acht-fünf-sieben-neun-zwei ...«

Letizia schrieb die Nummer auf. »Und der Name?«, fragte sie.

»Francesco.«

»Wie mein lieber Mann«, rief sie aus und tat ganz überrascht, in den Augen der Ausdruck des noch nicht überwundenen Schmerzes einer Witwe, die ihren Mann immer noch liebt. »Warte!«, fügte sie hinzu. »Ich geb dir Belindas Mobilnummer, besser du rufst sie heute Abend an. Sie ist immer so zerstreut!«

Manchmal muss man dem Schicksal einen Schubs geben, dachte sie, als der junge Mann gegangen war. Dann sah sie durch das Fenster den klaren Himmel und sah zu ihrem Francesco hinauf.

»Wie viele Frühlinge wird es geben, in denen wir glücklich sind ...«

42

Mit vorsichtiger Hand

Es war eine Frage der richtigen Bewegung, energisch und zugleich sanft. Man musste seine Kraft im Handgelenk vorsichtig anwenden und richtig dosieren. Das Milchrinnsal, das in die Tasse lief, gab der Zeichnung ihre Form. Das war gar nicht einfach, nur eine kleine falsche Bewegung, und das Bild verwischte. Da man sich wirklich konzentrieren musste, hatte Latte Art eine Methode entwickelt, um das Denken auszuschalten. Belinda wollte sie Mariolina beibringen, um düstere Gedanken zu vertreiben, sie aber auch selbst anwenden. Der Lehrer hatte ein geschmeidiges Handgelenk und bewegte es mit der Geschicklichkeit eines Magiers. Er hatte einen Wettbewerb in Amerika gewonnen, gab damit aber nicht an. Er konnte gut erklären und brachte viel Geduld mit den Schülern auf. Er nahm die Tassen mit den Fehlversuchen und leerte sie mit anmutigen Bewegungen ins Spülbecken. Belinda hatte bald gelernt, ihre Cappuccinos mit Herzchen, Äpfelchen oder Blättern zu verzieren. Dies hatte mit ihrem Talent zu tun, aber auch mit ihrer Begeisterung für das weiße Getränk. Da sie so schnell und geschickt war, erntete sie neidische Blicke von den anderen und erhielt viel Lob von dem Barista, der sehr nett war. Und faszinierend.

Der Unterricht dauerte den ganzen Tag und endete erst um sieben Uhr abends. Belinda verließ die Bar, in welcher der Kurs stattgefunden hatte, und war wütend auf sich selbst. Wieso ließ sie sich immer wieder beeindrucken wie ein Teenager? Ein Lächeln genügte oder ein kleines Lob, und schon schlug ihr das Herz bis zum Hals. War sie wirklich so blöd? Sie war jetzt dreißig, wie konnte sie sich dann so über das Kompliment eines Baristas freuen, der nicht mal jung war, allerdings gut aussah mit seinem dunkelblonden Haar und den blauen Augen. Dabei hatte sie immer Männer mit dichtem dunklem Haar gemocht (nicht allzu sehr, aber doch genug). Wenn sie sich wie eine dumme Gans verhielt, fand sie sich selbst unerträglich. Sie hätte gern ihr ganzes Leben so gemanagt wie ihre Milchbar *Via Lattea*. Mit großer Leidenschaft hatte sie sich damals in die Arbeit gestürzt, aber ihr Herz war so gut wie tot.

Na ja, übertreiben wir nicht, sagte sie sich, aber eine emotionale Wüste bin ich schon.

Blütenstaub flog durch die Luft, und auf dem Bürgersteig hielt eine Mutter ein Kind im Arm, das Seifenblasen machte. Belinda dachte an ihre Mutter, als sie jung war und sie selbst noch ein Kind, und fragte sich, ob sie je einen Sohn haben würde. Ob sie überhaupt ein Kind haben wollte. Sie hatte sich das schon öfter gefragt. War es vielleicht die biologische Uhr, die ihr signalisierte, jetzt sei es an der Zeit? Sie bemühte sich zu lachen, während sie das Auto vor dem Haus ihrer Eltern parkte.

Sie wollte bei ihnen zu Abend essen und auch übernachten. Ihr Vater hatte sich das zu seinem fünfundfünfzigsten Geburtstag gewünscht.

»Es ist nicht leicht, zwei Fünfen zusammenzufügen«, hatte er mit seinem üblichen Sarkasmus gesagt. Er wollte seinen Geburtstag im engen Familienkreis feiern wie früher (natürlich ohne Letizia). Wohl eine Laune der männlichen Wechseljahre, hatte Belinda etwas spöttisch gemeint, aber sie wollte ihm den Gefallen gern tun.

Cesare empfing sie in einer Wolke von Wohlgerüchen. Er trug eine riesige Schütze mit der Aufschrift *Ein schlechter Koch ist für eine Frau jemand, der sich nicht die Finger ablecken kann (Shakespeare),* ein Geschenk von Claudia. Sie war nicht zu Hause. Nur sie konnte solche Geschenke machen.

»Ich wollte kochen, um euch zu überraschen, und so habe ich Mama gebeten, erst später nach Hause zu kommen. Sie trifft noch ein paar Frauen in ihrem Zentrum.«

»Und was kochst du?«

»Das erfährst du hinterher, sonst ist es ja keine Überraschung mehr.«

Belinda zuckte die Achseln, reichte ihm ein Geburtstagspäckchen, und als er es geöffnet hatte, schien es ihr, als freue sich der Vater über das Aftershave und die anderen Pflegeprodukte für das Gesicht, darunter eine Antifaltencreme. Er konnte jedoch eine für ihn typische Bemerkung nicht unterdrücken: »Ich hoffe, ich werde davon nicht schwul.«

»Warum will ein pingeliger Jurist wie du unbedingt witzig sein?«

»Hör mal, mein Fräulein, ein bisschen mehr Respekt für deinen alten Vater. Und nicht in den Ofen schauen«, mahnte er, als sie auf das Grillhähnchen blickte, das vor sich hin brutzelte.

»Hast du denn schon die Vorspeise gemacht?«

Belinda hob den Deckel des Kochtopfs auf dem Feuer.

»Natürlich, das ist ein Abendessen und kein Imbiss.«

»Mach die Portionen nicht zu groß, ich möchte nicht dick werden wie eine Schweizer Kuh.«

»Das würde doch gut zu deinem Laden passen. Weißt du, was ich dir wünsche? Dass du dich in einen Koch verliebst.«

»Soll ich dir was sagen? Das ist immer noch besser als ein schreiender Esel.«

»Ach, wirklich? Vorsicht, Kuh Carolina!«

Cesare warf einen Wischlappen nach seiner Tochter, die ihn geschickt auffing. Dann küsste sie ihren Vater.

Lange Zeit war Belinda das reinste Mamakind gewesen, und die Beziehung zu ihrem Vater, der etwas zu streng mit ihr umging, war nie ohne Konflikte. Obwohl Cesare immer sagte, sie sei ganz ihre Mutter, hatten sie und ihr Vater doch einen ähnlichen Charakter. Vielleicht war das auch der Grund dafür, dass sie sich mit Gefühlen so schwer tat.

Während sie ihren Vater in so übermütiger Stimmung erlebte, kam ihr wieder die Erinnerung daran, wie ihre Mutter vor ein paar Jahren ausgezogen war. Da war Papa das reinste Wrack gewesen, war abgemagert und lustlos, mit Ringen um die Augen, voller Trauer und mit gebeugtem Rücken. Meilenweit entfernt von dem Siegertyp, der ihr Vater für sie immer gewesen war, ein neuer Julius Caesar (warum sollte er sonst Cesare heißen?), den keine Grenze aufhalten konnte, der Mann, der halb Europa der Macht der Römer unterworfen hatte. Wenn ihr Vater den Gerichtssaal betrat, hatte sie sich ihn immer vorgestellt wie den Kaiser, der den Rubikon überschritt und einen Sieg nach dem anderen erzielte. Nachdem Claudia ihn verlassen hatte, war er plötzlich zusammengebrochen, und Belinda war erschrocken und besorgt. Zum Glück war Cesare heute wieder unbesiegbar wie früher. Erfüllung im Leben und Erfolg im Beruf waren für ihn ohne seine Frau undenkbar, doch paradoxerweise vernachlässigte er ausgerechnet sie, um seiner Arbeit nachzugehen. Das Leben war wirklich ein schrecklicher Teufelskreis.

»Wie geht es dir, Papa?«, fragte Belinda.

»Ziemlich gut, eigentlich«, antwortete Cesare, der angefangen hatte, den Tisch zu decken. »Mit der Adoption hat es nicht geklappt, aber für den Jungen ist es besser so. Bei der Tante lebt er unter Verwandten, er hat Cousins, die wie größere Brüder sind, und es hilft ihm sicher auch, von hier weg zu sein. Das Leben und die Zeit werden auch ihren Beitrag leisten.«

»War das für dich eine eher moralische Verpflichtung?« Belinda goss sich ein Glas Wasser ein und trank einen Schluck. Sie wusste noch, wie schlimm es gewesen war, ihn weinen zu sehen, als er den Zeitungsartikel über Irene las. So war ihr Vater. Er konnte eiskalt sein, wenn es um Gefühle ging, aber es zeigte sich ein Abgrund, wenn das Eis taute. Ja, er war genau wie sie.

»Ja, etwas in der Art«, gab er zu. »Ich will dir nicht verhehlen, dass ich erleichtert bin, die Verantwortung war mir zu groß. Aber sag es nicht Mama, bitte, sie könnte es missverstehen.«

»Ich glaube, das hat sie schon verstanden.«

»Was?«

»Dass du so zufriedener bist. Sie kennt dich doch.«

»Das stimmt nicht, es ist ja vor allem zum Wohl des Kindes …«

»Du Schlitzohr!«

Als Claudia mit einer Tüte Gebäck unterm Arm erschien, war das Gespräch zu Ende, und Belinda verriet ihren Vater nicht.

Bei Tisch plauderten sie, jeder erzählte aus seinem Alltag, und die Zeit verging wie im Flug. Sie freuten sich, zusammen zu sein, und genossen Cesares Leckerbissen. Er kochte selten, aber wenn er es tat, war er der reinste Meisterkoch. Claudia lobte sein köstliches Risotto mit Spargel, und Belinda war begeistert von der Creme aus Schafskäse.

»Wann hast du denn das gelernt, Papa?«

»Beim Militär!«

»Quatsch!«

»Glaubst du mir nicht?«

»Nein.«

»Das Militär ist eine Schule des Lebens. Ich hätte mich dem nicht entziehen sollen.«

»Wo hast du es dann gelernt?«

»Naturtalent.«

Belinda hatte schon eine passende Antwort auf der Zunge, doch gerade da klingelte ihr Mobiltelefon. Als sie hörte »Hier ist Francesco«, wurde sie tiefrot.

Sie stand auf und ging in die Küche, um zu reden, während ihre Eltern sich fragend ansahen. Belinda tat, als bemerke sie es nicht.

Das Gespräch dauerte nur kurz, war aber lang genug, dass Belinda sich fragte, ob Tante Letizia plötzlich verrückt geworden sei. Oder, noch schlimmer, ob sie vielleicht selbst die Verrückte war. Morgen früh, nein, da war sie nicht da, sondern in der Senioren-Uni. Aber nachmittags – ja, am Nachmittag würde sie ihrer Tante die Meinung sagen.

Und zwar nachdrücklich.

43

Die Farben des Lebens

Immer wenn sie den Hügel von Borgo Propizio hinauffuhr, hatte Belinda das wohltuende Gefühl, das sie schon beim ersten Mal empfunden hatte, als sie nach Fertigstellung der Restaurierung den Laden ihrer Träume und ihre künftige Wohnung besichtigt hatte. Dies alles war jetzt Wirklichkeit, ihre Wirklichkeit geworden.

Sie sah sich, als wäre es gestern gewesen, in Ruggeros prächtigem silbergrauem Mercedes-Cabrio fahren, mit wehenden Haaren, eine frische Brise, die ihr über das Gesicht, den Hals, die Arme strich, durch die Kurven hinauf in das kleine Städtchen, wo sie zum ersten Mal den fertigen Laden sehen sollte.

Heute fuhr sie in ihrem blauen Kleinwagen hinauf, zwischen Weinstöcken und Obstgärten, und dachte, dass sie sich damals nie hätte vorstellen können, dass ihr dieser Ort eine Heimat sein würde und, von der Liebe einmal abgesehen, alle ihre Wünsche erfüllte. Ihre Wohnung war ihr lieber und wichtiger als das Elternhaus und ihr altes Zimmer, in dem sie zwischen Puppen und Spielsachen in die Höhe gewachsen war wie ein Baum und in der Pubertät weibliche Formen bekommen hatte. In diesem Haus hatten sich manche ihrer Hoffnungen erfüllt, andere nicht. Trotzdem hatte sie nicht das Gefühl, dass ihre Wurzeln dort waren, wo sie geboren und groß geworden war. Immer wenn sie bei den Eltern übernachtet hatte, bestätigte sich dieser Eindruck.

Borgo Propizio übte eine geheime Anziehungskraft auf sie aus, vielleicht begünstigt durch die klare Luft, die frische Brise oder das Grau der alten Hauswände, die zeitlosen Gässchen oder gar die flüchtigen Bewegungen der weißen gestärkten Spitzengardinen, hinter denen aufmerksame Augen nach draußen sahen. Gewitzte Köpfe dachten über das Wie und Warum nach, Worte flogen von Mund zu Mund und verbreiteten sich, so dass jedes Ereignis zu einer Geschichte wurde.

Zu Anfang war sie skeptisch gewesen, doch dann hatte sie die Legende vom Gespenst bezaubert, das sich jahrzehntelang auf den Türmchen der Burg aufgehalten und keinen Frieden gefunden hatte. Schließlich hatte der Maresciallo Saltalamacchia es bezwungen, kurz bevor sie sich hier niederließ. Wäre es noch da, dann würde sie sicher heute, wo sie so vom Geist des Ortes durchdrungen war, versuchen, seinen dunklen Schatten im Mondlicht zu entdecken. Das war natürlich absurd, das war Belinda klar, sie war ja nicht verrückt, aber die Einwohner hingen mit einem angenehmen Schauer an dieser Geschichte, dieser Mischung aus Romantik und Verbrechen in leidenschaftlichem Rot. Rot wie die Liebe und das Blut, die Farbe, die Belinda ihrem Leben gern gegeben hätte. Zum Glück machte die Zufriedenheit, die sie jedes Mal empfand, wenn sie das *Via Lattea* betrat, dieses Manko wett, dachte sie, als sie ihren Wagen auf dem kleinen Hof hinter der Milchbar parkte.

Es war schon später Vormittag, die Kirchenglocken läuteten zur zweiten Messe, die um halb zehn begann. Sie hatte bei ihren Eltern geschlafen wie ein Murmeltier. Deshalb ging sie nicht hinten herum hinauf in ihre Wohnung, sondern zog gleich das Eisengitter am Laden hoch. Bevor sie den Schüssel ins Schloss steckte, betrachtete sie sich in der Ladenscheibe. Gestern hatte sie sich bei Latte Art ihre beigefarbene Hose beschmiert und sich heute Morgen bei ihrer Mutter ein geblümtes Sommerkleid und ein paar Sandalen mit höherem Absatz ausgeliehen. Es ließ sich darin sehr gut gehen, stellte sie erstaunt fest. Sie trug sonst immer nur »Latschen« (wie ihr Vater es abfällig nannte) oder flache Ballerinas. Das Kleid war maronenfarben mit lilafarbenen Blüten, es lag an der Taille eng an und hatte einen weit schwingenden Rock. Ihr Spiegelbild gefiel ihr, und sie drehte eine kleine Pirouette, um sich auch von hinten zu sehen. Sie bedauerte es sofort, denn mit einem Mal stand Francesco vor ihr. Er grinste sie mit seinen blendend weißen Zähnen schamlos an.

»Was gibt es hier zu lachen?«, fragte sie streng.

»Eigentlich habe ich mich nur über die Eitelkeit der Frauen amüsiert. Aber eins muss ich Ihnen sagen, Sie sind sehr hübsch.«

»Ich …«, begann Belinda, schwieg aber gleich wieder.

Ihr Gesicht war rot angelaufen, und sie konnte nicht mehr sprechen. Sie war Komplimente nicht gewöhnt, und so drehte sie sich um und öffnete die Tür.

»Warten Sie bitte einen Moment«, sagte sie schnell, verschwand in der Toilette und ließ ihn stehen. Sie bespritzte sich das Gesicht mit Wasser, um sich abzukühlen, holte tief Luft und wurde ruhiger. Ich bin doch wirklich behämmert. Was soll diese Aufregung? Bin ich ein Schulmädchen, oder was?

Als sie wieder herauskam, war Francesco dabei, die Stühle herunterzustellen. Tante Letizia hatte sie am Vorabend auf den Tischen gelassen. Dies machten sie immer so, um den Boden besser putzen zu können, wenn die letzten Gäste gegangen waren, und die Erste, die morgens kam, stellte die Stühle wieder an ihren Platz.

»Lassen Sie, das mache ich schon«, sagte Belinda und nahm ihm einen Stuhl aus der Hand.

»Keine Sorge«, sagte er und griff nach einem anderen. »Ich habe nichts gegen einfache Arbeiten. Ich habe selbst ganz klein angefangen.«

»Das beeindruckt mich nicht. Ich habe mal im Stall gearbeitet.«

»Und was hast du da gemacht?«

»Kühe gemolken, Futter in die Näpfe getan, den Stall gefegt, ausgemistet …«

»Und wozu?«

»Ich wollte Milchwirtin werden. Und du?«

Unmerklich waren sie zum Du übergegangen.

»Koch …«

Weißt du, was ich dir wünsche? Dass du dich in einen Koch verliebst.

Unglaublich! Das hatte ihr Vater gesagt.

»Meisterkoch, natürlich«, erklärte Francesco.

»Ach, ja – richtig!« So ein Angeber! »Ornella hat es mir erzählt. Und was ist der Unterschied zwischen einem Koch und einem Meisterkoch?«

»Ein Koch kocht, ein Meisterkoch ist kreativ. Er begeistert sich für seine Arbeit, es ist der gleiche Unterschied wie zwischen einem Handwerker und einem Künstler. Ich bin jedenfalls Meisterkoch.«

Machte er sich über sie lustig?

Belinda hätte gern eine bissige Bemerkung gemacht, aber vielleicht hatte er es ja ernst gemeint. Sie beschloss, den Mund zu halten.

»Und warum wolltest du Milchwirtin werden?«, hörte sie ihn fragen.

»Aus Begeisterung. Das, was den Unterschied ausmacht, nicht wahr?«, erwiderte sie.

»Ich verstehe.«

Francesco sah sich um. Sein Blick glitt über die liebevolle Einrichtung, die Kühe an den Wänden, die Wolken an der Decke.

»Man kommt sich hier drin vor wie in einem Märchenbuch«, stellte er fest.

»Das nehme ich mal als Kompliment.«

»Es ist eins, schon das zweite, das du von mir hörst.«

Die Offenheit, mit der der Typ solche Dinge einfach so sagte, verwirrte Belinda. Es war ihr, als ob sich hinter seinen Worten mehr verbarg. Oder war das nur so ein Eindruck?

War sie so empfindlich geworden und mutmaßte hinter allem etwas, schlimmer noch als Dora, die Kioskbesitzerin?

»Bist du immer hier drin? Fühlst du dich da nicht eingesperrt?«, fragte Francesco da.

Dummkopf! Wie konnte er denken, sie sei immer hier drin, wenn er sie gestern gar nicht angetroffen hatte? Sie war nicht unglücklich. Auch wenn er das einfach dreist behauptete. Natürlich, ohne es direkt auszusprechen.

Sie war so durcheinander, dass sie, statt ihm ins Gesicht zu sagen, was ihr auf der Zunge brannte, nur hervorbrachte: »Manchmal reiße ich in Gedanken aus.«

Ihr eigener Mund, der mit Milch und Ricotta gefüttert worden war, dieser undankbare, verräterische Mund hatte sie im Stich gelassen.

Belinda verstummte und fand sich idiotisch. Sie biss sich auf die Lippen. Sie hatte einen Satz gesagt, den sie nicht dachte, von dem sie nicht wusste, dass sie ihn dachte, der verfänglich war, und das zu einem Fremden! Ausgerechnet *diesem* Fremden! Darüber würde sie später nachdenken. Und mit Tante Letizia, die dies alles eingefädelt hatte, würde sie am Nachmittag abrechnen.

Jetzt aber wollte sie die Aufmerksamkeit des jungen Mannes mit dem herausfordernden Grinsen von ihrer Person ablenken und beschloss, sich für gestern zu entschuldigen.

»Tut mir leid, dass du umsonst gekommen bist. Ich hatte das Rezept auf die Kasse gelegt. Leider hat meine Tante es nicht gefunden.«

Er nickte, aber seine Miene war jetzt etwas spöttisch.

Warum nur?, fragte sich Belinda.

»Sie ist fast siebzig«, fuhr sie fort und hoffte, dass Letizia die folgenden Worte nie erfahren würde, »und sie fängt langsam an, Fehler zu machen.«

»Stand das Rezept zufällig auf einem Blatt mit einem gelben Post-it drauf?«, fragte Francesco.

Belinda riss die Augen auf. Deshalb also sah er sie so spöttisch an. Er hatte das Rezept also gesehen? Dann …

»Ja«, murmelte sie verwirrt.

»Ich glaube, deine Tante ist ziemlich clever und reaktionsschnell.«

»Ich verstehe nicht …«

»Dann denk mal nach!«

»Ich sagte doch, ich versteh's nicht.«

»Da habt ihr offenbar nicht dieselben Gene.«

»Wir sind auch nicht verwandt, sie ist angeheiratet.«

»Angeheiratet oder nicht, deine Tante hat kapiert, dass du mir gefällst. Du hingegen nicht.«

Eines hatte Belinda allerdings verstanden: Die Tante hatte sie an der Nase herumgeführt. Sie senkte verlegen den Kopf und tat, als habe sie etwas hinter der Theke zu tun. Sie öffnete den Hahn und schloss ihn wieder, stellte zwei Tassen hierhin und dorthin, wischte einen nicht vorhandenen Wassertropfen weg. Dann nahm sie das Rezept, zog den Post-it-Zettel ab und reichte es Francesco. Der nahm es in die Hand und sagte:

»Das heißt, du *könntest* mir gefallen, wenn du nicht immer so biestig wärst.«

Belindas zickige Antwort bestätigte seine letzten Worte: »Ach, was du nicht sagst, Meisterkoch! Aber wen interessiert schon deine Meinung? Niemanden! Mich am allerwenigsten. Und im Übrigen bin ich keine sauertöpfische Jungfer!«

Diese infame Beleidigung würde sie niemals vergessen.

»Dann beweise es mir«, sagte Francesco und schloss halb seine Lider, um ihre nussfarbenen Augen besser sehen zu können. »Du hast honigfarbene Sprenkel in deinen braunen Augen, wusstest du das? Eigentlich deutet so was auf ein sanftes Naturell hin«, sagte er und lächelte. »Wenn du den Weg verkürzen willst – ich wohne zwischen dir und der Phantasie«, fügte er hinzu.

Dann faltete er das Rezept zusammen, steckte es in die Tasche seiner zerschlissenen blauen Jeans, winkte ihr kurz zu, drehte sich um und verschwand.

Irgendeine geheimnisvolle Kraft ließ Belinda bis zur Türschwelle gehen. Sie hatte weiche Knie, und vor ihre Augen schob sich das Bild von Sahne auf frisch gemolkener Milch. Sie stand ganz reglos da und war einigermaßen verblüfft. Ein Sonnenstrahl schien ihr in die Augen, und sie hob schützend ihre Hand. Sie sah Francesco nach, der, ohne sich noch einmal umzudrehen, auf seinen roten Roller stieg, ihn knatternd anließ, über den Rathausplatz fuhr, eine Kurve drehte und schließlich in der kleinen Gasse vor dem Kiosk verschwand. Auf dem Rücken seines petrolblauen T-Shirts war in Frakturschrift zu lesen:

Why not?

Das sah nach einer Frage aus.

Aber was für eine Frage war das? Etwa eine sokratische, wie Tante Letizia das nannte? Eine, auf die man keine Antwort erwartete, die aber zum Nachdenken anregte?

Hatte dieser Dummkopf das T-Shirt etwa extra angezogen? Und was gab es da zu überlegen?

Eigentlich war sie der Dummkopf, und zwar auf der ganzen Linie.

44

Grenzlinien

Mit Ausnahme von Dora, die sich dabei in ihrem Element fühlte, waren die Bürger von Propizio keine Freunde von situationslüsternem Klatsch. Die meisten von ihnen mäanderten auf der Grenzlinie zwischen dörflicher Neugierde, die sie von ihren Eltern geerbt hatten, und der Gleichgültigkeit des urbanen Lebens, die vor Gerüchten schützte.

In den letzten Wochen machten allerdings einige Gerüchte die Runde auf der Piazza und in den Wohnzimmern, die alle um die große Neuigkeit kreisten: manche nur im Flüsterton, weil es sich um ein Tabu handelte *(Nein, welches andere Ufer?! Das war gemein!)* oder laut ausgesprochen *(Im Hotel* Erinnerung *kann man sehr gut essen!)* oder mit Erleichterung gesagt *(Ist doch gut für die beiden und die Zukunft des Ortes!)* oder boshaft oder verurteilend *(So eine Schande, gleich ins Hotel zu gehen!)*.

Alle redeten über Mariolinas ältere Schwester und den Bürgermeister, den Ingenieur Rondinella und Marietta. Manche sprachen bereits von Marietta Rondinella.

Auch im Hause von Ornella wurde viel darüber geredet, ihre Mutter sprach mit den anderen Klatschweiber über nichts anderes mehr, in der Nachbarschaft, am Fenster oder am Telefon wurden die wildesten Spekulationen ausgetauscht … Seit Mama mit den Treuepunkten des Supermarkts ein schnurloses Telefon gekauft hatte, tratschte sie auch beim Kochen und anderen Betätigungen, die nicht beide Hände beanspruchten.

Ornella hielt es kaum noch aus und hätte sich gern mit ihren eigenen Dingen beschäftigt, zum Beispiel ihrem neuen Interview mit Rocco Rubino in der vergangenen Woche, das sein Agent Muro organisiert hatte (wieder dreihundert Kilometer Fahrt, und jetzt sollte Ornella selbst für die Spesen aufkommen!). In dem Interview hatte der Autor von seiner Teilnahme am Literaturfestival unter den Sternen Borgo Propizios gesprochen und nicht ausgeschlossen, dass Borgo Propizio sogar Schauplatz seines nächsten Romanes werden könnte. Das Interview sollte im Fernsehen in einem ausführlichen Bericht rund um das Festival gezeigt werden. Und heute Morgen wollte Ornella es sich zusammen mit dem Kulturdezernenten im Ratssaal der Kommune, in dem es eine passende Ausstattung gab, auf DVD ansehen.

Sie war mit Conforti für den späten Vormittag verabredet. Um nicht mehr das ständige Geschwätz ihrer Mutter anhören zu müssen, war Ornella früh aus dem Haus gegangen. Sie wollte im *Via Lattea* ein Eis essen. Letizia hatte ihre Nichte endlich überzeugt, auch Eis anzubieten, und jetzt gab es eine schöne Auswahl von Sorten, darunter Milch, Schokolade, Erdbeer und Minze. Ornella freute sich schon auf ihr Eis, als sie auf die Piazza trat und sah, wie Francesco vor der Milchbar mit gesenktem Blick an seinem Roller hantierte, und wie Belinda an der Tür stand und ihm nachsah. Sie war so hübsch angezogen, dass Ornella sie beinahe nicht erkannt hätte. Also schlenderte sie zuerst einmal zu Doras Kiosk hinüber, um zu hören, was passiert war.

Aber Dora war nicht da.

»Die ist beim Osteopathen, sie hat neuerdings einen Reizdarm«, erklärte Arturo seufzend. »Umso besser, so hat sie wenigstens nichts gesehen und geht mir nicht auf die Nerven mit einer wilden Geschichte über die Frau aus der Milchbar und unseren Chicco«, fügte er hinzu. Er deutete auf die Milchbar und machte eine vielsagende Pause. Dann sagte er noch: »Es war natürlich schon ein seltsamer Anblick.«

Offenbar gehörte auch Doras Mann zu der Generation, die sich auf der Grenzlinie zwischen Neugier und Gleichmut befand.

Ornella betrat die Milchbar und setzte sich auf einen der beiden Hocker an der Theke, nachdem sie sich selbst ein Eis genommen hatte. Sie wartete darauf, dass die Freundin ihr die volle Aufmerksamkeit widmete. Belinda sollte nicht nur so tun, als höre sie ihr beim Einräumen der Tassen oder Polieren der Schaufensterscheibe zu, während sie über das Interview mit Rocco Rubino erzählte. Und andauernd schaute sie hinaus.

Doch da draußen passierte gar nichts. An diesem Morgen herrschte eine seltsame Stimmung, hervorgerufen durch etwas, das Ornella nicht beschreiben konnte. War es der plötzliche Übergang vom kalten zum warmen Wetter? Der Blütenstaub der Linden? Fehlte vielleicht die lebhafte Letizia?

Nein, es fehlte die Musik. Zum ersten Mal seit der Einweihung des *Via Lattea* erklang in der Milchbar nicht die Musik des G.M. Das war undenkbar, aber Belinda schien es nicht mal zu bemerken. Die Jukebox schwieg, und Belinda war das völlig gleichgültig.

Hingegen wollte sie plötzlich über die Einwohner des Städtchens alles Mögliche wissen. Hatte sie sich etwa von der neugierigen Dora anstecken lassen? Es wäre vielleicht doch besser, keinen Frieden mit der Kioskbesitzerin zu schließen, dachte Ornella.

Belinda fragte zuerst nach den Leuten von früher, die noch Esel gezüchtet hatten, und nach dem alten Eselsfest, dann brachte sie das Gespräch auf die jüngeren Bewohner, die nicht gut in der Schule gewesen waren und Esel blieben.

»Was genau willst du über Chicco wissen?«, fragte Ornella sie ins Gesicht. Sie konnte sich wie die anderen älteren Dorfbewohner nicht an seinen richtigen Namen Francesco gewöhnen.

Nachdem sie ihre Freundin so bloßgestellt hatte, dass diese ganz rot wurde, versprach sie ihr aber, sich genauer nach dem jungen Mann zu erkundigen. Natürlich nicht nach seiner Vergangenheit als Schüler, sondern wie es in seinem Liebesleben aussah.

»Mach es aber diskret, und sag vor allem nicht, dass ich …«, bat Belinda sie. »Auch weil es mir im Grunde … na ja, es ist pure Neugier«, fügte sie in gleichgültigem Ton hinzu, fragte dann aber wie aus der Pistole geschossen: »Wo wohnt er eigentlich?«

Das wusste Ornella genau. Früher hatte Francescos Mutter einfach in einem der Zimmer im Hotel gewohnt. Jetzt aber, wo der Sohn wieder da war, übernahm abends, wenn das Restaurant geschlossen wurde, der Nachtportier das Hotel, und Mutter und Sohn gingen nach Hause. Sie wohnten vier oder fünf Häuser weiter als Marietta.

Höchstens dreihundert Meter von meinem Haus entfernt also, dachte Belinda, während sie sich von der Freundin verabschiedete, die jetzt ins Rathaus ging. Unvorstellbar nah wohnte er.

Bei diesem Gedanken hüpfte ganz wider Willen ihr Herz.

Sie hatten die DVD angeschaut. Rocco Rubino wirkte darin überaus sympathisch, wie der ideale Schwiegersohn. Er war zwar nicht sehr telegen, aber dennoch attraktiv. Er zog eine gelungene Show ab, wusste, wie man Frauen einwickeln konnte, und wären sie nicht durch Erfahrung eines Besseren belehrt, würden sie sich fühlen wie eine Dame von früher. Er hatte Ornella mit Handkuss begrüßt und verabschiedet, doch das hatte sie bei ihrer großen Skepsis gegenüber Männern nicht im Geringsten beeindruckt. Hier aber auf der DVD hatte die Sache zweifellos ihren Reiz.

»Wie viele Frauen werden sehnsüchtig an der Mattscheibe kleben, wenn sie sehen, was für ein Mann das ist?«, meinte Conforti zufrieden. »Auch in Ihre Richtung raspelt er ja jede Menge Süßholz.«

»Er beeindruckt mich nicht im Geringsten mit seinen Schmeicheleien, Dr. Conforti.«

Irgendwann würde sie ihm erzählen, dass ihr Ex-Mann Chirurg gewesen war – ein sehr berühmter Chirurg – und dass sie deshalb ein berühmter Schriftsteller ziemlich kalt ließ.

»So denken Sie also über Ihren neuen Verehrer?«

Ornella nickte.

»Über Männer überhaupt. Das denkbar Schlechteste.«

»Ich will das jetzt nicht vertiefen, meine Liebe, und nehme es einfach zur Kenntnis. Ich bin ja glücklicherweise jenseits von Gut und Böse und nicht in Versuchung zu führen. Aber wäre ich jünger, würde ich Ihnen bestimmt den Hof machen«, erklärte der Dezernent unbefangen.

Das hätte mir gerade noch gefehlt, dachte Ornella, sagte es aber nicht. Ihr lag die Arbeit am Herzen, sie gefiel ihr einfach zu gut. Diese Kulturarbeit war jedenfalls viel besser, als den jammernden Unglücksraben, die zu ihr kamen, beizubringen, wie man sich in einer Partnerschaft richtig verhielt. Sie hätte sie liebend gerne alle sofort zum Teufel geschickt.

Aber um Geld zu verdienen, musste sie sich zusammenreißen und in den Grenzen des Anstands bewegen. In ein paar Tagen war die Gemeindesteuer fällig, und ihre Mutter hatte schon jetzt Angst davor.

45

Glücklich der Schriftsteller

»Ein wirklich schönes Interview«, sagte Conforti lobend, nachdem sie die DVD zu Ende angeschaut hatten. »Ende Juni strahlen wir es aus. So erfährt das Publikum im Vorhinein, welcher Stern auf unserem großen Festival erstrahlen wird. Es werden einflussreiche Leute kommen, auch der Direktor des *Ruhmreichen Instituts für die Geschichte der Renaissance*, das hat mir der Bürgermeister gesagt, der bei der Sache auch mitmischt … Wissen Sie, dass er neulich in den Fernsehnachrichten war? Rubino natürlich, nicht Rondinella. So berühmt ist unser Bürgermeister auch wieder nicht. Im Kulturteil der Nachrichten. Dreimal in einer Woche!«

»Derzeit hat man den Eindruck, er ist überall. Man sieht ihn irgendwo, wechselt den Sender, und auch da taucht er schon wieder auf. Früher oder später wird er noch selbst Fernsehmoderator – vielleicht für Schlagerfestivals.«

Ornella sah, dass sich das Gesicht des Dezernenten leicht verdüsterte, doch dann fragte er sie in freundlichem Ton: »Eines möchte ich noch gern wissen: Mögen Sie Rubino nun oder nicht?«

Ornella beschloss, ehrlich zu sein, und wenn er sie dann für ungebildet oder, was noch schlimmer war, für überheblich hielt, hatte sie eben Pech gehabt.

»Nein«, sagte sie. »Er wird meiner Meinung nach zu sehr gehypt. Sie haben ihn zur Hauptfigur eines Medienzirkus gemacht. Es gibt bessere Autoren, die kaum oder gar keine Beachtung finden. Rubino ist ein sehr gewitzter Autor, manche Sätze sind sogar fein formuliert … man könnte denken, sie stammen von einer Frau, manchmal ist er zynisch, da schreibt er wie ein Mann, der nicht lieben und nicht verzeihen kann, auch sich selbst nicht. Er denkt sich irgendwelche Maskeraden aus, um Aufmerksamkeit zu erregen, und das bekommt er sehr gut hin, er endet auch immer mit einer wichtigen letzten Seite voller Rührseligkeit. Aber er ist schlau, er spielt mit Gefühlen. Manche seiner Figuren haben finstere Züge, und so erreicht er eine, wie soll ich sagen, kathartische Wirkung. So haben die Leute, wenn sie seine Bücher lesen, das Gefühl, dass auch ihre eigenen Fehler wiedergutgemacht werden. Aber ich will nicht herumpsychologisieren, und meine Meinung ist auch nicht maßgeblich, ich lese auch nicht viel, und Krimis sind nicht meine Lieblingslektüre.«

»Was lesen Sie denn gern?«

»Bücher, die einen in gute Stimmung versetzen. Nicht solche, die den Leser durch Spannung fesseln, sondern solche, die sie zum Lachen bringen.« Conforti sah sie freundlich an, und das ermutigte sie, fortzufahren: »Ich mag Bücher von Autoren, die einen mit dem Leben versöhnen, zum Beispiel Chiara, Guareschi, Campanile. Vielleicht bin ich eine altmodische Leserin, aber ich schätze Bücher, die mit Dörfern zu tun haben. Wenn ich könnte, würde ich die Geschichte von Borgo Propizio in einem Roman erzählen, Vergangenheit und Gegenwart, mit dem Gespenst, der Milchbar und allem sonst, mit uns allen natürlich.«

»Das ist keine schlechte Idee. ›Glücklich der Schriftsteller, der eine Provinz hat, von der er erzählen kann‹, hat schon François Mauriac gesagt.«

Ornella zeigte sich von ihrer schlausten Seite. Sie nickte, schloss kurz die Lider zum Zeichen der Zustimmung und lächelte zustimmend, um zu verbergen, dass sie den Namen der gerade vom Dezernenten erwähnten Person noch nie gehört hatte.

Dieser sagte jetzt mit Verschwörermiene: »Und wenn Sie es nicht können, können wir immer noch jemanden finden, der es unter Ihrem Namen schreibt.«

»Einen Ghostwriter, meinen Sie?«

»Zu meiner Zeit nannte man das ›Neger‹, mit Verlaub gesagt. Wussten Sie, dass es Leute gibt, die glauben, Rubino schreibe gar nicht selbst?«

»Tatsächlich? Das kann doch nicht sein!«, rief Ornella aus. Dann sagte sie nach einer Weile: »Na ja, nichts ist unmöglich. Und wer sollte das sein?«

»Das weiß ich nicht, und vielleicht ist es ja auch gar nicht wahr. Ich weiß nur, dass eine Freundin von mir …«

Die Freundin war eine pensionierte Lehrerin, eine Ex-Kollegin von Conforti. Sie hatte in der Handlung in einem von Rubinos Romanen Unstimmigkeiten entdeckt und ihr Erstaunen darüber der einzigen Adresse mitgeteilt, die sie ausfindig machen konnte, nämlich Rubinos Agenten. Sie nannte die genaue Stelle und bat um eine Erklärung. Statt der Antwort, die sie erwartet hatte, erhielt sie eine kurze und herablassende E-Mail, in der sie aufgefordert wurde, sich nicht als Oberlehrerin aufzuspielen, und ob sie überhaupt einen akademischen Titel besitze?

»Und dann?«

»Daraufhin hielt sich meine Freundin zurück, aber ihre Zweifel blieben natürlich.«

»Und was meinen Sie dazu?«

Der siebzigjährige Lehrer hatte schon so viel erlebt, dass er sich über nichts mehr wunderte. »Nun ja, das könnte sein, warum nicht?«

Ornella dachte an ein paar Sätze von Rubino, die ihr seltsam aufgestoßen waren.

Ich verdanke alles meinen verehrten Lesern und den zauberhaften Leserinnen. Mein Erfolg ist auch ihr Erfolg.

»Wissen Sie, dass er mit einer sehr einflussreichen Frau verheiratet ist?«

»Nein. Ich weiß nur, dass er ihr sehr dankbar ist.«

Ohne Diletta wäre ich nicht, was ich bin, als Krimiautor und als Mensch.

»Das könnte doch der Grund sein. Zuerst saß er hinterm Bankschalter, und dann hilft sie ihm, Schriftsteller zu werden. Da würde ich ihr auch dankbar sein. Aber lassen Sie uns aus unserem Herzen keine Mördergrube machen. Bewahren wir uns ein reines Gewissen. Sie verkaufen ihn als großen Autor, und wir halten ihn für gut.

Vielleicht hat meine Freundin sich auch geirrt, und der Roman ist ganz ausgezeichnet. Ab einem gewissen Alter machen selbst die besten Lehrer und Kritiker Fehler.«

Ornella dachte daran, wie Rubino sie im Hotel *Magna Grecia* empfangen hatte. Es war ihr so vorgekommen, als sei an seinem attraktiven Äußeren etwas falsch gewesen, ohne dass sie es hätte beschreiben können. Aber jetzt schon. Es war Spott gewesen. Weniger in seinem Lächeln als im Ausdruck seiner Augen.

Ist schon ein neues Werk geplant?

Ist schon geschehen, meine Frau bekommt im Herbst ein Kind.

Man brauchte nur auf das Unausgesprochene zu achten.

Plötzlich musste sie an Antonia denken (wer weiß, was aus ihr geworden war, sie war einfach verschwunden), an ihr Gesicht an jenem Nachmittag bei *EdilBorgo*, als sie mit gezücktem Schwert den Autor so flammend verteidigt hatte, den sie liebte und der sie quälte, und wie besessen sie gewirkt hatte, während sie redete und jede Widerrede von Ornella abgewehrt hatte, so dass diese schließlich verstummte. Vielleicht würde Antonia dieser Lehrerin antworten können, ganz sicher nicht Muro, der schien dazu nicht geeignet, pragmatisch und käuflich, wie er war.

Wenn Antonia sich wieder bei ihr melden würde, dann würde sie ihr raten, sich Rocco Rubino als Assistentin zur Verfügung zu stellen, dachte Ornella schmunzelnd. Immerhin hatte sie jetzt die persönliche E-Mail-Adresse des Autors.

Ornella erinnerte den Kulturdezernenten daran, dass außer dem werten Schöpfer von Vince Vasino noch drei andere Autoren ihre Teilnahme zugesagt hatten: Saltalamacchia, Rosa Rosae und Tiziano Pincardini. Conforti schlug vor, eine Jury aus der Bevölkerung zu bilden (höchstens zehn bis zwölf Personen, sonst müssten sie zu viele Bücher kaufen; sie sollte überdies sowieso versuchen, sich die Bücher gratis von den Autoren geben zu lassen), die den schönsten Roman auswählen sollte. Dies wäre noch eine weitere Anerkennung für Rubino, der sicher gewinnen würde. Sie brauchten eine Medaille, eine Trophäe, irgendetwas Glanzvolles. Er glaube nämlich, dass Rubino unter seiner oberflächlichen Bescheidenheit ziemlich eitel sei und sich eine Menge auf seine Romane einbilde.

»Der Dichter Duchesca, den Sie erwähnt hatten, kommt leider nicht.«

»Aha, der Dichter der Milchlady wird uns also nicht beehren? Und wieso nicht?«

Conforti sprach in sarkastischem Ton. Er bezog sich auf eine Äußerung von Letizia, das ahnte Ornella.

»Weil ich nicht weiß, wie ich ihn erreichen soll … und weil er auch kein richtiger Dichter ist.«

»Ach, tatsächlich! Diese Halbgebildete, die alles besser weiß, wollte mir beibringen, was ein Dichter ist … Und das mir! Was ist denn dieser Duchesca für einer?«

»Er schreibt Texte und Lieder.«

»Für wen wohl? Wir hier im Ort kennen doch die geheime Leidenschaft der beiden Milchtanten …«

»Er schreibt auch für Gianni Morandi.«

»Es reicht, Ornella. Morandi wird nicht zum Festival kommen, basta! Wie oft muss ich das noch sagen? Er kommt nicht, weil wir ihn nicht einladen werden. Bitte erwähnen Sie ihn nicht mehr. Ich möchte, dass kultivierte Leute herkommen. Dies ist ein Kulturereignis von höchstem Rang. Ich wiederhole es nun zum letzten Mal«, sagte Conforti aufgebracht und betonte dabei jede Silbe: »Er wird nicht kom-men.«

»Würden Sie das bitte auch Letizia sagen?«, fragte Ornella so leise, dass sie es selbst kaum hörte.

»Ich? Machen Sie Witze? Mit dieser Verrückten reden? Das sagen Sie ihr gefälligst selbst! Wofür bezahlt die Kommune Sie denn?«

Blödmann, dachte Ornella und machte gute Miene zum bösen Spiel. Wenn der Große Musiker seinen Ehrendoktor kriegt, wirst du deine Meinung ändern, dann gehst du zu Fuß zu ihm nach Monghidoro und singst: *Non sono degno di te*. Ich bin deiner nicht würdig.

Was Ornella auch missfiel, war, dass Conforti gern und oft über den Bürgermeister herzog; sie schätzte ihn wie die ganze Gemeinde, was hatte er nicht alles für den Ort getan.

»Bis heute habe ich übrigens noch keinen Pfennig von meinem Honorar gesehen«, entgegnete Ornella pikiert. Sie ließ auf den Großen Musiker nichts kommen. »Danke, dass Sie mich daran erinnert haben. Die erste Zahlung ist schon überfällig, und noch zwei Spesenrechnungen sind offen. Ich lasse sie mir gleich auszahlen.«

Mit diesen Worten verabschiedete sie sich so höflich wie möglich von dem Dezernenten. Dann ging sie ins Erdgeschoss zur Zahlstelle.

46

Wer bietet mehr?

Bislang hatte man sie oft zusammen gesehen, und sie hatten sich sehen lassen, gemeinsam, Seite an Seite, sie nährten Gerüchte, regten die Phantasie der Leute an, und es gab jede Menge Mutmaßungen. Alle hatten sie gesehen, wirklich alle. Im Auto, im Restaurant, in der Bar unten im Tal und auch in der oben im Zentrum, dem *Ciuco d'Oro*. Die Leute hatten sie aber nur beobachtet, niemand hatte sich getraut, irgendetwas zu fragen, und so hatten die beiden Turteltäubchen auch nichts geantwortet. Die beiden *angeblichen* Turteltäubchen. Marietta hoffte zwar immer noch, dass Felice das Ufer wechselte, doch eigentlich dienten ihre Treffen dazu, seine Homosexualität zu kaschieren.

Nicht einmal Mariolina hatte ihr eine Frage gestellt, und sie hatte ja bestimmt auch von der Sache gehört. Sie war nicht oft im Städtchen gewesen, weil sie ihre Prüfung vorbereitete und sagte, für das Mündliche schufte sie wirklich Tag und Nacht. Beim letzten Mal hatte sie die Rosen gesehen (sie musste sie bemerkt haben!) und trotzdem geschwiegen. Als wäre sie blind und wüsste nichts. Die Stimmen im Dorf schwirrten wie aufgescheuchte Vögel durch die Luft und dehnten sich in unerreichbare Gefilde aus. Mariolina steckte den Kopf in den Sand wie der Vogel Strauß, und alle anderen in Propizio offenbar auch.

War es Angst? Neid? Respekt?

Felice und sie hatten beschlossen, sich in der Milchbar zu treffen, wo die beiden Damen und ihre Gäste (an diesem Morgen waren es wieder die Dichterinnen und Dichter) die Aufdringlichkeit der Dorfbewohner nicht mehr würden bremsen können.

Marietta trug einen eleganten Hosenanzug aus naturfarbenem Leinen und war in euphorischer Stimmung nach draußen gegangen, unter den neugierigen Blicken, die die Spitzengardinen kaum verbergen konnten – die Blicke der unzufriedenen Lehrerin, des raubeinigen Elektrikers, der spekulierenden Schneiderin, des lispelnden Scherenschleifers, der runzeligen Wurstverkäuferin, der welken Floristin, des sich französisch gebenden Friseurs und des alten Bäckers, an deren Läden sie vorbeikam.

Nach einer konspirativen SMS überschritt erst der Bürgermeister die Schwelle von *Via Lattea* und dann sie. Die Freunde der Dichtkunst waren gar nicht da, stattdessen Ornella und Letizia, die sich beklagten, dass der G.M. nicht zum Festival eingeladen wurde. Die eine beklagte sich über die Worte des Dezernenten (und auch über die verspätete Bezahlung), die andere über den Rektor der Senioren-Uni, der sein zögerndes Verhalten aufgegeben und ihr Ansinnen zwar freundlich, aber bestimmt abgelehnt hatte. Belinda stand geistesabwesend dabei und hörte nicht zu.

Marietta und Felice merkten zunächst nichts von der eher bedrückten Stimmung, die in der Milchbar herrschte, und der Bürgermeister gab seiner Vorzeigebegleitung einen leichten Kuss auf den Mund und bemerkte plötzlich an ihr eine bisher unbemerkte Sehnsucht. Er hatte Mariettas Unschuld an Leib und Seele herausgefordert.

An sich selbst bemerkte er, Leichtigkeit hin oder her, eine unumgängliche Abneigung bei der Berührung der klebenden glänzenden Lippen seiner Sandkastenfreundin.

Letizia nutzte den Umstand, dass der wichtigste Mann Borgo Propizios ihr Gast war, sofort aus: »Herr Bürgermeister, Sie müssen uns helfen«, sagte sie fordernd.

Dann erzählte sie ihm die ganze Geschichte.

Ob Felice wohl daran dachte, dass sein Mandat in ein paar Jahren zu Ende ging? Ob er an seine Gegner dachte, die ihm den Posten streitig machten (und auch an seine Verbündeten). Er wusste genau, dass Conforti vorhatte, ihn aus dem Amt zu drängen! Ob er daran dachte, dass Mariettas Freundinnen die besten Zeugen seiner (soeben bewiesenen) Männlichkeit sein würden, oder ob er dachte, dass er, wenn die Sache schiefging, dies sein Leben lang bereuen würde – er wusste es selbst nicht genau.

Was er wusste, war, dass er eine prompte und geniale Antwort auf Letizias Frage hatte und eine Lösung anbot, die jegliche Ideen und Hoffnungen Letizias und aller anderen Fans des Großen Musikers, die im Dorf immer zahlreicher wurden, bei weitem überstieg.

»Kein Ehrendoktor, keine Einladung auf das Festival«, sagte er. »Ich biete mehr! Die Ehrenbürgerschaft von Borgo Propizio für euren Liebling. Und ich verbürge mich dafür, dass ich meinen Kollegen in Monghidoro noch heute, wenn ich wieder im Büro bin, deswegen anrufen werde.«

Die Worte des Bürgermeisters wurden mit großem Applaus bedacht, und er war seiner selbst, seiner Zukunft und seiner dauerhaften, sicheren und glänzenden politischen Karriere so gewiss, dass er die Entscheidung auf der Stelle traf. Nach den nächsten Wahlen würde er sich den schönen korallenfarbenen, ergonomisch optimalen Designer-Arbeitssessel kaufen, den er in der Stadt gesehen hatte, und das alte Wrack, in dem er derzeit saß, endlich wegwerfen.

Am besten kaufte er den neuen Sessel gleich.

Und zwar mit dem Geld der Kommune, die Ausgabe ließe sich irgendwo im Haushalt verstecken.

Heute Morgen hatte er sich wirklich ein Geschenk verdient.

Immer noch elegant in ihrem Hosenanzug, aber weniger euphorisch, ein bisschen verwirrt, ein wenig enttäuscht und ziemlich nachdenklich (sie hätte gerne mit Felice zu Mittag gegessen, aber er war leider schnell ins Rathaus zurückgekehrt, um sein Versprechen einzulösen) ging Marietta nach Hause.

Sie dachte an den zarten Kuss vorhin in der Milchbar und fragte sich, ob sie ihn als ersten Schritt in Richtung einer möglichen Annäherung verstehen konnte.

Der neue Respekt, mit dem ihr die Mitbewohner begegneten (sicher hatte Dora sie von draußen beobachtet und ihr mobiles Telefon schon benutzt), schien ihr eine positive Antwort zu sein. Eine weitere Bestätigung erhielt sie von Pancrazio dem Bäcker, in dessen Laden sie ein Brot kaufen wollte. Er gab es ihr umsonst.

»Geschenk des Hauses«, sagte er und reichte ihr den frisch gebackenen Laib ehrfürchtig über den Ladentisch.

Dieser Respekt galt eigentlich dem Bürgermeister, das wusste Marietta genau, aber vielleicht eines Tages … Sie dachte an einen Freudentag mit einer Feier, mit Reis, der vor der Kirche auf sie geworfen würde, vor der schönen Kirche der Auferstehung des gekreuzigten Christus, an einen Ring am Finger, an einen klangvollen Nachnamen neben dem ihren: Marietta Fontana Rondinella.

Das feierliche Lächeln all ihrer hochfliegenden Hoffnungen wurde plötzlich gestört, weil ihr Handy klingelte und sie vom ersten Ton an das Gefühl hatte, dass dies nichts Gutes verhieß.

Und genau so war es.

Mariolina war am Apparat und erklärte ihr in einem Ozean von Tränen, Schluchzern und Seufzern, dass sie das Examen nicht bestanden hätte. Sie käme jetzt zu ihr, sie solle bloß zu Hause bleiben oder sofort heimkommen, wenn sie gerade woanders sei, sie verstehe gar nicht, warum sie sich nicht gemeldet habe, und sie solle auf sie warten. Sie brauche sie jetzt, um mit ihr zu ihrem Freund, dem Bürgermeister, zu gehen, weil sie mit ihm sprechen und ihn fragen wolle, ob er etwas für sie tun könne.

»Aber … aber«, entgegnete Marietta.

Es hatte keinen Sinn.

Das Ende des Satzes – »… aber wenn nicht mal du es kannst« – blieb ungehört, denn die Schwester hatte bereits aufgelegt.

Ausgerechnet heute, wo ihnen im Laden die gehäkelten Handtaschen geschickt wurden und sie das Fenster dekorieren musste!

»Wie sehr ich doch Einzelkinder beneide!«, rief Marietta aus, als sie das Haus betrat. Dann schlug sie die Tür hinter sich zu.

47

Einen guten, den besten

Letizia rührte im Sirup, und im Handumdrehen stellte sie ihr Zugpferd her, den berühmten, prächtigen Biskuitteig mit der Milchcreme, den sie ständig verbesserte und mit Blüten aus Zucker, Aniskonfekt und Mandelsplittern verziert hatte, und womit noch, wusste sie nicht mehr. Aber heute wollte sie die weißglasierte Letizia-Torte mit Lebensmittelfarben verschönern, die Silhouette der Burg daraufmalen und dazu einen großen antiken Schlüssel, den des Städtchens, aus dem der G.M. stammte.

Nachdem der Bürgermeister am Morgen das Verspechen gegeben hatte, den Großen Musiker zum Ehrenbürger von Borgo Propizio zu machen, hatte sie beschlossen, dies mit einer kleinen Feier zu begehen, und zwar gleich, noch heute Abend! Während sie die Zutaten mischte, machte sie im Kopf eine Liste der Leute, die sie einladen wollte: die Schüler des Kurses für kreatives Schreiben, die Dichter und Dichterinnen, Ornella und ihre Mutter, Dora und Arturo, Pancrazio, die Lehrerin, den Elektriker, die Schneiderin, die Floristin, den Messerschleifer, die Wurstverkäuferin …

Stopp! Wo sollten die alle hin? In der Milchbar war nicht genug Platz, sie war sowieso zu klein, denn Belinda war nicht bereit, ihre Einzimmerwohnung aufzugeben, in die neue Siedlung im Tal zu ziehen und die Milchbar nach oben hin zu erweitern. Sie konnte so stur sein, ihre Nichte! Letizia hatte es nun oft genug gesagt und wiederholte es nicht mehr. Es gab zu wenig Platz, und außerdem fehlten noch die Zutaten für die herzhaften Appetithäppchen vor der Torte und Pappteller und Champagner und Farben!

»Was hältst du davon, Belinda, wenn wir Spießchen aus Mozzarella und Erdbeeren machen? Und Bruschetta mit Ziegenkäse und Anchovis oder Süßsaures mit Rosinen?«

Letizia hätte gern das Leben der Nichte in leuchtende Farben getaucht, genau wie ihr Essen. Sie aß immer nur weißes Zeug. Wie langweilig!

»Wer soll denn zu so einer im letzten Moment für heute Abend geplanten Feier kommen?«

»Das lass mal meine Sorge sein, liebe Nichte, und sei nicht immer gleich so negativ! Es ist nur eine kleine Feier, die uns Glück bringen soll, ein kleines Stückchen Torte und die Appetithäppchen. Ich will die gute Neuigkeit gleich feiern, damit die Verhandlungen unseres lieben Bürgermeisters mit dem Bürgermeister von Monghidoro ein Erfolg sind. Ich weiß selbst, dass das alles spontan ist, aber das macht doch nichts. Wer kommt, der kommt eben.«

Belinda nickte. Sie wusste, dass Diskutieren keinen Zweck hatte und sie wohl oder übel in den Supermarkt fahren musste.

Na gut, dann nutzte sie diesen Einkauf eben und füllte auch gleich ihre Tiefkühltruhe auf, die fast leer war.

Sie nahm den Einkaufszettel, den die Tante ihr hinschob, steckte ihn in die Handtasche, ging hinaus und genoss die friedliche Atmosphäre des Städtchens. Die Läden waren mittags geschlossen, die Rathaustür abgesperrt, die Straßen verlassen und still, am Himmel standen ein paar Wolken, auf der Burg waren keine Touristen. Die Luft war angenehm warm, und alles um sie herum strahlte Heiterkeit aus.

Sie selbst fühlte sich nicht heiter, leider, und heute Morgen umso weniger, weil dieser Kerl von dem Restaurant … also dieser Francesco sie aus der Bahn geworfen hatte. Das war der Gipfel, nachdem er sich über sie lustig gemacht, ihr die Gutscheine geklaut und sie beleidigt hatte … Und jetzt machte er munter weiter.

Du könntest mir gefallen, wenn du nicht immer so biestig wärst.

Biestig! Pah! Natürlich war sie ungehalten, wenn man ihr ständig Beleidigungen an den Kopf warf! Sollte dieser unverschämte Koch doch erst mal lernen, wie man sich benahm!

Aber genug davon, sie wollte nicht mehr an diese Geschichte denken.

Und schon gar nicht an diesen Kerl.

Seit ein paar Monaten war vor dem Supermarkt ein Pavillon eröffnet worden. Belinda parkte das Auto und ging hinein, um eine Granita zu essen. Sie setzte sich auf einen der Hocker an der Bar und sah sich die Leute an, die einkaufen gingen, die Autos auf dem riesigen Parkplatz ohne jedes bisschen Grün, die seelenlosen Bauten, die nur scheinbar gefällig aussahen. Auch hier war Borgo Propizio, aber was für Welten lagen zwischen dem historischen Ortskern und der neuen Siedlung im Tal. Niemals würde sie hierher umziehen. Nur gut, dass Tante Letizia endlich damit aufgehört hatte, von der Zweizimmerneubauwohnung zu schwärmen, vom ökologischen Bauen, der modernen Technik, den erneuerbaren Energiequellen, der Hausleittechnik und dem drahtlosen Netz. Alles Mist! Sie fühlte sich in ihrer kleinen Wohnung wohl.

Die Granita war nicht nur eine Erfrischung in der wärmsten Tageszeit, sondern auch ihr Mittagessen. Belinda wollte schlank bleiben, und sie wusste, dass man, wenn die Tante etwas zu essen machte, immer viel essen musste. Tante Letizia war 1944, also noch während des Krieges geboren, das Gespenst des Hungers hatte ihre Eltern in dieser Zeit verfolgt, und Letizia hatte ihre Haltung übernommen und gab sie nicht auf. Anders als das Burggespenst. Belinda war sicher, dass es für das »kleine Fest« heute Abend ein paar Bleche mit Foccaccia vom Bäcker Pancrazio geben würde, die man auf das Wohl des G.M. essen sollte.

Sie lächelte und löffelte die erfrischende Granita, doch die Freude an dem Halbgefrorenen ließ urplötzlich nach, als eine bekannte Gestalt an ihr vorbeiging, die auf dem Rücken Frakturbuchstaben hatte.

Zum Glück hatte er sie nicht gesehen. Dieser Kerl war wirklich ätzend, er hätte sie sicher wieder blöd angequatscht. Belinda rutschte von ihrem Hocker herunter und warf den halbvollen Becher in den Mülleimer.

Wenige Sekunden später schob sie ihren Einkaufswagen an den Tiefkühlschränken vorbei. Viele Tiefkühlprodukte waren gerade im Sonderangebot, und Belinda nahm eine Kühlbox und füllte sie bis oben hin, dann stellte sie noch vier Kartons mit Wasser in den Einkaufswagen. Nachdem sie gewissenhaft die Einkaufsliste abgearbeitet hatte, ging sie zum Schluss noch in die Weinabteilung. Einen guten, den besten Champagner, hatte die Tante gesagt. Wenn der beste der teuerste war, musste es der Dom Perignon sein, doch der kostete hundert Euro! Für Belinda war das Wahnsinn. Wäre der G.M. persönlich da gewesen, hätte man darüber reden können, aber so, ein solcher Preis für eine kleine Spontanparty, das fand sie doch etwas übertrieben. Besser sie nahm den Veuve Clicquot in der schönen Schachtel, rosa mit silberner Schrift, der kostete die Hälfte. Ohne lange zu überlegen, stellte sie ihn in den Einkaufswagen. Sie lächelte, weil Rosa ihr immer gute Laune machte.

Doch die gute Laune währte nur einen Augenblick, einen Atemzug, ein Amen, einen ganz kurzen Moment. Denn kaum hatte sie den Wagen gewendet, da sah sie Francesco bei der blonden Promoterin eines Weinbauern aus der Gegend stehen, die ihn, nachdem sie ihm ein Glas zum Probieren gegeben hatte, mit den Augen verschlang und die Hand auf seinen Arm legte.

An der Kasse, zu der sie mit schnellen Schritten gegangen war, den Blick stur geradeaus gerichtet, war sonst niemand. Umso besser! Sie wollte möglichst schnell hier weg, bloß nach Hause und vielleicht noch duschen und sich eine halbe Stunde aufs Ohr legen. Der Tag war anstrengend gewesen, und wie der Abend sein würde, war noch ungewiss.

In wenigen Minuten gelangte sie zum Parkplatz. Warum die Heckklappe sich nun ausgerechnet heute gegen sie verschworen hatte, wusste Belinda nicht. Nachdem es ihr nach diversen Versuchen gelungen war, sie endlich von innen zu öffnen, und sie wieder um ihr Auto herumging, stand ihr Einkaufswagen mit einem Mal nicht mehr an seinem Platz, und jemand – natürlich dieser anmaßende Koch, wer sonst! – war gerade dabei, den Karton mit der Tiefkühlware und die drei Wasserkästen in den Kofferraum zu heben. Wortlos, weil ihre Kehle trocken war vor Verblüffung und Wut, griff sie nach dem vierten Kasten wie nach einem Rettungsring. In dem Wagen waren nur noch der Beutel mit den Kuchenfarben, ein paar Kleinigkeiten und die Champagnerflasche. Francesco nahm sie und fragte Belinda, ob etwas passiert sei, das sie vergessen wolle.

»Nein«, entgegnete sie heiser.

»Willst du die etwa ganz allein trinken? Brauchst du vielleicht Gesellschaft?« Er legte eine Hand an die Brust und deutete auf sich.

»Nein!«

»Wie schade. Nun ja. Ein Rosé Champagner.« Er betrachtete den Champagner fachmännisch und reichte ihr dann den rosa Karton. »Das typische Frauengetränk.«

»Danke«, sagte Belinda und riss ihm den Karton aus der Hand. Doch als sie ins Auto stieg, sagte ihr Mund (dieser eigene Mund, der mit Milch und Ricotta gefüttert worden war, dieser verräterische, meineidige Mund) einen ungeschickten Satz. Er rutschte einfach so heraus, und sie hätte sich ohrfeigen können.

»Du hast doch schon eine Begleitung beim Trinken.«

Zum Glück sprang ihr Wagen sofort an, und mit aufheulendem Motor fuhr Belinda davon und beschimpfte sich selbst. Offenbar war sie völlig verrückt geworden. Wie führte sie sich eigentlich auf?

Morgen, gleich morgen Nachmittag gehe ich zum Arzt und lasse mir die Adresse von einem Psychologen geben, einem guten, dem besten.

48

Die Gäste

Kaum war die Biskuittorte im warmen Ofen, begann Letizia zu telefonieren. Sie rief einen Teilnehmer des Clubs der Dichter unten im Tal an und bat, die anderen per E-Mail zu informieren. Die Vorsitzende des Clubs der Dichter sagte, sie könnten nicht kommen, weil in einer Buchhandlung in der Stadt ihre Anthologie vorgestellt würde. Die Schneiderin sagte zu, Dora wollte sie persönlich einladen, aber es konnte sein, dass sie es bereits wusste. Claudia und Cesare hatten keine Zeit, aber der alte Priester hatte gern zugesagt, obwohl er wegen seines Rheumas sonst immer früh zu Bett ging. Pater Tobias würde also in Begleitung seines hinkenden Collies erscheinen, der an einem Karsamstag abgemagert und zerzaust auf dem Kirchplatz aufgetaucht war, als die Haushälterin gerade das Kirchenportal schloss. Deshalb hieß der Hund auch Pasquale. Er wich seither nicht mehr von der Seite des Priesters.

Auch Bartolo wollte sie anrufen, der für Borgo Propizio so wichtig gewesen war. Doch das verschob sie auf später und rief erst einmal Francesco an, der weiter unten auf ihrer Liste stand und den eigentlich Belinda hätte einladen sollen. Aber Tante Letizia hatte das dumpfe Gefühl, dass ihre Nichte diesen netten Koch niemals anrufen würde. Belinda war nicht ganz bei Sinnen in letzter Zeit, und man wusste nie, was ihr durch den Kopf ging. In letzter Zeit regte sie sich über das kleinste bisschen auf. Da war ja die Mobilnummer des jungen Mannes. Sie stand ganz unten unter »R« eingetragen wie Restaurant *Erinnerung.*

»Francesco, hier ist Letizia«, sagte sie, »von *Via Lattea*, der Milchbar.«

»Ja?«, entgegnete er mit klangvoller Stimme.

»Ich rufe Sie im Auftrag von Belinda an, sie ist gerade beschäftigt und kann nicht selbst …« Es war besser, sich hinter der Nichte zu verstecken, sollte er bloß nicht denken, dass sie, eine alte Frau, auf der Suche nach einem jungen Gigolo war. »Ich helfe ihr beim Telefonieren, so geht es schneller, denn wir müssen so viele Leute anrufen … Wir geben heute Abend ein kleines Fest, ja, hier in der Milchbar, nein, fragen Sie nicht, warum, es ist eine Überraschung, und wir verraten es erst heute Abend. Jedenfalls sind Sie herzlich eingeladen.«

»Oh, vielen Dank. Um wie viel Uhr?«

»Meine Nichte meint, so gegen acht wäre es gut.«

»Belinda?«

»Ja, Belinda. Sie lässt Sie fragen, ob Sie Zeit haben zu kommen oder ob Sie zu beschäftigt sind.«

»*Das* hat sie gefragt? Nein, ich bin nicht zu beschäftigt. Sagen Sie ihr, dass ich nichts vorhabe, weil das Restaurant heute geschlossen hat. Und weil ich allein bin, ohne Gesellschaft zum Trinken. Sagen Sie das Belinda!«

»Aber sehr gern«, antwortete Letizia in zufriedenem Ton, »das richte ich ihr gern aus, da wird sie sich freuen.«

Sie wusste ja nichts von der Begegnung der beiden jungen Leute auf dem Parkplatz, die erst vor wenigen Minuten stattgefunden hatte. Sie verstand auch nicht, was der Satz mit dem Trinken in Gesellschaft oder allein zu bedeuten hatte.

Egal, Hauptsache der nette junge Mann kam. Was war Belinda doch für ein Sturkopf!

Maresciallo Bartolomeo Saltalamacchia war in miesester Stimmung. Er war meilenweit von einer Lösung entfernt, und das wusste er auch.

Als er in die Kaserne kam, merkte es der junge Wachtposten dem Chef sofort an (und der merkte, dass es dem Gefreiten auffiel), und weil er ihn gern hatte wie seinen Vater, der kürzlich gestorben war, wollte er besonders nett zu ihm sein. Ob er einen Kaffee wünsche, ob er ihm den Ventilator bringen solle, da es heute besonders heiß sei, mehr als gestern, ob er der Telefonistin sagen solle, sie solle keine Anrufe durchstellen.

Er war ein tapferer Junge, er war gutwillig. Er kam aus einem fünfhundert Kilometer entfernten Dorf. Ihm fehlte seine Familie, und er machte sich gerne nützlich. Sein Vorgesetzter mochte ihn sehr.

Jetzt aber wollte er allein sein und nachdenken.

Worüber? Über seine Feinde.

Eigentlich war nur einer, der ihn hasste, fähig, ihm einen solchen Schuss vor den Bug zu versetzen. Das musste ein Feind sein. Die Frage aber war: ein Feind von heute oder einer aus der Vergangenheit?

Unter den verschiedenen, durchweg positiven Buchbesprechungen in einem Leserblog hatte jemand etwas geschrieben, das den Carabiniere traf wie ein Hammer auf den Kopf. Oder noch schlimmer, ein Fausthieb in den Rücken. Vergleichbar mit dem Schlag, den er in seinem Buch beschrieben hatte. War er es?

»*Die Uhrzeiger der Freundschaft* ist eine völlig unglaubwürdige Geschichte, voller Absurditäten, in unreifem Stil geschrieben, Mittelstufenprosa mit kurzen und beschämend schlichten Sätzen. Ein schlechter Roman von der ersten bis zur letzten Zeile, den man nicht empfehlen kann, weil jede Minute Zeitverschwendung wäre.«

Das war wirklich gehässig. Wer konnte ihm nur so übel wollen? Hätte es Sinn gehabt, wäre Saltalamacchia damit gleich zum Erkennungsdienst gegangen.

Der Verfasser hatte seinen Verriss nicht unter Klarnamen geschrieben, und der Maresciallo hatte keine Ahnung, wer dahintersteckte. Kein Hinweis auf eine E-Mail-Adresse. Sollte er bei der Website nachfragen? Wer würde ihm je antworten, es lief doch sowieso alles automatisch.

Auch seine Frauen zu Hause hatten gleich gemerkt, dass mit ihm etwas nicht stimmte, als er beim Abendessen, anstatt von seinen Erlebnissen am Tag zu erzählen, stumm dasaß, mit verstörtem Blick, den Magen wie zugeschnürt. Er aß nichts, dabei hatte er abends immer guten Appetit, während er morgens nur ein Päckchen Cracker zu sich nahm. Als seine Frau und die Töchter schließlich erfuhren, was geschehen war, trösteten sie ihn und taten alles, um ihn aufzuheitern, ihm seinen Stolz wiederzugeben, aber es gelang ihnen nicht. Weder lächelte er, noch aß er auch nur einen Bissen.

Eine von den jüngeren Zwillingen versprach ihm, dass ein paar Freunde aus ihrer Clique kommen würden, echte Informatik-Cracks, die herausfinden würden, wer dieser Wichser war. Wichser! Das hatte die Tochter gesagt, und diesmal hatte der Vater keine Lust, sie daran zu erinnern, dass »im Haus Saltalamacchia solche Worte nicht zugelassen« seien.

In dieser traurigen Stimmung erreichte ihn in der Mittagshitze des nächsten Tages und etwas flau im Magen, weil er außer dem Abendessen am Vortag auch das heutige Frühstück und Mittagessen ausgelassen hatte, Letizias Telefonanruf. Sie lud ihn zu einer kleinen Feier ein – »wegen einer Überraschung, die wir heute Abend verraten werden«. Gleich danach rief ihn Ornella an, die ihn bat, ihr zwölf signierte Exemplare von *Uhrzeiger der Freundschaft* für die Jury zu beschaffen, die über einen vom Kulturdezernenten gestifteten Preis zu befinden hatte.

Auf zwei Dinge hatte Bartolo an diesem Tag am allerwenigsten Lust: Feiern und Bücher signieren.

Er war aber ein Mann und ein Soldat. Hart gegen sich selbst zu sein, war sein Beruf. Deshalb war er bereit, beides zu tun. Leider konnte seine Frau nicht mit ihm in die Milchbar kommen. Es wäre ihm lieb gewesen, weil er sich heute so allein fühlte. Aber seine beiden älteren Zwillingstöchter hatten die schriftliche Bibliotheksprüfung bestanden, und die Mutter achtete nun darauf, dass sie den Tag über für das Mündliche lernten, und abends fragte sie sie ab.

»Es ist ja nur noch wenige Tage hin«, sagte die Signora Saltalamacchia zu ihrem Mann. »Auch wenn du die Mädchen dem Bürgermeister ans Herz gelegt hast, ist es besser, dass wir gut dastehen, so kann keiner etwas Schlechtes über sie sagen. Erst recht jetzt.«

Ja, sollten sie ruhig lernen. Nur durfte seine Frau nie erfahren, dass er kein Wort für die Mädchen eingelegt hatte.

49

Eine lange schlaflose Nacht

»Die Nacht ist viel zu kurz für uns …«

Aus irgendeinem blöden Grund ging dieses Lied Belinda die ganze Zeit im Kopf herum. Sie hatte es in einer der Schlager-Revuen im Fernsehen gehört, wusste aber nicht, auf welchem Sender und von wem das Lied stammte. Sie würde Tante Letizia fragen, die kannte sich in solchen Dingen aus. Belinda seufzte und starrte in die Dunkelheit. Sie lag da und hörte auf das Ticken des alten verchromten Metallweckers mit der Kuh, deren Kopf über dem Kälbchen hin- und herwackelte.

Für Belinda war die Nacht nicht zu kurz, sondern viel zu lang. Sie hatte vergessen, das Mückengitter zu schließen, um sie herum summte es wie wild, und sie konnte unmöglich einschlafen. Doch der wahre Grund ihrer Schlaflosigkeit lag weder am Ticken des Weckers noch an dem Summen der Mücken. Es lag an den Ereignissen des gestrigen Abends.

Nun ja – Ereignisse war vielleicht das falsche Wort, denn eigentlich war gar nichts passiert. Es waren weniger die Ereignisse als die Andeutungen, die unausgesprochenen Botschaften, die Blicke und unterschwelligen Energieströme, die den ganzen Abend über zwischen ihr und Francesco hin- und hergewandert waren, ohne dass sie hätte sagen können, wie das überhaupt möglich war.

Belinda war überrascht, ihn in der Milchbar anzutreffen (die Tante hatte ihr nicht gesagt, dass sie ihn eingeladen hatte). Er sah phantastisch aus, sein enges blaues Hemd betonte seine Figur und die Schultern und die Jeans, zu denen er Wildledermokassins trug, seine schlanken, geraden Beine. Eine kleine dunkle Tolle fiel ihm in die Stirn und betonte seine Augen, die groß und dunkel waren, und sein intensiver Blick ging ihr durch und durch.

Belinda musste zugeben, dass er ihr gefiel – mindestens ebenso wie sie ihm (zumindest hoffte sie, ihm zu gefallen). Im Unterschied zu ihr hatte er keine biestige Art und keinen scharfen Tonfall. Und dumm war er auch nicht. Ganz im Gegenteil, er war brillant, geistreich und scharfsinnig.

Die Wurstverkäuferin hatte erzählt, die Tochter einer ihrer Cousinen, die oft aus der Stadt zu ihr zu Besuch kam, um frische Luft zu schnappen, werde mit ihr beim nächsten Mal in Francescos Restaurant gehen, um seine Küche zu probieren, die überall so sehr gelobt werde. Als sie das hörte, verspürte Belinda einen feinen Stich und brachte sie zum Schweigen, indem sie ihr eine Bruschetta in den Mund schob.

Francesco war auch diplomatisch. Als Pater Tobias von der Enthaltsamkeit junger Priester sprach und Francesco scherzhaft fragte, ob er nicht ins Priesterseminar eintreten wolle, er sei doch auch Messdiener gewesen, und gute Köche könne man dort immer gebrauchen, antwortete er, das Amt des Priesters sei natürlich ein sicherer Beruf, doch seine Berufung sei eine andere. Dabei hatte er Belinda angesehen. Oder zumindest glaubte sie das. Denn sie wurde über und über rot.

Dann kam der Bürgermeister an die Reihe und redete, als ob er die Andeutung Francescos fortsetzen wollte. Nachdem er verkündet hatte, er habe seine Mission erfüllt und sein Ansinnen bereits in einem versiegelten Schreiben nach Monghidoro geschickt (somit war auch der Anlass der Feier enthüllt), sagte er, er habe Vertrauen in die jungen Leute von Borgo Propizio, dass sie Familien gründeten und wieder mehr Kinder geboren würden, aber nicht nur unten im Tal, sondern auch im alten Zentrum. Wenn die Bürger ihm bei der nächsten Wahl wieder ihr Vertrauen schenkten, werde er eine schöne Initiative für junge Mütter und Väter starten. Francesco hielt ihm entgegen, es sei nicht einfach, mit den Mädchen aus dem Dorf ins Gespräch zu kommen, vom Kinderbekommen ganz zu schweigen. Dabei hatte er sie bestimmt wieder angesehen, aber sie hatte es nicht mitbekommen, weil sie mit glühenden Wangen ihr Gesicht abwandte.

Der Priester, der Bürgermeister und ihre Tante (sie hätte sie erwürgen können!) machten offenbar gemeinsame Sache. Letizia lobte sie den ganzen Abend mit lauter Stimme: Meine Nichte hat dies gemacht, ist das nicht wunderbar, meine Nichte macht jenes, ist das nicht toll, und Signora Elvira, die mit ihrem unnachahmlichen Riecher etwas ahnte, goss noch Öl ins Feuer und nahm Belinda und Francesco auf die Schippe, obwohl Ornella versuchte, sie davon abzuhalten. Es waren so dumme Scherze, dass nicht einmal ihr Vater hätte mithalten können.

Mariolina hatte ganz recht, wenn sie sagte, schon als Kind hätte sie diese lästige Trompete nicht leiden können, und Ornella war derselben Meinung.

Die arme Mariolina hatte nicht kommen können, weil ihre Schwiegermutter ohnmächtig geworden und ins Krankenhaus gekommen war. Jetzt blieb sie die Nacht über bei ihr. Auch Marietta fehlte, sie sei zu ihrer Schwester geeilt, um ihr beizustehen, wie der Bürgermeister ihnen sagte. Als sie das hörte, erschrak Belinda ein wenig bei dem Gedanken, wie sie als Einzelkind damit fertig werden sollte, dass eines Tages ihre Eltern starben?

Nur ein anderes Einzelkind konnte das verstehen.

Francesco.

Als schließlich alle auf den Großen Musiker und die strahlende Zukunft von Borgo Propizio tranken, hakte er sich plötzlich bei ihr ein und flüsterte ihr ins Ohr: »Sonntag gehen wir aus, verabrede dich nicht für den

Nachmittag. Ich rufe dich an und sage dir, wann ich komme, um dich abzuholen.«

Es war Dienstagabend, und sie hatte nichts darauf geantwortet (Schweigen bedeutet Zustimmung, hätte ihr Vater gesagt), doch seitdem wartete sie auf seinen Anruf.

Und jetzt war es ja auch schon beinahe Mittwoch.

Mariolina saß unbequem auf einem harten, wackeligen Metallstuhl, bei dem ein Bein kürzer war als die anderen drei. Ruggeros Mutter schlief, sie hatten sie durchgecheckt, an den Tropf gehängt und auf die Wachstation gebracht. Sie könnten nun unbesorgt nach Hause gehen, hatte der Arzt zu ihnen gesagt. Aber Mariolina wollte dableiben, damit Ruggero, den die Sorge sehr mitgenommen hatte, nach Hause gehen konnte. Sie hatte ihn dazu drängen müssen. Er sah aus wie ein Gespenst, Krankheiten machten ihm Angst, und er betete seine alte Mutter an. Früher war diese eine strenge Matrone gewesen, aber heute gab sie sich wie ein verletzliches Kind.

»Ich will noch nicht ins Jenseits, behalt mich noch ein wenig hier«, hatte sie sie mit einem kaum hörbaren dünnen Stimmchen angefleht.

Sie hatte die Schwiegertochter angefleht, nicht ihren Sohn, hatte ihre kleine Hand festgehalten mit ihrer knotigen alten Hand. Mariolina tröstete sie, so gut sie konnte, und allmählich hatte sich die Schwiegermutter wieder beruhigt.

Nun waren ihre Lider schwer und schlossen sich wieder nach einem plötzlich unterbrochenen Schlaf. Mariolina öffnete mühsam die Augen und sah eine Reihe rosafarbener Streifen am Himmel, der langsam sein Gewand wechselte und sich in blass leuchtende Helligkeit kleidete. Sie stand auf, um sich die Beine zu vertreten, ging ein paar Schritte um das Bett der Kranken herum und streckte ihren Rücken. Das war eine lange Nacht gewesen, voller Angst und düsterer Gedanken, die durch den Krankenhausgeruch noch verstärkt wurden. Sie würde alles tun, um die Bitte der Schwiegermutter zu erfüllen, noch ein Weilchen bei ihnen zu bleiben. Nachdem sie schon ihre Mutter verloren und nie wirklich einen Vater gehabt hatte, wollte sie Ruggeros Eltern so lange wie möglich behalten, denn sie waren doch ihre Familie. Sie wollte auch nicht, dass ihr Mann so großen Kummer hatte. Deshalb legte sie ein Gelübde ab: Wenn die Schwiegermutter wieder gesund würde, dann wollte sie nie mehr darüber klagen, dass sie bei der Prüfung durchgefallen war. Einmal hatte Letizia ihr gesagt: »Wenn du das Pech hast, die Prüfung nicht zu schaffen, dann heißt das, dies war nicht dein Weg. In den höheren Sphären wissen sie, was gut für uns ist.«

Gut für sie war Ruggero, der in diesem Augenblick mit einem Plastikbecher in der Hand durch die Tür der Abteilung für Allgemeinmedizin schritt.

»Bambolina, hier ist ein exzellenter Kaffee aus dem Krankenhausautomaten.«

Er brachte ihr auch ein Croissant mit, das Candela für sie beim Bäcker gegenüber gekauft hatte, es war noch warm und roch köstlich.

Mariolina biss sofort hinein, so hungrig war sie.

Antonia hatte auch nicht geschlafen. Sie hatte den Brüsseler Himmel beobachtet, die im Schlaf liegende Stadt in der Dunkelheit dieser Nacht, die endlich zu Ende ging, sie sah auch das »Männeken Pis«, diesen Jungen aus Bronze, der am Brunnen vor ihrer Pension Pipi machte. Und sie hatte an Rocco gedacht, ihren Rocco, der ihr besser und begehrenswerter erschien denn je. Die Entfernung wertete ihn auf, statt ihn verblassen zu lassen.

Er gehörte so sehr zu ihr, dass sie ihn immer noch spürte, als verschlängen sich ihre Beine und er lege den Kopf an ihre Schulter. Dabei war er gar nicht da, sondern weit weg und flirtete munter mit seinen Fans, die an seine Website schrieben oder auf die Facebook-Seite seines Fanclubs posteten. Warum ließ seine Auserwählte das zu? War sie sich seiner so sicher, oder war sie einfach dumm?

Nein, die Dumme war sie, die weggefahren war, um ihn zu vergessen, jetzt einen schönen Auftrag bekommen hatte und nicht in der Lage war, sich darüber zu freuen. Tagsüber arbeitete sie an einem Ort der Stille für den Jubelpark, und nachts lag sie wach und hätte Rocco am liebsten umgebracht.

Im September wollte sie zu diesem Festival nach Borgo Propizio fahren und ihrer Pein ein Ende bereiten.

Sie hatte sich auch schon überlegt, wie sie es machen wollte. Auf dem Festessen, im Moment seines größten Triumphes, wenn Rocco Rubino strahlend und überheblich vor seinem begeisterten Publikum saß, wollte sie aus dem Nichts auftauchen und einen Toast ausbringen: »Auf deinen ewigen Sieg«, würde sie sagen und ihm ein Glas

Champagner oder Wein reichen, je nach dem, was es gab. Ein Schluck würde genügen, und dann *Addio, amore mio.*

Mein ist die Rache, dachte Antonia und lächelte grimmig.

50

In der Zwischenzeit

Bis zum Herbstbeginn war es nicht mehr weit. Das Städtchen war nach mittelalterlichem Brauch geschmückt, und alles war bereit für den übernächsten Tag: Wenn das Band an der neuen Bibliothek durchschnitten war, sollten die Tänze auf dem prächtigen »Festival unter den Sternen« beginnen, für das Leute von überallher Karten reserviert hatten. Das Hotel *Erinnerung* war schon ausgebucht, ebenso das Bed & Breakfast *Die beiden Schwestern*, und so hatten sich manche Einwohner bereit erklärt, Zimmer zu vermieten.

Aber was war inzwischen geschehen?

Francesco zum Beispiel hatte einen ganz schweren Fehler gemacht. Unverzeihlich.

Nach der kleinen Feier in der Milchbar hatte er Belinda nicht wie versprochen angerufen, weder zwischen Mittwoch und Samstag noch am Sonntag, an dem sie zusammen hatten ausgehen wollen.

Und Belinda wollte nichts mehr von ihm wissen. Sie wollte nichts davon hören, dass das Hotel von einer Reisegruppe heimgesucht worden war. Es sei furchtbar gewesen, erklärte er ihr, vergleichbar mit dem Einfall der Barbaren. Sie wollte nichts davon wissen, dass diese Barbaren mit all ihren Kindern am Sonntagmorgen hätten abfahren sollen, und dass er sie gerade habe anrufen wollen. Da hätten sie darum gebeten, noch einen Tag länger zu bleiben – sie seien ja gerade erst angekommen – die Agentur *Glückliche Reisen* habe alles durcheinandergebracht, und Francesco hatte vor, den Vertrag mit ihnen zu kündigen, sobald er sich wieder erholt hatte. Aber dazu kam es nicht.

Diese schrecklichen Gäste hätten einen Kronleuchter heruntergerissen, die Waschbecken verstopft, sogar eine Toilette. Unglaubliche Dinge seien passiert …

Wenn Belinda es nicht glaube, was solle er da machen? Sie könne ja kommen und sich alles ansehen, Schäden, wegen denen er die Leute anzeigen könne, und die Versicherung … Was solle er tun? Sie solle es ihm sagen und nicht dastehen wie eine stumme Eisstatue. Auf diese Weise würde er noch mehr Zeit verlieren.

»Durch mich verlierst du also deine Zeit!«, schrie Belinda aufgebracht, dann drehte sie sich um und keifte: »Ich habe vom ersten Tag an deinetwegen meine Zeit verloren, zum Beispiel, als du so getan hast, als seist du der Typ von der Agentur …«

»Ich habe mich nicht für einen anderen ausgegeben. Du verdrehst die Fakten, wie es dir passt. Arbeite doch in der Verwaltung!«

»Danke, ich bin ganz glücklich mit meiner Milchbar.«

»Ach, mach doch, was du willst!«

Und so weiter.

Sie warfen sich alles Mögliche an den Kopf, während die Kekse im Ofen verbrannten. Letizia saß beim Friseur Jacques unter der Haube und sah unglücklich zur Milchbar hinüber. Sie war geflohen, unter dem Vorwand, sich dringend eine Dauerwelle machen lassen zu müssen, als sie sah, wie Francesco den Rathausplatz betrat. Dora saß in ihrem Kiosk und schüttelte bedauernd den Kopf, während sie dachte, dass diese Geschichte falsch angefangen hatte und noch schlimmer enden würde. Auch bei ihr lief es nicht zum Besten. Ihr ewig schlecht gelaunter Mann. Wie viele Jahre machte sie das schon mit, und noch nicht mal das mit dem Nagelstudio hatte geklappt, das war schon wieder ein Reinfall gewesen. Zum Glück hatte sie Princess, der Hund war ihr ganzer Trost.

Wenn der Bürgermeister erwartete, dass dank Francesco und Belinda im Ort wieder Kinder geboren wurden, dann hatte er sich jedenfalls getäuscht.

Im Rathaus war ein Brief eingetroffen, den die Protokollabteilung sogleich ungeöffnet in die erste Etage brachte. Darauf stand zu lesen:

An den
Verehrten Bürgermeister
Ingenieur Felice Rondinella
Rathaus von Borgo Propizio
Piazza della Resurrezione 1

Der Bürgermeister lächelte zufrieden und bat die Sekretärin, den Brief zu öffnen und den eilig herbeigerufenen Ratsherren vorzulesen.

Die Sendung kam von der Gemeinde Mondighoro und war von Felices Kollegen unterzeichnet. Er dankte ihm auch im Namen seines Mitbürgers, der die ehrenvolle Auszeichnung im Prinzip gern annehmen würde. Leider jedoch müsse er voll Bedauern mitteilen, dass ihn frühere, dringende und an Fristen gebundene Verpflichtungen zu einer Ablehnung der Ehrenbürgerschaft zwängen. Allerdings habe er Erkundigungen über das reizende Städtchen eingezogen und erfahren, dass es dort eine junge Fußballmannschaft gäbe, und als Honorarpräsident von Bologna habe er die Ehre, die Spieler mit denen der ersten Mannschaft für einen ganzen Tag nach Casteldebole einzuladen. Letztere würden den Jungen gern ihre Zeit widmen, ihnen Fragen zur Spieltechnik beantworten, ihnen die Tricks des Berufes beibringen und vieles andere mehr, auch ein gemeinsames Mittagessen sei geplant.

Gesagt, getan.

Die Agentur *Glückliche Reisen* organisierte sogleich einen großen Reisebus, in dem Letizia übrigens nicht mitfuhr. Sie erklärte, sie habe zu viel mit der Vorbereitung des Festivals zu tun. In Wirklichkeit war sie traurig und enttäuscht, da sie auch diesmal ihren verehrten Großen Musiker nicht in den Arm nehmen konnte. Mitgefahren waren hingegen andere wichtige Personen – Felice, Ruggero, Mariolina (die jetzt Sekretärin des *A.C. Propiziese* war) und der Trainer. Sie begleiteten die Jungen und auch ein paar heimliche Mitreisende, die jüngeren Brüder der Fußballspieler), verbrachten in Bologna den schönsten Tag ihres Lebens und erfuhren, was es heißt, Champion zu sein.

Ornella hatte vier Kilo abgenommen, was bei einer schlanken Figur wie der ihren sehr viel war und Anlass zur Sorge gab. Schon gab es Gerüchte, sie habe Anorexie, die schnell zu Signora Elvira drangen und unausweichliche Folgen hatten: Vitamine, Aufbaumittel, Nahrungsergänzungsmittel, Predigten, Beschimpfungen und Ratschläge.

Eigentlich war Ornella nur gestresst, das allerdings in hohem Maß. Das ganze Festival hatte sich als Wespennest erwiesen, und sie wusste noch nicht, wie sie dem Herr werden sollte. Alle waren verrückt, übernervös, nicht ansprechbar, niemand machte, was er sollte, ein Problem folgte auf das andere, und es wurden jeden Tag mehr. Der Dezernent war nicht mehr der ruhende Pol, sondern schob ihr jede Verantwortung zu.

Eines der Probleme war, dass zwei Minnesänger im letzten Moment abgesagt hatten und die Schüler sich weigerten, die Lieder auswendig zu lernen. Ornella hatte diese eigens auf Pergament drucken lassen (mit den üblichen Fehlern der Redakteure der *Stimme der Burg*, aber sie hatte keine Zeit gehabt, noch mal drüberzuschauen, und sich dummerweise darauf verlassen, dass alles richtig lief). Beinahe hätte sie die Korrekturkosten aus eigener Tasche zahlen müssen. Hätte sie das gewusst, dann hätte sie nicht in Ruhe an ihrem Schreibtisch gesessen, um die

Fragen für die Bibliotheksprüfung vorzubereiten, auch das hatte sie nämlich gemacht. Die Fragen waren nicht allzu schwer. Beide Töchter von Bartolo hatten die Prüfung bestanden, eine von ihnen war die Bessere und arbeitete bereits seit ein paar Tagen. Sie hatte Glück, denn es war eine ruhige Arbeit, von der Hektik der Welt gut abgeschirmt, in angenehm klimatisierten Räumen und in großer Stille. Das war etwas anderes, als hin- und herzurennen wie wild und überall den Feuerlöscher zu spielen oder sich ständig mit Kritik und neuen Forderungen auseinanderzusetzen.

Wie zum Beispiel die drei Eiderdaunenkissen, die Rocco Rubinos Agentur verlangte, weil der Autor sonst nicht gut schlafen könne, und verschiedene weitere Spezialwünsche für die anderen Primadonnen, die das Hotel nicht zur Verfügung hatte und die Virginia auch nicht anschaffen wollte. Naserümpfend unterzeichnete der Dezernent die Erlaubnis, die Kissen zu kaufen, und reichte sie Ornella mit feindseligem Blick. Aber was konnte sie dafür?

Selbst Chicco, kaum zu glauben, benahm sich bockig, er hatte offenbar vergessen, wie oft sie ihm in Mathematik aus der Patsche geholfen hatte. Das Dessert, das er zur Probe nach drei verschiedenen Rezepten zubereitet hatte, fand er ungenießbar und beinahe hätte sie ohne Dessert dagestanden, doch dann hatte sie ihn mit Engelszungen gebeten, eine Lösung zu finden, aber er war mit seinen Gedanken ganz woanders.

Arme Ornella, er hatte ihr heftige Kopfschmerzen

bereitet. Nein, sie wisse nicht, ob Belinda sich so benähme, weil sie einen anderen hätte. Nein, sie habe sicher keinen, jedenfalls habe sie nichts davon bemerkt. Nein, sie habe ihr nichts darüber erzählt, was zwischen ihnen beiden vorgefallen sei. Natürlich seien sie Freundinnen, aber wenn man über etwas nicht reden wolle … Nein, sie wisse nicht, ob es für Belinda zu Ende sei, sie wisse nur eins, dass sie Francesco gern den Schädel einschlagen würde, um zu sehen, wie viel Stroh da drin sei. Warum habe er ihr erst den Hof gemacht und sie dann nicht angerufen? Es tue ihr leid, aber sie glaube nicht, dass Belinda je vorbeikommen werde, um sich den rausgerissenen Kronleuchter anzusehen, er brauche ihn also nicht als Andenken aufzubewahren. Für die Versicherung vielleicht, aber nicht für Belinda. Natürlich habe er sich schlecht benommen, das müsse er doch einsehen, und es gäbe keinen im Ort, der nicht auch dieser Meinung sei. Was er tun könne, damit Belinda ihm verzieh, das wisse sie nicht, und sie kenne auch nicht ihre Lieblingsblumen.

Aber … aber …

Wenn er das Problem mit dem Dessert lösen würde, dann könne sie sich ja mal erkundigen, und – Ehrenwort! – sie würde auch mit ihrer eigensinnigen Freundin sprechen, die habe auch nicht mehr Stacheln als die Artischocken, die er gestern gekocht habe. Sie würde mit ihr sprechen, und mit etwas Glück und Hilfe von Seiten Letizias würde sie sie überreden, ihm noch eine Chance zu geben oder ihn zumindest anzuhören. Ja, er könne sich auf seine frühere Lehrerin verlassen.

Gut, sagte Francesco da, er vertraue ihr, und er fügte hinzu, er könne statt des mittelalterlichen Rezepts mit wer weiß was drin einen sizilianischen Nachtisch machen, süß, wohlschmeckend, zart und frisch. Wirklich köstlich. Er versprach, gleich ein paar Varianten auszuprobieren und sie, der Dezernent und ... Belinda könnten dann die beste aussuchen. Deshalb, weil er den Plan habe, das Dessert für das Festival in der Milchbar zuzubereiten und seine ganze Ausrüstung dorthin zu verfrachten. Nicht erst beim Festival, sondern schon jetzt, für den Probelauf, und am besten sehr bald, am liebsten übermorgen, da sei das Restaurant geschlossen, und er habe frei. Es sei zwar noch eine Weile hin, aber wenn sein Plan nicht gut sei, müsse er sich ja etwas Neues ausdenken. Deshalb sei es gut, rechtzeitig anzufangen. Auch weil er unbändige Lust hatte, Belinda wiederzusehen.

51

Es herrscht Unruhe

Belinda öffnete die Augen.

Sie war mit Francesco verknotet und hatte noch nie in einer unbequemen Lage so gut geschlafen. Ihre Locken waren um seine Finger gewickelt. Sie empfand sich als zart und leicht, als schwebe sie, und sie hatte Lust, zu lächeln und nicht mehr damit aufzuhören.

Auch Francesco öffnete die Augen.

Er hatte das Gefühl, ein Glas Honig gegessen zu haben. Welche Überraschung war diese Sanftheit unter all den Stacheln. Er küsste Belinda auf den Mund und umarmte sie fest. Sie war nackt und flaumig und nichts konnte ihn pieksen.

Fast nichts.

Sie berührte seine Wange mit einem Fingernagel, befreite sich aus seiner Umarmung, stand auf, zog einen Morgenrock an und machte sich in der Kochecke zu schaffen.

Francesco sah sie bestürzt an.

»Hast du schon genug von mir?«

»Es ist schon sehr spät. Sieh mal auf die Uhr!«

»Spät?«

Bei der Kuh und dem Kälbchen war es zwanzig nach sieben, also gar nicht spät, aber heute war ein besonderer Tag. Seit dem Morgengrauen lag Spannung in der Luft. Um zehn Uhr fand die Einweihung der Bibliothek statt, danach alle anderen Ereignisse der lang ersehnten Feier an diesem wichtigsten Tag des Jahres.

»Na gut, ich stehe auf«, sagte er nachgiebig. »Wie funktioniert dieses Sofa?«, fragte er und suchte nach dem Mechanismus, um das Bettsofa zusammenzuschieben.

»Lass mal, das mache ich später.«

»Lass mich das machen, das ist doch Männersache. Und wenn du mir sagst, wie es …«

»Ach so, du bist für die Rollenverteilung zwischen Mann und Frau.«

»Ja, unbedingt. Und wo wir schon mal dabei sind, wo ist das Frühstück?«

»Du hast mich wohl missverstanden? Ich bin eine moderne Frau und kein Heimchen am Herd.«

»Du bist eine Frau, und das genügt mir.«

»Du Steinzeitmensch«, rief Belinda, nahm einen Porzellanteller und tat, als werfe sie damit nach ihm.

Doch dann stellte sie ihn wieder ab und machte die Kaffeemaschine an. Der Herd, auf dem der Milchtopf stand, wollte nicht anspringen. Francesco sah ihr lächelnd zu und zeigte seine schönen Zähne.

»Sieh mich nicht so an. Mir ist es peinlich, wenn ein Meisterkoch mir beim Kochen zusieht.«

»Kochen, ein großes Wort für eine Kaffeemaschine.«

»Aber ich stehe am Herd.«

»Es war dir gar nicht peinlich, als ich dich auszog und dabei ansah.«

Belinda fielen fast die Augen aus dem Kopf. »Wenn du so mit mir redest, gibt es keinen Sex mehr zwischen uns.« Sex sei das eine, darüber zu reden etwas anderes.

»Sex? Ich dachte, wir hätten uns geliebt!«, sagte er und kam auf sie zu.

Belinda verbarg ihr Gesicht an seinem Hals. Sie fand es zu früh, über Gefühle zu reden, besser man ließ sie in Ruhe. Sie schwieg und hoffte, er könne ihre Gedanken lesen. Doch das geschah nicht.

Francesco zündete die Flamme unter der Milch an, es funktionierte sofort, dann stellte er die Kaffeemaschine ab. Er nahm Belindas Hände, legte sie auf seinen Oberkörper, küsste die Fingerkuppen und sah ihre Fingernägel an.

Blau waren sie.

»Ist das in Italien modern?«, fragte er. Seinem Gesicht war anzusehen, dass es ihm nicht gefiel.

Belinda nickte.

»In England etwa nicht?«

»Was weiß ich? Ich habe mir die Nägel der Mädchen in England nie angeschaut.«

»Und die Beine?«, fragte Belinda und goss den Kaffee ein.

»Was?« Francesco nahm einen Schluck.

»Die Beine der Engländerinnen.«

»Ob sie blau waren?«

»Ob du sie angeschaut hast.«

»Nur wenn es sich lohnte.«

Belinda biss ihn leicht in die Lippe. »Hat es sich oft gelohnt?«

»Vergiss nicht, dass ich in England war, um zu arbeiten. Über so was kannst du mit meiner Mutter sprechen.«

War das ein Versprechen oder eine Drohung? Sie wusste es nicht. Und dann tat sie Zucker in die dampfende Milch.

Francesco sagte, er gehe nach Hause, um zu duschen, denn er ziehe ungern nach dem Duschen wieder die alten Sachen an. Leider würde er es nicht schaffen, mit ihr zur Bibliothekseröffnung zu gehen, weil es schon sehr spät sei und er im Restaurant vorbeischauen müsse. Er käme rechtzeitig zurück, um mit dem Mittagessen anzufangen, er bringe alles für die Suppe mit und auch das schon gekochte Fleisch. Die Gewürze seien schon da, und auch die mittelalterliche Weinmischung.

»Kümmert sich deine Mutter an den drei Tagen, in denen du hier bist, um das Restaurant?«

»Um Gottes willen! Meine Mutter kümmert sich ums Hotel, das Restaurant ist meine Sache. Jeder macht das, was er kann. Das war die Abmachung, sonst wäre ich nicht aus London wiedergekommen. Wenn sie sich nicht dran hält, bin ich sofort wieder weg, das weiß sie genau.«

Belinda hielt den Atem an und sprach den Gedanken »Hoffen wir es nicht« lieber nicht aus.

»Ich habe einen zweiten Koch.«

»Ist er dein Vertreter?«

»Ja. Seit ein paar Wochen aushilfsweise, aber wir haben vor, eine Festanstellung daraus zu machen. Bisher klappt alles prima, und wir sind lustigerweise sogar zusammen zur Schule gegangen.«

»Es war richtig von dir, jemand zu nehmen, dem du vertraust. Wie heißt er?«

»Andre…«

»André? Ist er Franzose?«

»Andre-ina.«

»Wieso Andreina? Ist es eine Frau? Und du siehst sie jeden Tag, und ihr kommt euch immer ganz nahe. Das hattest du mir nicht erzählt. Seit ein paar Wochen, sagst du? Wie viele Wochen?«

»Drei, glaube ich, ich weiß es nicht genau. Ich kann doch nicht die Katze im Sack kaufen, auch wenn sie Klassenbeste war. In jedem Vertrag gibt es eine Probezeit. Was ist das Problem? Ich stelle sie doch ein.«

»Das Problem? Du hattest mir nicht gesagt, dass es eine Frau ist. Und dass du seit drei Wochen mit ihr zusammenarbeitest.«

»Andreina? Machst du Witze? Welche Frau? Andreina ist ein Ufo. Eines Tages stelle ich sie dir vor, und dann wirst du mir Recht geben.« Francesco kniff die Augen zusammen und sah sie nachdenklich an. »Belinda, so geht das nicht. Ich muss ich selbst sein können, besonders mit dir. Ich kann und will nicht ständig auf alles achten, was ich sage oder nicht sage, denn du verwendest die Worte gegen mich, gegen uns. Entweder du vertraust mir …«

Belinda wollte eigentlich keinen Torpedo abschießen, doch es passierte einfach so. »Oder?«, fragte sie.

»Vertrau mir«, sagte er in flehendem Ton, »ich bitte dich darum.«

Es gibt keinen Grund, ihm nicht zu trauen, dachte sie. Gut, sie hatte Enttäuschungen erlebt, doch das war eine alte Geschichte, die sie überwunden hatte. So sagte sie ja, legte aber ihre Waffen noch nicht nieder.

Nachdem er Belindas Wohnung verlassen hatte, stellte Francesco sein Mobiltelefon an. Zwölf verpasste Anrufe. Der letzte von Andreina, alle anderen von seiner Mutter. Es hatte schon gestern Abend angefangen. Er hatte ihr nicht gesagt, dass er nicht nach Hause kommen würde, aber das hatte er, als er wegging, ja auch noch nicht gewusst. Jetzt machte sie ihm schreckliche Vorwürfe, so ein Mist! Er hoffte, dass sie schon ins Hotel gegangen war, so konnte er vermeiden, dass sie mit ihm schimpfte, weil er nicht ans Telefon gegangen war. Wenn er ihr nicht Bescheid sage, mache sie sich Sorgen und sie überlege, die Polizei zu alarmieren …

Wäre sie nicht so eine Nervensäge, hätte er ihr heute Morgen alles erzählt. Er hatte große Lust, über Belinda zu sprechen.

Und Belinda hätte er gern gesagt, dass er sie liebe, trotz der Stacheln bei all diesem Honig.

Aber vielleicht war es dazu noch zu früh.

52

Das Band wird zerschnitten

Um halb zehn verließ der Zug der Stadtväter das Rathaus und ging zur Burg. Durch die Brise war der Himmel klarer als sonst, selbst wenn die Luft Ende September nicht mehr warm und es draußen etwas kühler war.

Belinda beobachtete sie hinter den Vorhängen ihres Balkons. Der Bürgermeister trug einen hocheleganten Nadelstreifenanzug und Marietta neben ihm ein raschelndes grünes Kleid (Mariolina hatte es sich für die

Kreuzfahrt gekauft, Belinda erkannte es gleich), darüber hatte sie einen Schal geschlungen, den sie mit der Hand festhielt. Auch der Kultur- und der Finanzdezernent waren fein angezogen, die anderen Ratsmitglieder ebenso, aber Ornella sah göttlich aus und stach alle aus mit ihrer Modelfigur, ihrer natürlichen Eleganz und ihrem todschicken weinroten Kostüm.

Belinda hatte ein Sweatshirt übergezogen. Immer noch meinte sie Francescos Geruch zu spüren, seine Haut, die so perfekt zu ihrer Haut passte. Wohin hatte er sie heute Nacht geführt? Zum Mond, zu den Sternen, zur Milchstraße? Nein, er hatte sie viel näher und viel weiter geführt, an einen wunderschönen Ort, an den sie wieder zurückkehren wollte: auf eine kleine Insel, die sie erkunden, auf der sie eine Flagge hissen und vielleicht wohnen wollte. Mit ihm.

Sie konnte es kaum erwarten.

Sie zog das Sweatshirt aus und machte sich schön. Normalerweise genügte ihr ein T-Shirt und ein um eine Nummer zu großes Hemd, das war bequemer. Doch seit sie Francesco kannte, zog sie diese Sachen nur noch zur Arbeit an, aber sie ging nicht mehr damit auf die Straße. Allerdings hatte Francesco sie mehrmals so in der Milchbar gesehen, und es war ihr peinlich gewesen.

Aber gestern Abend, als er sie auszog, war es ihr nicht peinlich gewesen, und er hatte es ihr gesagt. Nähe war das eine, darüber zu sprechen etwas anderes. Sie fragte sich, wie die Engländerin gewesen war, von der er ihr erzählt hatte, und wie sie zusammen geschlafen hatten. Engländerinnen waren offenbar weniger gehemmt, und am Ende hatte sie ihn mit einem anderen betrogen. Umso besser, denn sonst wäre er für immer in London geblieben. Belinda wollte nicht daran denken.

Sie trug Lidschatten auf und Lippenstift und streifte ein Kleid über. Im Spiegel sah sie gut aus. Sie sah auf ihre Hände. Sie hatte das Blau entfernt und die Nägel rosa lackiert. Francesco mochte die Modefarben nicht, aber sie wollte ja ihm gefallen …

Wie sehr er ihr gefiel!

Außer Atem kam Belinda bei der Burg an. Ihre Tante und die Eltern waren bereits da. Sie hatte gehört, wie sie im Hinterhof parkten, auch Mariolina, als sie den Rollstuhl für ihre Schwiegermutter ausklappte. Diese konnte zu Hause noch laufen, aber draußen fühlte sie sich unsicher und sagte, ihre Beine rutschten ihr weg. Mariolina hatte die Idee gehabt, sie zur Eröffnung des Festivals ins Städtchen zu fahren, sie wollte sie ein wenig ablenken. Ihrem Mann ging es nicht gut, und die alte Dame machte sich Sorgen, dass er es nicht mehr schaffte und sie bald nach ihm sterben würde, wie es bei vielen Paaren passierte, die ein ganzes Leben zusammengeblieben waren. Belinda fand, dass ihre Freundin sehr einfühlsam und bestimmt eine gute Schwiegertochter war, und fragte sich, wie wohl Francescos Mutter sei. Francesco hatte sie als starke, mutige Frau beschrieben. Sie hatte den Vater ihres Sohnes nicht heiraten wollen, doch der Junge hatte ihn regelmäßig besucht, warum, wusste Belinda nicht. Er hatte es ihr nicht erzählt, und sie hatte nicht insistiert.

»Wir haben miteinander geschlafen«, flüsterte sie Mariolina ins Ohr, während sie sie zur Begrüßung küsste. Sie hätte es am liebsten der ganzen Welt erzählt.

»Deshalb siehst du so strahlend aus.«

Offenbar stimmte das, denn auch die Tante – Belinda wusste nicht, ob aus Spaß oder im Ernst – fragte sie, was für eine Schönheitsmaske sie aufgelegt habe, ihre Haut habe eine besondere Farbe.

»Auch deine Augen leuchten. Diese modernen Lidschatten sind wirklich toll«, erklärte sie. »Sag mir mal den Namen, liebe Nichte.«

Es schien Belinda, als habe sie »liebe« besonders betont.

Feierlich durchtrennte der Bürgermeister das Band vor der Bibliothek *Aldighiero il Cortese*, danach erzählte er im Konferenzsaal (dem früheren Audienzsaal des Fürsten) die Geschichte von Borgo Propizio.

»Nun waren endgültig die Jahrhunderte des finsteren Mittelalters vorüber, und eine lange glanzvolle Zeit hatte für Borgo Propizio begonnen, in der die Vögel wie ihre Vorfahren im antiken Römischen Reich immer pünktlich aus dem Osten angeflogen kamen. Dies galt als gutes Vorzeichen. Der damalige Fürst Aldighiero, genannt der Höfliche wegen der Feinheit seiner Bewegungen und Gedanken, war kultiviert und pflegte die Künste, er war ein großer Bewunderer Lorenzos des Prächtigen, den er nachahmte und dessen Leidenschaft er teilte. Ihm widmete er unseren größten Platz, welcher Zentrum des Handels, aber auch der Künste und Wissenschaften war. Dies war auch der Verdienst seiner geliebten Gemahlin, der anmutigen Rolanda la Minuta, der einzigen Tochter seines ärgsten Feindes und entfernten Cousins Manfredi des Stolzen, der, als er sein Schwiegervater wurde, die alte Feindschaft begrub, deren Grund wir heute nicht mehr kennen. Rolanda war klein von Gestalt, aber eine großartige Frau, die nur durch ein Wunder gerettet wurde, als sie Rimbaldo I. zur Welt gebracht hatte, den Erben Aldighieros. Sie war eine Vorläuferin der Gleichberechtigung zwischen Mann und Frau und prägte das Leben im fünfzehnten Jahrhundert durch die Emanzipation der Frauen. Es war kein Feminismus! Vorsicht! Das machte den ganzen Unterschied aus. Sie war eine unvergessliche Herrscherin, vom Volk fast noch mehr verehrt als von ihrem eigenen Mann. Dank ihrer Einfühlsamkeit erlebte unser Ort glückliche und fruchtbare Jahre, in denen es nicht nur den gehobenen Schichten gut ging, sondern auch den Bauern. Auch den Landarbeitern, die keine Gewalt von Seiten Aldighieros erleiden mussten, denn der Fürst war der Meinung, einem Ort ginge es nur gut, wenn es auch dem Volk gut gehe. Eine solche Politik verfolgt – wenn ich mir diese Bemerkung erlauben darf – auch die aktuelle Stadtregierung, eine Politik, die für Leute, die an den Schalthebeln der Macht sitzen, ungewöhnlich ist und ihnen nicht behagt. Doch bei uns ist das anders, das wissen Sie. Unsere Politik ist mutig und innovativ. Dieses Festival, mit dem wir uns auf die gleiche Stufen stellen wie eine Kulturhauptstadt, ist nur eines der Beispiele dafür, die man erleben, über die man sich freuen kann und die Früchte tragen werden. Unser Städtchen war schon immer ein angenehmer, beneidenswerter Ort. Kein Wunder also, dass Aldighiero den früheren Namen Eselsburg abschaffte und dieses wunderbare Städtchen in Borgo Propizio umbenannte – ein Name, der so viel besser passt und den wohl nie wieder jemand wird ändern wollen. Und damit übergebe ich das Wort an Frau Doktor Gatta.«

Die Direktorin der Bibliothek war eine gutaussehende Frau um die fünfzig. Sie hatte einen nordischen, fast exotischen Namen, Ingrid. Nordisch war aber nur der Name, alles andere an ihr war ganz mediterran (allerdings färbte sie ihr Haar blond). Sie war eine jener Frauen, die überborden, wie hausgemachter Brotteig. Ingrid war üppig, weich und großherzig. Sie war auch sehr gebildet und gab ihr Wissen gern an andere weiter. Ihre Begrüßungsrede beeindruckte Cesare, der sie gern bei einem Plädoyer erlebt hätte. Er war mächtig stolz, als sie einander vorgestellt wurden und sie spontan sagte, sie kenne ihn vom Gericht, dort habe sie eine Zeitlang als Gutachterin gearbeitet.

»Das war vor fünfundzwanzig Jahren, ich hatte gerade mein Diplom gemacht, und es ging um das Testament des Reeders, der …«

Cesare sah sie verblüfft an. Er konnte sich noch gut erinnern, das war ein schwieriger, lästiger und mühsamer Fall gewesen. Er konnte sich aber an keine junge Frau mit Ingrids Gesichtszügen erinnern. Aber es gab ein ganzes Meer von Gutachtern damals. Er hätte sie gern gefragt, warum sie diese Karriere aufgegeben hatte, aber er kannte die Antwort schon. Nur Leute mit Beziehungen und Speichellecker würden die begehrten Aufträge bekommen. Er konnte sie nicht mehr fragen, denn Ingrid wurde von jemandem gerufen, entschuldigte sich und ging. Gedankenverloren blickte Cesare ihr nach.

Auf dem Rathausplatz stand ein riesiges Zelt mit Tischen, ein Restaurant im Freien. Es waren schon einige Touristen gekommen, die etwas bestellt hatten. Die meisten Gäste würden aber am Abend eintreffen. Der Bürgermeister schlug nun ein gemeinsames Mittagessen vor, das leider weder er noch die Kommune spendieren könnten, doch die Preise seien moderat. Er zeigte auf die Kessel, in denen Suppe gekocht wurde, er stellte ihnen die Gaukler vor, die als Ober fungierten (oder die Studenten, die als Gaukler verkleidet servierten), und dann den Meisterkoch, den er besonders lobte.

»Francesco ist hochprofessionell, und wir müssen ihn uns warmhalten. Er ist die Blume in unserem Knopfloch. Seine exzellente Küche im Hotel *Erinnerung* wird einer der attraktiven Orte bei uns werden. Die Küche dort ist ausgezeichnet. Ich fühle mich sehr geehrt, sein Mitbürger zu sein, und ich sehe in ihm den jungen

Mann, der ich selbst einmal war, da wir einen ähnlichen Werdegang haben. Er hat im Ausland gearbeitet, dort Erfahrungen gesammelt und bringt heute nach Hause, was er anderswo gelernt und erprobt hat, damit unser wunderschöner Ort wächst und gedeiht …«

Dann setzte er sich neben Marietta. Nach dieser Darbietung würde so schnell keiner mehr wagen, von seiner Homosexualität zu sprechen.

Die Räte und kommunalen Angestellten folgten seinem Beispiel, ebenso Ingrid, die Bibliotheksdirektorin, Claudia, Ornella und ihre Mutter, Dora und Arturo.

Cesare verabschiedete sich. Er müsse in seine Kanzlei.

Auch Mariolina ging nach Hause, die Schwiegermutter war müde. Abends wollte sie mit Ruggero wiederkommen. Belinda erkärte, sie müsse sich um das Dessert kümmern, Letizia sagte, sie käme gleich wieder, müsse aber noch kurz in der Milchbar vorbeischauen. Dann folgte sie ihrer Nichte.

»Deine Mutter hat sich in den Kopf gesetzt, uns an diesen drei Tagen zu helfen. Das wäre ja in Ordnung, aber ich glaube, sie will bei dir übernachten.«

»Davon weiß ich nichts, wann hat sie dir das gesagt?«

»Sie hat es gesagt, als du verschwunden warst.«

An Belindas Gesicht erkannte Letizia, dass ihrer Nichte das ganz und gar nicht passte.

»Wir machen es so«, schlug sie vor, »ich nehme Claudia mit zu mir nach Hause, unter irgendeinem Vorwand, ich sage, ich brauche sie … irgendwas, eine Rückenmassage vielleicht. In deiner winzigen Wohnung kann man sowieso nicht zu zweit schlafen.«

Belinda sagte nichts und sah sie nur an. Dann senkte sie leicht verlegen den Blick.

»Na, *ihr* habt bestimmt nicht geschlafen! Und jetzt tu nicht so schüchtern.«

Letizia wollte gehen, aber das Mädchen hielt sie zurück.

»Aber ein bisschen haben wir doch geschlafen.«

»Das weiß ich, das weiß ich«, entgegnete die Tante schmunzelnd. »Du brauchst mir nicht beizubringen, wie es mit einem Francesco ist.«

»Er findet dich sehr sympathisch, ja, er ist begeistert von dir.«

Letizia strahlte. »Was finden die Francescos bloß an mir?«

Die reizende Tante Letizia. Sie konnte manchmal eine pedantische Zicke sein, aber sie war auch oft ein wirklich guter Kumpel.

Nur ihr hatte Belinda es zu verdanken, dass es ihr jetzt so gut ging. Als Ornella im Juli gekommen war, um über Francesco und das Dessert für das Fest zu reden, das er in der Milchbar zubereiten wollte, war sie abweisend gewesen. Doch die Tante hatte sie mit erhobenem Zeigefinger ziemlich energisch gezwungen, ja zu sagen.

Und jetzt war es, wie es war.

Wunderbare Tante Letizia!

53

Der große Rocco Rubino

Borgo Propizio war ein Paradies von Klängen, Farben, Spielen, Kunst und Kultur. Felice Rondinella und Tranquillo Conforti waren so aufgeregt, dass sie fast einen Herzinfarkt bekommen hätten. Aber sie bekamen ihn natürlich nicht.

So war der Ort sonst nicht, drei Tage lang aber quoll er über von Menschen, es war unvorstellbar.

Aber jetzt war schon Samstag, und das Ende des lange geplanten und sehnlich erwarteten Ereignisses nahte.

Am Vorabend war im bis auf den letzten Platz besetzten Konferenzsaal das Buch von Bartolomeo Saltalamacchia vorgestellt worden, und ein Regisseur, der im Publikum saß, interessierte sich danach für die Filmrechte. Auch die Bücher von Pincardini und Rosa Rosae fanden großen Anklang.

Alles lief bestens, wer hätte das gedacht.

Während man auf die Ankunft des großen Rocco Rubino wartete, stellten zwei Gruppen von Technikern zwei riesige Bildschirme auf, einen auf dem Rathausplatz, den anderen auf dem Messegelände, damit alle den Auftritt des bedeutenden Krimiautors genau verfolgen konnten.

Dieser hatte angekündigt, er werde einen Fond zur Unterstützung alt gewordener Schriftsteller gründen, die in Armut lebten und die der Staat vergessen habe.

Aus diesem Grund hatten alle katholischen Zeitungen über ihn geschrieben.

Er kam in einem hellgelben Cabrio angebraust, und Ornella traf ihn im Hotel *Erinnerung*, in dem er sich frisch gemacht hatte. Offenbar kam er direkt vom Meer, das sah man an seiner Kleidung. Als er durch den Arcus Propitius fuhr, fröstelte es ihn, denn sein Anzug war zu leicht für die frische Brise auf dem Hügel.

Der große Rocco Rubino nahm ein Bad in der begeistert applaudierenden Menge. Er lächelte den Leuten zu, reichte ihnen die Hände, gab Autogramme (ein Mädchen ließ sich ein Autogramm auf den Rücken ihres T-Shirts schreiben), als wäre er ein Rockstar, ein Pop-Idol oder der G.M. persönlich. Ornella konnte sich das nicht erklären. Wer hatte bloß aus ihm eine solche Ikone gemacht? In Italien, wo doch kaum jemand las, Bücher sich schlecht verkauften, die Verlage in einer Dauerkrise steckten, kam ihr das außergewöhnlich vor. Besser gesagt, sogar ziemlich seltsam.

Dieser Mann war für sie nach wie vor nicht überzeugend. Doch sie bereitete sich auf die Moderation vor.

Zuerst sollten laut Programm Rocco Rubinos Bücher vorgestellt werden, dann sollte das Buch prämiert werden, das gewonnen hatte (natürlich würde es eins von Rocco Rubino sein), von der Jury unter den vier Teilnehmern ausgewählt, und schließlich würde das Krimi-Dinner stattfinden, auf dem Rocco Rubino seine Rede hielt.

Nach der Begrüßung durch den Bürgermeister und der schmeichelhaften Rede des Kulturdezernenten, der ja früher Literatur unterrichtet hatte und betonte, dass der Kriminalroman nicht als Kind eines minderen Gottes zu betrachten sei, stellte Ornella ihre Fragen. Sie konnte nicht alle Fragen stellen, die sie vorbereitet hatte, denn Rubino, ein Mann, der gerne viel redete, ließ sie kaum zu Wort kommen, machte keine Pausen, holte kaum Luft, seufzte nicht, räusperte sich nicht, gar nichts. Immer wieder benutzte er dieselben Begriffe, drehte sich moderat im Kreis. Während er sprach, wandte er sich immer wieder an Ornella und sah ihr fest in die Augen, und sie musste sich Mühe geben, nicht in dem endlosen und gefährlichen Ozean seiner außergewöhnlich grünen Augen zu versinken. Die Farbe war tatsächlich echt, sie hatte genau hingeschaut, er trug keine Kontaktlinsen.

Sie hingegen trug welche, und heute Abend waren ihre Augen gereizt. Das musste an der zu starken Klimaanlage liegen, die man vergessen hatte auszustellen, obwohl sie gar nicht gebraucht wurde.

Als das Publikum das Wort erhielt, um Fragen zu stellen, erfüllte verlegenes Schweigen den Saal. Ornella hatte es vorausgesehen, Conforti hatte ihr schon vorher gesagt, dass die Leute in der Regel nicht gerne Fragen stellten. Deshalb hatte der Dezernent die Lehrerin Annovazzi in die erste Reihe gesetzt. Es war bekannt, dass sie den Autor wegen Unstimmigkeiten in seinen Romanen angegangen war, sie machte keinen Hehl daraus. Sie war die Einzige, die etwas sagte und richtige und passende Fragen stellte. Darauf antwortete Rubino ausführlich und lebhaft, aber nicht besonders sachbezogen.

Er konnte seinen Ärger kaum verbergen, als sich die Lehrerin darüber wunderte, dass er sich nicht daran erinnerte, dass der Detektiv Vasino nach Entdeckung des Mords im Kloster drei Kapitelsäle besucht habe, den von Como, sie erlaube sich, das zu korrigieren, nicht den von Monza. Währenddessen blickte der Direktor des *Ruhmreichen Instituts für die Geschichte der Renaissance*, der neben ihr saß, zwischen Autor und Lehrerin hin und her. Dies sei etwas verwirrend, erklärte die Lehrerin unnachgiebig, man möge ihr die Genauigkeit verzeihen, sie sei nun mal durch ihren Beruf geprägt. Vielleicht habe er es ja tatsächlich so gewollt und das Verbrechen in dasselbe Kloster gelegt wie die Nonne von Monza, oder das Gespenst des großen Klassikers Manzoni habe sich geärgert und den Ort ohne sein Wissen geändert.

Die Lehrerin war etwas zu pedantisch gewesen, und das hatte die Stimmung im Saal ein wenig getrübt. Doch der Kulturdezernent Conforti stellte durch zwei diplomatische und witzige Sätze die gute Laune rasch wieder her. So heiterte er das Publikum auf und erntete Applaus. Rubino, wieder voller Stolz, nachdem er viele Bücher signiert hatte, die trotz der Diskussion wie warme Semmeln verkauft wurden, ging anschließend zu der Lehrerin und entschuldigte sich für die Verwirrung. Dann küsste er ihr galant die Hand und blickte ihr tief in die Augen. Ornella, die den Umschlag mit den Ergebnissen der Jury bei sich trug, verfolgte die Szene und fragte sich, ob sie der alten Lehrerin einen Rettungsring zuwerfen sollte. Wie es aussah, lief auch sie gerade Gefahr, in dem smaragdgrünen Ozean zu versinken.

Wenig später tauchte Bartolomeo Saltalamacchia auf, in voller Uniform, die der Maresciallo auf Anraten von Adelaide auch auf der Feier angezogen hatte. Rubino gratulierte ihm herzlich und umarmte ihn brüderlich, da die Jury die meisten Stimmen den *Uhrzeigern der Freundschaft* gegeben hatte.

Jetzt war es Zeit für die Schlussveranstaltung des Festivals, von der noch lange die Rede sein würde. Dessen war sich Felice Rondinella sicher, der schon ein neues Projekt im Sinn hatte: die Partnerschaft mit einem Dorf in Moldawien, das einen ganz unaussprechlichen Namen hatte. Während seiner letzten Ferien in Gran Canaria hatte er einen staatlichen Funktionär aus Chisinau kennengelernt, und der hatte von einem Ort erzählt, der Borgo Propizio sehr ähnlich war. Zuerst war es nur ein Spaß beim Bierchen, aber dann kamen sie auf die Idee, eine offizielle Freundschaft der beiden Orte ins Leben zu rufen. Da war Lele eifersüchtig geworden und hatte das Gesicht verzogen, und so musste der Bürgermeister seinem neuen Freund sagen, sie würden später weiter darüber sprechen. Dies hatte er zu Hause tatsächlich getan, und sie telefonierten regelmäßig wegen dieses schönen Projekts. Doch vorher müsse Felice kommen und sich den Ort erst einmal ansehen, hatte der Moldawier vorgeschlagen.

Natürlich allein.

Für das Abendessen war im Innenhof der Burg die Tafel hergerichtet worden, ein riesenlanger Tisch mit Kerzen, die im Luftzug flackerten. Vor jedem Gedeck lag ein Pergament mit dem mittelalterlichen Menü:

Wachtel und Junghuhn
Fleischpastete mit Apfelgelee
Fasan mit Kräutern
Marzipan mit Birnenkompott

Ornella beobachtete, wie Belinda Francesco zusah, der die ganze Zeit damit beschäftigt war, Anweisungen zu geben und zu überprüfen, ob auch alles gut lief.

Gegenüber dem Tisch hatte der Dezernent eine Bühne aufbauen lassen, auf der, bevor das Krimi-Dinner begann, Rubino seine Rede vorlesen sollte, die er eigens für diesen Anlass geschrieben hatte (als Ornella den ihr vorher geschickten Text las, hatte sie eine Gänsehaut bekommen, so schrecklich war er). Während des Essens sollten Schauspieler auf der Bühne etwas vortragen.

Der Bürgermeister sprach einen Begrüßungstoast aus, die Gäste standen noch, und ihre Gläser wurden mit heimischem Wein gefüllt, der goldgelb und aromatisch war.

In diesem Augenblick sah Ornella sie.

Ein mageres, durchsichtiges Gespenst, der Schatten ihrer selbst; nur ihre rotgoldenen Locken waren noch dieselben. Kürzer, aber unverwechselbar. Sie hatte sie abgeschnitten, wie schade! Ohne diese Locken hätte sie sie fast nicht erkannt. Ihre Augen verrieten eine fieberhafte Erregung, sie bewegte sich wie eine Mondsüchtige, es sah beängstigend aus.

»Antonia!«, rief Ornella überrascht, während diese auf Rubino zuging, der nur einen Schritt von den beiden Frauen entfernt war und plötzlich aufhörte zu lächeln.

Doch Ornella achtete nicht darauf.

Sie merkte erst etwas, nachdem sie gesagt hatte: »Rocco, dies ist Antonia, eine Leserin, die dich sehr schätzt«, doch ihre Gelassenheit wirkte unpassend angesichts der eingefrorenen Mienen der beiden anderen.

Keiner der beiden sagte: »Freut mich.«

Sie spürte, dass eine gefährliche Energie von Antonia ausging, während sie sich Rocco näherte, und diese Energie schien von Rocco wieder zu Antonia zurückzuströmen.

Beunruhigt sah sie zu den beiden hinüber.

Ein Windstoß blies plötzlich alle Kerzen aus, und viele meinten, das sei das Burggespenst gewesen. Ein kleiner Junge brach erschreckt in Tränen aus.

Da reichte Antonia Rocco ein volles Glas zum Anstoßen, doch das geschah mit solch einer Vertrautheit, dass sie mehr sein musste als nur eine ihn bewundernde Leserin.

Ornella hatte den Eindruck, dass Rubino zögerte, das Glas zu nehmen. Doch dann sah er sich um, und der Bürgermeister lächelte ihm zu. Auch der Pater hatte sich erhoben und lächelte freundlich, während er seinem Hund Pasquale ein Zeichen machte, sich brav hinzulegen. Der berühmte Autor nickte, und alle anderen Gäste hoben ihr Glas, und so trank auch er, wobei er dem Blick der schönen durchscheinenden rotgelockten Frau auswich. Er trank das Glas in einem Zug aus.

Ornella meinte plötzlich einen Geruch wahrzunehmen, bei dem es ihr kalt über den Rücken herunterlief.

Wohl nicht ganz unbeeinflusst von dem Text, den der Krimiautor lesen sollte, kam ihr der Gedanke, dass dies der Geruch des Verbrechens war.

54

Antonia rennt

Antonia floh aus der Burg, ihr Herz pochte wild, und sie rannte durch die rückseitig liegende trichterförmige Straße, die zum Rathausplatz führte. Um die Mauer mit den Zinnen zu erreichen, musste sie durch das Ortszentrum, wo es taghell war und von Besuchern nur so wimmelte. Der Lärm war unerträglich, das Getöse der Stimmen, das Gelächter der Gaukler, all das Gedränge und Geschiebe wurden ihr plötzlich zu viel. Panisch wandte sich zur Seite und lief in eine Nebengasse, das »Dunkle Gässchen«, das so hieß, weil es nach Norden führte und immer im Schatten lag. Es lag hinter dem Felsen, und niemand hatte daran gedacht, es für das Fest zu schmücken.

Von da war der Weg zwar länger, aber keiner würde sie sehen, und so konnte sie unbemerkt die Stadtmauer erreichen, hinter der sie vormittags das Auto geparkt hatte, das sie sich am Flughafen gemietet hatte. Frühmorgens ging ihr Flug zurück nach Brüssel.

Es ist vorbei, dachte sie erleichtert. Jetzt war sie wieder eine Architektin voller Ideen, die sich durch sozial sinnvolle Projekte einen Namen machte. In einer Woche fingen die Bauarbeiten ihres Saals im Jubelpark an. Der Bauleiter war von dem Projekt begeistert und hatte ihr versichert, einen Trupp von Künstlern zu engagieren, nicht von Arbeitern. In Belgien wurde sie sehr geschätzt, deshalb musste sie schnell zurück. So schnell wie möglich. Sie musste sich beeilen.

Da sie aber so erschöpft war, ging sie langsamer, verkürzte den Schritt und blieb stehen. Sie wollte nur einen Moment Luft holen, nur eine Sekunde, und da passierte es. Aus der Dunkelheit und aus dem Nichts tauchte eine weiche Masse auf, die sich über sie hermachte und sie zu Boden warf. Sie war haarig und schwer und legte sich auf sie, während ein warmer Atem ihr entgegenströmte und etwas Schleimiges sie nassmachte.

War das der Teufel, der gekommen war, sie zu holen?

Wie hatte sie nur so dumm sein können, durch diese düstere Gasse zu gehen? Sie hätte sich in der Menge verstecken, irgendein mittelalterliches Kostüm anziehen, eine Maske tragen können. Doch jetzt war sie dem Teufel über den Weg gelaufen.

Das war das Ende.

Kein Flugzeug, kein Brüssel, in knapp fünfhundert Metern wäre sie am Ziel gewesen.

Antonia schloss die Augen.

Jetzt ist es vorbei, dachte sie angsterfüllt.

Die festen Hände von Maresciallo Saltalamacchia packten zwei spindeldürre Arme und beugten sich zu dem leblosen Körper hinunter.

Er hob die Frau auf, die wie ein nasser Sack in seinen Armen hing. Seine Augen hatten sich schon an die Dunkelheit der Gasse gewöhnt. Besorgt betrachtete er die Frau mit dem blassen Gesicht, das er nicht kannte. Doch selbst im Dunkeln konnte er erkennen, wenn jemand die Besinnung verloren hatte. Das gehörte zu seiner Arbeit.

Die abnehmende Sichel des Mondes war gerade hinter einer Wolke hervorgekommen und bestätigte seine Vermutung.

»Was ist passiert?« fragte er, erhielt aber keine Antwort.

Hätte jemand ihn gefragt, was er hier machte, so hätte er geantwortet, er sei nur hinter Pater Tobias Hund her; er habe gesehen, wie dieser aus dem Burghof gestürzt sei, gerade in dem Moment, als er hineingehen wollte, um an dem Essen teilzunehmen, zugleich habe er den alten Pater Tobias vergeblich nach Pasquale rufen hören.

Normalerweise folgte Pasquale seinem Herrchen wie ein Schatten, nie wich er von seiner Seite, das wusste selbst Saltalamacchia, obwohl er nicht im Zentrum wohnte. Vielleicht hatte der Hund etwas gerochen, auch wenn ein Collie eher ein Hirten- als ein Jagdhund war, war er doch immer noch ein Hund mit einem feinen Geruchssinn und einem sechsten Sinn, oder was immer es war.

Bartolomeo selbst wollte von einem Hund nichts wissen, obwohl eine der jüngeren Zwillingsschwestern sich sehr einen wünschte. Ein Hund zu Hause, das hätte gerade noch gefehlt, er hatte schon vier Äffinnen und die Kanarienvögel des Schwiegervaters im oberen Stock.

Aber er nahm Dinge wie Geruchsvermögen und sechsten Sinn sehr ernst und war dem Tier nicht nur gefolgt, um dem Priester einen Gefallen zu tun.

»Können Sie gehen?«, fragte er das blasse Geschöpf in seinen Armen und bekam ein leichtes Stöhnen zur Antwort.

War das ein Nein oder ein Ja?

Er wollte sich gerade das schmächtige Bündel auf den Rücken laden, als das etwas verspätete Flüstern einer tonlosen Stimme ihn aufhielt.

»Ja, ich schaffe es.«

»Kannst du mir auch erzählen, was passiert ist?«, fragte der Maresciallo, korrigierte sich dann aber: »Können Sie mir sagen, was passiert ist?«

Er hatte erst jetzt gemerkt, dass dies kein Mädchen war, sondern eine Frau.

Sie nickte.

Sie schaffte es dann aber doch nicht, sich auf den Beinen zu halten, und stieß nur einen langen Seufzer aus. Währenddessen pinkelte der Collie gegen eine Hauswand und legte sich dann mit wedelndem Schwanz und konzentriertem Ausdruck im Gesicht vor die Steinstufe, auf welche die beiden Menschen sich gesetzt hatten, die ihm sehr seltsam vorkommen mussten. Eine Frau, an der man die Angst erschnupperte, und ein Mann, der aufrichtig schien.

Der kleine Carabiniere aus der Provinz blickte in die Weite des Universums und fragte sich, was das Gericht der Menschen vor Gott eigentlich wert war, und stellte sich darauf ein, der Frau teilnahmsvoll zuzuhören.

Die Beichte dauerte lange, sie war schmerzlich, aber notwendig. Antonia ließ nichts aus – keine Gedanken, keine Worte, keine Taten –, sie ließ ihre ganze Vergangenheit Revue passieren. Saltalamacchia tat alles, damit sie sich nicht schuldiger oder unglücklicher fühlte, als sie sowieso schon war, und dachte an all die Dummheiten, die man aus Liebe tut, und in welchen Zustand unglücklich verliebte Frauen geraten können. Er hatte so viele von ihnen erlebt, zu viele.

»Liebe bleibt auch dann noch Liebe, wenn sie falsch ist, aber sie ist nie völlig falsch. Für seine Fehler muss man bezahlen, doch manchmal bestraft uns das Gewissen noch härter: Menschliche und göttliche Gerechtigkeit stimmen nicht immer überein.«

Woher hatte er diese seltsamen Worte? Er war selbst überrascht. Vielleicht war er in einem früheren Leben mal Priester gewesen.

Es war schon spät, als Antonia wieder durch den Arcus Propitius ging – nun eine Frau, die von ihren Dämonen befreit war. Endlich hatte sie dieses quälende Gefühl in sich ausgelöscht – ob es Liebe oder etwas anderes war, zählte jetzt nicht mehr –, das ihr viele Tage ihres Lebens vergällt hatte, sie war befreit von dem Verlangen, diesen Mann zu küssen, ihn zu umarmen, mit ihm zu sprechen, ihn zu streicheln und sich zu wünschen, dass es ewig so weiterginge. Paradoxerweise war ihre Tat von gestern Abend heilsam gewesen, sie hatte das Gefühl, endlich wieder durchatmen zu können, und ließ Rocco Rubino für immer hinter sich.

Ihr sinnloser Lauf gegen sich selbst war zu Ende. Jetzt konnte sie neu anfangen, sie hatte Flaumfedern im Herzen und kein Blei mehr.

Sie hatte sich selbst verziehen, alles Übrige konnte sie dem Leben überlassen.

55

Auch das ist Borgo Propizio

Der Bürgermeister hatte Staatstrauer verordnet, obwohl der Tote nicht aus der Gemeinde stammte. Die Glocken läuteten lange, und das wilde Treiben des Festivals schien eine Ewigkeit her zu sein. Dabei war es erst vor drei Tagen gewesen.

Ornella beobachtete den Himmel. Er war perlgrau, und hier und da leicht metallisch, von jenem Grau, das an die Stelle der leuchtenden Farben des Sommers tritt. Jetzt begannen die langen Monate der Pläne, Träume und Arbeit (wenn man welche hatte), eine Zeit von Zufriedenheit und Enttäuschung, Freude und Schmerz. Das Grau, hinter dem ein ganzer Teppich in den feinen, zarten und später lebhaften Farben gewebt wird, die im Frühling und Sommer wiederkehren. Man braucht nur zu warten.

Sie hatte gelernt, das Warten zu genießen.

Auf der Wanduhr im Wohnzimmer sah sie, dass es Zeit war – die Beerdigung würde bald beginnen. Sie war schon ausgehbereit, ihre Mutter ebenso. Signora Elvira trug schwarz, weil sie den Respekt vor den Toten bewahren wollte, sollten die anderen herumlaufen, wie es ihnen passte.

Respekt vor dem Tod war ein Wert für sich.

»In Borgo Propizio zu sterben ist sogar schön«, sagte Signora Elvira mit dicken Tränen in den Augen. »Bald bin ich dran.«

»Was redest du denn da, Mama …«

»Der Tod macht keine Ausnahme.«

Ornella schniefte ein bisschen, ging zu ihrer Mutter und nahm sie in den Arm. Das tat sie sonst nie, höchstens nach jedem zwanzigsten oder dreißigsten Streit.

»Du musst mir versprechen, Ornellina, dass du – wenn ich nicht mehr bin – immer gut auf dich achtest.«

»Hör auf mit dem Unsinn, Mama! Komm, lass uns gehen!«

Aus dem Fenster sah man eine lange Prozession Richtung Kirche gehen. Sie waren alle gekommen, manche mit aufgespanntem Regenschirm, um dem feinen Nieselregen zu entgehen. Da waren die Lehrerin, der Elektriker, die Schneiderin, die Floristin, der Messerschleifer, die Wurstverkäuferin, Arturo, Pancrazio, Jacques, die Signora Virginia, Der Club der Dichter und Dichterinnen, der Maresciallo Saltalamacchia.

»Wollen wir gehen?«

»Ich stelle noch eben den Computer aus«, sagte Ornella zu ihrer Mutter, die den Hut mit Schleier von damals trug, als ihr Mann Umberto sie für immer verlassen hatte.

Ornella stellte den PC aber doch nicht aus, denn da war eine E-Mail von Signor Muro gekommen, die sie gleich lesen wollte.

Von: info@murorightsagency.biz
An: posta@ornellacommunication.com
Betreff: *Rechnung Rubino*
Anbei schicken wir Ihnen die Rechnung für die Teilnahme von Signor Rocco Rubino an dem »Festival unter den Sternen« in Borgo Propizio. Wir haben uns erlaubt, auch die medizinischen Ausgaben in Rechnung zu stellen, die Signor Rubini wegen des bedauernswerten Zwischenfalls während der Lesung hatte, und bitten Sie, diese zu begleichen.

Mit den besten Grüßen,
Muro Rights Agency

»Dieser Lump«, sagte Ornella, nachdem sie den Anhang geöffnet hatte.

So endete das Abenteuer und auch ihr Auftrag.

Jetzt musste sie sich eine neue Arbeit suchen, nicht in der Verlagswelt und vielleicht auch nicht bei der Kommune. Sie seufzte. Irgendwas würde sie schon finden. Hoffentlich zeichnet Conforti bald mein Honorar ab, dachte sie. Auf ihrem Schreibtisch stapelten sich schon die Rechnungen für Gas, Strom, Wasser und Telefon.

Sie stellte den Computer aus und ging nach draußen, die Mutter am Arm. Dass sie bloß nicht hinfiel.

»Stell dir vor, Mama, bei allem, was wir für diesen Rubini bezahlen, haben sie uns sogar noch das Mittel gegen Durchfall in Rechnung gestellt.«

»Hast du ihm denn alles gegeben?«

»Ich glaube, ja.«

»Das ganze Fläschchen?«

»Ja, sag ich doch. Er saß doch sowieso schon die ganze Nacht auf dem Klo und konnte nicht schlafen«, sagte Ornella und hielt sich die Hand über den Mund, um ihr Lachen zu verbergen. Jetzt war gerade nicht der richtige Moment. Sie stellte sich Rubino vor, empört und zutiefst in seiner Eitelkeit getroffen, weil man ihm seinen glanzvollen Auftritt beim Krimi-Dinner verdorben hatte, während er in einem Meer von Scheiße ertrank. Das war nun nicht gerade der smaragdgrüne Ozean.

»Das hat mir jedenfalls Muro erzählt, als er am Sonntagmorgen anrief. Er war stinksauer und hat mir mit allem Möglichen gedroht.«

»Wollte Antonia ihn denn wirklich vergiften?«

»Nein, sie wollte ihm nur einen Denkzettel verpassen, den er nie mehr vergisst. Deswegen hat sie das Abführmittel in den Wein getan. Hoffen wir, dass es nicht zu einer Anzeige kommt. Ich glaube es aber nicht – der große Autor müsste seiner geliebten Diletta dann sehr viel erklären. Und auch seinen Lesern.«

»Was sollte das sein?«

Signora Elvira blieb skeptisch. Der berühmte Krimiautor hatte auf dem Festival auch sie in seinen Bann gezogen.

»Dinge, die man nicht sagt, weil es sich nicht gehört, Dinge, die man verbergen kann, indem man so tut, als habe es sie nie gegeben, und Menschen, die man wie solche Dinge behandelt«, erklärte Ornella und hakte sich bei ihrer Mutter unter.

»Weißt du, Mama, Antonia liebte Rubino, und sie glaubte an ihn, bevor er selbst an sich glaubte. Sie meldete ihn für den Schreibwettbewerb an, der sein Leben änderte … Man könnte auch sagen, er verdankt ihr sein neues Leben als Schriftsteller, er hingegen trat das ihre mit Füßen. Es ist nicht angenehm, wenn man ausgelöscht und nicht beachtet wird und niemand merkt, wie verzweifelt man ist. Es gibt zwei Arten von Menschen auf der Welt: diejenigen, die dankbar sein können, und die, welche sich an nichts erinnern, sobald sie bekommen haben, was sie wollen. Vielleicht tun sie das nicht aus böser Absicht, sondern aus Egoismus oder Gedankenlosigkeit, aber es ist natürlich nicht sehr nett, wenn man die Menschen, die einem geholfen haben und denen man alles verdankt, später mit Füßen tritt.«

Signora Elvira nickte nachdenklich. Ornella wusste, dass sie daran dachte, wie undankbar manche Leute gewesen waren und wie schwer sie es gehabt hatte, als ihr Mann starb und sie ihre beiden kleinen Töchter allein aufziehen musste. Sie hielt den Arm ihrer Mutter fester.

»Ich freue mich jedenfalls, dass Antonia sich ordentlich an Rubino gerächt hat«, sagte Ornella und dachte an die lange E-Mail, die die Freundin ihr am Tag nach dem verunglückten Krimi-Dinner aus Belgien geschickt hatte (sie empfand Antonia inzwischen wirklich als Freundin). »Jetzt wird sie ihr Leben in die Hand nehmen und wieder zu sich selbst finden. Und ihre Zuneigung, die sie so vergeudet hat, sollte sie sich selbst zugutekommen lassen«, sagte sie, während sie die Kirchenstufen hinaufgingen.

»Borgo Propizio hat die Dinge wieder gerichtet«, sagte Signora Elvira und bekreuzigte sich.

Die Glocken läuteten immer noch ihre dumpfen Schläge, doch der Leichenwagen war noch nicht da. Ornella trat in die Kirche, ihre Mutter brauchte einen Sitzplatz. Die vordere rechte Bank war leer, links saßen Marietta, der Bürgermeister und ein alter Mann, der sich gerade umdrehte. Ornella kannte ihn nicht.

Doch Signora Elvira murmelte: »Er sieht immer noch gut aus«, und die Wurstverkäuferin, die hinter ihnen saß, nickte zustimmend.

In der zweiten Reihe saßen Letizia, Cesare, Claudia und Dora, auf der anderen Seite Francesco und Belinda.

Ornella setzte sich neben sie. Die beiden Freundinnen blickten traurig auf die noch leere Bank, und Pater Tobias kam in seinem Beerdigungstalar hinter dem Altar hervor. In diesem Augenblick wurde langsam der Sarg über den ausgeblichenen Teppich in die Kirche getragen. Sämtliche Köpfe wandten sich um: Der Sarg war von Veilchen bedeckt, nach dem zweiten Vornamen von Mariolina. Ornella bemerkte es sofort und war sicher, dass es auch den anderen aufgefallen war. Auch wenn sie nie jemand so genannt hatte, wie sie getauft worden waren, wusste man doch im Dorf genau, dass die selige Mutter von Mariolina und Marietta Blumen liebte und deshalb den beiden Marias, die so unterschiedlich waren, als zweiten Namen den einer Blume gegeben hatte. Viola hieß die jüngere, die ältere Dalia.

Gleich hinter dem Sarg ging Mariolina Viola.

Traurig und langsamen Schrittes, auf dem Kopf einen schwarzen Spitzenschleier, war sie bleich wie Wachs, ihre Augen hatten keine Tränen mehr, aber sie waren rot und geschwollen … Im Vorübergehen strich sie Ornella über den Rücken und deutete ein Lächeln an, als jemand flüsterte: »Mein Beileid, ich muss an die Beerdigung deiner Mutter denken. Es ist, als wäre es erst gestern gewesen.«

Hinter Mariolina ging Candela und schob den Rollstuhl der alten Dame, die immer wieder eine Zahl vor sich hin murmelte. Mariolina sah mit ausdruckslosem Gesicht zu, wie die Haushälterin der Alten in die Kirchenbank half, und erst als der Sarg von Ruggero und den drei Totengräbern abgestellt worden war, setzte auch sie sich neben ihren Mann und drückte seine Hand. Er war wie ein Kind, verloren und erschüttert, als der Priester jetzt mit seiner Ansprache begann.

»Wir sind hier versammelt, um unserem Bruder Otto ein letztes Lebewohl zu sagen, der in das Himmelreich zurückkehrt und dort die Freuden der Auferstehung genießt.«

Mariolina hatte sich gewünscht, dass der Schwiegervater in Borgo Propizio beigesetzt wurde, unten im Tal, so nahe wie möglich bei ihrer geliebten Mama. Sie wollte es und hatte sich auch darum kümmern müssen, weil Ruggero untröstlich war und die Schwiegermutter noch untröstlicher.

Erst draußen vor der Kirche entdeckte sie ihren Vater im Gespräch mit dem Bürgermeister und ihrer Schwester, die ihn nach vierzig Jahren wiedersah und gute Miene zum bösen Spiel machte. Unter einem grauen Himmel, der seine Tränen zurückhielt, begrüßte sie die beiden flüchtig und setzte sich an die Spitze des Trauerzuges.

»Marietta hat mir gar nichts von Ihnen erzählt, ich fühle mich geehrt und freue mich, Sie kennenzulernen«, sagte Felice in aufrichtiger Freude zu Vanni Fontana, während ein Gedanke in eine unbekannte Richtung schwebte, zu dem Mann, der ihm das Leben geschenkt hatte.

Keine Ahnung, wo er war.

Keine Ahnung, wer er war.

Dann sah er Mariettas Vater an, der Mariolina so ähnlich sah, und blickte dem sich langsam entfernenden Trauerzug hinterher, der mit dem Sarg verschwand. Dabei dachte er: Ein Vater, der geht, ein Vater, der kommt.

Auch das war Borgo Propizio.

Danksagung

Mein Dank gilt:

Meinem Mann und meinem Sohn. Ohne sie wäre ich nicht, was ich bin, als Frau und als Autorin.

Meiner Mutter für die heiteren Worte, die sie mir jeden Tag schickt.

Meiner Schwester, die oft und gerne eine willkommene Genialität an den Tag legt.

Meiner Schwiegermutter, die immer bereit ist, meine Geschichten zu hören.

Silvia, die mich innen und außen liest und die mir beim Schreiben die Orientierung gibt.

Ingrid, die zurückgekommen ist. Geh nie wieder weg!

Laura Bravalumi, Spiegel und Gegenüber. Wenn ich sie nicht hätte!

Marina Calypso für die unvergesslichen Lavendelkekse.

La Franz, liebevolle, skrupulöse und großzügige Hexe.

Betts, der mir den Unterschied zwischen Koch und Meisterkoch erklärte.

Monica: Die Geschichte mit den Pilzen im Wald ist nicht immer einfach.

Raffaella Taffy für den *sock monkey.*

Angelo für die Windstöße von Intelligenz.

Marco, der Borgo Propizio beschenkt, um die Widerspenstigen zu erobern, aber er brauchte es nicht, denn er ist Kevin Costner ähnlich.

Massimo Morini für die Hinweise auf Latte Art.

Allen Freundschaften, die auf dem Rathausplatz und den Gassen des Städtchens entstanden und von Dauer sind.
Maria Grazia Mazzitelli und dem Team Salani für die perfekte Feinabstimmung.
Dem erhellenden Ingrati (Mondadori) und Maria Rita Parsi.
Gianni Morandi. Wir lieben ihn und teilen mit ihm dasselbe Gefühl, in dem wir uns wiederfinden. Danke, dass wir nicht allein sind.
Rocco Rubino.
Viele haben mich gefragt, ob es ihn wirklich gibt, und das frage ich mich auch. Gibt es ihn, dann weiß er schon, wer er ist.
Mein wichtigster Dank aber geht an alle Leserinnen und Leser, die Borgo Propizio mochten und es mir ermöglicht haben, die Geschichte weiterzuerzählen.
Für die, die zum ersten Mal dorthin kommen: Ich warte in der Milchbar auf euch alle.

ISBN 978-3-85179-321-5

Titel der italienischen Originalausgabe:
E le stelle non stanno a guardare

Umschlaggestaltung: Christina Krutz, Biebesheim am Rhein
Satz: Christine Paxmann • text • konzept • grafik, München
Druck und Bindung: Kösel, Altusried-Krugzell

www.thiele-verlag.com